강신재
소설 선집

강신재
소설 선집

김은하 엮음

현대문학

강신재.

이화여전 재학 시절, 1943년 .

후암동 자택에서, 1964년.

장녀(서타옥)의 대학 졸업식에서 가족들과 함께, 1970년대 초반.

당시 작가가 회장이었던 여류문학인회 좌담회에서, 1982년 8월(왼쪽부터 한말숙, 박완서, 저자, 손소희).

예술원 회원으로 임명되어 김동리 회장으로부터 임명장을 받는 중, 1983년 5월.

여류문학인회 연말 파티장, 1983년(오른쪽부터 앞줄에 전숙희, 박화성, 모윤숙, 뒷줄에 조경희, 저자, 김남조, 이계향, 김초혜),

서재에서 집필 중인 작가, 1986년.

비행기 안에서 남편(서임수)과 함께, 1992년.

자택에서 집필 중인 작가, 1986년.

〈한국문학의 재발견-작고문인선집〉을 펴내며

한국현대문학은 지난 백여 년 동안 상당한 문학적 축적을 이루었다. 한국의 근대사는 새로운 문학의 씨가 싹을 틔워 성장하고 좋은 결실을 맺기에는 너무나 가혹한 난세였지만, 한국현대문학은 많은 꽃을 피웠고 괄목할 만한 결실을 축적했다. 뿐만 아니라 스스로의 힘으로 시대정신과 문화의 중심에 서서 한편으로 시대의 어둠에 항거했고 또 한편으로는 시대의 아픔을 위무해왔다.

이제 한국현대문학사는 한눈으로 대중할 수 없는 당당하고 커다란 흐름이 되었다. 백여 년의 세월은 그것을 뒤돌아보는 것조차 점점 어렵게 만들며, 엄청난 양적인 팽창은 보존과 기억의 영역 밖으로 넘쳐나고 있다. 그리하여 문학사의 주류를 형성하는 일부 시인·작가들의 작품을 제외한 나머지 많은 문학적 유산은 자칫 일실의 위험에 처해 있는 것처럼 보인다.

물론 문학사적 선택의 폭은 세월이 흐르면서 점점 좁아질 수밖에 없고, 보편적 의의를 지니지 못한 작품들은 망각의 뒤편으로 사라지는 것이 순리다. 그러나 아주 없어져서는 안 된다. 그것들은 그것들 나름대로 소중한 문학적 유물이다. 그것들은 미래의 새로운 문학의 씨앗을 품고 있을 수도 있고, 새로운 창조의 촉매 기능을 숨기고 있을 수도 있다. 단지 유의미한 과거라는 차원에서 그것들은 잘 정리되고 보존되어야 한다. 월북 작가들의 작품도 마찬가지다. 기존 문학사에서 상대적으로 소외된 작가들을 주목하다 보니 자연히 월북 작가들이 다수 포함되었다. 그러나 월북 작가들의 월북 후 작품들은 그것을 산출한 특수한 시대적 상황의 고려 위에서 분별 있게 이해되어야 할 것이다.

　이러한 당위적 인식이 2006년 한국문화예술위원회의 문학소위원회에서 정식으로 논의되었다. 그 결과 한국의 문화예술의 바탕을 공고히 하기 위한 공적 작업의 일환으로, 문학사의 변두리에 방치되어 있다시피한 한국문학의 유산들을 체계적으로 정리, 보존하기로 결정되었다. 그리고 작업의 과정에서 새로운 의미나 새로운 자료가 재발견될 가능성도 예측되었다. 그러나 방대한 문학적 유산을 정리하고 보존하는 것은 시간과 경비와 품이 많이 드는 어려운 일이다. 최초로 이 선집을 구상하고 기획하고 실천에 옮겼던 한국문화예술위원회의 위원들과 담당자들, 그리고 문학적 안목과 학문적 성실성을 갖고 참여해준 연구자들, 또 문학출판의 권위와 경륜을 바탕으로 출판을 맡아준 현대문학사가 있었기에 이 어려운 일이 가능하게 되었다. 이런 사업을 해낼 수 있을 만큼 우리의 문화적 역량이 성장했다는 뿌듯함도 느낀다.

　〈한국문학의 재발견-작고문인선집〉은 한국현대문학의 내일을 위해서 한국현대문학의 어제를 잘 보관해둘 수 있는 공간으로서 마련된 것이다. 문인이나 문학연구자들뿐만 아니라 더 많은 사람들이 이 공간에서 시대를 달리하며 새로운 의미와 가치를 발견하기를 기대해본다.

2013년 3월
출판위원 김인환, 이숭원, 강진호, 김동식

　　처음 강신재라는 이름을 기억하게 된 것은 1980년대 TV 문학관의 드라마 〈숲에는 그대 향기〉를 통해서였다. 1967년에 발표되어 베스트셀러가 된 강신재의 소설이 원작인 이 작품의 이미지들은 강렬했다. 상류층의 명문대생인 태식이 알 수 없는 광기에 사로잡혀 산 채로 쥐를 해부하는 장면도 인상적이지만 특히 여주인공 두루미가 자신을 해치려는 약혼자 태식을 피해 필사의 도주를 하던 순간 공포에 짓눌린 얼굴을 잊을 수가 없다. 축축이 젖어 음산하기만 한 숲을 달리던 그녀는 북구의 인형처럼 아름다웠지만 그것은 곧 훼손될 것이었기 때문에 비감하게 비쳐졌다. 1980년대 당시는 이른바 어디선가 봉고차가 나타나 여자들을 닥치는 대로 태우고 사라진다는 풍문이 무성한 시절이었던 탓인지 드라마가 끝난 후에도 쉽게 잠이 들 수가 없었다. 그리고 루미를 사랑하지만 그녀를 파괴하려는 태식의 사로잡힌 듯 고독한 인상은 두려움만큼이나 연민을 불러일으켰다. 이 작품의 우울질적인 정서의 바닥 깊은 곳에는 모종의 파괴적인 욕망 혹은 그것에 대한 예감이 자리하고 있으며, 이는 파행적 근대화와 독재 정치로 압축된 격변의 근대사에 대한 여성적 통찰력이 담긴 상상력이라는 것을 나중에 여성문학을 공부하면서 짐작하게 되었다.

　　강렬한 기억 탓인지 작가의 사진을 보았을 때 다소 당혹스러웠다. 사진 속의 강신재는 그토록 그로테스크한 스토리와 해체적인 이미지를 선보인 작가라고 믿어지지 않을 만큼 아름답고 세련된 귀부인이었기 때문이다. 작가가 쓴 에세이나 각종의 기록을 참조하면 그녀의 한평생은 평탄하고 풍요로웠던 듯 보인다. 그녀는 1924년 세브란스의 의대생인 아버지와 숭의학교를 졸업한 신여성인 어머니 사이에서 태어나 유복할 뿐 아니라 개화한 가정 분위기 속에서 성장했다. 14세에 아버지를 여의는 아픔을 겪었으니 그저 평탄했다고만 하기는 어렵지만, 명문 경기여고를 거쳐 이화여전에 진학했을 뿐 아니라 동경제대의 전도양양한 청년과 결혼해 단란한 가정도 꾸렸다. 여성작가 1세대인 김명순, 김일엽, 나혜석 등 이른바 신여성들이 남다른 문학적 재능과 각성된 자아의식에도 불구하고 여자로서나 지식인으로서 불행한 삶을 살았던 데 비하자면 강신재는 일과 가정생활 모두에서 성공을 거둔 드문 사례로 꼽힐 만하다. 주로 1950~1960년대에 활동을 했던 여성작가 2세대들 역시 작품보다 스캔들로 대중에게 알려진 '소문난 여자들'로 치부되거나 독재 정부와 밀월 관계를 유지하면서 여성 동원의 나팔수 역할을 했던 데 비해서도 그렇다.

강신재는 가부장적 국가가 여성 계몽 사업을 주도함으로써 여성 지식인들이 사회의 리더로 부상하게 된 시기에 문인, 여성 지식인으로 살았다. 작품 연보를 보면 쉽게 알 수 있지만 소설은 물론이고 여성작가들의 주요한 활동 지면이었던 여성지나 신문에 많은 에세이를 발표하는 등 작가로 산 시간 동안 큰 공백 없이 많은 양의 글을 썼다. 이는 대중의 호응을 받았을 뿐 아니라 출판 시장 안에서 소외되지 않았다는 증거인데, 그만큼 안팎으로 가정과 여성을 계몽해야 한다는 목소리가 높아지며 여성작가 혹은 여성들의 글쓰기가 각광을 받던 시기였던 것이다. 그녀를 포함해 1950~1960년대 시기 여성작가들은 여성계를 대표하는 지도층으로서 근대국가의 발전을 보조할 도덕적이고 생산성 높은 가정을 이끌어갈 주부가 되라고 계몽의 가치를 강조했다. 그러나 강신재의 소설 속 여성들은 현모양처나 순결한 소녀가 아니라 신경쇠약 직전인 양 불안과 광기의 징후를 드러낸다. 그녀는 여성문학사에서 거의 최초로 욕망의 주체로 스스로를 가시화하는 여성들을 소설의 무대에 세움으로써 여성성에 대한 상투적인 관념을 비트는 도전적인 문제의식을 보여준 작가이다. 우리는 강신재를 통해 최초로 관능적인 여자, 이타성이나 헌신과는 거리가 먼 사악하기만 한 여성, 그래서 혐오스럽지만 다른 한편으로 연민의 감정조차 불러일으키는 단일하거나 투명하지 않은 여성성을 만나게 된다.

강신재의 문학은 사회적으로 허용된 여성성과 그러한 여성성의 이면에 가려진 어두운 심연이 만들어낸 불일치, 혼돈의 산물이다. 강신재는 "문학이 나의 전부"라는 신념보다 생활을 더 중요하게 여기며 일과 생활(가정)을 양립시키기 위해 노력하고 있다고 한 바 있는데, 이는 문학적 불성실의 증거가 아니라 여성작가가 처한 딜레마에 대한 솔직한 고백이라 보아야 한다. 그녀는 초등학교 시절 작문 콩쿠르에서 일본 학생을 제치고 최우수작으로 입선해 신문에 실릴 정도로 글솜씨가 뛰어났고, 함흥에서 보낸 유소년기에는 어른들이 읽는 소설을 닥치는 대로 읽어대는 조숙한 아이였지만 문학가를 꿈꾸지 않았다. 그런 그녀가 소설가로 데뷔하게 된 것은, 만 열아홉의 이른 나이에 자발적으로 결혼을 결정했지만 자신이 살림에 취미도 재능도 없음을 곧 깨닫게 된 후였다고 한다. 글쓰기는 어머니나 아내 노릇, 주부 역할로는 채워지지 않는 자기표현의 매개였던 것이다. 그리고 그녀의 소설은 1950~1960년대 새로운 근대국가의 등장과

이로 인해 급격히 달라진 여성들의 젠더gender 체험을 담아낸다.

　등단 초기작에 이미 여성의 불안 혹은 위태로운 반란의 징후가 자리하고 있지만 1950년대 중후반에 들어서면 그녀의 작품 세계는 현격히 변화하는 듯 보인다. 1950년대는 전후 급격한 서구화로 인한 전통의 단절 그리고 남성성의 위기 등으로 인해 근대화에 대한 불안이 높아지면서 성과 물질에 대한 개방적이고도 합리적인 태도로 무장한 이른바 '아프레게르(Après-guerre, 전후파 여성, 전후 여성)'에 대한 풍자적 담론이 맹위를 떨치던 시기였다. 한국의 근대화는 반근대화 내지 재전통화까지를 포함하는 복합적이고 역동적인 과정이었는데, 이른바 '아프레게르', 즉 전후 여성담론은 한국식 발전 모델이 형성되는 과정에서 발생한 사회적 모순과 혼란을 수습하면서 한국 근대화의 방향을 남성들이 주도하게 된 상징투쟁의 장이었다. 강신재의 소설은 아프레게르 담론을 몹시도 이율배반적으로 반영하고 있다. 초기작의 정숙하지만 반란의 기미 가득한 비명 삼킨 여자들과 달리, 1950년대 중반 이후 강신재 소설 속 여성 인물들은 착한 여자와 나쁜 여자로 이분화되고 나쁜 여자들의 활약이 두드러지게 되며, 글쓰기 양식도 사실주의적인 관찰이 우세하기보다는 모종의 격렬한 정서에 의한 것으로 변화하게 된다. 그녀의 많은 단편소설에는 이른바 가부장제의 질서를 위반하는 악녀들이 점령해 있다. 작가는 이들 악녀들이 저지르는 일탈적 행동들에 공포만큼이나 매혹을 보여주기도 한다. 이러한 작품들이 어떻게 등장했는가를 설명하기란 결코 쉽지 않다. 그것은 작가 스스로가 문학적 뿌리라고 말한 바 있는 '청진', 즉 "바다와 눈과 삭풍의 그 신개지新開地"로 명명된 척박한 기후와 환경 속에서 거칠게 살아갈 수밖에 없었던 함경도 사람들의 체취를 담은 캐릭터들일 수 있다. 그러나 분명한 것은 그녀의 불꽃덩어리 같은 여성 인물들은 단순히 인간 본성의 야생성을 증거하는 존재가 아니라 환대의 자리에 앉을 수 없었던 여성들의 소외된 경험 혹은 반란의 욕망들을 담고 있다는 것이다.

강신재는 의남매의 불온한 사랑을 상큼하게 그린 「젊은 느티나무」의 작가로 문학적 명성을 쌓으면서 서정적이고 소녀 취향적인 '여류작가'로 인지되어왔다. 이러한 탓에 1960년대 초반부터 시작해 점차로 현대사의 굵직한 사건이나 사회 풍속을 다룬 장편 창작에 관심을 돌려 방대한 양의 작품을 창작했다는 사실은 간과되어왔다. 강신재는 1960년대 중반부터 1970년대 중반까지 평균적으로 두 개 이상의 일간지나 잡지에 연재를 담당하면서 참으로 많은 작품을 발표하는데, 이 중 여러 편의 소설들은 불륜과 치정을 다룬 통속극의 형식을 띠고 있다. 감성적이고 격조 높은 순수문학을 창작하던 강신재가 왜 훗날 엽기적이고 파행적인 소설을 쓰게 되었는지 그 문학적 전회의 이유를 찾기란 쉽지 않다. 다만 이들 작품들은 파행적 근대화와 그에 따른 병리적 세태에 대한 비판을 담고 있어 단순하게 통속극으로 치부해버릴 수만은 없다. 소설 속 거대한 저택의 비밀의 방은 집의 안주인이 자살을 하거나 미쳐서 감금된 곳으로서 가부장적 중산층 가정의 추악한 비밀을 담고 있다. 당시 중산층 가정은 물질적으로 풍요로우며 윤리적으로도 건강한 근대문화의 매혹적인 상징으로서 국가근대화에 대한 국민의 열렬한 동의를 유도하는 장치였다는 점을 염두에 두고 보면 강신재가 본 것은 지독한 혐오 혹은 허무였는지도 모른다.

2013년 3월

김은하

* 일러두기

1. 이 작품집은 강신재의 소설에서 대표적인 작품 19편(단편 19편)을 선별하였다.

2. 작품의 배열은 발표순을 원칙으로 삼았으며 출전은 작품의 말미에 밝혔고, 어렵거나 모호한 단어의 주석은 각주로 처리하였다.

3. 원문 표기는 현행 한글 맞춤법과 외래어 표기법에 의거했으나, 대화 부분이나 사투리를 구어적으로 표현한 경우 작가의 개성을 살려 가능한 한 그대로 두었다.

4. 오자, 탈자와 같은 명백한 오식은 바로잡았으며, 정확하게 보이지 않는 단어나 구절은 □로 표시하였다.

5. 대화는 " "로, 독백과 강조는 ' '로, 단편소설은 「 」, 단행본은 『 』, 잡지와 신문은 모두 《 》로 표시하였다.

차례

얼굴

영등포로 나가는 전차 안에서였다.

경옥 여사를 만났다. 그가 거의 외출이라고는 하는 법이 없는 것을 잘 알고 있으므로 나는 잠깐 희귀하다는 생각이 들었다. 어쨌든 여사는 이년 만에 보아도 여전한 그 험악한 표정을 하고서 검정테 안경 너머로 바깥을 내다보고 있었다. 벌써 희끗희끗한 것이 더러 섞이기 시작한 트레머리에 검은 무명 양말을 신고서. 그 모양이 어찌 딱딱해 보였던지 만약 누가 "여보세요" 하고 말이라도 건네었다가는—그것이 설사 다른 사람 아닌 나—그 옛날에 애끓는 짝사랑을 그에게 바쳐올린 나라고 할지라도—경옥 여사는 "뭐요? 왜 그러오?" 하고 떡멩이질하듯* 퉁명스레 한마디 내쏘고는 무뚝뚝하게 바라다보기만 할 것 같아서, 그리고 또 별로 할 말도 없었던 고로 나는 잠자코 그가 내릴 때까지 그저 주의해 보기만 하고 있었다. 이윽고 성남중학교 앞에 다다르자 경옥 여사는 그 대가 긴 구식 양산을 아무렇게나 움켜쥐고서 차를 내려버렸다. 그리고 여전히 뻣

---

* 아마도 절구 속의 덩어리진 떡을 방망이로 마구 치는 것에 빗대어 말투가 성의가 없고 무뚝뚝하다는 뜻의 구어인 양 보인다.

뺏한 무미한 얼굴을 들고 군용도로 쪽으로 걷기 시작했다.

　나도 맨 끝으로 전차를 내려서 지나쳐 온 ×동 정류장까지 되돌아 걷기 시작했다. 길가의 보리밭이 새파랗게 물결치고 그 위의 동뚝*에서는 소년이 풀피리를 불고 있었다. 나는 경옥 여사에 대한 나의 동정심이 새삼스레 뜨거워지는 것을 느꼈다. 왜냐하면 나는 옛날이나 다름없이 아직도 경옥 여사를 사랑하고 있기 때문이었다. 물론 그것도 우리들의 얼굴이나 매한가지로 이제는 빛도 향기도 날아간 애정이기는 하겠지만…….

　한 이십 년 전 경옥 여사는 대략 다음과 같은 투의 편지로 나를 매우 비관시킨 일이 있다.

　“20일부의 편지, 21일부의 편지 또 일부분이 없는 아홉 장짜리 편지 다 빼놓지 않고 읽었습니다. 제 손에 안 들어온 것같이 걱정을 하시는 모양이기에 알려드립니다. 그리고 일전에 제가 올린 사연은 그러니까 이것들을 전부 읽은 후에 쓴 것이라는 일을 명심해주십시오. 따라서 금후로는 절대로 편지 보내시기를 삼가주실 줄 믿습니다. 경옥 배.”

　“그렇게 말씀드렸건만 또 보내셨지요? 최후로 저의 연애관이나 아시고 싶다고요? 진정 마지막이니 그럼 말씀드리지요. 저는—아니 저희들은 이렇게 생각해요. 우리가 살고 있는 이 세상을 조금이라도 더 아름답게 만들자. 우선 이것이 저희들이 생존하는 의의이지요. 저의 애인이고 지도자인 K씨는 이 고귀한 사명을 위하여 분투합니다.

　저는 그 투사의 협력자이고 위안자이에요. 제가 있는 곳은 즉 그의 오아시스지요. 그리고 또 그이는 저라는 여성 속에서 모든 미와 덕을 발

| ＊큰물이 넘쳐나거나 넘쳐들지 못하게 크게 쌓은 둑.

견하고 저를 통해서 인류를 사랑할 수 있다고까지 말씀하신답니다. 그러니까 저는 순결해야 하지요. 이 쓰레기통 같은 세상에서 학鶴과 같이 깨끗하고 백합같이 향기로워야지요. 저희는 곧 결혼합니다. 그리고 그이가 돌아가시는 날 저도 이 세상에 머무르지 않겠습니다……"

이 모양으로 푸대접을 받고도 나는 미련이 있어서 얼마 동안 더 그를 괴롭히다가 끝내 가까스로 단념을 했던 것이다. 그는 그 시절에도 검정 테 안경은 역시 쓰고 있었지만 얼굴은 좀 더 부드럽고 예뻤던 것이 틀림없다고 나는 흰 먼지에 발이 파묻히는 길을 걸어가면서 그렇게 분명치 않은 생각을 가다듬어보았다.

한번은 우연의 작희*로 뜻 아니한 여사의 가정을 방문한 일이 있었다. 그것이 경옥 여사의 가정이라고는 꿈에도 생각지 못하고. 그것은 내가 경옥 여사에게 실연을 당하고서 아마도 오륙 년이나 지난 뒤였을까. 그의 소위 고귀한 사명이 달성되어가는 셈이었는지 그것은 자세히 알 수 없으나 어쨌든 K씨의 응접실은 제법 호화롭게 장식이 되어 있었다. 사무상의 용담이 끝나서—나는 그때 갓 취직한 회사의 명령으로 이 안면도 없는 실업가 K씨를 방문하지 않으면 안 되게 되었던 것이다—이윽고 자리를 일어서려 하는데 K씨는—그때까지도 나는 그가 바로 경옥 여사의 부군이라고는 깨닫지 못하고 있었다—차나 한잔, 하면서 나를 만류하였다.

그러자 마치 엿듣고 서 있기나 하였던 듯이 도어가 열리며 차도구를 든 부인이 실내로 들어섰다. 그는 자기가 할 일은 무엇이나 잘 알고 있다는 듯이 현부인賢夫人연하고 거만하게 걸어 들어오더니 허리를 굽히며 나

| *작희作戱. 남의 일을 방해함.

23

를 보자 깜짝 놀란 듯이 입을 벌렸다. 나도 물론 놀랐다. 그것이 바로 경옥 여사였으니까. 그러나 내가 무어라고 입을 열 사이도 없었다. 그는 무례한 짓이라도 당한 사람같이 분연코 찻종을 든 채 되돌아 나가버린 것이다. 너무 민망했던지 K씨가 낭패해서 무어라고 하면서 뒤따라 나갔다.

"아니 여보."

"왜요? 나는 저기 앉았는 사람하고 자리를 같이할 수는 없습니다. 이유는 당신의 명예에 관한 일이에요. 가정의 신성을 생각해섭니다."

도어 밖에서 이렇게 낮으나마 엄연하게 선언하는 여사의 말소리가 새어 들어왔다. K씨는 어안이 벙벙한 얼굴을 하고서 돌아와 앉았다.

'과연 학이구 백합이로군……'

나는 입맛을 쩝쩝 다셨다. 내가 나온 후 응접실은 아마 D·D·T나 크레졸로 대소독을 받았는지도 알 수 없다.

그 뒤 십 년쯤 지나서 나는 K씨의 장례식 날 한 번 더 경옥 여사를 만나고야 말았다. 근무처에서 지시받은 말하자면 공무이기도 하였지만 물론 반 이상 나의 자유의사로 출석한 것이다. 그리고 그 자리에서 나는 경옥 여사의 얼굴이 참말 잊으려야 잊을 수 없을 만치 기묘한 표정을 띠운 것을 보았던 것이다.

좋은 날씨였다.

이른 봄볕은 고갯길의 붉은 황토 위에 따사롭게 내려깔리고 길 양옆엔 풀잎이 파릇파릇 돋아나고 있었다.

들새가 하늘 높이 울고 있었다. 앞으로 주렁주렁 걸어가는 사람들이나 또 그 앞을 흔들리며 가는 상여가 눈 안에 들어오지 않았던들 나는 이 한가로운 교외가 더욱더 마음에 들었을지 몰랐다. 하지만 나도 회장자會葬者의 한 사람이고 보면 행렬을 너무 뒤떨어져 혼자서만 생각에 잠길 처지도 아니어서 나는 정신을 차리고 발길을 재촉했다. 바싹 발길을 빨리한 김에 나는 앞선 사람들을 제쳐놓고 바로 상주 옆에 가 다가섰다. 상주란 물론 미망인 경옥 여사였다.

그는 베옷을 입고 머리에 새끼테도 감고 있었으나 그 처참하고 불쾌한 통곡 소리는 내지 않았다. 덕분에 장례는 숙연한 가운데도 어딘지 한가로이 진행을 계속하고 있는 것이었으나 경옥 여사는 통곡 대신 합장을 하고 검은 비단으로 통 둘러씌운 상여를—이렇게 울긋불긋한 색깔을 가린 것도 여사의 주장이었다고 한다—응시하면서 일종 독특한 표정으로 걸어가는 것이었다. 그가 얼마만한 절망과 비통 속에 상여를 따라가고 있다는 것은 통곡 소리를 내지 않아도 잘 알 수 있었다. 그는 다만 비상한 의지로 자기를 억제하고 있을 따름이었기 때문이다.

그런데 장렬이 푸른 산 주름 사이로 접어들기 시작하자 경옥 여사는 고개를 쳐들고 남편이 묻힐 하늘가를 바라다보았다. 그리고 엷은 미소를—미소라고 함이 적당치 않다면 어쨌든 일종의 미미한 경련을—일순 입가에 띄워 올렸던 것이다.

'여기로군요. 우리가 찾아온 것이 여기로군요. 당신과 내가 영구히 있을 곳이……'

그렇게 그의 입가의 동요는 말한 것 같았다. 흘깃 보았을 따름이지만 대단한 비감함과 자기만족과 우월감 같은 것이 뒤섞인 일종의 감동이 그 이마를 스친 것만은 분명하여서 직각적으로 나는 그런 추측을 한 것이었다.

'……그이가 돌아가시는 날 저는 이 세상에 머무르지 않겠습니다……. 흐음……'

그러고 보니 그런지 산을 오르는 경옥 여사의 발걸음은 이제껏보다 한결 확실해진 것 같기도 하였다.

하관식은 순조롭게 진행되어 갔다. 친근한 사람들이 차례로 흙을 던져 넣고 둘레에서는 찬송가 소리가 일기 시작했다. 흐느껴 우는 사람도 있었다.

경옥 여사는 고개를 숙이고 합장을 하면서 이 최후의 순간을 가장 훌륭히 끝마치려고 하고 있었다. 그럴 것이다. 오늘로라도 그의 뒤를 쫓을 결의가 굳건히 서 있을진대 무턱* 슬프고 안타까워할 까닭이 없었다. 구덩이가 거지반 메꾸어져가는 바로 그때였다. 사람들을 헤치고 울며불며 앞으로 뛰어나와 흙 위에 쓰러진 젊은 여자가 있었다. 그는 흙 위에 쓰러진 채 실신한 사람처럼 중얼대었다. 뒹굴면서 가슴을 쥐어뜯었다.

"싫어요! 싫어요! 아이 왜 돌아가셨어요. 난 어쩌라구 돌아가셨어요. 싫어요. 몰라요. 싫어요……."

퍼머넌트의 단발을 한 여학생 같은 차림이었다. 어린애같이 발을 탕탕 구르며 운다.

묘지는 별안간 수선수선해졌다. 간신히 그의 겨드랑 밑을 받쳐 데리고 가는 사람들에게 여자는 죽은 사람처럼 척 늘어져서 끌려가면서

"저는 그이와 보통 사이가 아녜요. 그이가 날 두구 죽다니요."

한다.

그때의 얼굴이다.

경옥 여사는 그때 흘깃 눈을 들고 맞은편에 서 있는 나를 본 것같이 나에게는 느껴졌다.

그 늙어가는 부인의 눈동자에 순간 설레인, 연민을 구하는 듯한, 절망한, 또 겁에 질린 듯하고도 수치로 일그러진 그런 표정이란 참말로 무엇이라고도 표현할 수 없는 것이었다. 나는 더 계속해서 경옥 여사의 얼

| * 아무 까닭이나 거리가 없음.

굴을 바라다볼 용기가 없었다. 그래서 슬그머니 한편 옆 골짜기로 내려가 있었다.

얼마 지나니까 사람들은 듬성듬성 산을 내려가기 시작했다. 나는 이왕이니 산이 고요해지기를 기다려 좀 걷다 갈 양으로 그대로 혼자 앉아 있었다. 이윽고 맨 나중까지 묘지에 머물러 있던 사람들마저 내려들 가는 기색이었다. 그 순간 재각하고 무엇인지 내 발부리를 스쳐 자갈 위에 떨어지는 것이 있었다. 나는 그쪽으로 고개를 돌렸다. 어지간히 힘껏 내던졌던 모양으로 그다지 멀지도 않은 거리인데 산산이 부서진 작은 유리병이었다. 환약들이 내 주위에 뿌려지고—그 레테르에는 극약을 의미하는 파란 종이에 금문자로 '비소砒素'라고 또렷하게 쓰여 있었다.

나는 고개를 비꼬고 돌아보았다. 경옥 여사는 이쪽을 거들떠볼 염도 안 하고 서너 사람에게 부액*을 받은 채 저편으로 걸어가는 도중이었다.

"어떻게 해서든지 하여간 살아야지요. 약속을 어긴 사람에게 이편만 충실할 수는 없으니까요."

경옥 여사가 근래에 와서처럼 틀어박혀 있지만 않고 여기저기 초조한 낯빛으로 나와다닐 때의 일이다. 한길에서 내 얼굴을 보자 그는 체면도 허물도 없이 덥석 이렇게 말을 했다. 진정 괴롭과 분노 이외에 아무 감정도 그는 가슴에 담아둘 수가 없는 모양 같았다. 모든 판단이 엉키고 뒤집히고 뭣이 뭣인지 모르게 된 중에서 하여간 살아 있어야 한다는 결론만은 두 손으로 힘껏 움켜쥐었던 모양이다.

경옥 여사는 지금에 이르기까지 변태적인 생활을 계속하고 있다. 크나큰 집의 문이란 문은 일체 닫아걸고 불러도 대답을 하지 않는다고 했

| * 부축.

27

다. 나도 한번 그의 집 벨을 누른 일이 있었으나 역시 응답이 없었다. 그리고 두 번째 갔을 때는 벨마저 뜯어 치우고 보이지 않았다. 그 근처 사람들은 경옥 여사가 단 한 마리 기르고 있는 흰 고양이에게 고기반찬만 해서 먹인다느니 그런가 하면 또는 방망이를 들고 온 집안을 쫓아다니는 것이 여사의 일과이어서 고양이가 바싹 말랐다느니 하는 소문을 전한다. 그러나 하기는 고독하게, 전연 고독하게, 쓴 기억과 더불어 사는 경옥 여사에게 어떠한 괴벽이 생겼다 할지라도 조금도 놀라울 게 없는 일이 아닐까. 이렇게 생각하고 나는 한 번 더 검정테 안경을 쓴 험악한 얼굴을 눈앞에 띄워보며 걸음을 옮겼다.

—《문예》, 1950. 9.

정순이

    정순이는 아무에게 대해서고 자신을 가져본 일이 없다. 사람에게 대해서뿐만 아니라 스무 살이라는 오늘날까지 제가 행한 일이나 사물에 관해서 자기를 만족히 여긴 적이 없는 것이다.

    그는 특별히 인물이 못생겼다거나 남의 말을 얼른 새겨듣지 못하리만큼 둔하다는 것도 아니었다. 그만하면 모양을 내고 거리를 나다니든, 책을 펼쳐들고 심각한 낯을 짓건, 아무도 무어랄 사람은 없음직하였으나 어째선지 그는 모든 게 부끄러워 쥐구멍만 찾게스리 성미를 타고났던 것이다.

    그래서 그 특별히 못났다고는 말할 수 없는 평범한 얼굴도, 늘 깜빡깜빡하면서 한군데를 오래 보지 못하는 눈알과 금방 울면서 무어라고 변명이라도 시작할 것 같은 입모습으로 하여 비상히 '미저러블'한 인상을 주게끔 변모가 되었고, 마음 놓고 커다랗게 나와 본 적이 없는 목소리는 또 고장 난 전화기처럼 말 도중에 자꾸만 끊어지고 어느 틈엔지 더듬는 버릇까지 생기고 만 것이다.

    사년제 여학교를 졸업하자 그는 얼핏 집 안에 들어앉아 버렸다. 한살

아래인 정옥이가 언제부터 벼르고 있듯 무슨 여대女大에 들어가 컬한 머리를 휘날리며 하루는 양복으로 하루는 치마저고리로 등교를 한다느니 따위의 생각은 가져보지도 못한 채 들어앉아 버린 것이다. 하기는 정순은 간호부 학교 같은 데에 들고픈 생각은 없지 않아 아무도 곁에 없을 때에는 가끔 그 궁리를 해보아 오던 길이었으나 한번 어머니가,

"정순이 너 웃학교 어떡허런?"

이렇게 물었을 때에는 운수 사납게도 정옥이가 동무들을 몰고 와서 떠들어대고 있다가 이 소리에 일제히 마당으로 고개를 내밀고 보았기 때문에 정순이는 화끈하고 얼굴이 달아올라서 그만 할 일도 없는 부엌으로 부산히 들어가면서 집에 있는다고 한마디로 대답을 해치웠던 것이다. 그럴 것이 무슨 학교에 들어가겠다고 미리부터 광고를 퍼뜨렸다가 그만 떨어지는 날에는 얼굴을 어느 쪽으로 돌려야 옳단 말인가. 그래서 그는 하필 이런 때에 그런 질문을 한 어머니를 잠깐 원망했을 뿐으로 상급 학교 문제는 영영 포기하고 만 것이다.

집에 들어앉은 정순은 자진해서 부엌데기가 되었다. 빨래하고 밥 짓고 소제하고—이런 따위로 그의 나날은 저물어갔다.

하지만 알 수 없고 기기묘묘한 것이 사람의 일이다. 이러한 정순에게 '애인'이라는 게 생긴 것이다.

그것은 늦은 겨울 해 질 무렵이었다.

어머니와 정옥은 외출하고 남동생 정식은 얼음이 녹기 전에 한 번 더 탄다고 스케이팅을 가서 아직 안 돌아왔다. 정순은 혼자 설거지를 마치고 마루로 올라가려는데 대문 소리가 나고 웬 낯선 사람이 마당으로 들어섰다. 키가 크고 젊은 사나이였다.

"여기가 정식 군의 댁이지요?"

그는 성큼성큼 마루 앞으로 다가서며 정순을 쳐다보았다.

"네에……."

정순의 대답은 입안에서 꺼졌다.

"다른 게 아니라 정식 군이 링크에서 빠졌어요. 얼음이 엷은 데를 디
뎠던가 봅니다. 곧 꺼내졌으니까 별일은 없을 겝니다만 지금 그 근처 K
병원에 누워 있으니까요, 와 보시라구 그래 왔습니다."

정순은 머릿속이 아득해지는 것을 느꼈다. 이 일을 어떡하나, 어머니
두 정옥이두 지금 없는데 누가 얼른 가야 하긴 하겠지만—우선 이 사람
한테는 뭐라구 해야 좋구—그는 말도 못하고 울상이 되면서 그 사람을
얼핏 쳐다보고는 또 급히 시선을 떨구었다. 침침한 어둠 속에서 분홍 저
고리에 행주치마를 두른 정순의 이런 모양은 가련하게 처음 보는 사람에
게 비쳤던가 보다. 그 청년은 목소리를 부드럽게 하면서,

"댁에 지금 아무도 안 계십니까. 그럼…… 어떡할까…… 그럼 제가
병원에 돌아가서 정식 군을 보구 있지요. 천천히 오시도록 하십시오. 너
무 염려는 마시구……."

이렇게 말을 다 끝마치고도 그대로 잠깐 서 있다가 돌아서서 나갔다.

다음 날 아침에 어머니와 정옥이 정식을 자동차에 태워가지고 병원
에서 돌아왔을 때 어제 그 청년은 자기도 함께 따라왔다. 정식의 스케이
트며 장갑 따위를 들고서…….

성순은 물론 부엌으로 숨었다. 불도 더 때야 했고 죽도 데워 내야 했
으니까 그 B라는 사람이 아니더라도 그렇게 했겠지만…….

"에그 오늘 아침까지 또 이렇게 폐를 끼쳐서 원……."

어머니의 목소리가 이렇게 들리더니 대뜸 정옥이가,

"아이 어머니두 추우신데 어서 들어가시자구 그러잖구…… 자 올라
오시죠. 누추한 곳입니다만."

이렇게 서두르며 사양하는 B를 방으로 들어가게 권유하는 모양이었다.

"암 몸이라두 녹여 가셔야지, 자 원 그냥 가시다니."

어머니는 그러고는 잠깐 부엌을 들여다보고,

"애, 홍차나 좀 끓여라."

하고 마루로 올라갔다.

어느 틈엔지 빨간 스웨터로 갈아입고 나온 정옥이 차도 나르고 과일도 깎아 내고 하여서 정순은 겨우 마음을 놓았다.

그러나 부엌에서 아른아른하는 치맛자락만 보고 돌아간 B는 며칠 후에 정순에게 긴 편지를 보내왔다.

혼자 집보기하던 정순이었기 다행이었다. B라는 겉봉의 서명을 보자 그는 단걸음으로 건넌방에 들어가 높은 선반 위에 얹힌 상자 속에 그것을 감추어버렸다. 그 후에 그것을 다시 꺼내어 아무도 없는 틈을 타가며 도막도막 읽기를 겨우 마친 것은 무려 사오일이 지난 연후였다.

편지의 사연은 정순이 자기를 두고 쓰인 것이라고는 아무리 하여도 생각할 수 없는 물건이었다. 동경의 여인이니, 순결의 화신이니 하는 말 따위는!

너무도 허황한 소리를 들었다는 생각에—들었을 뿐 아니라 어떤 사나이가 지금도 연속적으로 자기를 그렇게 보고 있다는 생각에—정순의 수치심은 극도로 자극되었다. 그는 매사에 낭패하고 당황해하고 한정도 없이 무색해하여서 전보다 더더구나 얼떨떨한 속에서 서성거렸다. 어느 때나 다름없이 정옥이가 또 제일 입빠르게 그것을 지적하여서,

"언니! 대체 왜 남의 말을 똑똑히 듣지두 않으려 들우? 이 치마 요기하구 요기하구만 좀 손질해 달래는데 누가 다 빨랬수? 그렇게 움켜쥐구 나가게."

이렇게 종알종알 눈을 흘겼다.

그러나 사랑은 기적을 낳는다. 한 달 두 달, 선반 위에 얹힌 상자를

쳐다보며 가슴을 두근거리고 가끔은 남몰래 펴보아서 그 안의 문구를 암송하게끔 되었을 무렵에는 정순이도 은근히 그 의미하는 바에 기쁨을 느끼지 않을 수 없게 되었고 나중에는 "언제까지라도 당신의 알아주심을 기다리겠나이다" 하는 말에 대해서 회답을 써보자는 대담한 생각까지도 가슴속을 오락가락하게 된 것이다.

정순이는 여전히 만사에 자신이 없었고 정옥의 어디서든 아무렇게나 말을 던지는 대담성 앞에는 어리둥절할 따름이었으나 그 후부터 속으로는 늘 한 가지 일을 생각하고 있었다. B에게 어떻게 부끄럽지 않은 회답을 쓸 수 있을까 하는 것이었다. 그것도 정말 봉투에 넣고 우표를 붙여서 그 주소로 띄우자는 데까지는 생각지 못했으나 그 부끄럽지 않은 회답의 문구를 생각해내자는 데에는 적지 않은 열성을 느끼게 된 것이다. 그는 밥을 지으면서도 빨래를 하면서도 그것을 생각했다. 생각이 발전하여 어떤 때는 어느 닥쳐올 앞날에 B와 자기가 다시 만나게 될 광경을 상상해보기도 하였다. P 아주머니로부터 선사받은 그 화려한 블라우스를 꺼내 입고 B와 함께 거리를 거니는 대목까지 생각하다가, 정순은 혼자서 얼굴을 붉히기도 하였다.

그리고 틈을 타가며 책상에 엎드려 편지지에 적어보기 시작하였다.

그러나 물론 하나도 그의 마음에 차는 것은 없었다. 그 위에 쓰다가도 누가 미닫이 밖에서 어른거리는 기척만 있으면 움칫하고 놀라서 그것을 책갈피에 감추어놓고는 자기도 밖으로 나와버렸다가 어느 틈에고 그것을 불살라 버리고야 안심을 하는 지경이었으니 얼마가 지나도 완성됨직해 보이지 않았다.

봄도 다 가버리고 이제는 한창 더워오려는 첫여름이었다.

"얘, 넌 게 들어가서 무얼 하는 셈이냐? 방맹이질을 하다 말구서 응?"

어느 날 오전 장독대 밑 수통께에다 삶은 빨래를 수북이 놓고 투닥거리고 있던 어머니가 몇 번이나 건넌방 쪽을 돌아다본 끝에 기어코 그렇게 재촉을 하면서 알 수 없다는 듯한 얼굴을 지었다. 곧잘 앉아 같이 빨래를 하다 말고 정순이는 슬며시 방으로 들어가 발을 내리치더니 도무지 나오지를 않는 것이다.

"네에, 나가요. 아무것도 아냐요."

이런 대답과 함께 정순은 정말 뛰어 나오더니 귀밑이 이상히 빨개가지고 방망이를 들고 얼른 돌아앉았다.

"뭘 하던 중이건 마저 하구 나오지 그러니."

어머니의 말에 그는 더욱 당황한 듯 북북 빨래를 문지르는 것이었으나 어머니가 빈 대야를 들고 부엌으로 사라지자 울듯이 얼굴을 우그리고 후윽 한숨을 내뿜었다. B에게 대고

—어느덧 여름이 왔습니다. 나는 버드나무 밑에서 빨래를 하다가…….

이런 투로 모처럼 마음에 드는 글자가 줄줄 연달아 씌어지던 참인데 그 편지도 또한 찢기우는 운명에 봉착해버린 것이다. 그는 오늘은 불현듯 마음이 달아올라서 어떻게든 정옥이 돌아오기 전에 끝을 맺을 양으로 그렇게 용기를 내보았다. 그럴 것이 정옥은 요즘 정순의 비밀을 탐지라도 한 듯이 수상쩍게 정순을 훑어보곤 하여서 그가 돌아오면 도무지 틈을 엿볼 엄두도 내지 못할 형편이었다.

이래서 또 날이 흐르고 흘렀다.

정순은 여전히 회답을 쓰고 싶다는 뜨거운 욕망을 버리지 않고 있었다.

하루는—그것은 정옥이 해수욕장에서 돌아온 날이었다. 정순은 동생이 마루에 던져놓고 나간 슈트케이스를 정리하다가 노트 새에 끼인 편지

를 한 통 발견하였다. 무심코 보니 B생이라고 서명이 되어 있다. 정순은 가엾도록 낭패하였다. 그러나 다음 순간 '김정옥 씨'라고 뚜렷이 적혀 있는 겉봉을 한 번 더 훑어보자, 그는 비겁한 눈초리로 주위를 둘러보았다.

어머니는 안방에서 잠이 드신 모양이고 대문은 방싯 열려 있었으나 아무도 찾아들 기미는 안 보였다.

더위에 시들어서 모든 것이 고요하였다.

정순은 가만가만 대문을 잠그고 건넌방으로 들어갔다. 그는 그 편지를 읽어 내려갔다.

"……제가 그저도 정옥 씨의 언니를 잊지 못하고 있다고요? 하도 조르고 매어달리니까 하는 수 없이 정옥 씨를 좋은 척할 따름이라고요? 정옥 씨, 그것은 너무하신 말씀이올시다. 처음 얼마 동안 정옥 씨를 바로 보지 못한 둔감의 죄는 있겠습니다만 그것이라야 정옥 씨와 꼭 같은 맑은 피부, 정옥 씨와 꼭 같은 귀엽게 기울이는 고개, 그 꼭 닮은 몸매를 찬미했던 것이 아니오니까. 그것은 진정 오랜 세월을 두고 내가 그려오던 이상의 여성의 모습이었기 때문입니다.

그러나 나도 넋이 있는 인간이올시다. 아무리 외형을 그렇게 갖추고 있다 할지라도 그것이 활발한 감정을 구비하지 못한 인형이라고 들었을 때에는 마음이 서늘해지지 않을 수 있겠습니까. 더구나 그것이 백치에 가까운 얼빠진 정신의 소유자임에야! 나는 그 길로 절망의 구렁에 빠졌어야 했겠지요. 만약 정옥 씨라는 천사를 끝내 모르고 말았다면! 그러나 나는 축복받은 사나이인가 봅니다. 내 눈에 황홀한 나머지 그 저능低能까지를 사랑할 뻔한 아름다움을 지니고 있고, 그 육체 속에는 발랄한 감정과 지성을 갖춘 정옥 씨가 바로 옆에서 나를 지켜보고 있어주었으니까요. 나는 지금 정옥 씨를 만난 기쁨으로 하여 모든 것을 천지만물에 감사하고 싶은 심경에 있습니다. 나의 이 기쁨에 면하여 벌써 오래전에 지나간 이야기, 우리 둘에게는 이미 있으나 마나 한 인물의 이야기는 이제는 제발 그만두기로 합시다…….”

최근의 일자가 적혀 있었다. 그리고 겉봉 여백에는 정옥의 글씨로 해수욕장에의 열차의 시간과 그가 바로 출발하던 날짜 그리고 ‘이등 대합실 왼편 구석’이란 글들이 씌어 있었다.

정순은 그것까지 살펴보고 나서는 방망이로 머리라도 얻어맞은 듯이 멍한 눈초리를 위로 던졌다.

겨우—오랜 시간이 지난 연후에야—그의 얼굴에는 약하고 서글픈 미소가 떠올랐다. 지금껏 그에게서 볼 수 있었던 어느 웃음보다도 쓰라리고 자신을 잃은 미소였다. 그에게 아직 손톱 끝만큼이라도 살아 있는 구석이 있었다면 지금 온전히 사멸하였음을 말하는 미소였다. 그는 그 얼굴을 지은 채로 눈에 핑글 눈물을 띄워 올렸다. 그러고는 그때 마침 삐걱이는 대문 소리에 허둥지둥 마당으로 뛰어나갔다.

돌아온 것은 정옥이었다. 칠월 아침의 햇살같이 싱싱하고 명랑하게 집 안에 들어서자 정순에게는 곁눈을 던져주는 일조차 없이, 따라라 따…… 하고 콧노래를 하면서 수통 물을 비튼다. 요란스레 찬물을 끼얹어 가면서,

“어머니, 어머니, 내 말 좀 들으세요.”

안방 방장*을 바라보며 소리를 질렀다.

“또 얘가 돌아온 게다, 이 수선이.”

어머니는 일어나 나오면서 웃었다. 집 안은 며칠 만에 다시 사람 사

| * 방문이나 창문에 치거나 두르는 휘장.

는 집답게 생기가 떠돌기 시작했다. 정옥은 웃고 지껄이고 어머니는 대청과 부엌을 오르내리시고—정순도 어름어름 일을 거들면서 가엾게도 힐끔힐끔 정옥을 훔쳐보았다.

그날 밤을 정순은 완전히 한잠도 이루지 못하고 정옥의 숨소리를 들으며 새웠다. 그의 가슴은 쪼개지듯이 아팠고 베개는 흠썬 젖어버렸다. 아침에 밥 지으려 내려섰을 때 그는 다리가 휘청휘청하는 것을 느꼈다. 그는 또 우는지 웃는지 자기 스스로 알 수 없는 웃음을 띠웠다.

그날이 다 저물어갈 즈음 정순은 정옥에 관해서 한 가지 모르던 사실을 발견하였다. 그것은 정옥이 이번 바닷가에서 돌아오고부터는 이상히도 정순과 면대하기를 극력 피하고 있다는 것과, 그 콧노래, 그 정순에 대한 무관심에는, 어딘지 꾸민 듯한 부자연함이 숨어 있다는 것, 잔소리도 일체 안 할뿐더러 가끔은 살피는 듯한 시선을 정순에게 몰래 보낸다는 일이었다. 편지 읽히운 것을 눈치챘던 모양인가? 어쨌든 이것은 전례에 없는 일이었다. 정옥이 다소라도 정순이 자기를 어려워한다는 것은!

정순이 무를 담은 소쿠리를 나르다가 하나를 떨군 것을 그가 주워 담아주기까지 하였을 때, 정순의 가슴에는 여태껏 맛본 일이 없는 어떤 만족감이 흘렀다. 그것은 여지없이 분쇄된 정순의 가슴을 이제 다시 어떻게 하는 것은 아니었으나 뜨뜻한 물처럼 전신으로 스며들며 감미한 도취감을 가져다주는 것이었다.

정순은 이 전혀 새로운 경험에 놀라움과 동시에 당황함을 그리고 동시에 기꺼움에 가까운 것을 느꼈다.

'나를 형이라구…… 그래도 저게 내 눈치를 보고…….'

그는 속으로 이렇게 중얼거렸다.

긴 여름 해도 거의 기울어, 뜰에는 벌써 저녁 그늘이 덮이고 있었다. 그 저녁 그늘에 잠긴 석류나무의 제일 아랫가지에는 새빨간 열매가 외롭게 하나 달려 있고, 거기다 앞집 고양이란 놈이 잔망스레 자꾸 매어달려 장난을 치고 있다. 그는 정신 나간 사람처럼 멍하니 그것을 바라보고 서서 무엇을 한참 망설인 끝에 안방으로 들어갔다. 조금 뒤 그는 손에 화려한 블라우스 하나를 꺼내들고 나왔다.

담홍색 새틴의 주름을 많이 잡아 지은 마치 장미 꽃송이같이 아름다운 옷이다. 그것을 P 아주머니한테서 선물로 받을 때 정옥도 역시 그만 못지않은 것을 받기는 하였으나 그는 벌써 입어버린 지 오래여서 정순은 정옥이가 이것을 달래지 않을까 내심 늘 불안을 느끼며 흰 상자 속에 깊이 감춰두었던 물건이었다. 그럴 것이 정순은 이것을 제 몸에 입고 나다니리라고는 꿈에도 생각지 않았지만 그래도 아깝고 소중하여서 그것만은 달라고 하지 말아주었으면 하고 바라고 있었기 때문이다.

그것을 앞에 놓고 정순은 동생을 불렀다.

"정옥아, 이리 좀 와, 이거 입어봐."

정순의 음성에는 제법 언니다운 위엄이 담겨져 있었다. 그가 이처럼 크게 목소리를 낸 것도 처음이었다.

정옥은 너무도 뜻밖이어서 약간 얼떨떨했던 모양이었다. 아무 소리도 하지 않고 팔을 내밀어 옷을 꿰어 입었다.

"아이구 잘 맞는구나. 그 널따란 회색 스커트에다가 받쳐 입어라, 좋은데."

정순은 중얼중얼하였다. 그러고는 방바닥을 무릎으로 짚고 일어나 블라우스의 고대*며 겨드랑 밑을 매만져 주었다. 그리고 만족한 듯이,

"아무래두 좀 넓다. 한 센티씩만 양옆을 줄여…… 이렇게……. 지금 벗어, 내 줄여줄게……. 정말 바늘이 저 방에 있지. 바루 이 자리에서 고

| * 깃고대(옷깃의 뒷부분)를 뜻함.

처버려야지……. 그런데 저 괭이가 왜 저렇게 남의 석류 열매를 곧장 못
살게 굴어……. 엣! 쉿! 이놈의 괭이! 쉿!……."

—《문예》, 1949. 11.

안개

성혜는 자기의 소설이 실린 푸른 표지의 신간 잡지와 빨각빨각하는 백 원짜리 아흔 장을 고스란히 포개어서 책상 위에 놓고는 언제까지나 우두커니 그 앞에 마주 앉아 있다.

그것은 잡지사의 사환 아이가 가지고 온 것이었다. 공동 수도 앞에서 빨래를 하다가 성혜는 젖은 손으로 그것을 받았다.

푸른 표지에 얼룩이 안 가도록 조심스레 옆구리에 끼고서 방까지 오는 사이 성혜의 마음은 기쁨과 자랑스러움으로 세차게 고동쳤다. 소녀처럼 가슴이 한껏 부풀어 오르는 것을 잘근잘근 입술을 깨무는 계면쩍은 듯한 혼자웃음으로 겨우 흩어트리면서 그는 걸음을 걸었었다.

그러나 일각대문에 다시 자물쇠를 채우고 수통가로 돌아 나오고부터 그의 가슴에는 흐리터분한 구름이 끼어서 감돌기 시작했다. 그리고 시간이 갈수록 차츰 우울해져가는 것을 어쩌는 수가 없었다.

푸른 표지 속에 실린 성혜의 소설은 그의 남모르는 많은 고뇌와 정열을 짜 넣은, 그로서는 온갖 힘을 다한 것이었다. 그리고 또 그것은 아무려나 그의 오랜 비참한 혼자 씨름에서의 첫 번 승리이기도 하였다. 그것이 극히 작게나마 어떤 반향을 기대케 하면서 이러한 큰 잡지에 실리었다는 것은 그것만으로 성혜에게는 형언키 어려운 감격이 아닐 수 없었다. 모든 것을 잊어버리고 실컷 그 속에 잠기어보고 싶은 봄바람같이 훈훈한 즐거움이 아닐 수 없었다.

또 빨각빨각하는 이 아흔 장의 지폐는 요즘의 성혜에게 있어 무엇보다도 귀하게 여겨지는 물건이었다. 요 이삼 년래 성혜들 부처는 자기네 몸에 걸쳤던 외투나 저고리나 또는 책이나—무엇이고 들고 나가 바꾸어 오는 이외에는 쉽사리 이것을 획득하는 길이 없었던 것이니까. 그러므로 하늘이 개었거나 흰 구름이 떴거나 매일같이 어두운 한 칸 방에 앉아서 엉킨 실뭉치를 풀어야 하는—이 구물푸리의 내직은 남편 형식이 얻어다 준 것이었다—질식할 듯한 생활을 면할 수 있을 구실을 만들어준 동시에 당장 오늘 내일의 생활을 윤택히 해줄 이 선물은 성혜의 얼굴에 화색을 돌게 해 마땅한 것이었다.

그러나 빨래를 끝마치고 방에 들어와 책상 앞에 앉은 성혜의 이마는 점점 더 짙은 그늘에 싸여져가는 것만 같았다. 그의 가슴에는 클로즈업 된 형식의 얼굴이 쉴 새 없이 오락가락하고 있다.

형식이 돌아오면 응당 벌어져야 할 어떤 불쾌한 장면을 상상하는 것이 그는 미리부터 몹시 역겨웠던 것이다. 소설을 썼다는 사실에 대하여 군이 설명을 하고 변명을 늘어놓고 결국 용서를 빌어야 한다는 생각이 그를 어쩔 수 없이 우울하게 만든다.

쓸데없는 짓만 한다고 핀잔을 받을 것이 싫어서 형식이 없을 적만 골라 글을 쓰곤 한 것이 지금 와서는 오히려 실책이었다는 생각이 든다. 더구나 그것이 이처럼 활자가 되어 나오도록 그런 티도 보이지를 않았다는 사실은 과실이라면 제일 큰 과실이 아닐 수 없다. 말썽이 일어나면 그때 받자 하는 속마음으로 내버티기는 한 것이지만 막상 당하자니 고된 일이었다.

　이렇게 성혜가 남편이 반가워해 주기를 바라기는커녕 필연코 불쾌한 빛을 보이리라고—아니 더 험한 공기까지를 예감치 않을 수 없는 데에는 성혜로서는 그럴 법한 근거가 있어서이다.

　원체 여학교 교원의 자격쯤은 가지고 있는 성혜를 그렇게 쪼들리는 살림살이임에도 직업전선에 내놓지 않으려고 고집을 세우는 남편이었다. 그는 차라리 구물푸리의 내직을 권하였다.

　"예펜네가 밤낮 바깥으로 나돌아 댕기다니 생각만 해두 불쾌하다. 불결해!"

　"허지만 이렇게 힘만 들구 돈은 안 되는 일을 골라 할 게 무어예요. 도무지 위생적으루두……."

　"일하는 게 그렇게 싫음 당장이라두 그만둬요. 강요하는 건 아니니."

　"싫다는 것버덤……."

　"글쎄 그만둬!"

　수없이 거듭된 이런 절망적인 언쟁 끝에 성혜는 형식이 원하는 그러한 아내의 타입 속에도 어쩌면 무엇과도 바꿀 수 없이 귀중한 아름다움이 숨어 있을는지도 알 수 없다고 그렇게 생각하고 그런 체념에 가까운 반성에 늘 사로잡히면서 남편을 따르고 있는 것이었다.

　그러나 그새에도 몰래 소설을 쓰며 우선 그 구물푸리의 내직이라는 답답하고 비능률적인 생활 수단의 멍에를 벗어나려고 부단히 애를 써온, 결국 남편을 반역한 아내가 되어버리지 않았는가. 그 밖에 또 한 가지 색다른 미안함이 섞여 있었다.

　형식에게는—성혜가 속으로 한숨짓고 있듯이—이중성격적인 점이 있어서 안에서는 이토록 봉건적이면서 밖에 나가면 대단한 자유주의자로 변하였고 문화에 애착을 느끼기는 누구보다 심하였다.

따라서 그는 근실한 그러니까 평범하고 무의미한 직업에 종사할 마음은 처음부터 없었다. 소위 문화 사업이라는 것에는 가끔 한몫 끼이기도 하였으나 반년 이상 같은 자리에 머무르는 일은 드물었다. 다만 그는 끊임없이 시詩를 지었고 가끔은 그림도 그리고 다방의 음악도 남 못지않게 사랑하였다.

남 못지않게 사랑하였으나―결국은 그것뿐이었다. 문학계도 미술 전람회도 언제나 그와는 아무 관련 없이 지나쳐버린다. 따라서 그는 또 그대로 이 도도한 세계에 대하여 동경과 함께 그 어떤 반감을 찬양과 동시에 또한 경멸을 느끼며 살지 않을 수 없었다.

성혜는 이러한 남편에 대해서 무슨 주제넘은 동정을 가진다거나 하는 것은 결코 아니었다. 남달리 겸손한 그의 성미로는 다만 남편의 '시'도 그리고 '그림'도 자기에게는 이해할 힘이 없다고 생각하는 따름이었다.

하지만 어쨌든 자기의 소설이 남편의 입에 늘 오르내리는 바로 그 잡지에 발표되었다는 것은 그리고 또 뒤이어 원고 청탁을 받고 있다는 사실은 남편을 불쾌히 할 것만은 정한 일이었다.

성혜는 무거운 마음으로 가난한 단칸방을 휘둘러보고 그리고 다시 푸른 표지와 새 지폐 위에 시선을 떨어트렸다. 단순한 근심이라든가 그런 것도 아니고 무엇인지 무겁고 지겨운 감정이었다.

저녁을 지어야 할 시간이 되었다. 성혜는 장바구니에 돈을 집어넣고서 바깥으로 나갔다.

어쨌든 너무 영양이 좋지 못했던 요사이의 식탁을 눈앞에 띄워보면서 고기를 사고 생선을 사고 달걀도 한 꾸러미 사 넣었다.

부엌에 들어서자 그는 분주히 손을 놀려서 이것저것 반찬을 마련하였다. 밖의 얼음이 녹고 날씨가 누그러지면서부터 더 을씨년스럽게 춥기만 한 구들에도 넉넉히 불을 넣고 남편을 기다렸다.

형식은 저녁상을 보더니 삐익 하고 휘파람을 불고서 두 손바닥을 벌려 보였다. 어쩐 영문이냐는 뜻이다.

성혜는 자기 먼저 상 앞에 다가앉아 있다가 수깃하고* 젓가락 끝으로 상 위에 동그라미를 자꾸자꾸 그리면서 원고료를 받았노라고 말하였다.

"응응? 뭐?"

형식의 의아해서 찌푸린 얼굴이 몹시도 아프게 성혜의 신경에 와 닿았다. 그는 단념해버린 사람의 침착함을 의식하면서 소설을 발표하게 된 경위를 설명하였다. 마음이 내키기에 적어본 것을 동무가 가지고 가서 어느 저명한 작가를 보였더니 발표가 되었다고……. 그러나 자기가 얼마나 심신을 경주하여 작품을 고쳐 쓰고 고쳐 쓰고 하였는가에 관해서는 한마디도 하지 않았다.

형식은 듣고 난 순간 무엇을 어떻게 말해야 좋을지 모르는 듯한 얼굴을 지었다.

한참 있다가

"으 흥?"

하면서 못마땅한 듯한 또는 대수롭지 않다는 듯이도 보이는 싱거운 표정을 얼굴에 띄워 올리면서 젓가락을 집어 들었다.

형식은 식사를 하면서 한참은 다시 또 시무룩해 있더니 갑자기 기분이 좋아지면서 이야기를 시작하였다. 전날 친구 H군을 통해서 시를 갖다 맡긴 평론가 윤 씨와 내일 만나기로 약속이 되었다는 것이다.

"원래 가혹한 평을 하기로 유명한 사람이지. 누구를 칭찬하는 법이란 곧 없거든. 그 대신 그 매서운 눈이 한번 새로운 보석을 발견하는 날에

| * 고개 따위를 약간 기우뚱하게 숙인 듯하다는 뜻.

는……! 주저주저할 줄도 모른다는 인물야."

형식은 윤 씨를 그렇게 설명하였다.

성혜는 그러냐고 하면서 진심으로 남편의 일이 잘 되어나가기를 축원하였다.

형식은 다시 말이 없어졌다. 이번에는 고기와 달걀부침과 생선구이가 그의 관심을 점령한 것 같다. 그는 정말 맛난 듯이 얼마든지 입으로 날라 들였다.

문득 성혜는 눈물겨운 듯한 생각이 들었다. 그것은 전연 예기하지 않았던 감정이었다. 남편의 바삐 움직이는 입과 턱과 목덜미와—그런 것을 그대로 더 보고 있으면 눈물이 핑 솟아오를 것만 같았다.

그는 또 뜻밖으로 간단하게 지나쳐버린 소설 건이 무척 다행으로 여겨지기는 하면서도 어쩐지 한편으로는 못 견디게 서글펐다. 그것이 어데서 오는 감정의 미오迷誤인지는 자기도 알 수 없었지만…….

그러나 요행으로 무사히 난관을 돌파하였다고 생각한 것은 성혜의 속단이었다.

다음 날 윤 씨를 만난다고 서두르며 나간 형식은 저녁때 술이 얼근하게 취하여 가지고 돌아와서는 지분지분 어제 그 일로 비우정대기 시작했다. 윤 씨를 보셨느냐고 성혜가 묻는 말에 휘덮어씌우듯이*

"나두 인전 드러누워서 얻어먹을 신세가 되었구나. 허 참."

"예펜네 덕택에 시인 박형식도 일약 유명해지겠군. 어디 덕 좀 톡톡히 봅시다."

성혜를 힐끔힐끔 바라다보며 입을 삐뚤고 말을 한다. 그러다가 그

| * 무엇인가를 휘몰아서 덮다는 뜻이다.

45

의 눈은 차츰 더 붉게 되어가면서

"집이라구 엣 참 방구석에 발을 붙일 수 없게시리 늘어놓구서, 응? 문학이다? 것보담두 우선 양복바지에 프레스 한번 똑똑히 해놔 봐."

"……."

"낸들 이게 글쎄 할 짓이냐 말야, 예펜네라구 제―길 이쪽이 되레 시중을 들어야 할 판국이니."

"……."

"옜다 여류작가입네 하구 쏘다니기 불편한데 이 기회에 이혼이나 하면 어때?"

이렇게 빈정거림이 그칠 줄을 모르고 계속된다. 성혜는 고개를 푹 숙이고 참고 있다가 끝내 얼굴을 들고서 형식을 똑바로 마주 보았다.

남편의 이그러진 자존심, 그 저열한 심정을 도저히 그대로는 참을 수 없었다. 그는 남편의 이러한 모습을 바라보기를 본능적으로 저어하였다. 그러나 눈을 아주 가리어버리기라도 하고 싶은 충동이 그것과는 반대로 그의 머리를 번쩍 치켜들게 한 것이었다.

"다시는 절대로 안 쓰겠습니다."

성혜는 이런 말을 해야 한다고 느꼈다. 얼마만큼 괴로운 일일지라도 그렇게 해야만 되겠다고 생각은 했으나 그러나 쉽사리 그 말이 입 밖으로 나와지지 않는 데는 자기도 어쩔 수가 없었다. 성혜는 그것이 또 안타깝고 괴로워서 형식이 어서 더 한마디 속이 뒤집히도록 포악한 말을 던져주었으면 하고 대기하는 듯한 절박한 심사였다.

그러나 형식은 하고 싶은 말을 다 해버린 것이었는지 성혜의 정색한 얼굴을 가장 경멸한다는 듯이 흘겨보고 나서는 다시는 더 말을 끄집어내지 않고 그대로 방바닥에 드러누워 버렸다.

성혜는 바윗돌같이 한자리에 그대로 앉아만 있었다. 활딱활딱 가슴에서 피가 솟구쳐 오른다. 그것이 무슨 무거운 것에 부딪치듯 뱃속으로 떨어져 내려가곤 할 때마다 성혜는 앞으로 쓰러질 듯한 현기증을 느꼈다. 그는 이런 악몽 같은 시각은 일시라도 빨리 사라져주기만 기도하듯 눈을 감고 바라고 있었다.

그들은 저녁상도 받는 듯 마는 듯 한켠 구석에 밀쳐놓았다. 형식은 일어나 앉았다가 다시 누웠다가 하더니 그대로 흐지부지 잠이 들었다.

"나쁜 자식, 에—ㅋ 나쁜 자식들, 평론가다? 문학이다? 홍, 윤가 따위가 다 뭐냐!"

고래같이 고함을 지르고는 눈을 부릅뜨고 성혜를 바라보다가 돌아누워서 다시 코를 골았다.

성혜의 뇌리에는 그 밤이 지옥같이 처참히 새겨졌다.

며칠 지나고였다. 성혜는 아침에 대문을 나서는 형식을 두어 걸음 뒤로 따라가면서

"접때 가져온 건 다 했는데요. 저어 가시다가 양철집 아이 좀 오라구 해주세요. 요전번보다 두 꾸레미만 더 가지구 오라구요."

되도록 천연스러운 말씨로 내직감을 보내달라고 부탁을 하였다.

형식은 걸음을 멈추고 듣고 나서는 쓰다 달단 말도 없이 그냥 가버렸다.

양철집 사환 아이는 종일 오지 않았다. 형식에게 재촉을 하기도 무엇하여 그대로 이삼일 지나간 후에 성혜가 자신이 갔다 오려고 실을 싸고 있는데 그 아이가 아주머니 하고 부르며 들어왔다.

아이는 웬일인지 꾸러미를 짊어지지 않고 왔다. 돈만 보자기에서 끌러내 놓고는 성혜가 주는 실을 거기다 옮겨 싼다. 일감이 이제는 없어졌느냐고 성혜가 묻는 말에 아니 이 댁 아저씨가 이젠 그만 가져오라 했다 한다.

성혜는 한참 동안 혼자 생각에 잠겨 있다가 그날은 집 안을 정돈하고 바느질을 하였다. 푸른 표지의 잡지는 눈에 뜨이지 않는 곳에 치워버렸다.

얼마가 또 지나고.

혼자 쓸쓸한 저녁을 치르고 나서 성혜는 부엌 문설주에 기대어 좁은 뒤뜰을 내다보고 있었다.

꾸불텅꾸불텅한 벚꽃 고목이 한 그루 담장에 붙어 서 있다. 나무는 거의 다 가지가 마르고 장독대 위로 길게 뻗은 가지 하나에만 밥풀 같은 흰 꽃잎이 드문드문 붙어 있다. 연보라색 어둠이 그 위를 자욱이 휘덮기 시작한다.

성혜의 서툰 솜씨로 돌멩이를 둘러막고 흙을 쌓아올리고 한 명색뿐인 장독대는 한 귀퉁이가 또 허물어져 내려 있다. 아니 벌써 작년 여름부터 그렇게 된 것을 날마다 내다보면서도 그대로 내버려 둔 것이다.

성혜는 끝이 모즈러진* 호미와 꼬챙이를 하나 찾아 들고서 뒤꼍으로 나갔다. 흙을 긁어 올리고 발로 밟고—몸은 그대로 움직이면서도 성혜의 마음은 어딘가 먼 데로 날고 있었다. 막연한 생각 속을 더듬으면서. 재미나게 일을 할 줄 모르는 것은 성혜의 쓸쓸한 버릇이었다. 어째서인지 어릴 때부터 그랬다. 그에게는 무엇을 생각하거나 쓰거나 하는 외의 대개의 일은 흥미에서보다도 필요에서 하여졌다.

그렇지만 이렇게 일하여 주위의 모든 것을 깨끗하고 쓸모 있게 간직하고 될 수 있으면 개량하고 윤택히 하고—이런 곳에 삶의 즐거움이 숨어 있는지 알 수 없었다. 거기에 비하면 추상적인 감정의 조각구름 따위

| * '모지라진'의 오기인 듯 보인다. '모지라지다'는 물건의 끝이 닳아서 없어짐을 뜻함.

에는 결국 아무 의의도 없을는지 모른다. 성혜는 이렇게도 생각해본다.

허리를 펴고 일어서서 중공에 동그랗게 떠오른 연주홍빛 달을 그는 쳐다보았다. 그리고 아무 연관도 없이 불쑥 사람의 운명이라는 말이 머리에 떠올랐다.

자기들 부처 간의 요즈음 미묘하게 얽히어가고 있는 감정에도 어느덧 생각이 흘러간다. 형식은 그 후 무엇이 동기가 되었던 것인지 성혜의 소설 공부를 말리지 않을뿐더러 놀랄 만한 열성으로 격려까지 해준다. 그는 아내의 쓰는 원고를 일일이 읽어보고 붉은 잉크로 주註를 달아서 고치게 하며 때로는 새로이 긴 구절을 삽입하기도 한다. 그리고 성혜에게 어떤 테마나 구상을 말하게 하고는 가혹한 악평을 하여 손도 대지 못하게 하는가 하면 자기가 테마를 주면서 쓰라고도 하였다.

"이렇게 써보란 말야. 오늘 다방에 앉았다가 문뜩 머리에 떠오른 건데……."

그리고 구구한 이야기를 들려준 끝에

"응? 이렇게 시대성을 반영시켜야 하거든. 써봐요, 틀림없이 센세이션을 일으킬 테니."

하는 것이다. 옆에 지키고 앉아서 구술하다시피 씨우는* 적도 있다.

형식이 이같이 변해준 것은 성혜로서는 지극히 감사하여야 할 일이었다. 그런데 웬일인지 성혜는 한 줄의 글도 제 마음에 차게 써지지가 않았다. 남편이 자기가 말해준 대로 우선 초만 잡으면 고쳐주마고까지 간곡히 말하여도 그러면 그럴수록 어찌된 셈인지 붓이 달려주지를 않는다. 자기도 못 견딜 만치 초조하였지만 어찌할 수 없었다. 아니 차츰 그 초조한 마음까지 사그러져가는 듯한 감이 드는 것이다.

| * 문맥상 '쓰게 하는'의 뜻으로 보임.

49

'소설은 무슨 나 따위가…….'

어데서 연유한 것인지 이런 절망감까지도 의식의 밑바닥에 깔리기 시작하였다.

성혜는 구물풀기 이외의 무슨 적당한 내직이 없을까 하고 속으로 이것저것 물색해보았다.

지금까지 내놓은 두 개의 작품에 대해서는 성혜는 큰 애착을 느낀다. 모든 평가를 떠나 다만 자기의 영혼을 불어넣었다는 그것만으로 해서 느끼는 그리움일지는 알 수 없다. 자기의 피를 나눈 듯한, 그것만이 자기를 알아주는 듯한, 그리고 이미 먼 곳에 사라진 것에 대하는 듯한 그러한 그윽한 심정이었다.

그 둘째의 작품은 형식의 눈도 거쳐서 잡지사로 넘어갔다. 그때 형식이 빼어버리기를 맹렬히 주장한 어떤 장면으로 하여 성혜는 지금도 다소 마음에 걸리는 일이 있다.

그 장면은 성혜의 생각으로는 아무래도 뺄 수는 없는 장면이었다. 그 단편 자체가 이를테면 팽이의 중점같이 그곳에 발을 붙이고 형성되어 있었다. 그 점을 건드리면 팽이는 돌지 않고 이지러져 쓰러질 것이었다.

성혜는 오래 두고 망설인 끝에 편집자인 그 '저명한 작가'에게 편지를 적어서 원고와 함께 보냈다. 즉 그 월광의 벌판에서 벌어지는 작은 장면은 생략하는 것이 좋다고 생각하시면 빼도록 해달라고…….

그런 글을 적으면서 성혜는 창작에의 단념을 속으로 준비하였는지도 알 수 없다. 월광의 장면은 빼어지지 않을 것을 그는 거의 확신하고 있었다.

호미로 헤적이고 돋우어 올리고 하는 손끝에서는 흙내가 모락모락 풍기어 올라온다. 그는 올여름에는 이 앞에다 화단이나 가꾸어볼까 생각한다. 그리고 그런 소꿉장난같이 빈약한 꽃밭을 앞에 하고 선 자기의 모

양을 눈앞에 그려본다. 그러나 거기에서도 어떤 허전함과 서글픔은 흘러
나오는 것과 같아 그는 웃기도 울기도 싫은 심정이었다.

대문을 끼걱끼걱 흔드는 소리가 난다. 성혜는 호미와 꼬챙이를 흙을
털어 들면서 빗장을 벗기러 걸어 나갔다.

"여보 얼른 옷 입어. 좋은 데 데리구 갈게. 얼른 빨리."

성혜는 호미를 든 손을 느른하게* 내려뜨린 채 물끄러미 형식을 쳐다
보았다. 단벌밖에는 없는 양복이지만 그레이 소코치**의 봄옷을 오늘 아
침부터 바꾸어 입은 그는 오늘따라 한결 미끈해 보인다. 품질은 안 좋아
도 채양***이 넓은 유행형의 모자와 붉은 넥타이도 그를 쾌활하게 비치게
한다. 동작도 대단히 경쾌한 것은 오늘 하루의 봄볕이 그에게 십분 행복
하게 작용하였음을 말하는 듯하다. 성혜는

"어델 가요?"

하고 자기의 귀에도 거슬리는 생기 없는 음성으로 물었다.

"좋은 데! 댄스파티─. 응? 싫어? 가기 싫어?"

형식은 싫다고 할 리가 만무라고 생각하는 듯이 빙글빙글 웃으며 말
한다.

"얼른 차부****를 해. 조금은 출 줄 알지? 서양 예쁘네한테 배웠으니까."

그는 성혜가 미션 스쿨에 다닌 일을 언제나 이렇게 말하였다.

"못 추면 가만히 앉아 구경만 해두 좋아, 아무튼 얼른!"

형식은 모자를 벗어 마루에 팽개치고는 손을 씻으러 우물가로 갔다.

---

* 맥이 풀리거나 고단하여 몹시 기운이 없거나, 힘이 없이 부드러운 모양.
** 스코치Scotch. 영국 스코틀랜드 남쪽 지방에서 나는 면양의 털. 또는 그것을 재료로 한 털실이나 모직물
  을 의미한다.
*** '차양'의 구어적 표현인 듯 보인다.
**** '채비'의 구어적 표현으로 보인다.

성혜는 우두커니 서 있었다. 그는 이 별안간의 외출이 어째서 연유한 것인지 우선 이해하고 싶었다. 하기는 가끔 마음이 내키면 빌리어드나 선술집 같은 데까지 같이 들어가자고 하여 성혜를 놀라게 하는 남편이었다. 그 대신 그것은 몇 번 안 되는 극히 드문 일이지만.

그리고 또 웬 댄스는…….

새 풍습이라면 으레이 관심을 가지는 형식이 댄스에 관해서는 아직 아무 소리 없는 것을 별일이라고 생각하고 있기는 하였지만 이렇게 별안간 파티라고 서둘러대니까 역시 어리벙벙하지 않을 수 없다. 그리고 왜 또 오늘은 자기더러 가자고 하는 것일까…….

그러나 이런 생각이 떠도는 한편 아무렇거나 그런 것을 꼬치꼬치 캐려들 것 없이 그대로 따라나서면 그만 아닌가 하는 생각도 들었다. 일각대문을 꼭 잠근 그 안에서의 질식할 듯한 생활, 지굴* 속처럼 어두운 방안, 부엌, 손바닥만큼씩 쳐다보이는 하늘, 꽃밭이나 가꿀까 하는 초라한 꿈……, 애써 마음 한구석에 밀어두는 그러한 의식이 충동적으로 머리를 쳐들려고 하는 것이었다.

그의 망설이는 듯한 시선이 우물가로 던져지고 거기에 편펴롭지 못한 자세로 도사리고 앉은 양복바지의 뒤꽁무니에 머무르자 그는 불현듯 밖에 나가고픈 생각에 사로잡혔다.

"가요! 그럼."

성혜는 자기도 호미와 꼬챙이를 마루 밑에 팽개치고 어린애처럼 우물가로 달려갔다.

"누구네 집이에요. 파티는?"

반성이라든가 이론에게보다 충동적인 감각에 몸을 실었다는 의식이

| * 땅굴의 다른 표현으로 보임.

52

성혜에게는 무척 신기하고 즐거웠다. 오래간만에 그는 저녁의 봄바람을 전신으로 호흡하며 소녀같이 가벼운 걸음을 걸었다.

그날 파티는 어느 개인의 집에서 열린 것이 아니었다.

형식이 걷고 있던 명동 거리를 왼편으로 꺾어들어 이슥한 골목길을 한참 이끌고 간 곳에 나타난 것은 어느 협수룩한 목조 이층이었다.

"많이들 올라갔어?"

그는 그 앞에 나란히 앉아 있는 두 양담배 장수 아이에게 이렇게 말을 던지며 그 다 깨어진 유리문을 덜커덩 밀쳤다. 사람 하나 겨우 통할 수 있는 비좁은 문이다. 성혜는 기대와는 딴판인 이 광경에 놀라면서 가만히 발을 들여놓았다.

캄캄하고 급한 계단은 역시 비좁고 한 발짝 떼어놓을 때마다 삐걱삐걱 비명 같은 소리를 내었다. 성혜는 치맛자락에 몇 번이고 발부리를 걸리면서 한 손으로 벽을 집고 짚어 올라갔다. 그의 눈은 어둠 속에서 휘둥그레져 갔다.

위에서부터는 트닥트닥하는 여러 사람의 발자국 소리가 무엇인가 귀에 익은 곡조와 함께 울려 나왔다. 어쩐지 오지 못할 곳을 온 것 같은 일종의 공포와도 같은 것이 성혜의 마음을 가로질러 갔다.

이 마음은 계단을 다 오른 곳에 있는 또 하나의 비좁은 문을 밀치고 실내로 들어섰을 때 더욱 커졌다.

그것은 일견 넓은 창고 속을 연상시키는 협수룩한 마루방이었다. 전등은 역시 켜 있지 않아 몇 갠가의 카바이트 불이 얽혀서 빙빙 도는 남녀의 모양을 비춰내고 있다. 그들의 그림자가 괴물처럼 흔들리고 있는 얼룩투성이 벽에는 천장으로부터 둥그런 거미줄이 그물같이 가로걸려 나부끼고 있다. 부서진 책상이며 의자 같은 것이 기대어 쌓인 한켠 구석에서 축음기 소리가 흘러나온다.

마룻바닥에 뿌려진 붕산* 가루는 마루를 거무죽죽하게 빛내고 있다. 그 위를 미끄러져 돌아가는 사람들의 시선이 방금 들어서는 성혜들에게로 일제히 쏠릴 때 성혜는 얼굴이 화끈하였다. 형식이 몸짓으로 가리키기 전에 그는 축음기 소리가 나는 쪽 벽에 기대 놓인 빈 걸상으로 걸어가 얼른 걸터앉았다. 형식은 그새에 모자를 벗어 걸고 두리번두리번 실내를 살피는 모양이다. 곧 그는 여러 사람들과 어깨를 툭툭 치는 인사를 교환하고 여자들에게도 웃어 보인다. 새 음악이 시작되니 그는 그중의 하나와 함께 허리를 굽혀서 인사를 하는 체하더니 스텝을 밟기 시작하였다.

성혜는 걸터앉아 남편의 서툰 춤을 바라보고 있었다. 그것은 사실 몹시도 서툰 춤이었다. 배우기 시작하고 며칠 안 되는 아니 전통적인 교수를 한 번도 받은 일이 없는 몸놀림이었다. 그러나 형식은 그것으로 충분히 즐거운 모양이다. 만면에 웃음을 띠우고 조금도 어색하지 않다는 듯이 아는 얼굴을 만날 때마다 무어라고 짧은 말을 던지곤 하면서 빙글빙글 돌아간다.

곡조는 일본의 옛적 유행가다. 옆에 서서 포터블을 돌리고 있는 짙은 화장의 여자가 조금도 사양 없이 자기의 모양을 뜯어보고 있는 데에 성혜는 불쾌감을 느끼면서 편안치 않은 자리를 지키고 있었다. 남편은 언제부터 이런 곳을 출입하는 것일까, 옷차림들이 그리 호사롭지 못한 그들을 바라보며 그는 생각해보았다. 군인 잠바를 입고 휘청거리고 있는 중년의 남자, 한켠에서 열심히 혼자 연습을 하는 새파란 소년, 형식은 그중에도 대부분의 여자들과 안면이 두터운 모양이다.

물결이 굼실거리듯 몸을 하느적거리는 걸음걸이로 옥색 치마를 길게 끈 여자가 이리로 걸어왔다. 형식의 첫 번 상대를 한 여자다. 눈썹을 시

---

* 무색무취에 광택이 나는 비늘 모양의 결정. 붕사에 황산을 작용시켜 만든 물질로 더운물에 잘 녹고 수용액은 약한 산성을 띠며 살균 작용을 한다.

커멓게 그리고 어딘지 천하다.

그는 포터블을 돌리는 여자와 대하여 성혜에게는 등을 보이고 걸상 한쪽에 걸터앉더니 우선 담배를 꺼내 물었다.

"저기 저치 말이야."

담배 연기가 피어오르는 바른편 엄지손가락으로 누군지를 가리키며 그는 말하였다.

"시인이라지? 흥, 뭐이 저따위야."

몹시 무엇이 우스운 듯이 그는 까득거리면서 웃어댔다.

"얘! 얘!"

상대는 주의시키듯 작은 소리로 속삭였다. 성혜를 눈으로 가리킨 모양이다. 그러나 그 역시 사양할 필요는 느끼지 않았는지 함께 소리를 내며 깔깔 웃었다.

"바보 같은 게 글쎄 나더러 말야……."

성혜는 그것이 어느 편의 목소리인지도 분간하지 못했다. 다만 귀가 화끈한 것을 느꼈다. 뒤이어 누구 다른 사람 말이겠지 하는 생각이 떠올랐다. 그러나 옥색 치마의 여자는 일부러 성혜를 돌아다보기까지 하였다.

때마침 형식이 이쪽으로 다가왔다. 헤엄치듯 사람들을 헤치고 미소를 띠우면서. 성혜는 마주 일어서면서 대뜸 나가자고 하려 하였다.

그러나 형식은 먼저 그 여자들에게 농을 붙인다.

"순자 씨는 오늘은 어째 워얼 풀러워*신가. 나하구 좀 춥시다그려. 이따가 탱고를 걸어놓구서……."

"아이유! 탱고를 다 추셔?"

날쌔고 코에 걸린 그 목소리에는 모멸의 뜻이 노골로 나타나 있다.

| * '꽃벽지(wall flower)'. 예쁘기는 하지만 춤 못 추는 사람을 가리키는 말로 쓰임.

짙은 화장의 여자는 그 말과 함께 빙글 등을 보이고 돌아섰다. 옥색 치마도 형식에게 곁눈도 안 주고 일어나 가면서 한 번 더 둘이 얼굴을 맞대고 킬킬거렸다. 형식은 무색한 듯이 성혜에게로 몸을 돌렸다.

그가 두어 차례 춤을 더 추어서 기분을 돌린 연후에 두 사람은 같이 그곳을 나왔다. 밤거리는 아까보다 한결 싸늘하였다. 습기를 머금은 실바람이 겨드랑 밑으로 으쓱으쓱 스며들었다. 형식은 지금 추던 곡목을 휘파람으로 불었다. 성혜는 잠자코 발끝만 내려다보고 걸었다.

"오늘은 잘 추는 애들이 나오지 않았군."

형식은 성혜의 얼굴을 들여다보듯 하며 이렇게 말했다. 성혜는 대답을 안 했다.

형식이 내던진 담배꽁초가 물이 고인 곳에 떨어졌던지 쒸익 하고 뚜렷한 소리를 길게 끈다. 성혜는 남편의 말에 귀를 기울이면서도 언제까지나 그 여음만을 마음속으로 더듬고 있었다.

초록빛 랜턴을 내건 어느 다방 앞에 다다랐다. 형식은 차를 마시고 가자고 한사코 성혜를 이끌었다. 성혜는 엷은 봄 목도리를 귀밑까지 끌어올리면서 그의 뒤로 따라 안으로 들어갔다. 모든 사람이 자기 얼굴만 들여다보는 것 같다. 성혜는 앞에 놓인 다방 이름이 새겨진 재떨이 속에만 눈을 떨어뜨리고 있었다.

"아, 이거 최 선생님 아니십니까. 오래간만입니다. 이리로 앉으십시오. 자아 자."

형식이 지금 막 문을 밀치고 들어서는 사람에게 반쯤 허리를 들고 황급히 던지는 인사말에 성혜도 당황히 얼굴을 들어 목례를 하였다. 그는 성혜의 소설을 잡지에 실은 최 씨였다.

"어떻게 여길 다 나오셨군요. 좋은 글 많이 쓰셨습니까."

최 씨는 이렇게 문단인의 인사말을 뇌이면서 맞은편에 와서 걸터앉았다.

"글이 다 무업니까, 그게 어디 그리 쉬운 노릇인가요."

형식은 마치 드러누우려는 듯이 깊이 의자 등에 기대이면서 시비를 거는 사람처럼 이렇게 말을 가로챘다.

최 씨는 아무 대답도 하지 않았다. 한참 있다가 약간 민망한 듯이

"어려운 일이지만 많이 써주셔야죠."

하고 미소를 띠웠다.

"그런데 참 잡지가 나왔습니다. 이건 윤 씨에게 전하려고 하던 거지만 우선 드리지요. 궁금하실 테니까."

그는 들고 있던 큰 봉지에서 성혜의 두 번째 소설을 실은 신간지를 꺼냈다.

"그때 그것 말씀입니다. 원고대로 넣었는데요."

최 씨는 그렇게 말하면서 어째서 그것을 빼느니 하였는지 도저히 이해할 수 없었다는 듯한 시선을 성혜에게 던졌다.

형식은 마침 곁으로 온 양담배 장수 아이가 무어라고 한마디 말대꾸를 하였다고 화가 잔뜩 나가지고 아이를 나무라고 있다. 성혜는 그쪽으로 고개를 돌렸다.

"평이 좋지 못한가요."

담배 장수 아이가 나간 뒤에 성혜는 평 같은 것은 실은 아무래도 좋았으나 그렇게 회화를 이어놓았다.

"대단히 좋다고들 하는 모양입니다. 첫 번 것보다는 훨씬 낫다고 윤씨도 말하던데요."

최 씨가 대답을 하자

"그야 첫 번 것보다 낫지요. 낫고 말구요. 얼마나 더 공을 들였기에

요. 제가 좀 코를 하기도 했지만."

형식은 반가운 듯이 그렇게 이야기를 가로막았다. 그 말소리가 성혜의 귀에는 유난히 크게 들려왔다.

"네에?"

하고 최 씨는 차종* 속으로 시선을 떨구었다.

"글쎄 말입니다. 무어 심심허니깐 쓴다구 야단이지오만 소설이라구 어디 바루 된 겁니까, 여길 뜯어고치구 저 구석을 메우구 그래 겨우 그만큼 만들어놓았지요. 그러자니 이 사람이 또 말이나 고분고분 들어주어야지요."

형식은 유쾌한 듯이 성혜를 돌아보고 껄껄 웃는다.

"여기서두 한 군데 어찌 빡빡 고집을 세우는지!"

그는 탁자 위의 잡지를 주루룩 앞으로 끌어당겨 놓고서 페이지를 획획 넘기면서 말한다.

"그게 무슨 장면이더라……? 옳지 벌판에서 무어 주인공이 혼자 빙빙 돌아다니면서 독백하는 장면이지?"

성혜에게 다짐을 주고 나서

"그게 도무지 틀렸거든. 단편소설이란 그렇게 맥 빠진 구석이 하나라두 있어서는 안 되는 법이야. 오직 클라이맥스 한 점을 향해 쓸데없는 넝쿨이나 가지는 추려, 추려 얼마든지."

남편의 기세가 높아지면 높아질수록 성혜는 어깨가 오므라드는 듯이 느꼈다. 가지를 추리고 넝쿨을 걷어버리는 것도 필요하겠지만 발붙일 자리를 빼앗아버린다면 그럼 이야기는 하늘로라도 둥둥 떠오르란 말인가.

최 씨도 그런 뜻으로 대꾸를 하였다. 그의 잔잔한 구조에는 어딘지

| * '찻종(차를 따라 마시는 종지)'의 북한어이다.

가벼운 야유의 뜻이 엿보였다.

"산만하다는 건 단편에 있어 치명상이지요, 물론. 하지만…… 가령 성혜 씨의 작품을 예로 든다면 그런 소설의 생명은 소재의 적당한 배치 즉 구성의 묘妙에서 오는 효과, 어떤 현혹幻惑*이라고도 할 수 있거든요. 말하자면 모자이크의 세공물細工物이 가지는 아름다움 말입니다. 거기서 는 한 조각만 빼놓아도 전체가 헌출하여** 볼모양이 없어집니다. 그리고 그런 방면에 관해서는 성혜 씨의 재능을 상당 정도 신뢰해 좋으리라고 생각하는데요. 이번 작품에서는 그것을 구성하는 네 가지 장면은 완전히 결정적인 역할을 하였다고 저는 생각합니다."

형식은 고개를 기우뚱하고서 한참 동안 묵묵히 앉아 있었다. 최 씨는 말을 이어

"독백이라는 형식이 대개의 경우 지루한 감을 주게 되는 것은 할 수 없는 일입니다만 대단히 효과적인 용법도 없는 건 아닙니다. 가령 전번 에 윤 씨―평론가 윤 씨 말입니다―그이의 필봉에 오른 모란봉이라는 작품에서라든가……."

최 씨는 이야기를 이렇게 일반론으로 돌렸다. 성혜는 손수건으로 가만히 이마의 땀을 씻어 내렸다.

형식은 이번에도 많이 지껄이어 작품 평에 있어서도 일가언이 있음 을 피력하였으나 마지막으로 또 한마디 이렇게 덧붙였다.

"요컨대 소설이란 것도 쌍시비리테***의 문제지요. 이 장면을 집어넣 어야 옳으냐 안 넣어야 옳으냐 하는 판단이 직각적으로 머리에 떠올라야 하는 법이지 뭐 이렇게 몇 시간을 마주 앉아 토론해봤자 쓸데없는 노릇

---

* 두 어휘의 의미가 유사한 탓인지 작가는 '현혹'이라는 한글 표기에 한자어 '환혹幻惑'을 병기해두었다.
** '헌칠하다(키나 몸집 따위가 보기 좋게 어울리도록 크다)'라는 뜻.
*** サンシビリテ. '감수성', '다감한 것'을 뜻하는 프랑스어 '상시빌리테sensibilité'를 일본어로 표기한 것 이다.

이지요. 그래 윤 씨가 좋다고 하더라구요. 흥 그러구 보면 그 양반두 아주 감각이 없는 건 아니로군."

최 씨는 지금은 약간 기분이 상한 듯이 입을 다물고 앉아 있더니 조금 후에는 인사를 하고 다른 자리로 옮겨 갔다.

성혜는 다방을 나오고부터 더욱 더 두 뺨이 달아오르고 무엇인지 알 수 없는 격정이 가슴으로 솟구쳐 오르는 것을 느꼈다.

참을 수 없는 수치, 분격, 그리고 어떻게 할 바를 모르는 초려,* 이런 것이 뒤섞여서 가슴을 쾅쾅 짓눌렀다.

'왜 다방에는 들어가자구 했어요. 최 씨와의 얘기는 그게 뭐예요. 그 장면을 빼어서는 결단이라고 그렇게 노골적으루 말하는데도 왜 그것을 못 알아들어요.'

성혜는 마음껏 큰 소리로 부르짖고 싶었다. 그의 걸음걸이는 형식의 그것보다 훨씬 빨랐다.

"그것 보라니까, 나 시키는 대루 해서 손해 본 건 없지? 흥, 윤가가 다 칭찬을 하더라구…… 흥, 그게 짜장 누구의 코치이기에……."

성혜의 눈은 일순 번득 빛났다.

무어라구 말이 쏟아져 나오려는데 형식은 또

"지금 그 최 씨라는 인물두 상당히 사람이 거만하지, 무어 나한테야 그럴 쩨비도 못 되지만. 모자이크가 어떠니 독백의 형식이 어떠니 제법 그럴싸하게 떠들어대지 않아? 네 장면이 모두 결정적인 역할을 했느니 무어니…… 그런데……."

그는 별안간 우뚝 발을 멈추더니

"그게 장면이 셋뿐이었을 텐데. 비가 오는 데허구 거기허구 거기허

| * 애를 태우며 생각함.

구…… 하나는 뺐으니 말이지 응?"

손가락을 꼽다가 갑자기 무슨 생각이 떠오른 듯이 그는 옆구리에 끼었던 잡지를 잡아 빼들고 앞으로 내닫기 시작했다.

이슥한 골목 어귀에 전등불이 하나 높다란 전주에 매어달려서 희미한 광선을 떨어트리고 있다. 그 밑을 향하여 형식은 달음질쳐 가면서 부산히 책장을 뒤적거리는 것이다. 바른편 엄지손가락에 꾹꾹 침을 묻혀가며.

길에는 한 사람의 행인도 보이지 않는다. 어둠과 자욱한 안개에 싸여서 숨을 죽인 듯 고요하다. 형식은 불 밑에 책을 바싹 들이대고 그저도 정신없이 책장을 넘겨 젖힌다.

성혜의 가슴으로 날카로운 고통이 스치고 지나갔다. 그 아픔은 처참한 비명이 되어서 일순 잔잔한 거리를 진동케 하였다. 아니 진동케 하였다고 생각한 것은 성혜의 착각에 지나지 않았으나 실로 그 순간 성혜의 영혼은 아픔을 못 이기어 몸부림을 치면서 비명을 울렸던 것이다.

성혜의 눈에 비친 형식의 모습은 한 개의 기괴한 피에로였다. 언제나 하듯 그대로 생각 밖에 흘려버리기에는 너무나 우열愚劣한 피에로였다.

성혜의 까실한 두 뺨에 가느단 실바람이 얼음같이 차게 느껴졌다.

'싫어! 소설도, 공부도, 남편도, 사는 것도 다 싫어! 싫어!'

그는 이렇게 울음 섞인 목소리로 마음속에 외쳤다.

땅을 기던 짙은 안개가 전선주를 휘감으며 연기같이 뭉게뭉게 올라가고 있다. 노오란 그 빛이 초연硝煙과도 같이 처참해 보이는 짙은 밤안개가……

—《문예》, 1950. 6.

C항港 야화夜話

이제는 아마 죄다 재가 되어버렸을 테지. 더러 남아 있다 치더라도—이십 년이나 전의 항구 모습이다. 알아볼 수도 없이 변모하였을 게다.

하지만 그때 내가 자라던 무렵의 C항은 지금 생각해보면—그렇지, 북구의 동화라기보다도 민화民話 같은 데에 나오는 풍경, 잿빛 하늘 밑에 동굴이 있는, 그리고 매생이 하나 떠돌지 않는 역시 잿빛 바다가 흰 거품을 물고 무섭게 포효하는, 그런 풍경 속에서 살아온 듯한 인상을 남겨주고 있군.

조선의 북쪽 끝이니까 몹시 춥고 쓸쓸한 곳이기도 하였다. 시가지의 길이란 길은 거의 다 꽤 급한 비탈길이라서 학교엘 가자면 고개를 너덧 개나 넘어야 했고, 그 고개 꼭대기에 미치기까지 구둣방이니 병원이니 사탕가게니가 삐국하니 늘어서 있었으니까 참 묘한 거리이기도 하지. 눈이 와서 얼어붙어 미끄러우면 언덕 밑에서부터 꼭대기까지 집집이 도끼나 자귀*를 들고 나와 눈을 찍어 층층다리처럼 만들어놓는 데도 있고, 새

---

* 나무를 깎아 다듬는 연장의 하나. 나무 줏대 아래에 넓적한 날이 있는 투겁을 박고, 줏대 중간에 구멍을 내어 자루를 가로 박아 만든다.

끼줄을 매고 등산하듯 붙잡고 오르내리게 해놓은 곳도 있었다. 그 한쪽 편이 낭떠러지라서 중도까지 와가지곤 올라가지도 내려가지도 못하고서, 눈물도 안 나리만큼 혼이 나던 일도 있었지.

거기 살던 사람들은 그야 아마 토박이가 더 많았을 터이지만 나는 그저 어부니 노동자니 하는 사람들이 그들이거니 하고 짐작했을 따름이고 별로 사귀인 일도 없었다.

서울이니 평양이니 원산이니 또 북간도니 그런 데서 모여든 사람들이, 거기 그 새로 열린 항구에다 발을 붙이고, 살아보겠다고 집을 세우고 점포를 내고, 그리고 먼저 온 사람 중에는 근 십 년 동안에 제법 가산을 늘리어 '유지'니 '유력자'니 소리를 듣기도 해가며 살고 있는, 그런 일단의 사람들만 나는 보고 지냈거든. 그 사람들 중에는 남북이 갈린 이후에 월남하였다가 지금 우리 남쪽 사람과 꼭 같은 경우에 처해 있는 이도 있지만, C에 그냥 남아 살다가 C와 운명을 함께한 사람들이 아마 더욱 많을 테지.

아무려나 C가 철의 장막에 가리운 이후로는 알아보려야 알아볼 길도 없게 되었지만 그때 내가 자랄 무렵에는 꼭 북구의 전설 속에서와 같은 분위기를 가진 고장이었어. 그리고 게서 살던 사람들이나 그들 속에서 생긴 이야기도 역시 먼 나라의 전설이나처럼 소박하고 애수 어린 것이었지.

I

섣달 보름께 밤이던가 백 장로 댁으로 송편을 빚으러들 모였다.

매섭게 추운 날씨여서 등거리 위에 또 갓저고리를 입고 수건을 쓰고 몸이 흠뻑 가릴 만치 커단 털목도리를 두르고 그러고도 코끝이 앵두알처럼 빨개가지고 콧물을 뚝뚝 떨구면서 얼음강판 위를 미끄러져 찾아온다. 보기 드물게 갠 겨울밤이라서 때리면 깡 소리가 날 듯한 하늘에 새파란 달빛이 조금 내어놓은 피부를 찢을 듯이 날카로운데,

"에이거 오십니다레. 미끄럽디요? 어서들 들어오시라우요."

맞아들이는 그지오마니(그집 어머니)는 아닌 게 아니라 작년 겨울에 낙상을 하여 왼팔을 아주 못 쓰게 만들었다. 그 쓰지 못하는 팔에 토시를 끼고 바른손으로 노상 받쳐 들고 있다. 뻣뻣한 손가락에 말굴레 같은 가락지랑 끼고서.

삼 칸인지 삼 칸 반인지 주인네도 모르는 넓은 장판방이 지글지글 끓고 있다.

올가을에 함흥에선가 시집온 새 며느리도 행주치마를 두르고 함지를 나르면서 인사를 한다. (그 신랑은 삼 년째나 일본에 유학하고 있는데 낙제만 하여 아직도 일학년이다.) 육칠 명이 둘러앉아 만두와 송편을 빚기 시작한다.

내일이 백 장로 생일인데 겸사겸사 큰 거리에 새로 세운 양품점의 축하식도 하는 것이다. 양품점은 조선사람 동네에서는 처음으로 선다.

아낙네들은 번거로이 손을 놀려 빚어 내놓는데도 그저 함지에 그득 남아 있는 떡 반죽을 손으로 철썩철썩 때리면서 병원집 식모가 하품을 했다. 그 소리에 정신을 차리고 방 안을 둘러본 회령댁이

"앙이 그게 무시개요?"

옆에 앉은 뚱뚱보 이발소집 시악씨*를 쿡 찌르며 웃는다.

그 말소리에 어떤 특별한 의미가 띠어져 있어서 모두 그쪽을 보고 그러고는 깔깔대고들 웃어제낀다.

| * 색시의 다른 표현.

64

그중에도 본인인 시악씨가 제일 못 견뎌서 몸을 비비 꼬며 웃고 있다. 떡 반죽을 커다랗게 떼어가지고 두 손으로 비벼대어 돼지 순대 모양으로 기다랗게 만들고 있던 것이다. 병원집 식모도 홍당무가 되어 죽어 간다.

　"잘들 웃네."

　백 장로 마누라는 저도 실컷 웃고 나서,

　"야 물통 들구 가서 국수나 사 오너라."

하고 자기네 부엌 아이를 내어보냈다. 병원집 식모가 저도 가마고 따라 일어나서 목테들을 두르고 밖으로 나가더니 미끄러졌는지 킬킬거리는 소리가 들려온다.

　이발소집 시악씨는 뒷간에를 가는지 일어나 나갔다.

　회령댁이,

　"그 태호네 말입네, 태호 죽은 걸 정지* 바닥에 묻었답지비? 앙이 들었음둥?"

　한다.

　'무슨 그럴라구.'

하는 듯이 백 장로네 젊은 며느리가 힐끔 쳐다본다.

　"정말입지비, 앙이믄 어쩨 그리 말이 퍼졌겠음마. 앙이 글쎄 그 병을 앓다 죽은 기는 그러다 절루 살아나기도 한답지비?"

　회령댁은 열심이다.

　"애경이 고게 그랬는지도 모를 일이지."

　누군가가 맞장구를 쳤다.

　"나두 그 소리 들었어. 태호가 죽구 사흘 만에야 모두들 초상난 걸 알

| * 부엌의 방언.

었다지. 그 용이란 아이가 벌벌 떨며 대문 앞에 가 앉았다 못해 구미상회
엘 내려왔더라는구료."

끌끌 하고 혀 차는 소리가 난다.

"애개개, 그래 그 총각 아이가 말을 했구만."

백 장로댁 입 양 귀퉁이가 아래로 쭉 내려간다.

"웬걸, 에미가 아무 소리두 못하게만 질을 디려놔서 모른다구만 고갤
내젓는데 눈치가 아무래도 그렇드라는군, 아 그러기 구미상회서 가보군
그 길루 영장*을 내갔지?"

"정지에서 파내가지구요?"

백 장로 며느리가 아무래도 못 참아서 입을 연다.

"아이구 어찌 앙이겠소!"

회령댁은 입을 이죽거리면서 대답한다.

"그게 엠병은 틀림없나?"

누군지 또 묻는다.

"글쎄 모르지. 아무러나 태호 죄 많이 지구 갔지."

"애경인 원 그렇게두 곱게 생긴 게 그런 녀석하구 살다니."

"그게 제정신이 앵이요."

국수 그릇이 들어왔다. 한 젓갈 감아다 입에 넣으면 이가 재릿재릿하
고 국물에 뱃창자까지 서늘해온다.

"그 시악씬 아 무더니두 오랜 앉았다."

백 장로댁이 중얼거린다. 뒷간에를 가는지 일어나 나간 이발소집 시
악씨는 참 아직도 돌아오지 않았다.

"냄새 맡기두 좋은가 부지."

* '송장(죽은 사람의 몸을 이르는 말)'의 경상도 방언.

웃으며 한 그릇을 남겨놓고 한 식경이나 더 지나서

"그 새애기 집에 갔지비 무시거."

혼잣말을 하면서 회령댁이 뒤를 보러 나가더니 이어,

"께액!"

하는 비명이 뒤꼍에서 일었다.

등골이 오싹해지는 소리다. 잘못 들었는가 싶어지도록 한참은 또 그대로 잠잠하더니, 누구 좀 나오라고 이번에는 숨이 거운거운 넘어가는 듯한 소리가 들린다. 회령댁 음성이 틀림없다. 저쪽 방에서 남정들이 문을 열고 뛰어나온다. 안방에서도 그제야 울렁줄렁 일어나 나갔다.

변소는 뒤꼍 담장에 붙어 외따로 서 있다. 담장 바깥은 벼랑이어서 낮이면 바닷물이 보였다. 지금은 파도의 으릉대는 소리만 무겁게 들려오고 있었다.

달빛이 얼어붙은 눈을 반사하여 물건의 윤곽이 무섭도록 또렷한데 회령댁이 땅바닥에 엉덩방아를 찧고 퍼드러져 있다. 손을 잡아 일으키니까 겨우 숨을 통한 듯이 변소 안을 손가락질한다. 얼굴이 아주 다른 사람처럼 되어 있다.

변소 안에는 이발소집 뚱뚱보 시악씨가 이쪽을 똑바로 쏘아보면서 앉아 있었다. 아니 쏘아본 건 아니겠지만 얼굴을 정면을 향하고 꼿꼿이 앉아 옴짝 요동도 안 하는 양이, 창백한 달빛에 젖어 새파래진 얼굴을 그렇게 무섭게 보였던 것이다.

회령댁은 문을 열고 들어가려다가 시악씨를 보고 얼떨결에 앞머리를 조금 찌르듯이 건드렸더니 고개가 뒤로 덜컥 젖혀질 뻔하다가 도로 꼿꼿이 서더라는 것이다.

아닌 밤중에 얼음물을 정수리에 맞은 듯이 머리끝이 쭈뼛하여졌다.

그러나 그것보다도, 옥색 물이 든 듯 파랗게 앉아 있는 시악씨의 시체를, 끌어낼 사람이 하나도 없더라고, 회령댁은 나중에 사람들에게 말하고 있었다.

II

이발소집은 큰 거리에 있다.

고 집사라는, 키가 후리후리하고 머리가 반백인 어딘지 좀 까다로워 보이는 중노인이 주인인데 죽은 시악씨는 그의 조카딸이라고 했다. 시집을 한 번 갔었다는데 그 주인과 또 역시 깔끔하고 좀 까다로워 보이는 고 집사 부인에게 종처럼 순종하고 있었다.

살림은 과히 쪼들리지도 않았지만 풍성풍성한 구석도 없는데 고 집사는 대체 돈을 벌기도 싫었던지 언제나 정결한 가게 걸상에 신문이나 들고 걸터앉으면 손님이 들어오거나 돌아가거나 눈도 한번 깜짝하는 게 아니다. 젊은 고용인이 혼자 귀찮은 듯이 가위질을 하고 있어—그래서 언제든지 이발소는 한산하였다.

고 집사네는 서울 사람이다. 교회에도 나가기는 하였지만 배타적인 차라리 불교라도* 하는 것이 어울릴 듯한 사람들이다. 돈도 안 벌자면 무엇 때문에 서울서 이런 데까지 왔는지 하고 알 수 없어하는 사람도 있었다. 고 집사가 무슨 죄를 범하였기 때문에 속죄의 의미로 예배당에도 다니고 서울도 떠났다는 짐작의 소리를 하는 이도 있었으나—어쨌든 고 집사는 한 번도 웃는 낯을 보이는 일이 없는 사람이었다.

페인트를 칠한 창가에는 카나리아의 조롱이 매어달려 있다. 그 밑에

| * '불교라고'의 오기인 듯 보인다.

는 가끔 그 집 딸인 혜숙이가 앉아 있기도 한다.

스무 살을 넘었다고들 하고 어떤 이는 스물넷이라고까지 말하였지만 곱게 귀밑머리를 늘여 땋고 다홍 댕기를 드린 모습은 아무리 보아도 열일곱, 여덟을 넘지 않아 보였다.

나부죽하고 꺼풀이 얇은, 무어라 말할 수 없이 다정해 보이는 얼굴이다. 쌍꺼풀이 진 고운 눈길, 무슨 연한 분홍빛 꽃봉오리를 보는 듯한 혜숙에게는 그러나 병이 있다. 그는 머릿속이 이상하게 엉클어 있는 것이다. 그러고 보면 부드러운 눈길은 너무 지나치게 부드러웠는지도 알 수 없었다.

딸이 나와 앉은 것을 보면 고 집사는 미간을 찌푸리고 험한 표정을 지었다.

혜숙은 무색한 듯이 곧 일어나 고개를 축 숙이고 안으로 들어간다. 치맛자락을 감싸 쥔 얌전한 옷매무새를 고 집사의 무거운 한숨이 뒤쫓는다.

이 처녀의 그날그날은 정체 모를 깊은 우수에 사로잡혀 있다. 마지못한 경우 이외에는 말을 입 밖에 내는 일이 없다. 자기의 어머니를 대할 때조차 고개를 푹 숙이고 눈을 못 든다. 창가로 걸어 나갈 때는 그러니까 드물게 썩 기분이 좋을 적이다.

그 조금 밝은 듯한 순간이 지나쳐버리면 그는 돌아앉아서 몇 시간이고 몇 나절이고 울고만 있다. 옷고름 끝으로 눈시울을 꼭꼭 누르면서 자꾸 서러워한다.

고 집사 부인은 그래 좀체 집에 붙어 있지를 않았다. 구미상회에 늘 놀러 갔다. 구미상회집 마누라는 기도로 만병을 고친다고 여러 사람을 앞에 엎드려놓고서 벌벌 떨며 기도를 하곤 한다. 가슴을 두드리고 머리칼을 잡아 뜯고 그럴 적에는 무서웠지만 끝나면 보통 주부로 돌아온다.

혜숙이는 바느질이 고왔다. 사흘 걸러로 갈아입는 분홍, 보라, 미색—엷은 빛이면 무엇이든 어울리는 그 고운 저고리들은 모두 그가 지은 거다. 그러나 그것은 대개 눈물에 젖어서 얼룩투성이다. 짓는 동안 몇 번이고 울기 때문이다.

그는 또 수공지*를 좋아했다. 하얀 손끝으로 바구니, 등, 꽃, 학, 색색 가지로 접어가지고는 반짇고리에 담아놓는다. 선반에도 얹고 경대 앞에도 놓고 때로는 가위를 들어 밥풀같이 작게 썰어가지고 새하얗게 눈이 깔린 마당에다 뿌리는 적도 있었다. 그런 때는 무심한 미소를 띠며 즐거워했다.

고 집사 부인은 그를 예배당에 데리고 간다. 그런 데다 내세워 놓고 보면 그는 더 아담스러웠다. 수심이 어린 모습이긴 하지만 아름다운 처녀임에 틀림없다. 어느 해엔가 어느 타곳에서 돈을 많이 모아가지고 왔다는 신사가 그에게 구혼을 한 일이 있다. 가끔 머리가 좀 이상해진다는 병이 있는 것도, 어린아이같이 고운 종이를 가지고 논다는 것도 다 잘 알고 하는 말이라고 중매쟁이가 그렇게 전하였다.

뜻밖으로 고 집사는 격노激怒하였다. 그는 중매 온 사람을 냉담한 대답으로 거절하여 돌려보낸 후 전에 없이 큰 소리로 고함을 지르고 며칠 동안 이발소 문마저 처닫아 버렸다.

그 후부터 혜숙은 예배당에도 안 나온다.

서울서 그에게는 약혼자가 있던 것을 고 집사가 어쩌다가 죽게 만들었다고 그런 소리를 전하는 사람도 없지 않았으나 그러나 여기에도 믿을 만한 근거는 없다.

| * 수공을 할 때 쓰는 색종이를 이르는 북한어이다.

III

굽어보듯이 바다 위로 내어민 바위산 위에 구름이 조금 걷히었다. 퍼르등등한 하늘이 사이로 내다보이는데 옥색 별이 하나 떴다.

별은 차츰 반짝이기 시작한다. 은빛으로 수은빛으로 그리고 초록빛으로 짙어간다.

용이는 쓰레기통 위에 오므리고 앉았다. 늘어뜨리고 대롱대롱 놀리던 다리도 차츰 오그려 붙이고 불끈 쥐어 가슴에 대인 두 주먹을 으스러지도록 눌러댄다.

이빨에서 달달 소리가 난다. 달팽이처럼 그는 다 낡고 작아진 밤색외투 속으로 전신을 오므려 넣으려고 애를 쓴다. 목에서 뺨으로 까실하니 솜털이 일어선다.

용이는 초록빛으로 짙어오던 별빛이 다시 하얗게 식고 나중에는 얼어붙어 버리는 것을 물끄러미 바라다보고, 또 눈을 떨어뜨려 그의 정면 댓발작* 앞에 있는, 굳이 자물쇠가 채워진 대문을 응시한다. 보고 있는 새에 대문의 윤곽이 흐릿해지며 어둠이 짙어온다.

용이는 그 칼끝처럼 차가운 검은 자물통이 아무리 매어달려 잡아 뜯어보았자 옴짝 안 할 것을 잘 알고 있다. 엄마가 돌아올 때까지는 그 문은 태산처럼 움직이지를 않는 것이다.

용이는 추위에 못 견디어 이빨로 손등을 깨물어본다. 배도 고파 아프기까지 하다. 요다음부터 숫제 나오지를 말고 집 안에 있어볼까 궁리해본다. 그러나 요전번에 엄마들은 그렇게 용이만 남겨두고 밖으로 자물쇠를 채우고 가더니 사흘 만에야 돌아와서 열어주었다. 부엌에서 얼어빠진

| * 대여섯 걸음 정도의 발자국. '발작'은 '발짝'의 북한어.

날고구마랑 찾아내 먹고 소리소리 질러 울어보고 하였으나 죽기만치 혼이 난 것이 사실이다. 급한 일이 생겨 그랬노라고 이담엔 안 그러마 하였지만 그 말은 신용할 수가 없고, 역시 밖으로 나오는 게 훨씬 나았다고 용이는 생각을 돌이킨다.

낮에는 그는 거리로 돌아다닌다. 바닷물을 굽어보듯 그 위로 내민 바위산으로도 곧잘 혼자 가곤 한다.

높지는 않지만 그 형상이 바닷물을 후려 삼키려는 듯하다. 그 밑에서는 바다도 한결같이 사나움을 부렸다. 내려다보면 언제나 회색인 바닷물은 허연 거품을 깨물고 바위에 부닥쳐 십여 길씩 솟구쳐 오른다. 으르렁대고 이를 갈며 수천수만의 회색 야수들이 물어뜯고 싸우는 듯 보고 있으면 소름이 끼친다. 매해 사람이 하나씩 그곳에서 떨어져 죽는다 하여 여름철에도 가까이 가는 사람이 없었건만 용이는 무섭다는 감정을 애당초 모르는 아이였는지 모르겠다. 따뜻한 날에는 벼랑 끝에 엎드려서 반신을 내밀고 들여다보는 때도 있다.

그에게는 친구가 있다. 울릉이라는 서른두 살 난 사람이다. 일곱 살 난 소년은 그와 함께 가끔 그곳에 올라가기도 한다.

엄마가 집에 있는 날에도 그는 밖으로만 나돌았다. 엄마하고 같이 있는 사람이 괜히 자꾸 때리기 때문이다. 그가 성이 나면 엄마는 이상한 얼굴을 지었다. 눈알이 움직이지를 않고 입술은 종이처럼 하얘지고 그러면서도 한 번도 말려주지는 않는다.

용이는 그 몇 해 동안 무어라고도 그 사나이를 불러본 적이 없다. 그러나 그 사나이(태호)는 죽는 그날까지 용이를 "이 새끼" "저 새끼" 하고만 불렀다. 언제나 증오로 붉어진 눈알로 그를 노려본다.

용이는 지금까지 그렇게 보기 싫게 생긴 어른 남자를 본 일이 없다. 키는 작고 거무튀튀하고 입술은 두껍고 툭 불거진 눈은 흐릿한데 붉은 줄이 서고. 용이의 엄마 애경은 백합꽃같이 예뻤다.

고귀한 넓은 이마, 새침하게 오뚝한 코, 보육학교를 나와서 노래도 썩 잘 부르곤 하였다.

그 엄마는 거의 매일같이 한 번씩 운다. 태호가 머리채를 휘감아 엎어놓고 함부로 때려주는 것이다.

"몇 놈이냐, 대체 몇 놈야!"

언제나 그런 소리를 하며 식식거리고 때린다.

그렇지만 용이의 기억에는 엄마가 그 태호 이외의 사람과 같이 있는 것을 본 일은 없다.

엄마가 울음을 멈추고 나면 용이는 건넌방으로 쫓기어 가야 한다. 담요 따위를 덮고 냉방에 누워 있노라면 엄마의 낮은 웃음소리가 들려온다.

그러니까 용이는 엄마를 가엾다고 생각해본 일도 없다.

"어디 가서 오늘은 안 오나 부다."

쓰레기통에서 용이는 내려선다.

의학전문을 나왔다면서 브로커 노릇을 해먹고 사는 태호는 무얼 하든 어딜 가든 애경을 꼭 데리고야 다녔다.

용이는 무릎이 아픈 것을 억지로 펴고 어두운 비탈길을 내려가기 시작했다. 구미상점에나 가볼 양으로. 그 포목상집 아매(할머니)가 그래도 용이를 재워주곤 한다. 태호가 너무 심하게 굴 때 엄마가 달아나 가는 곳도 아매한테. 서른두 살 난 울릉이는 그 집 막내아들이다.

큰 거리까지 못 가서부터 눈이 내리기 시작했다. 금세 땅바닥이 하얗게 덮인다. 용이는 두 손을 모아 쥐고 호옥혹 불며 걷는다.

문득 그는 발을 멈추었다. 큰 거리 양복집 앞에 사람들이 모여 섰다. 그 속에서 왜액, 왝 소리 지르는 것이 들린다. 울릉이다. 또 무엇을 훔치다가 들켰나 보다. 용이는 쏜살같이 달려서 보러 간다.

울릉이는 남의 집의 물건을 잘 훔쳐낸다. 그것도 아무 소용도 없는, 낮수건이니 보자기니 따위를. 그러다가 들키면 누가 무어라고 하기도 전에 왜액 왝 소리를 지르면서 엄살을 한다.

울릉이는 버젓한 '세비로*'를 입고 있다. 그리고 빨강이나 노랑의 비단 수건을 항상 목에 감고 있다.

그는 용이를 데리고 산에 올라갈 적에 시악씨들 이야기를 들려주곤 한다. 그 이야기에 나오는 처녀들은 항상 울릉이를 '선생님'이라고 부르고,

"저는 사모한답니다."

이렇게 이상야릇한 목소리로 말하였다.

용이가 유리문 앞에 다가섰을 때 울릉이는 소리 지르던 것을 멈추면서 어정어정 걸어 나왔다.

구미상점 주인인 그의 형이 밧줄을 들고 달려온다. 이런 일이 있은 후에는 의례히 호되게 매를 맞는 울릉이였다.

태호가 열병으로 죽기 조금 전에 그들 내외가 어딜 갔다 늦게 돌아오는 길에 남의 집 문간에서 쓰러져 자는 용이를 깨워 데리고 온 일이 있다.

그 무렵에는 용이는 또 흰 옷을 입고 북을 치며 다니는 일본인 불교도들의 뒤를 따라서 한정 없이 먼 길을 밤중에 걸어가기도 했다.

태호가 죽은 다음에 애경이가 용이에게 몹시 군 이야기는 온 C 사람 간에 퍼졌었다. 용이에게도 그것은 뜻밖이었던 모양으로 그는 눈물을 담은 일이 없는 까만 눈으로 멀거니 애경이의 얼굴을 쳐다보더라고 한다. 매를 맞는 중에라도.

어느 틈엔가 용이의 모습은 C에서 구경할 수 없게 되었다.

| * せびろ. 신사복이라는 뜻의 일본어.

74

이상한 일은 울릉이도 같은 무렵에 어딜 갔는지 보이지 않게 된 일이었다. 둘이 함께 산에라도 올라갔다가 잘못되어 바다로 떨어진 것인지. 그 며칠 전에 울릉이는 이발소집에 들어가 혜숙이의 손수건을 훔쳐냈기 때문에 골방에 갇히어 있던 중이었는데…….

　　백합같이 맑은 이마를 한 애경은 몇 개월 만에 재혼하여 C를 떠났다. 상대는 언젠가 혜숙에게 청혼하였던 돈 많이 벌었다는 신사였다.

─《협동》, 1951. 1.

야회夜會

오늘도 또 눈이 내릴 듯이 하늘은 찌뿌둥하게 흐리었다.

영화는 아랫목에 앉아서 털실로 아이들의 웃옷을 짜고 있었다. 털실은 작년에 다든 것을 짜 입었던 것을 푼 것인지라 고실고실하고* 뻣뻣하여서 짜는 데 그다지 신이 나지 않는다. 그래도 그는 부지런히 참대 바늘을 놀렸다. 이번에 눈이 내리고 나면 응당 혹독한 추위가 다가올 것이다. 찬바람이 재촉하듯 덜컹덜컹 문살을 두들기며 지나간다.

그러자 탁자 위의 전화가 요란하게 울리었다. 그는 얼른 가서 수화기를 들었다.

"여보세요. 네, 저예요. 네, 네……."

전화는 남편으로부터였다. 오늘 밤에 고문관을 초대하는 파티가 ×구락부에 있을 터인데 함께 가겠으면 준비하고 있으라는 것이었다.

"그러세요, 갈 수 있구 말구요. 애들요? 네 염려 마세요."

영화는 조금 흥분한 어조로 그렇게 말하고 전화를 끊었다. 입가에 저

| * 털 따위가 기름기가 거의 없이 무질서하고 꽤 잘게 고부라져 있는 모양을 뜻한다.

절로 미소가 떠올라 왔다.

그러나 그는 실은 한 가지 마음에 걸리는 일이 있었다. 의상衣裳 말이다.

영화네는 다른 데서 이리로 전근되어 온 지 얼마 되지 않았다. 그래서 이곳 ×구락부에는 아직 익숙하지가 못하였다. 지난번에 나가본 정실 파티 날 밤의 호화찬란함은 영화를 매우 놀랍게 하였다. 그것은 영화의 예상을 훨씬 넘고도 남음이 있는 것이었다. 그는 여기 오기 전까지는 그래도 남의 축에 빠지지 않을 줄로 알고 있던 자기의 옷차림에 조금 자신을 잃었다.

그래서 크리스마스가 다가오기까지는 한 벌쯤은 아주 굉장히 화려한 옷을 마련하여 두리라고 마음먹고 있었다.

마음은 먹었지만 영화네 살림살이는 그다지 넉넉한 것은 못 되었다. 그래서 그는 오늘 저녁에 입고 나갈 마땅한 옷을 가진 것 중에서 생각해 낼 수 없는 것이다.

그렇지만 그렇다고 안 나간다 하기는 싫었다. 가뭄에 콩 나기처럼 드문 이런 기회를 어째 놓치나 싶었다.

그래서 영화는 어쨌든 겨울옷이 들어 있는 장롱 안을 모조리 들추어 내 보기로 하였다.

다홍빛 모본단 치마. 그것은 영화가 처음 만들었던 때에는 그렇지도 않았건만 이제는 흔하니까 역시 안가安價하고 천해 보였다. 검은 바탕에 금빛 무늬를 띠운 양단 치마는 원통하게도 길이가 조금 짧았다. 분홍과 금은으로 자잔한 꽃을 뿌린 청남빛 양단 치마는 분홍 저고리에 받쳐 입으면 그런대로 어울린다고 생각되었으나 먼젓번에 두 번 다 그것을 입고 나갔으니까 또 같은 모양을 하기도 거북했다.

영화는 두루 궁리를 해보았다. 그러나 암만해도 없는 것은 없는 것이

어서 마지막에는 처량한 생각마저 들었다.

마침내 그는 머리 모양과 액세서리로 남달리 대담하게 꾸며보는 수밖에 도리가 없다고 생각했다.

그는 일어나서 윗서랍에서 조그만 나무 상자를 꺼내었다. 귀걸이를 한 벌 골라낸다. 살구씨 모양으로 된 백금 테두리 안에 에메랄드가 박혀 있는 조그만 것, 이것을 달고 머리를 길게 뒤로 넘기고 흰 저고리를 입는다면 썩 조화가 될 듯하였다. '치마는…… 아아, 이 에메랄드 같은 초록빛 치마가 있으면 꼭 좋을 텐데……'

그러나 이 초록빛 치마의 연상이 영화에게 한 가지 생각을 떠오르게 하였다. 그 생각은 떠오름과 동시에 조금 주저를 느끼게 하였다. 그는 옷들을 도로 장롱 안에 넣으면서 두루 망설여본다. 그러나 결국 그 일을 마치고, 헌 실로 짜던 아이들의 털옷 보따리마저 높직하게 다락 안에 집어 얹은 뒤에는 망설임 대신 결심의 빛이 그의 얼굴을 적이 긴장시키고 있었다.

그는 어린애들과 함께 문간에서 놀고 있던 부엌 아이에게 아직 이르기는 하지만 저녁을 지으라고 시키고는 종종걸음을 쳐서 골목 밖으로 빠져나갔다.

하늘에서는 단박에라도 눈이 쏟아져 내릴 듯이 무거운 구름이 점점 나직하게 드리우면서 습기가 섞인 부드러운 바람이 볼을 스치고 지나갔다.

"얘 있니? 무얼 해."

영화는 그의 독특한, 가볍고 상냥한 말투로 그렇게 말하면서 순덕이의 집 대청으로 올라섰다.

"응, 들어와."

순덕이는 갑자기 부스럭부스럭 종이 소리를 내면서 방 안에서 대답하였다.

동무들이 찾아올라치면 깊이 싸 넣어 두었던 물건까지도, 모조리 끄집어내 구경시키는 것이 제일 큰 낙인 순덕이이면서도, 또 늘상 이렇게 당황한 듯이 감추려드는 버릇이 있다.

　지금도 털실 꾸러미를 허둥허둥 싸 뭉쳐 한 옆으로 밀어치우면서 영화를 쳐다보고 멋쩍게 웃는다.

　축 처진 아래턱이나 기단 눈꼬리가 조금 욕심스럽게 보인다. 그것을 가지고 복스러워 보인다고 하는 사람도 있다.

　영화는 개의치 않는 태도로

　"뭐 좋은 것 사 왔니? 좀 구경하자꾸나."

하였다. 사 오지 않은 건 줄 뻔히 알면서도 그렇게 물어보는 것이다. 순덕이는 그래도 그 물음에 마음이 풀려서

　"애들 옷이 하나도 변변한 게 있어야지. 그래 짜 입히려구 털실 좀 사 왔어."

하면서 밀어놓았던 종이 뭉치를 잡아당겨 끌렀다. 부드럽고 따스한 털실 타래가 몇 개나 굴러 나온다. 고운 분홍과 하늘빛과 노란 빛깔이었다.

　"참 이쁘구나, 얼마씩이나 주었니."

　영화는 그렇게 말하였다. 말하고는 대답도 듣지 않고 자기가 가지고 온 정작 긴한 이야기를 시작하였다.

　"저 말야, 오늘 저녁에 좀 큰 파티가 하나 있어. 외국 사람도 많이 오고 하는. 그런데 너두 안 갈래? 그야 물론 너희 서방님하구 같이 말야."

　순덕이는 눈이 휘둥그레졌다. 입을 벌리고 도저히 믿어지지 않는다는 얼굴을 하였다. 그러나 다음 순간 그 얼굴은 감출 수 없는 기쁨으로 발갛게 상기되며 입은 헤벌어져 웃음이 흘러넘쳤다.

　"그렇지만…… 그건…… 아무나 가두 되는 거냐, 뭐."

　음성이 근심스러운 듯이 흐려가면서 그렇게 물었다.

그것은 영화도 심중에 제일 꺼리는 일이기도 하였다. 그러나 스스로 그 곤란을 극복해 치우기라도 하려는 듯이 눈을 내려깔면서

"아무나 가는 게 물론 아니지, 될 법이나 한 말이냐? 그래두 네가 가구 싶다면야 친한 사람 하나둘 데리구 갈 수두 없지는 않어."

하였다. '외국 사람들에게 초대를 받아서 가는 거라면 모르지만 이쪽이 말하자면 대접을 하는 편이라니까 정 안 될 일도 없을 거야', 하고 스스로 마음속으로 격려를 해가면서……

순덕이는 그 말에 아주 흥분하고 말았다.

"얘, 그럼 몇 시에 떠나야 하니, 무얼 입구."

큰 몸집 전체로 마음의 설렘을 표현하듯이 허둥대면서 영화의 입을 쳐다본다.

"너야 뭐 굉장한 옷 얼마든지 입지 않니, 접때 보여주던 왜 진분홍두 좋구 자주도 괜찮구……"

"진분홍? 가만있어, 좀 봐주어."

그는 의거리를 열어젖혔다. 서랍을 있는 대로 잡아 빼놓았다.

방으로 하나 가득히 비단 옷을 늘어놓고 순덕이와 영화는 고르기를 시작하였다.

영화는 순덕이에게서 치마를 빌렸다.

그리고 그들은 시간을 약속한 후에 사이좋게 헤어졌다.

영화는 남편의 예복에 새로 프레스를 해 내걸어 놓고 아이들에게 일찌감치 식사를 시킨 후에 화장을 할 때 남편이 들어왔다.

영화가 순덕이네 내외를 데리고 가자고 조르니까 그는 조금 마땅찮은 듯이 상을 찌푸렸다. 그러나 모르는 사이는 아니었고, 순덕이가 전부터 ×구락부에 한번 가보기를 갈망하고 있다는 이야기는 듣고 있었으므로 할 수 없다는 듯이 승낙하였다. 영화는 가슴을 쓸어내렸다.

그는 순덕이와 옷을 고르는 동안에 생각이 달라져서 은빛 치마를 빌려 왔다. 그것은 빛깔뿐만 아니라 헝겊의 감촉까지도 은 칠을 한 것 같아서 마주 대면 와삭와삭 소리를 내는 것이 더욱 호화스러웠다. 섬세한 자디잔 무늬가 깔렸다. 순덕이는 영화보다 조금 더 키가 커서 치마 길이가 땅에 지르르 끌리는 것도 마음에 들었다. 그는 그 위에 약간 어두운 분홍빛 저고리를 입고 귀걸이는 진주로 바꿔 끼었다. 그러고는 향수를 뿌리면서

"이 치마, 어때요."

하고 한 번 더 거울을 들여다보았다.

그사이, 순덕이는 자기 집에서, 왠통 생각이 떠나가기라도 하는 듯한 법석을 하고 있었다.

아이들은 엄마 곁에 얼씬도 못 하였고, 심부름하는 애는 빡구*를 할 계란을 사러 가게로 줄달음질쳐야만 했다. 아랫방 여편네는 아까 골라놓은 옥색 양단 치마와 밝은 저고리에 다림질을 해야 했고, 고무신도 부리나케 닦아놓지 않으면 안 되었다.

풍롯불을 일게 하는 것은 심부름하는 계집애의 일이었고, 공교롭게도 미장원 문이 닫혀 있어, 옆집 처녀에게서 고데를 빌려 와야 할 것은 여덟 살 난 큰애 녀석의 역할이었다.

'아아, ×구락부의 파티!'

영화가 이사를 오기 전부터 다른 어떤 동무에게 진탕 자랑 소리만 들어오던, 그 호화롭고 휘황한 장면 속에 자기도 오늘은 한몫 끼인다는 생각을 하니, 그의 가슴은 곧 터질 것만 같이 두근대는 것이었다. 세관稅關에 다니는 그의 남편은 단 한 번도 그를 그런 자리에 데리고 나가본 일이

| * 얼굴 마사지 팩. 계란에 푼 밀가루 등을 얼굴에 바르는 피부미용법을 가리키는 일본어.

없었다. 고의로 안 나가는 것이 아니라 도무지 그런 기회가 이 세무서 관리 위에는 찾아들지를 않는 것이다. 하기는 비단 그런 화려한 장소만이 아니라 영화 구경 같은 것도 마다고 하는 성미이기는 하였다. 아이들을 데리고 야외에라도 놀러 가자거니 하는 법도 없었고, 친구도 별로 좋아하는 눈치가 아니었다.

오직 그가 남 못지않게라기보다 아마도 남의 몇 갑절이나 민활하게 활동을 하는 분야는 따로 있었다. 그는 여러 가지 값진 물건을 퇴근 시에 집으로 가지고 들어왔다. 그것은 전부가 순덕이가 아쉬워하고 부러워하는 물건들이었다. 사치품이고 생활필수품이고 간에……

순덕이가 그 큰 몸집을 왠통 기쁨과 만족으로 뒤흔들면서 그것들을 만져보고 값을 미루어보고 또 도로 싸서 깊이 어디다가 간직하는 것을 볼 때에 그는 가장 행복한 듯이 옴폭한 두 볼의 근육을 느끼는 것이었다.

그러니까 순덕이는 웬만한 사치품은 남부럽지 않을 만큼 갖추어 가지고 있는 폭이었다.

친한 동무들이 오면 그것들을 내보이고 부러워하는 것을 볼 때에 제일 즐거웠다. 그러나 생각해보면 그 물건들은 실지로는 별반 쓰여지는 일도 없이 구경을 하고 도루 넣어두고 하는 데 불과하였다. 감을 보기가 무섭게 부리나케 주름을 잡고 허리를 달고 한 멋진 치마일지라도, 놀러 온 동무들에게 구경을 시키는밖에 별 쓸모가 없다면 그것이 무에 그리 소중하리?

순덕이는 오늘은 바싹 그런 생각이 들었다.

남편이 응당 오늘 저녁 함께 나가기를 꺼려할 점이 염려되었으나, 순덕이는 무슨 소리를 하여서라도 함께 나설 심산이었다. 그렇다. 모처럼 권유를 해준 영화 내외의 체면을 보아서라도 참석하지 않을 수 없다고 화를 내어서까지라도……

그는 여태까지 아무 쓸모도 없이 처넣어두기만 한 물건들의 불평불만을 오늘 일시에 풀어주기라도 하려는 듯이 대단한 남용濫用을 해가면서 단장을 하기에 분주하였다.

경인京仁 버스를 이용하여 남편은 여섯 시에는 반드시 돌아오는 것이 상책이었다. 순덕이는 짙은 화장을 베풀고 옷을 입고 진솔 버선까지 꺼내 신고는 책상 위에 엉덩이를 붙이고 앉아서 눈이 빠지게 남편을 기다리고 있었다.

여섯 시 반이 되었다. 순덕이는 초조해져 와서 방 안을 오락가락하면서, 속이 답답하다는 듯이 공책으로 부채질을 해대었다. 마루로 나와 밖을 내다본다. 어슴푸레 어두운 하늘로부터 눈 잎이 한 잎 두 잎 떨어져 내려 마당에 깔렸다.

약속한 여섯 시 오십 분이 되니까, 영화는 삐걱하고 대문을 밀치고 들어왔다. 부르릉! 하고 자동차 돌리는 소리가 바깥에서 들렸다.

영화는 그 은빛 치마 위에 짤따랗고 새까만 토퍼 코트를 입고 있다. 머리는 은실이 섞인 분홍 머플러로 싸매고. 손이 작게 보이는 검정 가죽 장갑에 까만 구슬을 낀 백을 들었다.

어찌도 말쑥하고 예뻐 보이는지 순덕이는 잠시 넋을 잃고 그 모양을 바라다보았다.

그러나 자기의 모양도 오늘은 누구에게 빠질 리가 없었다. 그는 금팔찌를 하고 있었다. 다이아 반지에다 백금 시계를 차고 있다. 그는 이제 입고 나갈 참인 새 두루마기와 수달피 목도리까지 한꺼번에 머릿속에 떠워 올리면서, 느긋한 어조로 이렇게 말을 건네었다.

"우리 쥔이 웬일인지 아직두 안 오는구나."

그러면 응당 너만이라도 어서 가자고 할 줄 알았다. 그랬는데 영화는

콧등을 찡긋하면서

"아이 저런! 저렇게 다 준비를 차렸는데 정말 안됐구나. 몇 시경에나 들어오실까? 시간을 알면 나중에라도 차를 보낼 건데."

하였다.

순덕이는 두 다리에서 매시시 맥이 풀려나가는 것을 느꼈다.

"글쎄 언제나 들어오려는지……."

그는 기운이 하나도 없는 목소리로 간신히 그렇게 대답하면서 외면을 하였다. 영화는 정말 안됐다고 하면서 나가버렸다.

자동차 소리가 사라진 뒤에 순덕이는 눈물까지 글썽해진 눈으로 눈 내리는 밤하늘을 응시하고 있었다. 폭폭 소리도 없이 쏟아져 내리는 눈은 고요하고 따뜻한 이 밤을 맘껏 즐기는 사람들만을 위하여 춤추듯이 흩날리는 것 같아 보였다.

그는 마음이 뒤집힐 대로 뒤집히고 말았다.

'어쩌면 결혼한 지 십몇 년을 두고 한 번도 남과 같이 호사스러운 데를 못 가게 마련일까. 남편이라는 위인이 그렇거든 오늘 같은 날에나마 제대로 돌아오기나 하지 무엇이 어째서 늦는 것일까? 물건을 자꾸 갖다 주기만 하면 뭘 해. 만년 쑤셔 넣어 두어서 썩히기나 하구, 나는 이 모양으루 살다가 그냥 늙어빠져 죽구 말지…….'

남편에 대해서 온갖 욕설이 쏟아져 나왔다. 무엇보다도, 요 모양 조로 장롱 안에서 묵히기나 할 물건들을, 가장 큰 공로라도 세운 듯한 얼굴로 옆구리에 끼고 들어서는 때의 남편의 모양을 상기하면 그대로 부아가 치밀었다. 꾀죄죄한 양복떼기를 주워 입고—마치 나는 이 인생의 즐거움하고는 등진 사람입니다 하는 듯이 초라한 옷만을 주워 입고 들어올 모양을 상기하면.

풍성치 못한 살림살이를 하더라도 꽃같이 이쁘게 차리고 나서서 남편과 함께 춤을 출 때가 있는 영화네 생활은 얼마나 사람답고 행복한 것일까.

눈이 내리는 것을 이날처럼 오랫동안 응시해 보기는 순덕이로서는 처음인 일이었다.

눈이 그처럼 아름답고 서러워 보인 적도 없었다. 인생이 그토록 애절하게 순수하게 '물건'과 관련 없이 비춰 보인 일도 한 번도 없었다.

순덕이는 아무 작정 없이 두루마기도 입지 않고, 치맛자락을 걷어 안은 채 바깥으로 나갔다. 눈이 폭폭 쌓이는 길을 아무 쪽으로나 한참 걸어 보았다. 안저*에는 은 치마를 입고 마음 들뜨는 음악에 맞추어 빙빙 돌아갈 영화의 모습이 자꾸만 어른어른 지나가곤 하였다.

문득 그의 앞에 검은 그림자가 하나 다가와 멈추었다. 모자와 어깨 위에 하얗게 눈이 쌓였다. 그 얼굴을 보자 순덕이는

"뭐예요! 왜 인제 오세요!"

하고 전에 없이 날카로운 소리를 질렀다.

"뭐가 뭐야, 말 들어봐."

남편은 본능처럼 주위를 휘둘러보더니 목소리를 낮추어서

"집에 현금 얼마나 있어?"

하였다.

순덕이는 얼른 대답이 나오질 않았다. 어디 머나먼 다른 세계를 배회하고 있던 사람 모양으로.

"현금이라야 그 물건을 잡아놓겠는데. 금붙이라도 우선에 받기는 할 거야. 모두 이건 돼야겠는데, 되겠지?"

남편은 다섯 손가락을 쫙 펴들어 순덕이의 코앞에 들이대었다.

| * 안저眼底. 동공을 통해 안구의 안쪽을 들여다보았을 때 보이는 부분을 뜻한다.

어디서인지 흘러나오는 불빛에 비치는 그 얼굴은 전의 어떤 때에 볼 때보다도 여위고 초췌해 보였다. 다만 눈빛만은 불타듯이 무엇을 쏘아보고 있었다.

다음 날 오전 안에 영화는 차곡차곡 개킨 은빛 치마를 보자기에 싸들고 순덕이의 집으로 왔다. 그의 입가에는 즐거운 꿈이 아직 덜 깨었다는 듯한 일종 신비로운 미소가 어리어 있었다. 은 치마 갈피에서는 순덕이의 것과는 다른 향내가 풍기여 나왔다. 그는 자기에게 옷만 빌려주고 파티에는 가보지도 못한 이 동무를 진심으로 동정하는 마음으로 이렇게 말하였다.

"애, 무엇 땜에 해필 엊저녁에 그렇게 늦으셨다니?"

그러나 두 턱이 지어진 순덕이의 얼굴에 가득히 담겨져 있는 것은 뜻밖에도 영화의 그것만도 못지않은 만족과 득의의 빛깔이었다.

"저걸 사 왔어. 오늘 새벽 글쎄 다섯 시에 인천엘 갔다 오셨구나."

그는 대견해 못 견디겠다는 듯한 얼굴로 방 한쪽을 가리켰다. 오늘은 감추려고도 들지 않는다. 거기에는 양단인 듯해 보이는 피륙들이 수북이 보자기에 싸여 놓여 있었다.

'저런 게 있은들 너에게는 무슨 소용이냐? 어델 입구 가련?'

영화는 그런 생각에서 다만 힐끗 한 번 바라볼 뿐 아무 말도 하지 않았다.

'너는 그래 옷 한 벌이 변변찮아서 남의 것을 얻어 입구, 그래두 춤을 추니 맘이 편터냐?'

그는 또 마음속으로 어제 그 곱게 보이던 머플러도 검은 구슬의 백도, 아마 대단찮은 싸구려였거니 생각하였다.

두 여인은 서로 자기의 처지에 만족하고 서로 상대방의 인생에 깊은 경멸을 느끼면서 헤어져 갔다.

"미안하다. 응?"

"무얼. 또 갖다 입어."

이런 말을 주고받으면서.

새하얗게 눈이 내려 덮인 바깥 공기는 구름 한 점 없이 새파란 하늘을 반사하여서 어제와는 동떨어지게 쌀쌀하였다.

―《신태양》, 1954. 11.

포말泡沫

　　시장 바닥을 두루 돌아다니며 일수놓이* 돈을 걷어가지고 집에 들어가니까 마루에 우두커니 서 있던 식모는 언제나 하듯 무표정하게 나의 얼굴을 바라다보았다.

　　나는 털벙거지와 오버에 하얗게 앉은 눈을 툭툭 털어내고 양복걸이에 대충 거는 듯이 해놓고는 서둘러서 이층 방으로 올라갔다. 스토브를 피운 육조** 방에는 김과 연옥이 겸상을 받고 앉아 벌써 수저를 들고 있었다. 풍로에서는 무엇인지 자글자글 신나게 끓여 났다.

　　"인제 오나? 이리 앉게."

　　김은 상냥하게 그렇게 말하면서 육중한 몸집을 움직였다. 저고리에다 오늘은 가죽점퍼를 걸쳐 입어서 어깨가 더군다나 커다랗게 보였다. 나의 처인 연옥이는 아무 말도 하지 않고 소매부리를 당겨 올려 흰 팔을 드러내놓으면서 풍로 위의 냄비 뚜껑을 열어젖혔다.

　　나는 불룩한 작업복 아래 호주머니를 추켜올리면서 연두 요 이부자

---

* 일수놀이. '일수를 놓다'는 뜻으로 보인다.
** 다다미(마루방에 까는 일본식 돗자리) 여섯 장이 깔린 방을 육조 방이라고 부른다.

리를 둘둘 말아놓은 것 앞에 앉았다. 연옥이가 자기 앞에 있던 술잔을 들어서 나에게로 옮겨놓았다.

"야 또 카나디앙인가?"

내가 내려다보며 그렇게 말하니까 김은 점잖게 끄떡이면서 잔을 그득히 채워주었다. 그는 요새 정말 감투를 쓴 모양이다.

연옥이가 마련한 식탁 위에도 무엇인지 수두룩하게 반찬이 놓였다. 밥 한 그릇 삼키는 데에 이다지도 여러 가지 그릇을 늘어놓고 또 이루 맛이 어떻고 저떻고 말을 해가며 먹는 취미란 나에게는 잘 알 수 없는 것이었지만 그렇기에 찌개면 찌개 국이면 국 한 가지로 그냥 홀닥홀닥 먹어치우는 나를 연옥이는 걸신이 들었느니 식미食味를 모르느니 하고 못마땅해하며 깔보는 것이다. 그래서 요즈음 되도록 이것저것 하여서 그들의 비위에 거슬리지 않도록 나로서는 주의를 하고 있는 것이다.

냄비가 상에 올라왔다. 그 안에 있는 두부같이 새하얀 난들난들한 것이 무엇인지 나는 알지 못했다.

"허어 이건 복아지* 곤 아니요? 일본 말로 그 '시라꼬'**라고 하는."

김이 그렇게 말하니까

"맞었에요."

연옥이는 까드득거리며 웃었다.

"이건 그, 양기를 돕는 거라지?"

불그레한 눈자위에 웃음을 흘리면서 김이 또 그런다.

"알기두 참 잘 하슈. 초간장에 찍어서 얼른 맛이나 보아요."

연옥이는 새침이를 떼려고 하면서도 입매가 연방 방싯거린다.

"그놈 맛좋다."

* '복어'의 다른 명칭.
** しらこ[白子]. '어백魚白', '이리'라는 뜻.

"좋으셔? 호호, 그게 시라꼰 줄은 용히 아셨지만, 시라꼬가 또 무엔지는 아마 모르실 거야."

"그걸 몰라? 양기 돕는 거라면 알아들을 거지."

김은 그것이 복아지의 생식기의 일부라고 아는 체를 하였다. 연옥이는 그게 아니고 생선의 정액의 응고한 것이라고 우겼다. 서로 우기면서 그 두부같이 난들난들한 것을 집어다 먹는다. 나는 먹고픈 생각은 별로 안 났지만 그것이 복아지의 어느 부분인가 하는 의론에는 자못 흥미를 이끌려서

"옳아 옳아 그게 바루."

하고 한몫 끼어서 말참견을 하였다. 그리고 한 점 집어다 먹어보기도 하였으나 시라꼬가 비싼 물건이라는 말이 마침 나왔기에 더 이상 집어다 먹지는 않았다. 맛도 잘 모르는 내가 그런 걸 널름널름 주워다 먹을 것도 없다 싶었기에…….

저녁상을 물리고 연옥이는 아래층에 내려가더니 새 화투를 가지고 올라왔다. 다이아 반지를 낀 손으로 빨락종이*를 박박 잡아 찢어버렸다.

나는 둘둘 말린 요판 위에다 수첩을 꺼내놓고 일수 돈 계산을 맞추기 시작했다. 한 달 용돈을 그쪽에서 빼야지만 살아간다고 연옥이는 날마다 성화를 댄다. 하기는 누구를 얼마를 주고 언제 얼마를 받고 하는 것은 자기가 직접 나가서 하니까 나는 그저 수첩에 적혀 있는 대로 받아들이기만 하면 그만인데 그것도 수월한 노릇은 아니다. 아침저녁에 한 바퀴씩 시장을 돌고 나면 그 장사치들과 싱갱이를 하고 애를 태우고 한 피로로 하여 그만 녹작지근해버리고 만다. 이런 돈놀이 같은 것은 그만두고 무슨 다른 일을 할 수는 없을까 하고 가끔 그런 생각을 한다.

| * 셀로판 종이를 가리키는 북한어.

"그래, 오늘 건 떨구잖구 싹 다 받았지요?"

짝짝짝짝 화투를 치면서 연옥이가 미리 쥐어지르는 소리를 한다.

"아아 육천 환하구 팔천 환하구? 가만있어."

나는 연필에 침칠을 해가지고 수첩 머리에 꼭꼭 점을 찍어나갔다. 곰 보 마누라 오만 환 삼 일간 천오백 환. 안경잡이 색시 이만 환, 십 일간. 천팔백 환. 털보 사만 환 주단포목 십구 호 오만 환…… 작업복 주머니에서 보자기를 꺼내어 돈을 헤아려보고 연옥이에게 내밀었다.

"자 여깄소."

연옥이는 보자기를 받아 무릎 밑에 깔고

"응, 정말."

분홍 양단 저고리 섶을 잡아당기면서 다른 소리를 꺼냈다.

"접때 왔던 누런 점퍼 입은 사람 말이유. 아마 형산지 모른다구 그러던……."

"응 그래."

나는 가슴이 섬뜩하였다.

연옥이는 눈을 내리깔고 끄덕이더니

"그게 글쎄 와가지구 당신 일을 꼬치꼬치 캐묻는 것 아니겠우. 육이오 때 어디 살았냐는 둥 무얼 했냐는 둥 손해룡이란 사람을 아느냐는 둥 별소리를 다 들추어내면서……."

"그 그래."

손해룡이란 이름을 듣자 나는 나도 모르게 한숨을 내쉬었다. 나는 별로 그에게 죄를 지은 사람은 아니었는데도…….

"시굴 다니러 갔다고 했어요. 그래두 안 가길래."

연옥이는 말을 끊고 김을 턱으로 가리켰다.

"내가 나가서 명함을 보이구 돌려보냈지. 그 사람 신분 내가 보장하

마구 그리구서……"

김은 태연한 어조로 부리부리한 두 눈에 웃음을 담았다.

나는 '후유' 하고 또 한숨을 내쉬었다. 겨우 가슴을 쓸어내린다. 만약 김이 이렇게 우리 이층에 와 있지 않았다면 공연히 협박을 하려 드는 그런 사람 때문에 잠도 편히 잘 수 없었을지 몰랐다.

육이오 때는 그렇게 쥐구멍을 못 찾던 김이 이만치나 세도를 하게 된 것은 다행한 일이라고 아니 할 수 없다.

화투는 밤 가는 줄 모르고 계속되었다. 김이 연옥이의 새하얀 팔뚝을 불끈 움켜쥐고 두 손가락에 호오하고 입김을 불어 찰칵 때리면 연옥이는 아프다고 몸을 비꼬며 소리소리 지르고 이기고야 만다고 대어들었다.

"미조리*로군. 이놈을 먼저 먹어."

내가 더러 그렇게 일러주어도 연옥이는 내 말을 안 듣고는 연거푸 지기만 하고 있다.

난로 옆에 다가앉아서 발을 쪼였다. 양말이 뚫어져서 엄지발가락이 나와 있다. 뒤꿈치를 살펴보니 그것도 큼직하게 구멍이 뚫렸다. 어쩐지 오늘은 발이 되게 시리더라. 발바닥에서 김이 무럭무럭 올라온다. 얼었던 발이 근질근질해온다. 연옥이가 흘낏 바라보기에 발을 오그리고 까치다리를 하였다. 또 냄새가 나네 어쩌네 할까 보아…… 두 손으로 궁둥이를 고이고 앉아 몸을 전후로 건들건들하면서 화투판을 바라다보았으나 스름스름 졸음이 오기 시작했다.

"아— 아—."

하고 연거푸 하품을 하였더니

"졸리건 먼저 내려가구려!"

| * 화투 용어로 '비약'을 가리키는 일본어 '니조로(=ゾロ)'가 변한 말로 보임.

연옥이는 빽 하고 소리를 질렀다. 그 소리가 어찌도 날카로웠던지 나는 김의 얼굴을 쳐다보고 빙그레 웃었다. 딴은 언제까지 기다리고 있을 것도 없는 일이라

"그럼 먼저 잘 가."

기지개를 켜며 일어났다.

아랫방에 내려와서 식모가 깔아놓은 이부자리 속으로 기어들었다. 이층에 있을 때는 들리지 않던 바람 소리가 부시럭부시럭 마당을 쓸고 있다. 미닫이의 종이가 마구 찢어져서 괴상한 무늬처럼 이리저리 젖혀졌다. 옆으로 물끄러미 바라보면서 그새 어디론지 날아가 버린 졸음이 또 찾아오기를 기다렸다.

내가 학생 시절에 알게 된 것이 현재 나의 처인 연옥이를 먼저였는지 또는 김하고 처음 사귀고 나서 연옥이를 소개 받았는지 그 점은 알쏭달쏭하여 분명치 않다. 오랜 세월이 지난 지금 와서는 그들을 제각기 따로로서가 아니라 두 얼굴을 포개놓은 듯이 한꺼번에 기억한 것 같은 인상으로 남아 있다. 그래도 나에게 결혼을 권한 것이 김이었다는 일은 생각나고 또 그것이 어느 하이킹 도상에서였다는 기억도 어렴풋이나마 남아 있다.

무더운 여름이었던 듯한데 김은 이상하게 반짝이는 눈을 하면서 나에게 연옥이와 결혼해달라고 한 것이었다. 그때 김과 나는 전문학교 학생이었고 연옥이는 R여전의 성악과 생도였다.

언제나 콧등에 분을 뽀얗게 바르고 있는 동글납작한 판에 쌍꺼풀진 눈을 가진 연옥이를 처음 보았을 때부터 좋아지기는 하였는데 그래도 그는 김과 결혼할 것인 줄로 알고 있었었다. 그는 R여전 기숙사의 엄격한 규칙을 어기고도 곧잘 김의 하숙에서 밤늦게까지 놀고 있기도 하고 그랬

기에 나는 셋이 함께 다니는 일도 많았지만 그저 그렇게 여겼던 것이다.

　김의 이야기로는 그들 사이에는 결혼을 할 수 없는 곤란한 사정이 있었고 그럼에도 불구하고 연옥이는 얼핏 결혼을 해야 할 입장에 있었기 때문에, 날더러 꼭 결혼해주기를 바란다는 것이었다.

　나는 그래도 좋다고 생각했으나

　"연옥이가 나한테 올려구 할까?"

하며 조금 앞을 가는 연옥이의 뒷모습을 바라보았다.

　김은 내 어깨를 툭 치면서

　"연옥이가 그럼 싫은 사내하고도 교제할 줄 아나?"

하였다.

　그날 산에서 내려오기 전에 그들이 어디론가 숨어버려서 내가 한참 헤매인 일도 기억난다.

　수통을 채우러 골짜기로 갔을 적에 어긋났던가 하여간 숲 속을 헤치며 찾아보았는데 마지막에 어떤 큰 바위 뒤에서 나왔다. 그때 무슨 좀 이상한 느낌이 들었던 것같이도 생각되는데 어째서였는지는 기억이 흐려져서 분명치 않다.

　결혼하고 오 개월 만인가 육 개월 만인가 하여 연옥이는 아기를 낳았다. 그 말까지는 듣고 있지 않았으므로 나는 조금 놀라기도 하고 또 어쩐지 우울하기도 하였지만, 이내 할 수 없는 일이라고 고쳐 생각을 하였다. 그 아이는 머리통만 커다란 사내아이였는데 늘 울고 젖도 잘 먹지 않는다고 하더니 자라나지 못하고 죽어버렸다.

　김은 자기도 결혼을 하였다고 하면서 새 와이프를 데리고 놀러 오곤 하였다.

　그들이 오면 연옥이는 '식미'를 아는 사람들이 왔다고 하면서 부엌에서 수선을 떨곤 하였었다……

두루 그런 생각을 하며 잠을 청하는데 발소리가 층층다리를 밟고 내려왔다.

화투가 끝난 게로군 하고 연옥이가 들어올 줄 알았더니 발소리는 도루 올라가 버렸다.

누가 변소에라도 다녀간 모양이다.

이불 안이 겨우 녹아온 모양이라 나는 그대로 잠이 들었다.

언제까지 기다려도 옆에 누운 연옥이는 일어날 기색이 아니기에 이불에서 기어 나와 옷을 주워 입었다. 세수를 하러 부엌으로 가려니까 걸레질을 한 마룻바닥이 줄줄 미끄러지게 얼어붙었다.

"추워라. 눈이 많이 온 게지."

더운 물은 없다 하기에 들통 속을 들여다보았다. 둘레는 꽁꽁 얼어붙었는데 가운데만 구멍이 푹 뚫려서 거기만 물이 고인 채로 있다.

바가지가 간신히 드나들었다.

차가워서 등골까지 워르르 떨린다. 연옥이도 옆에서 듣고 있지 않는 김에 뿌우뿌우 하고 큰 소리를 내며 얼굴을 문질렀다. 양치를 치랴고* 엄지손가락에 소금을 꾹 찍는데 무엇이 현관문을 툭 걸어지르는 소리가 났다.

"누구요!"

물어보아도 대답이 없다. 조금 있다 이번에는 제법 호되게 탕탕 걸어찬다.

"아—니 거 누구야!"

나는 바가지를 입까지 댄 채 버럭 고함을 질러보았다.

---

* '양치를 하려고'라는 뜻으로 보인다.

"왜 이리 시끄러우."

언제 일어났는지 연옥이가 옥색 잠옷 위에 비로드 치마를 질질 끌면서 현관 쪽으로 걸어 나갔다.

"식전부터 어떤 놈이람."

나는 괜히 그렇게 중얼거려 보았으나 무엇인지 조금 불안하기도 했다. 소리나 지르지 말았다면 하면서 연옥이의 등 뒤에로 넘겨다보았다.

가죽점퍼가 흘깃 눈 속에 들어왔다. 가슴이 철컥하면서 또 무슨 귀찮은 일이 닥쳐왔나 싶었다. 점퍼의 청년은 문 안에 들어서더니 내 얼굴을 딱하니 마주 보았다. 내복 바지 바람으로 서 있는 나에게

"유운삼 씨죠? 서에서 왔습니다. 잠깐 나오시오."

패스포트 같은 것을 꺼내 보이며 그렇게 말한다. 나는 그냥 선 채 그의 얼굴을 바라다보았다. 청년은 연옥이를 향하여 무어라고 지껄이고 연옥이는

"잠깐 기다려주세요."

하며 예사롭게 대답을 하고 있다. 이어 연옥이는 나를 밀고 방으로 들어가며

"자 어서 옷을 입어요."

하였다.

나는 연옥이가 이렇게 태연한 것이 어쩐지 이상한 일 같기도 했지만 한편으로는 고마운 것같이도 생각되었다.

"죄지은 일은 없으니까요. 묻는 대로 대답을 하구 나와요. 뭐 괜히 쭈뼛거리거나 그럴 건 없어요."

연옥이는 옷을 입히면서 커다란 소리로 그렇게 지껄였다.

나는 그럴 것 없이 어서 김을 불러 내려 저 사람만 보내주었으면도 싶었으나, 그래도 안 될 일 같기도 하고 그래

"김 군하고 의논해서 좀 잘 연락을 하두록 속히……."

그렇게 어물어물 중얼거리고는 허둥지둥 현관에 나와 구두를 신었다. 그때 되어서 입안이 어찌 짜거운지 쓰기까지 한 것을 깨달았으니 물을 달라고 할 겨를도 없이 그냥 청년을 따라 거리로 나섰다.

"미리 말해두지만 쓸데없는 거짓말 따위를 하면 재미 적어!"

테이블 저편에 앉은 사람이 위협하듯 두 눈을 딱 부릅뜨며 그렇게 말했다.

나는 그 해쓱한 얼굴이 싫었으므로 시선을 떨구면서 네 하고 대답했다. 어쨌든 큰일 났다는 생각이 머리에서 사라지지 않았다.

형사는 나의 6·25 당시의 소행에 관해서 여러 가지로 질문을 퍼부었다. 손해룡이란 사람을 아느냐고도 물었고 동위원회에서 무슨 일을 맡아보았느냐고도 하였다. 그는 나를 노려보며 때로는 무엇인지로 책상을 탁하고 내리치면서 소리를 쳤으므로 나는 내가 지은 죄가 정말 용이한 일이 아닌 것처럼 느껴져서 점점 전신에서 맥이 빠져나갔다. 나를 데리고 온 점퍼의 청년은 조사관 옆에 앉아 있었으나 한마디도 입을 떼지 않고 듣고 있지도 않는 듯이 보였다. 나는 구원을 구하듯이 가끔 그를 바라다보면서 대답을 해나갔다.

질문이 끝나자 나는 어떤 골방에 갇히어졌다. 그 방 한구석에는 어떤 노인이 저편을 보고 앉아 있었는데 그는 나중 일어섰을 적에 나를 한 번 훑어보았을 뿐으로 한마디도 입을 떼지 않았다. 창고 속같이 충충하고 어두운 방이었다. 복도 쪽에서는 사람이 절벅거리고 걸어가는 소리며 고함 소리며가 들려오곤 하였다.

온종일 쪼그리고 앉아 있었다. 차차 어둠이 심해오다가 드디어 캄캄한 밤이 되니까 누군지가 문을 밀고 담요 한 장과 알루미늄 볼의 밥을 들여놓아 주었다.

콩밥인가 하고 먹어보았더니 그것은 아니고 보리밥이었다. 나는 담요를 몸에다 챙챙 감고 팔 없는 눈사람 모양으로 앉아 있었다.

영영 이곳에서 놓아주지 않으면 어찌할까 하는 생각이 가슴을 뭉클하게 하였다.

6·25 때 사실 나는 조금 나쁜 짓을 하였다. 그것은 연옥이가 그렇게 안 하면 죽는다고 하였기 때문이지만, 하여간 나쁜 짓이라기보다는 무진 고생이었다고 함이 옳을 게다. 나는 동위원회의 심부름 같은 걸 하고 돌아다니면서 통문 따위를 돌리기도 하였지만 더 많이 뼛골이 빠지게 노동일을 하였다. 복구 사업이니 탄환 나르기니에 매일같이 빠지지 않고 나갔다.

시키면 수염을 기르고 아주 센 말씨를 쓰는, 모르는 사람들이 나는 싫었지만 그러지 않으면 사는 수가 없다니까 어쩔 도리도 없는 일이었다. 손해룡이란 자가 어째서 특별히 문제가 되는지 알 수 없으나 어쨌든 그는 우리 반에서 살았다니까 나는 그 집에도 필시 무슨 일을 재촉하러 다녔을 것이다.

김의 일이 생각났다.

김은 지금 세도가 있고 사변 전에는 우익 투쟁을 한 일까지 있다. 그가 그때 살려달라고 뛰어 들어왔을 때 그를 다락 안에 감추어주고 그 석 달이나 건사를 해낸 연옥이는 총명하였다고 하지 않을 수 없다.

자기의 목숨도 아깝기는 했지만 김과 같은 애국자를 살리기 위해서도 동위원회에 조금 어른거렸노라고, 그렇게 김을 내세울 것 같으면 절대로 무사할 것이라고 언젠가 연옥이가 일러준 일이 있다.

'그래 내일은 그 말을 자세히 조사관에게 해야지. 그러는 동안에 김이 와서 보증을 서주면 설마 내놓아 줄 터이지……'

그렇게 생각하고 날이 새기만 기다렸다.

새벽녘이 되니까 손과 발이 시리다 못해 장작개비처럼 감각이 둔해졌다. 뱃속이 쓰라리고 메스꺼웠다.

아마 저녁때가 다 됨직한 때에야 나는 다시 불려 나가 조사관 앞에 섰다. 오늘은 마음의 근심으로 해서뿐만이 아니라 추위와 허기증에 워들워들 떨렸다.

"너의 처는 그때 무얼 했어?"

그는 오늘은 질문을 그렇게 시작했다.

나는 이때니 하고 힘을 넣어, 연옥이가 사변 중 애국자인 김 때문에 얼마나 애를 썼느냐 하는 이야기를 하였다.

낮에는 다락에 있고, 밤에는 골방에 내려와 자게 했는데, 연옥이는 잠시도 마음을 놓지 못해 하룻밤에도 몇 차례씩 그 방을 돌보러 갔다고 설명하였다.

"남의 사내를 감추어주구 제 남편은 길에다 내놓아?"

형사는 이상한 웃음을 입가에 띠었다. 나는 형사가 김을 잘 모르는 까닭이라 짐작하였다. 그래서 지금 김이 이러이러한 요직에 있으며 얼마나 애국적인 인물인가 하는 것을 상세하게 지적해나갔다.

"흐—ㅁ."

형사는 연방 장부에 적어 넣어가며 지금 김의 주소가 어데냐고 물었다.

"우리 집입니다. 같이 있지요."

"왜 거기 있게 됐어?"

나는 잠간 말이 막혔다. 그러고 보면 김의 집은 돈암동인가 어디에 따로 있었고 그저 막연히 우리 집에 있게 된 것이어서 별 이유라고는 없는 때문이었다. 나는 그대로 말하였다. 형사는 한참 동안 내 얼굴을 바라다보더니 말머리를 돌려서

"사변 중 괴뢰위원장 피가라는 자가 집에 자조 드나들었다는데."

하였다.

나는 고개를 기울이고 생각에 잠겼다. 그 사람 이름이 피가였는지는 알 수 없으나 어떤 낯선 사람이 한 열흘 동안 밤마다 집에 오던 일은 있었다. 늘 맥고모를 쓰고 있는 사람이었다. 그러나 그것은 9·28도 박두한 무렵이어서, 나는 매일 밤 한강 모래사장으로 탄환을 나르러 나갔었기 때문에 얼굴도 변변히는 보지 못하였다. 새벽 서너 시 해서 돌아왔을 때에 두어 번 문간에서 마주쳤을 뿐이었다.

유엔군이 쳐들어오기 직전 그는 어데로인지 도망을 쳤으니까 괴뢰 관계의 무엇이었던 것은 알 수 있으나 분명 우리 동리 위원장은 아니었다. 그래서 나는 형사더러 모르겠다고 대답을 했다. 연옥이가 여맹에 나간 일은 그는 모르는 모양으로 한마디도 묻지 않았다.

다시 나는 유치장에 감금되었다.

김의 이야기도 소용이 없었는가!

꼬부라 붙이고 잠이 들다가는 깜빡 깨이곤 하는 그런 사이사이에 9·28 막판 당시의 일이 꿈처럼 내 눈앞에 떠올랐다.

그때 연옥이는 김과 대판 싸움을 한 일이 있었다. 나는 해만 지면 마포로 끌려 나가서 그 어깨가 으스러지도록 무거운 탄환을 나르고 돌아오니까 아침 내 정신을 모르고 자곤 했는데, 그때 밤에만 김이 있곤 하는 골방 쪽에서 연옥이의 악쓰는 소리가 들려왔다.

"나가! 나가! 그럼 싫건 나가란 밖에!"

그러나 김의 목소리는 들리지 않고 조금 있다 또 연옥이가

"당장 나가요!"

하고 소리치며 머리를 흩어뜨리고 달려 나왔다. 한쪽 뺨이 새빨갛게 부풀어 올라서, 김이 손찌검이라도 한 것인가 싶었으나 물어볼 사이도 없이 그는 바깥으로 튀어나갔다. 다른 때 같으면 문을 잠그라고 야단스레 이르

는 것이 보통인데 그날은 현관문을 활짝 열어제낀 채로 달려가 버렸다.

나는 어안이 벙벙하여 서 있는데 또 이번에는 그렇게 깊숙이 숨어 있던 김이 헐떡이면서 쫓아 나오는 게 아닌가.

그는 눈은 충혈하고 수염은 자라서 보기 사나운 꼴을 한 채 그도 바깥으로 뛰쳐나가 버렸다. 그러고는 그는 그 가장 위험한 막판 내내 다시 우리 집에는 나타나질 않은 것이다…….

그래도 그가 그런 일을 탓하거나 하지 않고 무엄하게 지내주는 일은 다행한 노릇이 아닐 수 없었다. 내일은 그가 와서 나를 구해주려니—오늘도 또 그것만을 바라고 기다리는밖엔 없었다.

그러나 다음 날도 나는 석방되지 못했다. 감방 안에 죽은 물고기 모양으로 드러누워서 몸이나마 이렇게 허약하지 않고 김처럼 튼튼했더라면 하고 나는 기다란 한숨을 쉬는 것이었다.

나흘 만에 나는 다행히 놓여져 나왔다. 바깥세상은 어스름 어둠 녘이었다.

다만 삼사일 갇히었다 나왔을 따름인데도 나는 그 큰길의 방향을 언뜻 알아보지 못하였다. 메슥메슥 구토질이 날 듯한 것을 참으며 아무 쪽으로나 발을 내어디뎠다. 칼날같이 쌀쌀한 찬바람에 섞이어 싸락눈이 뿌리고 있었다.

그래도 살아나기는 하였다는 생각에 허둥대는 걸음걸이가 되었다. 땅이 쉴 새 없이 흔들흔들하면서 마치 건들거리는 다리 위를 위태롭게 건너고 있는 듯한 어지러움을 느꼈다.

별안간 등 뒤에서 왜애앵 하고 날카로운 음향이 울려왔다. 소방 자동차가 질주해 온 것이다. 사이렌 소리는 사람과 차들을 튕겨내듯이 탄환 같은 속도로 사라져버렸다.

어릴 때에 자동차에 치일 뻔하던 때에 느낀 그런 공포가, 오랜 세월을 격하고 가슴에 살아왔다. 머리를 그득 채운 그 요란한 음향에 정신을 잃은 듯이 나는 한동안 멍하니 길 위에 서 있었다.

나는 또 느릿느릿 걷기를 시작했다. 배도 고프고 어쩐지 전신이 노곤하여 피로하였다. 팔과 다리의 관절이 쑤시는 것 같기도 했다.

내 앞에는 전등불이 휘황한 상점가가 어디까지라도 뻗어나가면서 끝도 안 날 듯하여 보였다. 나는 걸음을 멈추고 주위를 둘러보아 거기가 종로 이가 부근이라고 짐작하였다. 집으로 가야 한다는 생각은 별로 뚜렷치 않으나 그래도 청계천께로 걸음을 옮겨 갔다.

컴컴한 천변길을 지나가면서 나는 무엇인지가 곧장 불안하여 오는 것이었다. 아랫배가 지긋이 무거워지는 것 같았다. 나는 고개를 수그리고 걸어 나갔다.

어느덧 집 가까이 와 있었다. 이층에 불이 환하게 켜진 것이 올려다보였다. 저 안에는 지금 누가 무엇을 하고 있을 것인가. 어째선지 이제다 왔다는 생각이 들지 않아 나는 불빛을 우러러본 채 잠시 우두커니 서있었다.

바로 곁의 술집으로부터는 음식 내가 흘러나오고 있었다. 흰 김이 새어 나오는 것도 보였다.

'지짐·되비지.'

라고 종이쪽에 써 붙인 것이 눈에 뜨이자 나는 몸을 우선 좀 추슬러야겠다는 생각을 하며 돌아서서 시적거리는 유리문을 밀쳤다. 유치장에서 나온 때에는 두부가 좋다는 말이 생각나서 그것과 막걸리를 달라고 했다.

걸상에 털썩 앉고 보니까 반대飯臺에 푹 엎어지고 싶도록 고단하였다.

기름때 묻은 빨간 저고리를 입고 팔뚝에 유리구슬을 낀 이 집 색시는

"막걸리하구 두부요오."

하고 목에 얽힌 쉬인 음성으로 악을 쓰고는 철궤 앞에 앉은 주인 영감 귀에 대고 무어라고 쑥덕쑥덕하였다.

영감은 안경을 고쳐 쓰며 나를 바라보고 색시는 수세미 같은 머리를 벅적벅적 긁으면서 연방 빙긋거리고 있다. 무엇인지 가슴에 찔리는 듯하여 나는 다른 사람들에게로 고개를 돌렸다.

술내와 연기가 그득히 들어찬 가게 안은 주정꾼들의 지껄이는 소리로 떠나가게 소란했다. 온갖 말소리가 와글와글 고여서 뒤끓었다. 얼굴이 넓적한 다른 한 색시는 끼익끼익 유행가에 목청을 빼면서 손뼉으로 박자를 맞추는 손님 어깨에 어푸러질 듯이 기대이고 있었다. 어쩐지 나는 또 불안하여왔다. 그 떠들어대는 모든 사람이 하나같이 낯이 설다는 일이 나는 두려운 것이었다. 나는 이 세상 누구하고도 비슷하지 않게 만들어져 있다는 것을 전부터 알고 있기는 하였다. 사람들이 웃거나 슬퍼하는 데에는 무엇인지 내가 알 수 없는 의미가 있는 것 같다고 생각되었다. 그러나 그러한 생각이 새삼스레 나를 괴롭힌다는 일은 전에는 경험하지 못한 일이었다.

소년 시절에 나는 가끔 숨 막힐 듯한 공포를 가지고 이 절연絶緣 상태를 뉘우친 적이 있었지만 그것은 어쨌든 너무 벅찬 문제같이 보였기에 나는 차차 그러한 문제는 옆으로 밀어놓으며 살아오기를 힘썼던 것이다. 그리고 나는 별일 없이 살아왔으며 연옥이와 결혼하여 행복하였던 것이다. 사람들의 웃음과 사람들의 눈물을 이해하지 않더라도 내 생활에는 별난 지장이 생기지 않았다. 그런데 오늘만은 어쩐 일인지 뿔이 돋친 새(鳥)이거나 발이 달린 물고기처럼 무엇인지 자꾸 근심스러운 것이었다.

근심스러운 나머지 나는 아까부터 빙긋빙긋 웃고 있었다.

술이 왔다. 나는 그 뜨듯한 그릇에 입술을 대었다. 몸에 이하다는 두부도 떠먹으며 가끔 구토가 나올 듯한 것을 참았다. 먹을 것보다는 그래도 술이 받았다.

술기운이 도니까 내 입매는 제물에 삐뚤어지고 눈가는 연방 짐짐하게 젖어들었다. 그것을 손바닥으로 닦아내면서 꿀꺽꿀꺽 술을 마셨다.

이처럼 술을 많이 마셔본 일은 한 번도 없었다.

마침내 나는 내가 이제껏 무슨 생각을 하고 있었는지도 잊어버리고 공연히 뱃속으로부터 껄껄껄껄 웃어보고 싶은 충동을 느꼈다. 무슨 괴상한 장난이라도 할 것 같은 기분이 되어,

"한 잔 더 드실래요?"

하며 곁으로 온 빨간 저고리의 색시를 싱글거리면서 쳐다보았다. 뭉뚱한 손끝으로 머리를 긁적긁적하는 꼴도 이번에는 외려 귀엽게 보여 요걸 한 번 안아볼까 하고 흘깃 생각하자 그런 대담한 엄두를 낸 일에 스스로 유쾌하여져서 하하하하하— 하고 웃음을 터트렸다.

'요게 제법 잘생겼네. 연옥이를 닮구선……'

자세 보니 입술이 앵두알처럼 도톰한 것이 흡사하였다.

'연옥이 입술이 앵두알이라!'

나는 평생에 해본 적도 없는 이런 생각에 기분이 누긋하여와서 장갑으로 책상다리를 두들기면서 콧노래를 부르기 시작했다.

눈앞에서 책상이 빙글빙글 돌아갔다. 그릇들이 곤두섰다 쓰러지면서 와지끈 요란한 소리가 일었으나 책상과 천장은 여전히 빙글빙글 돌아가고만 있었다. 비명 같은 사이렌 소리가 머리를 가득히 채워갔다.

눈을 뜨니까 머리가 터질 듯이 아팠다.

뒤통수가— 뒤통수만이 땅속 깊은 데에 잡아 매여져 있기라도 한 것처럼 들 수도 없게 무겁고 아팠다. 유리창으로 들어오는 햇살이 부은 눈등에 따가웠다.

나는 그래도 일어나 앉아 그곳이 어덴가를 살펴보았다. 우리 집 육조 다다미방이었다. 김의 방에서 잔 것이었는데, 그래도 방 한가운데 뎅글 하니 펴져 있는 것은 내가 덮던 이부자리뿐이었고, 김의 것은 보이질 않았다. 아래층에서는 인기척이 났으나 한참 기다려도 아무도 올라오지는 않았다. 허리가 아팠지만 나는 아래층으로 내려가 보았다.

벌써 말짱하게 치워진 안방에서 김은 방금 세수한 얼굴을 타월로 문지르고 있었다. 연옥이는 경대 앞에 앉아 있다가 거울 안에 나를 보고 고개를 돌렸다.

"아 일어났나? 엊저녁엔 대단하더군."

김은 껄껄 웃고

"그러나저러나 고생을 했네그려. 그만하기 다행이긴 하지만."

하였다. 나는 술집 영감한테 업혀서 온 것 같은 기억이 그제서야 어렴풋이 떠올라 와서

"야—."

하고 머리를 긁적거렸다.

"날씬 혹독하구 추우셨죠?"

연옥이는 부드러운 말씨로 그렇게 말하였다. 나는

"지독한 곳이더군."

하였다. 더 어떻게 표현할 수가 없는 것이다.

"지독하다마다요. 우리두 엊저녁 갔다 왔지만……."

나는 그들이 역시 와주기는 하였었고나 생각하였다. 연옥이는 이어

"이 양반이 참 애를 쓰셨어요. 그러기 그만했지 말썽스럴 뻔한 걸요."

하며 눈으로 김을 가리켰다.

"그거야 무어 말할 것 있겠나. 나두 안에서 자네만 믿구 있었다네."

김은

"무얼……."

하면서 스웨터에 단추를 끼워 내려갔다. 부엌에서는 상은 차리는지 데그럭 소리가 들리곤 하였다. 나는 조금 더 어물어물하다가 이층으로 올라와 버렸다. 입안이 깔깔하고 머리가 아파서 그냥 이불을 뒤집어쓰고 잠이 들었다.

얼마가 지났는지

"여보 이거 봐요."

연옥이가 어깨를 잡아 흔드는 바람에 정신이 돌아왔다.

"어?"

"저어 반장이 아까 와서 그러는구료. 오늘 한 시에 국민대회가 있는데 한 집에서 한 사람씩 꼭 나와야 한다구요. 우린 그런 일두 있구 그래반에서두 주목을 받구 있으니까 이런 때 빠지는 건 재미 적어요."

"……."

"북진통일운동이래요. 동회 앞에 모이라구 그러더군요."

"음."

나는 나가기는 해야 할 거라고 생각하였다.

"열두 시까지 모이라는데 지금 십 분 전이에요. 식모는 또 아까 어딜보냈지……."

연옥이는 미안한 듯이 그렇게 덧붙였다.

나는 끄응 소리를 내며 자리에서 일어났다.

"무얼 좀 잡숫구 나가야죠."

그는 앞서서 콩콩 내려가더니 부엌에서 밥상을 들고 나왔다. 외투를주워 입고 내려간 나는 선 채로 숭늉 대접을 집어 들어서 단숨에 주욱하니 들이켰다. 그리고 냉수를 한 그릇 더 달래서 마시고는 연옥이가 주는태극기를 쥐고 바깥으로 나갔다.

하늘은 새파랗게 개이고 냉기가 심하였다. 골목골목에서 깃발을 든 사람이 걸어 나와서 동회 앞으로 가는 것이 보였다.

이윽고 줄을 지어 늘어선 사람들은 서울 운동장을 향하여 나가기 시작했다. 노인도 있고 어린이도 섞인 그 행렬은 몇 발자욱 안 나가서 곧 대오가 헝클어지고, 그런 채로 뒤에서 오는 사람들에게 휩쓸리듯이 앞으로 나갔다. 나는 속이 너무 비어서 그랬던지 어쩔하고 쓰러질 것 같은 것을 다리에 힘을 주며 따라 걸었다. 운동장에 들어가서 늘어섰을 때는 온몸에 식은땀이 배어나고 있었다.

여러 사람이 단 위에 올라가 연설을 하고 사이사이 노래를 부르곤 하였다.

그 기나긴 행사가 진행되는 동안 나는 오한과 싸우면서 긴장하고 있었다. 마지막에 만세를 삼창했을 때에는 있는 힘을 다하여 소리를 쳤다.

데모 행진이 시작되었다. 사람들은 앞으로 흘러 나갔다. 선두도 안 보이고 끝도 알 수 없는 그 흐름 속에 말려들어서 나도 걸음을 걷고 있었다. 때로 앞이 흐릿하여지고 발이 허공에 떠서 구름을 밟는 듯도 하여왔으나 그 무수한 낯선 사람들에 떠밀리어서 앞으로 앞으로 가는 것이었다. 조금 정신이 밝아지는 듯하면 나는 사람들이 부르는 노래 소리에 한몫 끼려고 목청을 돋우었다. 행렬은 흘러 흘러 가면서 점점 더 속도를 빨리하는 듯했다. 내 의식은 점점 더 자주 흐릿해지곤 했다.

흐릿해지는 내 눈앞에, 수없이 덧엎혀서 움직이고 있는 머리통들이 마치 물거품처럼 둥글둥글 떴다가는 가라앉았다.

물결에 섞인 한 개의 포말泡沫처럼 나도 둥둥 실리어가는 것이었다.

—《현대문학》, 1955. 1. 30.

향연饗宴의 기록記錄

"인제 그만 일어나우."

"훙."

"언니."

"......"

"일어나라니까."

"......"

모시 겹이불이 수세미가 되도록 둘둘 감고, 아무렇게나 내던지고 자던 기름한 팔다리를 이번에는 아주 등이 꼬부라지게 다가붙이면서 새우잠을 자기 시작한 언니를 보면서 나는

'이거 일 났군 일 났어.'

이렇게 속으로 중얼거렸습니다.

아침마다 언니를 깨우러 들어와서는 "이거 일 났군 일 났어" 하고 중얼거리는 것은 언제 시작됐는지도 알 수 없는 오랜 습관이었습니다만 그날따라 내가 기가 막힌 것은 그것이 바로 언니의 약혼식이 있을 날이었기 때문입니다.

약혼식의 준비 때문에 온 집안이 며칠래 떠들썩해 내려오다가 그날 새벽에는 동대문 밖에 사시는 이모부까지 들어오셔서 또 분주히 식장 등을 교섭하러 나가신 뒤인데 본인인 언니가 이렇게 코가 비틀어지게 잠만 자고 있어서야 될 말입니까.

나는 어떻게 무슨 술책을 써서라도 언니가 단번에 오뚝이처럼 일어나 앉도록 하리라 마음먹고 작전을 세우고 있는 중인데, 노크 소리가 나며,

"작은누나, 나 그럼 되두룩 세 시 안루 대어서 가겠우."

하고 석규가 그 조심성스러운, 좀 더듬는 듯한 투로 말을 하고는 그냥 현관 쪽으로 걸어 나가는 기척이 났습니다. 겨우 열여섯이 된 중학생이면서 철이 든 어른처럼 언니나 내 방에 쑥쑥 함부로 들어오지 않는 것은 기특하다 치고, 또 유별나게 말이 없어서 일 년 내내 별로 제 편에서 말을 거는 일이라고는 없는 애인데 이렇게 전갈을 잊지 않는 것을 보면 딴에는 오늘 일을 꽤 중요하게 생각하고 있다는 표시일 것입니다. 석규는 석규대로 축복에 가득 찬 마음으로 이 '언니의 날'을 맞이하고 있고나 생각하자 나는 언니의 놀랄 만치 기다란, 모양있게 위로 젖혀진 속눈썹에서 시선을 떼어 대뜸 창가로 달려갔습니다. 쩨릉 소리가 나도록 함부로 커튼을 잡아젖혀서 눈부신 햇살이 사양 없이 방으로 흘러들어 오게 하였습니다.

햇살은 언니의 얼굴을 정면으로 비쳐서 그 맑은 피부를 일순 장밋빛으로 물들여 보였습니다. 언니는 그래도 더 잘 속셈으로 등을 대고 빙글 돌아눕습니다.

나는 모시 겹이불을 훌훌 걷어젖히고 엷은 핑크빛 슈미즈 위로 언니의 볼기짝을 짤깍 때렸습니다.

"응, 그래그래, 깼어, 깼다니까."

언니는 겨우 실눈을 떴습니다.

"오늘이 무슨 날인데 그러우, 어머니는 벌써 어뜩해서* 남원댁이한테 가셨다우."

남원댁이 엊저녁에 지어가지고 온 연분홍 물겹저고리가 꼭 들어맞질 않는다고 어머니는 연방 걱정을 하시더니만 첫새벽에 그것을 들고 나가신 것이었습니다. 그 말에 언니는 정말 잠이 깨었는지 베개에서 얼굴을 들고 약간 눈을 깜빡깜빡하더니 도루 흥미 없는 얼굴이 되며,

"손이, 손이 안직두 졸려."

하며 다시 또 시르르 눈을 감습니다.

손이 잠을 덜 깨었다고는 늘상 하는 소리였습니다. 아마 몹시 고단할 때에 손이 매시시 기운이 없듯이 '잠보'는 정녕 깨어나기 싫을 때에는 그렇게 느끼는 것인지요.

나는 그렇지만 사정없이 언니의 겨드랑 밑으로 손을 넣어서 침대 위에 일으켜놓았습니다.

"남은 학교두 못 가구 서둘러대는데……."

"고맙기두 하구나."

고무볼이 돌아오듯 언뜻 대답을 해내는 품이 별로 고맙지도 않다는 듯 파자마 윗도리를 걸치면서 목욕탕 쪽으로 나갔습니다.

언니가 나가버리자 나는 새삼스레 방 안을 휘둘러보았습니다. 내 방에, 내 책장이 놓인 위치에, 책장 대신 피아노가 놓여 있을 뿐으로 침대도 거울도 옷장도 무엇 하나 다를 것이 없는 방인데도 이 방의 공기는 매우 특이한 것이 있습니다. 한 가지 이유로는 언니가 도무지 정리를 하지 않아서 양복이고 치마고 꺼내는 대로 거기 어디에다 내던져 두는 탓인지도 모르겠습니다. 그래도 그것은 지저분하게는 보이지 않고 오히려 아늑

---

* '해도 채 밝지 않아 어둡다'는 뜻이다.

110

하고 화려해 보이는 효과를 내고 있어, 음악회의 포스터가 더덕더덕 붙은 벽 사이에 '다빈치'의 〈암굴의 마리아〉가 한 장 섞이어 있는 것과도 미묘하게 조화되어 있었습니다.

아무려나 약혼을 하고 나면 언니는 조만간 이 방에서 떠나게 될 것이요 떠나기 전에라도 방 안의 공기가 다소 달라질 것은 사실입니다. 두루 그런 생각을 하며 창가에 놓인 언니의 책상 위를 바라보았습니다. 학생이면서 책가방 하나 갖고 있지 않은 언니의 책상 위에는 노트가 두어 권 변명처럼 놓였을 뿐 그 밖에는 자잘한 화장품들이 외국 여배우의 화장실마냥 수두룩히 흐트러져 있습니다. 요즈음과도 달라 외국 화장품이 그리 흔하지도 않던 그때이라 그것은 꽤 사람의 눈을 끄는 것이었습니다만, 언니는 그렇다고 부지런히 화장을 하는 것도 아니었습니다. 대개는 나보다도 수월하게 크림이나 바르고는 치우곤 합니다. 모순이라면 언니의 피아노 공부도 그렇다고 할 수 있어 도무지 근면히 하지는 않는데 그래도 우수한 학생이라고 교수들은 말합니다. 어느 정도 재주는 있었던 모양이지요.

그런데 그 숱한 화장수, 크림 병들 사이에 흰 각봉투가 하나 놓여 있는 것이 보였습니다. 이름이 바로 보이지는 않았지만 나는 그것을 보낸 사람을 곧 짐작할 수 있었습니다.

바로 오늘 언니와 약혼을 하려는 김정수라는 S대 학생인 것입니다. 그는 지난 가을 언니를 알게 되고부터는 열정적인 구애를 계속하여 와서, 조금 전에는 자살을 기도한 일까지 있었드랬습니다. 언니가 그를 확실히 거절하지는 않으면서도 무언지 그를 초려하게 만들어온 때문일 겝니다. 그렇게 애매한 관계로 끌며 오던 것이 드디어 약혼을 하게까지 된 것은 이 자살 소동에도 다소 힘입고 있는 듯하였습니다.

김정수는 콧날이 선 수려한 청년이어서 그 희고 여성적이리만치 수려한 것이 오히려 흉이라면 흉이었을 터이지요. 말씨도 잔잔하고 온화해 보이는 사람이었습니다. 이런 사람의 어느 구석에 죽음도 가리지 않는 정열이 숨어 있었던가 하고 뜻밖이란 얼굴을 보이고 나서부터, 언니도 차츰 그를 사랑하기 시작한 모양입니다.

집에서들은 김정수가 점잖은 가정에 태어났고, 학력으로 보아 머리도 좋은 듯하여, 별 반대할 이유도 없었기 때문에, 그간 은근히 동정을 느껴오던 차인지라, 언니가 어느 날 불쑥 "약혼 하겠다"고 하니까 반가이 찬성을 하였던 것입니다.

나도 물론—나 자신은 그때부터도 결혼은 안 할 주의였습니다만—언니의 경사를 축하할 의무를 느끼고 있었습니다. 그러나 다만 김정수의 너무나 흥분한, 극도의 환희를 감당 못 해하는 긴장한 얼굴을 그전날도 보고 있는 터이므로, 그날 아침 같은, 또 너무도 태연한 언니의 표정은 무엇인지 막연한 불안을 언니 위에라기보다 김정수의 운명 위에 느끼지 않을 수 없었습니다. 어쨌든 이것은 부자연한 현상이 아니겠습니까. 그러나 하기는 인간이 반드시 결혼을 해야만 한다는 생각 그 자체가 원체는 부자연한 것인지라 나는 그 부조화를 더 깊이 생각하려고는 하지 않았습니다.

콧노래와 함께 언니가 세수를 끝내고 들어왔습니다. 웃도리는 벗고 어젯밤 대청에다 벗어 던졌던 남빛 수닌치마를 허리에다 칭 감아 희랍인의 로브* 모양 드리웠습니다. 초록빛 타월을 비비 꼬아 머리를 치켜올려 매었으므로, 대리석의 조각 같은 좀 싸늘한 목의 곡선이 뚜렷이 떠올라 보였습니다. 그 날씬하고도 동그란 흰 팔을 바라보면서 나는 이렇게 생긴 여인은 역시 결혼을 하는밖에 도리가 없으리라 생각하였습니다.

| * robe. 실내에서 입는 무릎 아래까지 오는 길이의 느슨한 가운을 뜻하는 패션 용어.

언니는 등의자에 앉으면서 머리의 타월을 풀어 던지더니 다시 생각 난 듯이 그것을 집어다가 얼굴로 가져갔습니다.

"이거, 이게 무슨 냄샐까."

별안간 눈을 반짝이며 속삭이듯이 그렇게 말을 합니다. 나는 수건을 집어다 맡아보았습니다. 별다른 좋은 내도 나는 것 같지 않았습니다. 어 저께 좀 이르기는 하지만 동무하고 한강에서 헤엄을 치고 왔더니 넣어 들고 갔던 고무주머니 냄새가 말랑말랑하게 남아 있을 따름입니다.

"가만있어 이게 뭐더라."

언니는 또 한 번 고개를 기울입니다.

"고무 냄새 말이유?"

나는 커다란 소리로 물었습니다.

"고무?"

언니는 내 얼굴을 쳐다보더니

"알았어."

하며 진주알 같은 이를 보이고 방긋 웃었습니다.

"바다 냄새, 모래 냄새야!"

그리고 그는 먼 곳을 바라다보는 눈초리를 하였습니다.

그러고 보면 작년 여름 바닷가에 갔을 적에 이런 냄새를 많이 맡은 것 같기도 합니다. 수영복이니 모자니 타월이니 하는 것들을 물속에 들 어서서 잘 빤다고 빨아가지고 돌아오더라도 주머니에서 꺼낼 적에는 우 루루 모래가 쏟아져 나오고, 그럴 때의 이런 고무내 비슷한 짭짤한 냄새 가 나던 것 같기도 합니다.

언니는 창밖의 하늘에 시선을 둔 채 적이 생각에 잠긴 얼굴입니다. 그때 흘깃 내 머릿속으로 그 해안의 흰 파도와 함께 '박'이라는 사람의 모습이 떠올랐습니다. 그도 역시 서울의 대학생으로 T에 체류하는 삼사

일 동안에 우리 집 식구와 목례쯤은 하게 되어 있었드랬습니다. 그러나 물론 이 물거품 같은 너무도 담담한 관계의 기억은, 지금도 역시 물거품 같이 내 머릿속에 떠오르는 즉시에 사라져버리지 않을 수 없었습니다. 언니가 설혹 그때 그 사람에게 호의와 같은 것을 느꼈었다 할지언정 그 사실이 지금 와서 무슨 효력을 발휘할 수 있을까요? 작년 가을까지도 일 면식이 없던 김정수란 사람과 약혼을 하느니 하는 일만 하더라도 내 머리로는 끔찍한 기적으로 보이는 터입니다.

그래

"어쨌든 준비를 하구려. 미용원에 가우?"

하고 나는 지극히 속되기는 하나 또 지극히 당연하기도 한 말을 물었드랬습니다.

언니는 흘깃 나를 건너다보더니 짐짓 말을 떼어놓기를

"학교에 나갔다가 바루 갈 테야."

나는 잠깐 어안이 벙벙해졌습니다. 절대로 가져본 일이 없는, '약혼식'이란 것에 대한 경의를, 이번에만은 억지로라도 표하느라고 단념하기 힘든 역사철학의 제미날*까지를 빠질 결심이었던 나는 새삼스레 내 입장을 반성하지 않을 수 없었습니다.

×　　　×

한 남성이 자기의 일을 어떻게 생각하고 있나, 하는 단 한 가지 발바탕 위에다가 인생의 온갖 현상을 가치價値 지어 가야 하는, 위태롭기 짝이 없는, 또 동시에 의미도 없는 삶의 방식에, 나는 애초부터 찬성이 아니었지만 그러나 그 길을 택한 이상에는 역시 순조롭게 진행되기를 바라지 않을 수 없는 일입니다.

| * '세미나'를 뜻하는 독일어이다.

이 '남녀 관계'란 것이 간단명쾌하게—적어도 남의 눈에 비추는 한
도 내에서라도 진행되어 나가지를 못하고서 만약 여기저기 걸리거나 옆
의 것을 휘말아 당긴다거나 하게 된다면 그 번거로움을 누가 감히 당해
내겠습니까. 그런 의미에서 나는 그날 조선 호텔 로비에 모인 여러 사람
들 중 누구보다도 열심히 그 식이 무사히 끝나주기를 바란 한 사람이었
습니다. 나의 당면의 기원은 단 한 가지 남이 난처해하는 것을 별로 아랑
곳하지 않는 언니가 제발 오늘만은 시간 전에 와주었으면 하는 일이었습
니다. 언뜻 생각해서 황당무계한 근심 같기도 합니다만 그날 아침 별로
신명이 나지 않아하던 그의 낯빛으로 보아서 그러한 우려가 없지도 않을
것으로 나는 단정을 한 것입니다. 아니 최악의 경우를 상상한다면 그만
안 오고 말 수도 있습니다. 그렇게 되면 대체 어떤 사태가 벌어지겠습니
까?

나는 꽃과 은그릇과 유리그릇들로 아름답게 준비된 로비 안을 둘러
보았습니다. 그리고 검은 세비로에 흰 꽃을 단 김정수의 얼굴을 바라다
보았습니다. 유난히 말쑥하게 보이는 그는 그런 자리에서 보니 과연 귀
공자연하여 호의가 가지는 것이었습니다. 회색 양복을 입으신 풍채가 당
당한 아버지, 옷을 갈아입혀 보시겠다고 큰 상자를 화장실에 놓고 기다
리시는 어머니, 뜻도 없이 홀을 가로질러 오락가락하시는 이모부, 그리
고 역시 비슷한 표정을 한 김정수 켠의 사람들, 흰 옷에 검정 보타이를
하고 꼿꼿이 서 있는 웨이터들, 마지막으로 빳빳이 풀을 먹인 학생복을
입고 구두까지 어디선지 반짝반짝하게 닦아 신은 석규가 들어오는 것을
보자 나는 몰래 빠져 나와 정문 밖으로 나갔습니다.

'언니, 오기만 해봐라.'

볼기짝을 딱 하고 때려주려던 처음 생각은 시시각각 사라져버리고
이제는 그냥 절이라도 할 것 같은 초조한 마음이 되면서, 나는 시청 쪽

길을 바라보고 또 치대幽大 켠을 주시하며 언니가 나타나주기를 기다렸습니다. 하늘은 부드럽게 흐려 있어 무디게 빛나는 구름들이 천천히 흐르고 살랑바람이 플라타너스 잎을 흔들고 있었습니다. 십 분 전이 되었습니다. 나는 한숨을 쉬고 호화로운 커튼이 너불거리는 호텔의 창문께를 하릴없이 바라다보았습니다. 그리고 고개를 돌리니까 그제서야 시청 앞에서 꺾어드는 길 위에 언니가 나타났습니다.

흰 블라우스에 검은 서큘러스커트. 음악회에 갈 적에 잘하는 옷차림을 하고 한쪽 옆에 악보 같은 것을 낀 언니는, 별 바쁠 것도 없다는 듯이 사뿐사뿐 다가오고 있었습니다.

언니의 모습을 보자 조금 전까지의 예정을 다시 뒤집어서 역시 볼기짝을 딱 때려주기로 마음먹고 잔뜩 벼르고 있었습니다.

그런데 말입니다.

그 플라타너스 밑 길을 내 앞에 이르기까지 그 거리는 아마 칠팔십 미터나 남아 있었을까요. 불과 얼마 안 되는 그 거리 사이를 언니는 그만 무사히 건너지를 못한 것입니다. 일체의 번거로움이, 사양 없이 말한다면 일체의 '우열한 번거로움'이 소위 '정열'이란 것의 소산인 줄은 나도 미리 알고 있었습니다만, 그 '정열'에 '우연'이 한몫씩 끼어들어서, 적은 구물을 던져주곤 하는 것이라고는 나는 그때 비로소 깨달았습니다.

그 조금 전에 한 사람의 청년이 곤색 컬러 셔츠 바람의, 멋진 체격을 가진 청년이 무언지 우울한 듯이 조금 고개를 떨어뜨린 자세로 내 앞을 지나쳐 갔드랬습니다.

그는 언니가 오는 쪽으로 걸어가 그들은 서로 스치고 지나려고 하였습니다.

그 순간 두 사람의 발은 화석한 듯이 그 자리에 붙어버리고 말았습니다. 무언지 심상치 않은 '쇼크'가 그들을 그렇게 만든 것이 분명하였습니다. 한참 후에 그들은 서로 고개를 수그리며 인사를 하였습니다. 고개를 수그리는 그 동안에도 그들의 시선은 상대방의 얼굴에서 떨어지지를 않았습니다.

언니가 먼저 웃으면서 무어라고 이야기를 시작하더니 상대도 따라 흰 이를 보이면서 웃었습니다. 이어 그들은 아까보다 좀 더 정중한 인사를 교환하고 헤어졌습니다. 그런데 세 발짝도 안 걸어서 언니의 발은 멈춰졌습니다. 그 사람도 걷지 않고 돌아다보았습니다. 그들은 다시 한 번 마주 섰습니다.

놀란 것은 조금 후에 그들이 함께 나란히 서서 이리로 걸어오는 일이었습니다. 그렇게 또 세상에도 느린 걸음걸이입니다. 주위를 온통 잊어버리고 만 듯 무엇인지 황홀한 빛을 띤 언니의 얼굴이었습니다. 곤색 컬러 셔츠의 청년은—아까 보았을 때도 흘깃 생각이 날 듯하다 말았습니다만, 언젠가 바닷가에서 만난 '박'이라는 학생이었습니다. 그는 김정수처럼 곱살하게 생기지는 않았으나 남성적인 매력(!)이 오히려 그보다는 낫다고도 할 꿋꿋한 윤곽의 얼굴을 한 것을 나는 처음으로 곰곰이 뜯어보았습니다. 그도 역시 입을 굳이 다물고는 있으나 적이 감동된 빛이 역력하였습니다. 아마도 바닷가 이래로는 최초의 해우가 하필이면 지금 이 장소이었다는 말인 듯했습니다. 호텔의 정문 가까이 오더니—그들은 저편 길을 걷고 있었습니다—언니는 나에게 일별도 주지 않고 그냥 중국인 거리 쪽으로 구부러져버렸습니다.

나는 긴 한숨을 쉬었습니다. 중국인 거리로 구부러져 들어간 언니는 대체 어쩔 심산인지 모릅니다. 나는 모처럼 스무스하게 골인하기를 원하던 언니의 결혼에 대한 생각을 철회해 결혼이란 역시 안 하는 게 좋다는 나의 지론持論으로 돌아와 버렸습니다.

그렇게 나의 세계로 돌아와 놓으니까 한결 마음이 편해져서, 그러면

이 일이 어떻게 되려는지 구경이나 하자, 하고 그 자리에 그냥 서 있었습니다.

조금 있자니까 우선 안으로부터 이모부가 헐레벌떡 뛰어 나오셨습니다.

"이게 대체 웬일일까."

하고 얼굴이 빨개서 물으십니다.

나는 하는 수 없이 빙그레 웃어 보였습니다.

"택시이! 택시이!"

이모부는 둘레둘레 사방을 살피면서

"학교루 가봐야지."

하십니다.

"××꺼정요? 그만두세요. 인제 올 테지요."

그래도 성미가 거껍하신* 분이라 팔을 내둘러 지나가던 차를 집어타시고는 힝하니 달려가 버렸습니다.

뒤이어 김정수의 친구 하나가 나왔다가 이편은 거리 쪽을 쭈욱 한번 훑어보고는 멋쩍게 뒤돌아 들어갔습니다.

그때 비로소 언니는 재빠른 걸음으로 중국인 거리에서 나왔습니다. 혼자였습니다. 오더니 손에 했던 쇼팽의 연습곡집을 내 가슴에 꾹꾹 누르듯이 떠안기고서 쓰다 달단 말도 없이 호텔 안으로 뛰어 들어갔습니다. 몸을 돌릴 때에 장미꽃 같은 화려한 웃음을 떨구었습니다만 그것은 물론 나에게 준 것이 아니라 자기 혼자의 것이었습니다.

나는 쇼팽의 연습곡을 안고 어슬렁어슬렁 마당을 걸어갔습니다. 학교에서 합동 강의 같은 것이 있을 때에, 강사가 입을 떼려 하는 바로 그

| * '성격이 급하다'라는 의미의 구어로 보인다.

순간에 미끄러져 들어와 자리에 앉는 언니를 가끔 보곤 합니다만, 자기의 약혼식에도 꼭 같은 모양으로 도어를 뛰어드는 뒷모양이 보였습니다.

식이 반나마 진행된 무렵 해서 나는 로비로 들어갔습니다. 그리고 어머니의 원하신 분홍 옷은 기어이 입지 않고 말았으나, 그 청초한 모습이 오히려 이 화려한 장소에서 돋보이는 언니의 얼굴빛을 주의 깊이 살폈습니다.

그의 검은 두 눈은 여태껏 본 일이 없을 만치 아름답게 빛났고, 입술은 꼭 다물려고 애를 써도 연신 방싯거려지는 듯해 보였습니다. 그는 목사님의 축복을 받는 순간이나 손님들에게 고개를 숙이는 도중에서라도, 가슴이 부풀어 오르는 듯이 몰래 큰 숨을 쉬이곤 하였고, 가끔 저 혼자 먼 곳을 바라다보는 듯한 눈초리도 지었습니다.

김정수는 언니가 오늘 이처럼 아름다운 것은 말할 것도 없이 자기 까닭이라고 생각했을 터이고, 그것도 무리는 아닙니다만, 나는 가끔 언니가 빛을 잃은 싸늘한 눈초리로 김정수의 가슴팍을 바라보곤 하는 것을 알고 고개를 설레설레 흔들었습니다.

그날 저녁 집에까지 동행을 하셨던 목사님 내외를 모셔다 드릴 자동차가 문 앞에서 마악 떠나려 하는데 언니가 나한테로 달려들어 왔습니다.

"애 저 차 타자. 너두 와! 얼른 수영복 가지구."

마구 답새이는* 바람에 차에 올라버렸습니다.

한강 가까이 이르렀을 적에 언니는 목사님들께

"요 근처에 잠간 볼일이 있습니다."

하고 얌전히 인사를 하며 차를 내렸습니다. 싸지도 않고 움켜쥐고 온 내 수영복을 등 뒤에다 감추면서 정숙하게 허리를 굽힙니다.

| * '답새다', '답새우다'. '다그치다'는 뜻의 북한어이다.

차가 저만치 굴러간 다음에 우리는 깔깔거리면서 모래사장으로 내려 갔습니다.

강물 위에는 벌써 별이 하나둘 떠서 흐르고 있었습니다. 사람이 하나도 보이지 않는 곳까지 우리는 걸어갔습니다. 그리고 언니는 하나밖에 안 가져온 수영복을 사양 없이 입고 물속으로 들어갔습니다.

그는 한동안 헤엄을 치더니 덜덜 떨면서 올라왔습니다. 강바람은 선선하여 언니는 이가 딱딱 마치도록 입술을 떨면서 그래도 웃고 있었습니다. 옷을 입다 말고

"오늘 그이를 만났구나!"

별안간 그렇게 속살거렸습니다. 그 눈은 하늘을 쳐다보고 있었습니다. 정말이지 그것은 사람을 상대로 하여서보다는 밤하늘의 별에게 속삭이는 것이 훨씬 정당한 그런 목소리였습니다.

×　　　×

다음 날부터 하나의 '인간지옥'이 언니의 주변에 현출하였습니다. '화려한 지옥'이라고 할 수 있을 터이지요. 그러나 지옥은 역시 지옥입니다.

가장 비참한 것은 김정수였습니다. 그는 약혼이 성립되었다고 하늘에라도 오를 듯이 기뻐한 바로 그날부터 언니가 걷잡을 수 없는 먼 나라로 날아가기를 비롯한 사실을 점차 깨달아가야만 했습니다.

그다음 날 저녁 때 김정수는 흰 포럴 즈봉*에 회색 셔츠를 입고 전보다 짐짓 수줍은 낯빛으로 집에 찾아왔습니다. 언니는 아직 돌아오지 않았으므로 그는 마당의 릴라나무 그늘의 벤치에 앉아서 기다렸습니다. 나는 그에게 라디오도 들어다 주고 시원한 마실 것도 내어가고 하였습니다

| * '양복바지'를 뜻하는 일본어이다.

만 어딘지 내 약한 시선 속에 희망다운 것을 품고 조용히 휘파람이랑 불고 있는 옆얼굴을 바라보니까 언짢은 생각이 들었습니다. 한 시간가량이나 지나니까 그는 좀 계면쩍은 듯이 인사를 하고 나갔는데 담 너머로 보니 신촌으로 넘어가는 길 위를 터벅터벅 걸어가는 것이었습니다.

(우리 집은 아현동 마루턱 위에 있어 우리는 걸어서 통학하고 있었습니다.)

그러고 나서 오 분도 안 가서 언니는 택시로 돌아왔는데 방금 김정수가 나갔다고 하여도 흥 하고 귀담아듣지도 않았습니다.

이렇게 언니는 그를 위해 시간을 내어두는 일이 없어져갔는데 어쩌다 마주치게 되는 날이라도

"약속이 있어서……."

하고 모처럼 자리 잡고 앉은 그를 남겨놓고 예사로 외출을 하는 것이었습니다. 그래도 상대가 되어주는 날도 없지는 않아 그런 중에 김정수는 차차 사태가 어찌 되어가는지를 짐작하게 되었을 것입니다. 그는 처음 며칠은 불안스러운 얼굴로, 다음은 차츰 낭패하며, 나중에는 아주 캄캄한 얼굴로 집에 찾아와서는, 아버지하고 오랫동안 이야기하고 가기도 하고, 어머니 방에서 울고 난 듯한 얼굴로 나오기도 하였습니다. 한번은 그가 무엇을 결심한 듯이 비통한 낯빛으로 방에서 나오더니 배웅 나온 석규에게 아무 소리도 없이 자기의 만년필을 꺼내 준 일이 있었습니다. 석규는 만년필을 쥐고는 서먹한 듯이 시선을 피하고, 김정수는 전에 없이 험한 표정을 이마에 담은 채 석규의 어깨를 툭 치고는 나가버렸습니다. 응접실 창 너머로 내어다보던 나는 '그는 이제 그만 단념한 것인가 보다' 하고 눈물이 날 지경이었습니다. 그러나 그렇게 언니의 얼굴은 변변히 보지도 못하면서도 김정수는 그냥 집에를 들락날락하고 있었습니다.

박관호. 그는 이런 이름이었습니다마는, 이도 결코 안온한 위치에 있

지는 않았습니다. 이미 다른 곳에 약혼을 하고 있는 여성을 가로채어 자기의 것을 만들자는 것이니까요. 하기는 그는 그만치 대담하기도 하고 의지도 강해 보여, 투지만만한 그 남성적인 생김새에 적이 믿음직해지는 적도 있었지만, 어쨌든 아버지 어머니의 마음까지를 새로 흔들어 공공연하게 교제를 하자고 들고 보면, 수월한 노릇은 아니었을 것입니다.

그러나 그는 여하간 김정수를 능가하고 집에를 드나들게 되었습니다.

그리고 언니하고는 산보를 하고 영화를 보고 가끔은 식사도 가족과 함께 하고 하였습니다. 그러면서 언니는 여전히 약혼을 해소하지는 않고 있는 것이었습니다. 박관호의 선이 굵은 감정은 날을 거듭할수록 마구 활활 달아올라 가는 듯해 보였습니다.

언니의 약혼식으로부터 이삼 주일 지난 어느 오후였습니다.

그날은 흐린 날씨가 곧 비라도 쏟아질 듯하면서도 그대로 습기 머금은 바람이 설레고 있었습니다. 그런데 두 시쯤 하니까 시내에 나갔던 가족들이 제가끔 돌아오면서 거리는 계엄령이 내려서 삼엄하다고들 말을 합니다. 삼팔선의 소요와 계엄령은 번번이 경험하는 터인지라 그다지 놀라지도 않고 드러누워 있었습니다. 나는 그날 감기가 들어서 아침부터 집에 박혀 있었습니다.

그보다도 나는 한참 전에 밖에서 함께 돌아오더니 그대로 정원 안 찔레 덤불 사이로 숨어버린 언니와 박관호의 일이 궁금하다면 하였던 것입니다. 박관호는 싸우고 난 사람처럼 성난 얼굴을 하고 있었습니다. 거무스름한, 항시 좀 우울해 보이는 얼굴에 짙은 눈썹이 곤두서다시피 하고 한일자로 그어진 입술도 곧 폭발하려는 어떤 감정을 억제하고 있는 듯해 보였습니다. 언니는 신비롭다고나 할 아름다운 미소를 입가에 띠고 있었습니다.

박관호의 얼굴, 그 고뇌의 주름이 입가와 이마에 깊이 새겨진 그 얼굴이 바로 '사랑' 그 자체의 표정…… 그리고 언니는 그의 얼굴을 그렇게 만든 것에 무한한 만족을 느끼는 것이려니…… 하자 나는 또 고만 고개를 옆으로 내둘렀습니다.

언니의 페일 블루의 원피스와 언제나와 같은 박관호의 곤색 셔츠의 모습은 가시덤불 그늘에서 좀체 되돌아 나오지 않았습니다.

두어 시간 가까이나 책을 읽고 나서 일어나 안방으로 건너가 보니까 뜻밖에도 김정수가 와서 앉아 있었습니다.

어머니하고 무슨 이야기가 있었는지 그는 창백한 낯빛이 긴장할 대로 긴장하였고 잠자코 앉아 계신 어머니의 입매에도 무엇인지 비상한 그늘이 아로새겨져 있었습니다. 나는 곧 내 방으로 돌아왔습니다. 어제저녁

"너는 태도를 선명히 하는 것이 좋다."

하고 아버지에게 언니가 걱정을 듣던 일이 생각났습니다. 오늘은 아마 김정수도 마음에 정하는 바가 있어 어머니의 앞에서 언니를 기다리고 있는 것도 같았습니다.

'그렇지. 어느 쪽으로나 결정지어야 될 노릇이지……'

그런데 박관호와 손을 잡고 테라스 쪽으로 돌아온 언니가 그 자리에서 어머니에게 불려 가려고 하는 바로 그 찰나에 뜻하지 않은 소동이 일어난 것입니다.

"큰일이다! 시가전이 될 모양이다! 어서들 준비하고 떠나야겠다!"

전에 없이 허둥허둥 달려 들어오시면서 아버지가 몹시 당황한 투로 말씀하신 것입니다. 집이 도심에서 멀리 있을뿐더러 근처 집들과도 뚝 떨어져 있는 관계로 우리들은 온 장안이 벌컥 뒤집히기 시작한 그 시각까지도 소동의 성질을 모르고 있었던 것입니다.

말씀을 듣고 나서도 우리는 그냥 멍청하고 있을 뿐이었습니다.

그래도 석규가 응접실의 라디오를 틀어놓아서 군가가 울려 나오기

시작했습니다. 그 노래 소리가 구절도 못 맺고 갑자기 끊기자 아나운스가 시작되었습니다.

"의정부 근방에서……."

"아군은…… 용감하게."

"전투하고 있으며……."

따위의 전연 귀에 선 문구들이 아나운서의 매우 흥분한 어조를 전하며 들려 나옵니다. 아버지는 가족을 꾸짖듯이

"어서들 떠날 차부* 해라! 귀중품만 들구."

하시더니 또 곧이어

"다 내버리구 가자, 내버리구!"

하십니다.

그제서야 우리들은 서두르기 시작했습니다. 죄다 내버리고 얼핏 떠나야 한다고 아버지는 소리치셨지만 그래도 그럴 수도 없는 모양입니다. 땅을 파고 짐을 묻고 들고 갈 짐은 따로 꾸리고 하느라 해가 깜깜하게 지고 말았습니다.

두 청년은—어느 편에 대해서도 집에 돌아가 보라거니 권하던 것 같은 기억도 없습니다만—묵묵히 서로 겨누듯이 짐 꾸리는 일을 거들고 있었습니다.

결국 그들은 우리와 함께 비가 철철 내리는 거리로 나왔습니다. 캄캄한 길 위를 한강으로 한강으로 빽빽이 들어서서 밀려 나가는 피난민 틈에 껴서 경황없이 걷기 시작한 것입니다.

선두에 어머니와 아버지, 그 뒤에 언니와 나, 김정수는 손을 잡은 석규를 새에 두고 언니의 오른켠, 박관호는 혼자 우리들의 왼켠에 서서. 서

* '채비'의 잘못된 표현으로 보인다.
** 여기서 '조전彫鐫하다'는 마치 재료를 새기거나 깎듯이 서로를 본다는 뜻으로 쓰임.

로 조전하듯** 또 감시하듯 험한 눈초리를 가끔 번득이며 묵묵히 나가는 것이었습니다. 거리에 내려서자 무서운 대포 소리가 위협하듯 머리 위를 울리곤 하였습니다.

생명이 사선死線을 딛고 올라선 순간인지라 모두가 무감각에 가까운 긴장 상태에 빠져 있었습니다만 김정수와 박관호 사이에 흐르고 있는 그 무엇은 보다 무시무시하고 불길한 어떤 것이라 느껴졌습니다. 불길한 포성에 등을 밀리어 나가면서도 명랑함을 잃지 않고 있는 것은 언니뿐이었습니다. 그도 별말을 안 했습니다만 레인코트 자락이 염체불구하고 떠밀고 나가는 어떤 사람에게 휩쓸리어 가거나, 발을 밟히거나 하는 때이면 조그맣게 소리 내어 웃고 하는 것으로도 알 수 있었습니다.

바로 앞을 걷던 일단의 사람이 뒤에서 질주해 온 지프차에 치어서 무참하게 죽어 넘어지고 또 그 차에 트럭이 와서 부딪히고 하는 일이 생겨, 그 통에 석규와 김정수가 보이지 않게 되어, 다치지나 않았는가 하고 찾으며 법석을 한, 그런 소동 때문에 우리는 결국 한강을 건너지 못하고 말았습니다. 석규와 김정수만이 얼떨결에 넘어가버린 것으로 단정을 하고 우리는 다음 날 새벽 집으로 돌아온 것이었습니다.

×　　　×

사변 중의 일을 상세히 기록할 여유를 갖지 못한 것을 유감으로 생각합니다. 처음 얼마 동안의 일을 간단히 말한다면 김정수는 남하해버리고 박관호는 서울에 하숙을 하고 있던 터인지라 집에 와서 얼마간 피신하다가 그것이 어려워지자 어떤 다른 곳에 숨는다고 나가게 되었습니다.

박관호가 나가던 날 나는 사실은 한 가지 의미로는 시름을 놓았습니다, 라고 하는 것은 총소리에 귀가 따가운 바깥세상 일만으로 적이 신경이 혼란한 터인데 굳이 문을 닫아 잠근 집 안에서까지 이루 경계를 해야 할 일이 생겼었기 때문입니다. 그것은 어쩌다가 언니의 방문이나 또는 평소에 쓰지도 않던 빈방 문이라도 불고의하게 열고 들어가려다가는 언니와 박관호가 연출하는 열렬한 장면에 그만 낯을 붉혀야 했었기 때문입니다.

공포와 초려와 절망감은 연정에 더욱 기름을 퍼붓는 것인지 그들은 최후의 선까지도 수월하게 넘어버린 모양이었습니다. 그러던 것이 그가 있지 못하게 된 까닭은 처음 얼마는 별일 없을 듯이도 보이던 우리 집에 대한 박해가 갑자기 심해졌기 때문이었습니다. 괴뢰군은 아버지를 체포하려 하고 저택은 송두리째 내놓으라고 위협하였습니다.

아버지는 박관호하고는 방향이 다른 어떤 지인의 집에 가서 숨으셨습니다. 우리는 사용하고 있던 양관을 그들에게 내놓고 정원을 격한 낡은 기와집으로 옮겨 들었습니다. 침입한 적군과 한 마당 안에 산다는 일이 적이 겁나는 일이었습니다마는 그렇게 되고 보니 가 있을 곳이라고는 없었고, 섣불리 도망을 다니다가는 숨어 계신 아버지와 그리고 박관호에게도 음식을 해 나를 수도 없었기 때문입니다.

뒷문을 빠져나가 남모르게 보자기에 싸서 장바구니에 넣은 진지 그릇을 나르는 이외에는 우리는 되도록 외출을 삼갔습니다. 마당 건너 공산군에게 얼굴을 보이기를 특히 겁내 했던 것입니다. 박관호에게는 언니가 전용으로 하루에 두 번씩 가져가고 있었습니다.

이 개월이 지났습니다. 처음에는 상상하지도 못했던 격심한 폭격이 매일같이 계속되고 우리 집에 들어 있는 공산군들의 눈초리는 나날이 험악해가기만 하던 무렵이었습니다. 도시락에 담을 굴비를 뜯으면서 언니는

"얘 요샌 우리 굴비만 먹지?"

하였습니다.

"응."

"얼굴이 굴비처럼 되어버리겠다."

나는 하는 수 없이 얼굴을 들고 함께 웃었습니다. 그 굴비라는 것도 이제는 한두 개밖에 남지 않았으니 호박죽과 함께 먹을 수 있는 것도 내일까지일 것입니다. 별로 멀지도 않은 곳에서 끊임없이 폭발하는 소리가 들려왔습니다.

"정말야. 그이두 굴비 닮어왔어."

언니는 혼잣말처럼 계속하였습니다.

"기운이 빠지니까 얼굴이 미워!"

이번에는 언니 혼자만 깔깔 소리를 내어 웃었습니다.

조금 후에 언니가 옷을 갈아입은 것을 보고 나는 적이 놀라서 이렇게 말하지 않을 수 없었습니다.

"아니 그걸 입구 나갈 참이유?"

"응."

태연하게 머리에 솔질을 하기 시작합니다.

세상이 죄다 허름하게만 차리게 되고 아름다운 옷이라고는 있다는 생각조차 위험시하고 있는 처지인데, 언니는 짙은 로즈 빛의 꽃무늬가 있는 구레이프 데신*의 원피스를 입고 파티에라도 가듯 머리를 어깨에서 물결치게 하고 있는 것 아닙니까.

"이런 옷두 더러, 입구 싶어졌어."

거울 앞에 서서 뒷모양을 보는 것이었습니다.

"그리구 '저쪽 동무' 말야. 시굴뜨기니깐 약간 놀랄걸?"

나는 상대할 기운도 마음도 없어 그냥 일어나 부엌으로 나갔습니다. '저쪽 동무'란 양관에 들어 있는 젊은 괴뢰군 장교 하나를 가리키는 말이

| * クレーブデシン(크래프드 신). 가는 생사로 짠, 바탕이 오글쪼글한 얇은 여성용 양복지.

127

었습니다. 그는 그중 좀 멀쑥하게 생겼고 키도 컸습니다만 실은 나는 그 얼굴을 자세히 본 일은 없습니다.

그는 언니가 그의 앞을 지나갈 때면 얼굴을 붉히면서 눈을 피한다는 것이었습니다.

언니는 그것을 재미나다고 하며 그 후에도 더러 다른 옷을 갈아입고 는 일부러 정원 구석지에 있는 샘터에까지 물을 길러 가기도 하였습니다.

국군이 입성하던 직전의 밤―그때까지 근근이 무사했던 우리 동네 일대가 드디어 화염에 쌓인 그 밤의 일입니다. 폭탄이 떨어지기 조금 전에 그 장소가 지극히 위험하다고 깨달은 나는 한시 바삐 그곳을 떠나 아버지 계신 곳으로 가야겠다고 서두르기 시작했습니다. 마당 건너 괴뢰군은 어느새 그림자도 없이 사라져버렸습니다만 한가운데 담장처럼 쌓아 올린 드럼통의 그림자가 어찌도 그리 무시무시하게 비치겠습니까. 박관호에게 가서 돌아오지 않는 언니를 기다리다 못해 어머니와 나는 한걸음 먼저 아버지한테로 가기로 했습니다. 폭탄이 터지는 거리는 걷고 있는 사이에도 차츰차츰 다잡아 오는 듯했습니다.

어머니를 모셔놓고 나는 그 걸음으로 박관호에게 달려갔습니다. 언니는 방금 돌아갔다 하기에 또 집을 향하여 줄달음을 쳤습니다.

바로 곁의 집이 파괴되어서 불길이 캄캄한 밤하늘로 뿜어 올리고 있었습니다. 숨이 턱에 닿아서 대문으로 뛰어든 나는 그만 화석한 듯이 서 버렸습니다. 너무나 놀라운 광경을 목격한 것입니다.

부엌문 어구에 등을 찰칵 붙이고서 거머리처럼 달라붙어 선 것은 언니였습니다. 그 시선을 따라 마루 앞을 보니까 키 큰 괴뢰군이 권총을 언니 가슴에 겨누고 있질 않겠습니까. 옆집이 타오르는 붉은 불빛에 비치어 그 광경은 무슨 괴로운 악몽의 한 장면같이 떠올라 있는 것입니다. 나는 악 소리를 지르며 달려들려고 하였습니다. 그 찰나에 언니의 목소리가 들렸습니다.

"어떻게 내가 거길 가요? 어떻게……."

보통 때보다 더욱 느릿느릿, 땅 위에 떨구듯 구을리듯 하는 그 목소리에는 아무런 공포도 섞여 있지 않을뿐더러 오히려 고무볼 같은 탄력과 교태 비슷한 음향조차 섞이어 있지 않겠습니까. 언니는 절체절명의 궁지에서 목숨을 구하기 위하여, 본능적으로 그런 교태를 부린 것일까요. 내가 놀라고 있는 사이에 그 사나이는 언니의 어깨를 왁살스럽게 끌어안았습니다. 그러니까 흘깃 언니의 흰 이가 보였습니다. 그는 안기면서 눈을 감고 웃고 있는 것이었습니다.

정원 한가운데에 박격포 알이 떨어져서 흙을 뒤집어쓰고 넘어진 나는 날이 훤하게 밝은 무렵에야 근처 사람들에게 일깨워져 정신을 차렸습니다.

근처 사람들 말에 우리 언니는 어떤 공산군에게 잡히어갔다는 것이었습니다.

×　　　×

전쟁이 일단락 지어진 무렵, 우리는 여러 가지 슬픈 사정의 소지자가 되어 있었습니다.

첫째 반드시 남하하여 살아 있을 줄 믿었던 석규가 내내 행방불명인 일이었습니다. 김정수의 생사도 마찬가지로 모호했습니다. 명륜동에 있던 그의 집은 전화를 면하였습니다마는 식구가 모조리 흩어져서, 남은 사람들이 찾기는 하였어도 허사였다는 이야기였습니다.

박관호는 입대하여 일선에 갔지만 언니가 폭사한 줄로만 알고 있으니, 이도 슬픈 착오가 아니겠습니까. 언니가 전연 억울하게 끌리어간 줄로만 여기시고 날마다 우시는 어머니를 볼 때마다 나는 한결 복잡한 심경입니다.

그런데 며칠 전입니다.

상인들이 북적대는 시장 가운데서 무엇을 사는 것도 아니고 파는 것도 아닌, 그저 어째설 것도 없이 어정대고 있던, 노타이에 작업복을 입은 사람을 만났습니다.

그 허름한 차림의 남자가 김정수였습니다.

김정수는 내 얼굴을 보자 어쩐 셈인지 달아나버릴 듯이 등을 돌렸습니다. 하지만 내가 그를 놓칠 까닭이 있겠습니까. 그는 우리 집으로 가자고 하는 나의 소청을 완강히 거절하였습니다. 하는 수 없이 가까운 곳에 있는 밀크 홀에 마주 앉아 이야기를 듣기로 했습니다만 그는 첫눈에도 노멀하지가 못해 보였습니다.

석규의 일을 그는 도무지 기억할 수가 없는 모양이었습니다. 이리 묻고 저리 묻고 하여도 결국 명확한 대답을 얻을 수는 없었습니다. 언니의 이야기를 그는 이렇게 하였습니다.

"으으―, 철원, 철원 좀 못 미쳐, 거기, 벌판에서 만났어요. 으― 거기 풀밭에 앉아서 꽃, 꽃을 뜯고 있었어요."

나는 그의 억양이 매우 이상한 데에 우선 섬찟해지지 않을 수 없었습니다. 묻고 또 캐묻고 하여 아마 그는 남한 어데에서 의용군에 붙들려 철원 너머까지 갔다가, 되돌아오는 길에 언니를 만났다는 말인 듯하였습니다.

"그래 남으로 갈까, 북으로 갈까, 남으로 갈까, 북으로 갈까……."

"언니가 혼자서 말이에요?"

"남으로 갈까 북으로 갈까, 꽃잎을 하나씩 뜯구 남, 북, 남북……."

"그러구 앉아 있었어요?"

듣고 보면 언니는 전에부터 꽃 이파리를 뜯어가며 점을 치는 버릇이 있었드랬습니다.

"들국화예요. 보랏빛. 많이 펴 있지……. 날 보구 웃더니 남으루 갈까 북으루 갈까, 대답두 안 하구, 그, 그래서……."

그는 별안간 여직까지의 소심한 눈초리를 버리고 광폭한 표정이 되었습니다. 나는 등골이 오싹해져서 의자를 뒤로 물리면서 그의 눈자위를 살폈습니다. 결코 상상력이 풍부한 편은 못 되는 나입니다만 그때 나는 김정수의 흐릿하게 풀린 눈자위 속에서 몸서리나는 광경을 그리지 않을 수 없었던 것입니다. 그는 언니의 목을 졸라 죽여버린 것이나 아닐까요? 혹은 돌로라도…….

순간 눈을 감아버린 나에게 그는 갑자기 귓속말로

"이렇게 덮구 잔다……."

하면서 두 손을 너불너불 움직여 보이는 것이었습니다.

석규의 소식을 혹시나 들을 수 있을까, 하여 나는 오늘도 김정수가 어정대는 시장으로 가보려고 하고 있습니다. 그는 언제나 나를 보면 급히 등을 돌려 숨으려고 하여서 나를 슬프게 하여주는 것입니다.

—《여원》, 1955. 8. 2.

제단

1

파렴치하다는 것은 하나의 미덕인지도 모르겠습니다. 적어도 그것은 용기로 통한다는 의미에서 그러할 것이라는 생각을 합니다. 그 증거인 듯이 순정純貞이네 애들은 모두 다 혈색이 좋고 숙성하며 산뜻한 차림새를 하고 즐거운 듯이 자라나가고 있습니다. 지금 세상에 자식들을 굶주리지 않고 헐벗기지 않고 안락한 잠자리를 줄 수 있다는 일이 얼마나 힘이 들고 피땀을 짜내는 부담이라는 것을 알고 있는 사람만이 내가 여기에 하는 미덕이란 말의 뜻을 이해할 것입니다. 그리고 무능력한 어버이의 눈물과 안타까움도 함께 알아줄 것입니다.

남자와 여자가 있어 형성되는 이 세상에서, 여성에게 요구되는 불가결한 그 무엇을 순정이는 아마 남달리 풍부하게 갖고 있는 것이 사실이겠지요. 정욕이니 성적 매력이니 내지는 예술적인 감각이니 하는 것 말입니다.

허나 그것은 또 얼마나 많은 주위의 것을 상하게 하고, 파멸로 이끌기도 하였는지요.

밝는 아침이면 그들을 내버리고 머나먼 곳으로 떠나야 하는 나의 무르팍에 엎드려서 눈물과 침이 뒤범벅이 된 낯으로 자고 있는 현미現美와 준準을 내려다보면서, 나는 지금 백만 번도 더 뇌인 가슴 아픈 혼잣말을 되풀이해보는 것입니다. 하필 너희들이 그 산 제물이 될 필요가 어디 있었더냐고……

가만히 생각해보면 지난 십여 년 동안 나는 높이 뜬 구름 위를 딛고 있은 것 같은 느낌이 듭니다. 안정이 없고, 자신이 없고, 그저 두려움에 싸인 미지의 세계를 이리저리 살피다가 끝마친 꿈, 호된 놀라움도 막막함도 맛보여준 무자비한 꿈과도 같았다는 느낌이 드는 것입니다. 그러한 도정에서 아무런 확신 없이 현미와 준을 탄생케 한 것은 분명히 나의 과오이기도 합니다. 현미와 준이 이다지도 귀여웁고 이다지도 애처롭게 내 맘을 움켜잡고 있지 않더라도 나는 그들을 사랑할 의무를 버리지는 않을 것입니다. 그들의 아버지가 그들을 버린 듯이 또는 순정이가 그들의 아버지를 버린 듯이는……

모든 것이 끝나고 헐벗은 두 아이와 찬바람 부는 거리에 버려진 지금, 나는 겨우 나 자신으로 돌아온 것 같은 뉘우침을 가집니다. 나는 아직 현기증이 가시지는 않았습니다만 아이들을 어떻게든 길러야만 하기 때문에 그들을 남에게다 맡겨놓고서 먼 길을 떠나려고 하는 것입니다.

여덟 살과 여섯 살을 넘지 못한 그들을 조금도 달가워하지 않는 친척에게 떠맡기고 혀를 깨무는 듯한 결심으로 짐을 꾸리기는 하였습니다만 그러한 나에게 순정이의 그 숱한 아이들의 부유한 모습과 즐거운 웃음소리는 이상히도 질유하게* 떠올랐다가는 사라지고 사라졌다가는 떠오르는 것입니다. 어미가 아이들 곁을 떠나가는 일 없이 잘 먹이고 따스하니

| * 질유(Oil). 탁하고 느끼해 보인다는 뜻으로 추정된다.

입히고 하는 것이 가령 어떤 수단을 취한 결과이건 간에 하나의 미덕이 아니겠습니까?

이렇게 생각을 하면 내가 딛고 선 발바탕 전체가 다시금 커다랗게 뒤흔들리는 것을 느낍니다. 진眞도 선善도 미美도, 사람이 지표로 하고 살아가야 할 것은 과연 아무것도 없고, 하다못해 자기의 비위에 거슬리지 않도록 악惡을 피해 걷자는 노력조차도 때로는 주제넘고 잔인한 짓밖에는 안 되는 걸까요? 말하자면 지금 내가 자식들을 떼놓고 공부를 하러 가는 그런 따위의 일은 말입니다.

눈에 보이는 것, 손에 만져지는 것 외에 아무런 올바른 것도 존재하지 않는다고 생각할 때에 나는 눈앞이 흐릿해지도록 참담한 패배감을 느낍니다. 헤어날 수 없는 진구렁 속, 모멸과 조소 가운데에 몸을 잠그고 그 머리 위를 순정이의 두발이 딛고 있는 것을 느끼는 것입니다.

나는 거울을 잡아당겨 내 얼굴을 비추어 봅니다. 그 밉게 생긴, 옷치장도 화장도 할 줄 모르는 순정이에게 짓밟힌 내 얼굴을 비춰 보는 것입니다. 예쁘게 생겼다고 남들은 말하지만 나 자신에게는 별로 기쁨을 주어본 일이 없는 얼굴입니다. 서글픔만이 낙인처럼 자욱져 있습니다.

현미와 준이 나를 닮았다는 생각을 문득 해봅니다. 그러면 나는, 현미와 준이 이제 자라서 살아나가야 할 세상이기에 선도 미도 없는, 암흑뿐의 세계라고는 도저히 여길 수 없다는 생각을 합니다.

내 가슴속은 조금 밝아지는 듯합니다. 아이들은 내가 파렴치하지 않게 살았다는 일에 반드시 기쁨을 느껴줄 것입니다.

나는 내 맘 속을 정돈하여서 후회 없는 마음으로 길을 떠나보려고 하는 것입니다.

순정이의 몸속에는 한 마리의 동물이 살고 있다…….

맨 처음 순정이를 보았을 적에 나는 선뜻 그런 느낌이 든 것을 기억합니다. 그는 별로 아름다울 것도 없는 얼굴이기는 하나 커단 입이나 역시 크고 좀 튀어나온 두 눈이 무엇을 열심히 느끼려고 긴장되어 있는 듯한 특징 있는 표정을 하고 있었습니다. 노르찌큰하고 기름기 없는 머리칼을 아무렇게나 비죽비죽 삐져나오게 양쪽으로 갈라 매고 색이 이상하게 진하여서 곧 눈에 뜨이는 무명 양말을 신고 있었습니다. 그는 그 양말을 언제나 좀 흘러내리게 하고 있거나 흰 속치마가 스커트 밖으로 나와 있거나 한 모양으로 무던히도 수선스레 왔다 갔다 하기를 잘하였으므로 이삼백 명 되는 신입생들 속에서도 특별히 눈에 뜨이는 것이었습니다. 그는 서로가 무슨 과에 입학한 것인지도 아직 잘 모르는 맨 처음 날부터 누구에게건 붙임성 좋게 말을 걸곤 하였습니다. 그가 가까이 와서 마치 예전부터 함께 자라난 사이이기라도 한 듯

"얘. 이것 잠간만……."

이렇게라도 말을 걸면은 귀부인처럼 교만한 새침데기라도 어째서랄 것도 없이 같은 투로 대꾸를 해버리게 되는 것이었습니다.

그는 언제나 같은 장소나 같은 사람 곁에 있지를 않았습니다. 그리고 나는 그를 볼 때마다 그의 몸속에 무슨 기묘한 한 마리의 동물이 살아 있는 것같이 느끼는 것이었습니다. 그다지 귀엽게 생기지는 않은, 그리고 이상한 습성과 활발한 동작을 가진 동물이…….

강아지 떼처럼 이리저리 인솔되어 돌아다니면서 새로 시작될 대학의 생활에 관한 주의를 들을 때에라도 그는 아무도 안 그러는데 혼자 신기하다는 듯이 빙그레 웃거나 천천히 고개를 끄덕이거나 무엇을 혼자 놀라고 있거나 하는 것이었습니다.

그의 여학교 제복이었던 듯한 색 낡은 세일러 옷은 옆을 스쳐 갈 때면 비린내 비슷한 내를 풍겼습니다. 얼마 안 가서 나는 그가 나와 마찬가

지로 영문학과에 들어온 것을 알았고, 반에서도 유별나게 행동하기 때문에 곧 여럿의 이목을 집중하게 된 것도 알았습니다.

그는 방약무인하고 무신경하여서 새침데기 미인군美人群으로부터는 뒤집어쓰듯 멸시를 받고 있으면서도 태연하게 버티어나가는 일면 학과에서는 재빨리 두각을 나타내기 시작하여 어느새 '키플링'을 강독하는 C선생이 좋아죽겠느니 셰익스피어 전공인 P라는 노교수를 존경하느니 하며 제일 앞에 자리를 잡고는 떠들곤 하는 것이었습니다.

일 년이 지나 학년 말이 가까워온 무렵에는 그에 대한 멸시는 거의 사라져버렸습니다. 이삼의 굉장히 거만한 아이를 남기고는 누구든지 '순정이'를 인정하였습니다. 그는 클래스의 이니시어티브*를 잡고 있었습니다.

순정이가 갑자기 나에게 접근하기 시작한 것은 본과에 올라간 봄경부터였습니다.

그즈음 나는 하얼빈의 장로교회 목사로 계신 아버지가 위독하시다는 전보를 받고 돌아온 지 열흘도 안 되는 기숙사를 다시 떠나 만주에 갔다오고 한 일이 있었드랬습니다.

돌아와 보니 김현식이라는 고향 사람이 찾아왔었다는 전갈이 있었습니다. 그는 내 귀성의 이유를 듣고는 근심하면서 될 수 있는 대로 속히 자기에게도 소식을 전해달라고 적어놓고 간 것이었습니다.

고향 사람이라고만 해서는 설명이 부족합니다. 우리는 어려서부터 함께 자라났다고 말할까요. 아버지들끼리 죽마지우이셨고 하얼빈에도 함께 들어가시다시피 한 관계로 말하자면 가까운 집안끼리 같은 사람이었습니다. 그는 중학교 때부터 수재의 이름이 높아서 사 학년 때에 K대 예

| * initiative. '주도권', '발언권', '발의권' 등을 뜻한다.

과에 들어버렸으므로 나보다는 이 년 먼저 서울에 와 있는 것이었습니다.

우리들은 방학 때 하얼빈에 돌아가면 아동 성경학교 같은 데서 마주치거나 양편 집에 서로 인사를 하러 가거나 했습니다만 그러나 어떤 특별한 감정을 가졌다고는 할 수 없었습니다. 왜냐하면 너무나 잘 아는 사이이기 때문에 특별한 감정을 가지는 것이 오히려 우스울 것같이 느껴진 것입니다. 그렇지만 또 어떻게 생각하면 내가 그를 너무 모른 탓이었다고도 할 수 있을 것입니다.

나와 그에게는 일상생활에 관한 이야기 외에는 공통된 화제가 없었습니다. 나는 그가 무엇을 느끼고 있는지 도무지 알 수 없었습니다. 그는 법학부의 학생이었지만 그것은 그의 아버지가 그것을 강력히 주장한 결과이고 그 자신은 불란서 문학을 위해 보다 많은 시간을 충당하고 있었습니다. 그는 델리케이트한 감정을 가지고 있었고 한없이 고매한 형이상학적形而上學的인 사색으로 머릿속은 그득 차 있는 것 같았습니다. 물론 크리스천은 아니었습니다. 하얼빈서 아동 성경학교를 거들어준다 하여도 그는 아이들에게 동화를 들려주거나 글을 가르칠 따름이었습니다.

그런데 나는 어떠냐 하면, 문학 작품이거나 예술적인 활동에 보통 이상의 커다란 감흥을 느끼지는 않았습니다. 내가 영문과를 택한 것은 영어를 능숙히 하게 되면 아버지의 사업을 더 잘 도울 수 있으리라고 생각한 때문이었습니다. 나는 고아원이나 그 비슷한 봉사에 막연한 의의를 느끼고 있었습니다.

나는 김현식에게 간단한 엽서를 써서 아버지가 그만하시다는 사연을 알렸습니다. 그리고 김현식의 출현과 순정이의 갑작스러운 접근을 결부시켜 생각하는 일도 없었습니다.

순정이는 마치 새로 발견한 애인에게 모션을 걸듯 나에게 육박해왔습니다. 그는 그즈음에 음악과에 있는 소프라노의 경희慶姬와 단짝이어서 공부를 다른 교실에서 하는 외에는 모든 행동을 함께하는 것이 유명했으므로 순정이의 이 표변은 경희에게 적지 않은 쇼크를 준 듯하였습니다. 경희는 화사하게 생긴 예쁜 소녀로, 금속적인 고운 음성을 가지고 있고 몸치장을 하는 것으로도 유명했습니다. 몸치장이라야 똑같이 제복을 입고 있었습니다만, 그래도 그 흰 블라우스와 검정 서지*의 셔츠는 그 당시로는 꽤 모던한 복장 축에 들었고 또 그러한 제약 가운데서라도 여러 가지로 모양을 낼 수 있다는 것은 제복을 입어본 사람이면 알 것입니다. 그래서 가느단 금사슬을 목에 걸거나 와인 레드의 가죽 가방을 들거나 하여, 남달리 말쑥해 보이는 경희가 하학 후에 영문과 교실이나 도서실 근처를 어물거린다든지 그라운드 옆 백양나무 그늘에서 순정이를 기다리며 초조해하는 것을 볼 때면 나는 미안한 생각이 드는 것이었습니다.

그러나 순정이는 마지막 통학열차가 지나갈 시간이 되어도 내 곁을 떠나지 않고 있다가는 어두워진 아현동 마루턱을 한 시간이나 걸려서 걸어 넘어가는 것이었습니다.

하기는 그 계절의 ×대학 부근은 정말이지 꿈속 같은 아름다움에 둘러싸여서 순정이가 아니라도 버리고 가기에 애석하기는 하였습니다. 온 동산은 싱싱한 연둣빛으로 불타오르고 수풀 속에는 가련한 들꽃들이 피어 흩어졌습니다. 고성古城 같은 흰 교사의 둘레에는 갖가지 서양 화초가 우거지고 울창한 수목 그늘에서는 꾀꼬리가 울었습니다. 정거장으로 내려가는 길목의 시냇물은 통나무 다리 밑을 돌돌 소리 내며 굴러내렸습니다.

순정이는 내 팔을 끼고 또 어떤 때는 내 어깨를 안고 취한 듯이 그 속을 배회하는 것이었습니다.

| * serge. 무늬가 씨실에 대하여 45도로 된 모직물을 뜻함.

가까이서 대하니까 순정이는 그야말로 이글이글 타는 정감情感 속에서 살고 있다고 느껴졌습니다. 그는 무엇에고 감동하지 않고는 일시도 배겨나지를 못하는 것 같았고 또 모든 사물이 격렬히 그의 가슴을 뒤흔드는 것이었습니다.

그는 열을 띤 어조로 헤르만 헤세의 연애소설을 이야기하였고 슈토름의 '임멘제' 속의 어떤 아름다운 시구詩句에 감격하면은 온종일이라도 그 이야기만을 하는 것이었습니다.

어둠침침한 도서실 안에, 책장 뒤지는 소리 외에는 아무 기척도 없는 장엄한 정적 속에, 달싹도 않고 잠겨 앉았다는 그런 일이, 설혹 별 공부를 안 한다 하더라도 그럴 만한 가치가 있다는 것을 나에게 가르쳐준 것도 순정이었습니다.

하기는 순정이가 한 이야기나 그 감정을 내가 내 것으로서 이해를 하고 판단을 하는 것은 불을 끄고 베드에 들어간 연후의 일이었습니다. 그의 앞에서는 나는 언제나 그의 감정과 그의 촉감을 가지고 움직이게 되는 것이었습니다.

어떤 날 그는 나를 데리고 본관 꼭대기로 올라갔습니다. 거기는 건물 정면 한가운데의 뾰족한 아치에 해당하는 부분이어서 스테인드글라스를 낀 어둡고 좁은 참회실이었습니다. 거기는 아무도 들어가는 일이 없는 장소였습니다.

순정이는 복도에다 나를 남겨놓고 경건한 표정으로 도어를 밀치고 사라졌습니다. 캄캄하게 어두워오는 창밖을 내려다보면서 나는 한 식경이나 옆의 방에 앉아 기다렸습니다.

이윽고 살며시 문을 밀치고 들여다보았더니 순정이는 십자가 앞에 무릎을 꿇고서 흐느끼며 울고 있는 것이었습니다. 무엇이라고 순정이가 그 일을 설명하였는지는 잊어버리고 말았습니다만 그때의 순정이에 대

한 인상은 이상히도 오히려 이교도異敎徒적인 무엇이었습니다. 순정이는
결코 신앙을 가지는 일은 없을 게니…… 나는 그런 생각을 하였습니다.

차츰차츰 나는 순정이와 함께 있는 일에 세찬 기쁨을 느끼게 되어갔
습니다. 그는 그즈음에는 그 모양 좋은 제복의 덕도 있고 또 어쩌면 멋쟁
이 경희의 영향도 있었는가 하여 제법 전보다는 모양이 나아진 것 같기
는 하였지만 그래도 가끔 어울리지 않는 스카프를 목에 감는다거나 더럽
힌 손에다 그대로 매니큐어를 한다거나 하는 따위의 일이 수두룩하여서
언제까지나 말쑥해지지는 않는 것이었습니다. 그러나 이미 그런 작은 결
점은 시정할 필요조차 없는 일처럼 나에게는 느껴지는 것이었습니다.

김현식이 어느 날 저녁 때 식당에 갈 시간도 거진 되어서 불쑥 신촌
에 나타났습니다. 그는 하얼빈 이야기를 두셋 안 가지고 온 것도 아니었
지만 시험도 끝난 김에 바람 쐬러 나온다는 것이 여기까지 발을 뻗쳤다
하였습니다. 나는 마침 순정이와 정거장 가까이 나와 있었기 때문에 그
딱딱한 사감 선생의 허락을 안 받아도 되었고 면회실에서 목소리도 제대
로 안 나오는 대면을 하는 대신 아름다운 송림 속을 마음 놓고 산보할 수
있었습니다. 그러기 위해서는 저녁은 굶어야만 했습니다만……

순정이가 그 본색을 드러내어서 함부로 이야기 속에 뛰어들기 때문
에 회화는 활기를 띠고 그래서 퍽 재미난 산책이었습니다. 김현식은 순
정이에게 가끔 야유하는 투로 말을 걸었습니다. 그러면 순정이는 멋모르
고 그냥 좀 더 떠들어대다가 갑자기 말을 끊고

"흥……"

하고 객쩍은 듯이 웃어 보이는 것이었습니다. 김현식은 나에게만 들리
도록

"대단한 발전가로군."

하고 쓴웃음을 띠워 보였습니다.

발전가發展家란 말이 문자 그대로보다는 훨씬 좋지 못한 이를테면 불량소녀라는 뜻으로 그들 사이에 쓰여지는 것을 알고 있는 나는 그에게 가볍게 눈총을 주어야 했습니다.

다음 날부터 나는 '그이'의 이야기를 순정이에게 하지 않으면 안 되었습니다. 그리고 순정이는 내게 전하여지는 '그이'의 책을 나보다 먼저 나보다 열심히 탐독하였습니다.

우리들은 그러니까 만나면 화제의 태반을 그 책을 중심으로 펼쳐나가는 것이었습니다. 나는 대개는 잠자코 듣는 편이었습니다. 그러는 사이에도 김현식은 나를 확실히 '약혼자'로 대하는 태도를 취하였고 순정이를 그 너머에 놓고 대하기를 잊지 않았습니다.

이것은 순정이를 경계하여 일선을 획하는 일 같기도 하였고 어쩌면 그의 양심 비슷한 것이 있어 그 때문에 그렇게 하였는지도 몰랐습니다. 나는 내가 만약 결혼을 한다면 역시 김현식 이외의 사람과는 하지 않을 게라고 그런 정도의 생각을 갖고 있었습니다.

그런 중, 아름다운 연중행사의 하나인 여름밤의 연주회 날이 돌아왔습니다.

그것은 참가한 모든 소녀들이 자기의 청춘의 향기처럼 언제까지나 잊지 않고 가슴속에 간직하게 되는 그런 특별한 밤의 하나인 것입니다.

생도들은 일찍부터 음악당에 모여서 서성대었고 해가 캄캄히 저물 무렵에는 학부형들도 속속 모여 와서 꽃향기를 즐기면서 어두운 나무숲을 거닐다가는 불빛이 휘황한 음악당 안으로 들어갔습니다.

첼로니 바이올린의 음을 맞추는 소리가 달콤한 밤공기 속으로 흘러갔습니다.

이윽고 연주회가 시작되어서 몇 곡목 순서가 진행한 즈음에 나는 가만히 밖으로 빠져나왔습니다. 김현식이 오겠다는 약속이었는데 안에는 보이지 않았기 때문입니다. 각모를 쓴 창백하고 단정한 김현식의 모습은 밖에 여기저기 몰려선 사람들 중에도 없었습니다. 나는 어두운 바위 위에 걸터앉아서 그 예쁜 경희가 〈아마릴리〉를 부르는 것을 들었습니다. 그리고 안으로 들어가니까 저만큼 앞에 김현식과 순정이가 비스듬히 벽에 등을 기대고 서서 듣고 있는 모양이 보였습니다. 나는 그편으로 손짓을 하려고 하였지만, 이쪽으로 고개를 돌리지 않으므로 그냥 문어귀에 선 채 스테이지를 바라보고 있었습니다.

졸업생의 독주니 하급생의 연탄* 같은 것으로 순서는 연이어 진행되어 가는데 문득 보니까 김현식이 내 곁으로 다가오고 있었습니다.

"더웁군요. 밖으로 나가볼까요?"

우리는 바깥에 나왔습니다.

잔디는 이슬에 촉촉하고 둥근 달이 떠올라서 옥색 안개가 발아래 들판 위에 퍼져 있었습니다. 순정이는 어데 갔는지 알 수 없었습니다.

우리들은 잠자코 풀벌레 소리를 헤치고 동산 위로 올라갔습니다. 언제나와 같은 침묵이면서 어째선지 그날따라 나에게는 괴롭다고 느껴졌습니다. 김현식의 머리가 지금 무엇을 생각하고 있는지 조금도 모른다는 일이 어째 그런지 몹시 안타까웠습니다.

동산 위에 서니까 부드럽게 흘러내린 슬로프는 아카시아 덤불에 휘덮이면서 저 아래 솔밭까지 잇닿아 있었습니다. 아카시아의 터널 속으로 내려갔습니다. 동전 닢 같은 달그림자가 발부리에 뿌려져 있었습니다. 꽃은 이미 없지만 그 젖빛깔의 향기는 어째서인지 촉촉하니 뿜어지는 듯하였습니다. 음악관 쪽에서는 전교생의 호프인 C 언니의 〈헝가리안 랩소디〉가 탄주되기 시작하고 있었습니다. "금강석의 가루를 뿌리는 듯한……"

| * 연탄連彈/聯彈. 한 대의 피아노를 두 사람이 함께 치며 연주한다는 뜻이다.

이라고 순정이가 영작 시간에 형용하여서 P 교수를 감탄케 한 그 피아노의 음향이 정말 금강석을 뿌리듯 찬란하게 밤하늘로 올라가는 것이었습니다. 나는 무엇인지를 말하려고 하였습니다. 무엇을……? 무엇인지 모르지만 가슴에 가득히 차 있는 것을 김현식에게 알리고 싶었습니다.

터널이 중단되고 환하게 달빛을 받은 잔디밭이 한켠에 나타났습니다. 잔디 위에는 제복의 그림자가 하나 팔굽을 짚고 비스듬히 누워서 저편 들판을 내려다보고 있었습니다.

그는 그 달빛과 이슬과 음향 속에 융화된 듯 옴짝도 하지 않고 있었습니다.

"저기 있어요, 순정이가……."

나는 속삭이고 우리는 그에게로 가까이 갔습니다. 순정이는 우리가 온 것을 보고서도 별로 자세를 고치려고도 하지 않고

"여기서 듣는 게 더 좋아."

작은 소리로 그렇게 중얼거린 뿐이었습니다. 그는 김현식의 존재도 잊은 듯했습니다. 전신이 귀가 된 듯 '리스트'를 들으며 온몸의 피부로 이슬을 촉감하고 있는 듯했습니다. 피아노가 끝나니까 그는 일어나 앉아서 손등으로 아무렇게나 눈물을 씻었습니다.

나는 다시금 느끼는 것이었습니다. 순정이의 속에는 분명히 어떤 색다른 동물이 살고 있다고. 보통은 느끼지 못하는 미묘한 감각을 헤아리고, 몸부림치며 현혹되는 무엇이 있다고. 존재를 무시당한 김현식을 바라다보았더니 그는 심각한 표정을 하고 있었습니다.

음악회가 끝나고 사람들이 흩어져 갈 적에 나는 순정이와 김현식을 배웅하러 신촌역까지 내려갔습니다.

통나무 다리를 건널 적에 김현식은 순정이의 손을 끌어주었습니다.

사람들을 그득 실은 기차가 기적을 울리고 빨간 테일 램프가 멀어져

갈 때에 나는 내가 아마 결혼하는 일은 없으리라는 생각을 하였습니다.

아버지가 계신 하얼빈의 집을 눈앞에 그려보았습니다. 집은 교회당의 한 모퉁이에 있었고, 아버지는 조금 떨어진 고아원에서 더 많이 살고 계셨습니다. 나는 아버지를 도우며 생애를 보낼 일을 상상해보았습니다. 그것은 그리 보람 없는 일은 아니었습니다. 현식이와 순정이가 늘 말하는 "세상을 보다 더 아름답게" 하는 노력임에도 틀림없었습니다.

그 일은 마음에 평화를 가져오고 세상을 깨끗이 하는 일일 것 같았습니다. 그렇게 생각하면 내 가슴은 아프기를 그만두었습니다. 고아원에 있는 어린 애들보다도 현식이가 더 많이 나를 필요로 하리라고는 생각되지 않았습니다.

눈에 보이게 급속도로 그들의 사이는 가까워져갔습니다. 순정이는 김현식을 생각하기 위하여 낮과 밤을 바치는 감이 있었습니다. 그는 나를 새에 넣지 않고 김현식과 단둘이 만나기 위하여 우스꽝스러운 구실을 지어내기도 하였고 얌전치 못하게 그의 하숙으로 찾아가기도 하였습니다.

그러나 내가 이렇게 비교적 태연할 수 있었을 적에 그들은 그 이상 더 접근하지 않고 말았습니다.

김현식은 전부터 폐가 좋지 않았는데 어느 날 갑자기 각혈하여 입원을 하였습니다. 그러더니 일 개월이 지나지 않아서 순정이는 H라는 남자와 약혼을 해버린 것이었습니다.

그때는 전쟁이 최종적 단계로 들어간 불행한 시절이어서 남자 대학생은 학도병으로 여대생은 봉사대로 물샐틈없이 동원되어서 어디든지 배치되곤 하던 시기였습니다. 대학은 마악 폐쇄되려고 하고 있었습니다. 결혼을 하면은 여대생은 그 길을 면할 수 있은 고로 학생들은 속속 퇴학을 하고 결혼해버리는 것이었습니다.

그러니까 순정이가 별안간 약혼을 했다 하여도 놀라울 일은 아닙니다만 그러나 김현식의 T·B*가 순정이로 하여금 건강과 생활력을 가졌을 따름인 H를 주저 없이 선택케 하였을 것이라고는 믿어지지 않았습니다.

내 의문에 대하여 순정이는 찡그린 표정을 하였을 뿐입니다.

나는 마침내 이러한 일을 생각하였습니다. 남의 이목이나 비평에는 무신경하리만큼 굳센 순정이이기는 하나 자기 스스로를 괴롭히는 일에 대해서는 조금치도 참으려고 하지 않는 그였다는 일을.

손가락 끝을 조금만 상하여도 혹은 조금만 시장하더라도 미친 듯이 날뛰고 화를 내는 그였다는 일을. 대단한 몽상가夢想家이기는 하나 자신에게 이롭지 못한 일은 절대로 배격하는 그였다는 일을. 순정이는 몹시 가난하였고 김현식은 상당한 재력이 있었다는 일도 유쾌한 일은 아니었으나 생각이 났습니다.

새파랗게 날카로운 신경을 가진 김현식이 순정이의 정열 속에 무엇인지 순수하지 못한 것을 감촉하여서 그래서 그는 순정이의 정열에 반발하고 있은 것일까.

순정이가 결혼하여 시골로 소개해 간 뒤에 나도 학교를 중퇴하고 하얼빈에 돌아갔습니다. 김현식이 겨우 회복되어서 집으로 가는 기차에 함께 탔던 것입니다.

좀 피로한 듯한, 그리고 정녕 집으로 돌아왔다는 듯이 긴장이 풀린 김현식과 나는 별 두드러진 감정의 동요도 없이 그해 크리스마스경에 결혼하였습니다.

| * '결핵tuberculosis'을 뜻한다.

2

순정이가 그 생활에 만족하고 있은 동안 우리의 주변에는 아무런 일
도 일어나지 않았습니다.

해방과 함께 우리도 순정이네도 다시 서울에 와서 살게 되었지만 두
가정 사이에 온화한 교제가 계속되었을 뿐입니다. 다만 순정이네는 삼청
동 고급 주택에서 부유하게 살고 있었는 데 비하여 빈손으로 삼팔선을
넘어온 우리의 살림은 비참하다고나 할밖에 없는 형편이었습니다.

남편은 그사이 간신히 대학을 마치기는 하였습니다만 원체 생활력이
없는 사람이니까 경제적으로 큰 의지가 될 수는 없었습니다. 나는 갓 낳
은 현미를 안채 할머니에게 맡기고 여기저기 직장을 구하러 다녀보았으
나 허사였습니다. 정말로 괴로운 일이었으나 옆의 집 어린 애의 털옷을
짜주고 그 삯으로 보리쌀을 사는 일도 있는 그런 살림살이였습니다. 남
편도 연구실에 나가는 한편 가끔은 번역일 같은 것이 생겨서 그럭저럭
간신히 살아나갔습니다.

너무나 가난한 생활은 사람의 영혼까지 메마르게 하는가 봅니다. 남
편과 나는 감정을 상하는 날이 많았습니다. 우리 사이에는 "서로의 향상
을 도웁기 위해서"라든지 "너 위대한 별이여!"로 시작되는 '니체'의 산문
시 같은 것은—남편은 그런 말을 떼다 붙여 농담하기를 좋아했습니다—
언제 들은 소리였더냐 싶게 일체 자취를 거두었습니다. 굶지 않기 위한,
애탁배탁하는 노력만이 내게 주어진 중대한 과제였습니다.

그렇지만 나는 또 내가 행복하였다는 말을 아니 할 수 없습니다.

나는 내심으로는 만족하고 있은 것입니다.

나는 그를 사랑하고 있었습니다. 외부로부터 가해지는 괴로움은 그
러니까 그것이 아무리 괴롭다 하더라도 이차적인 문제에 지나지 않았습

니다. 나는 그사이에 사람을 사랑한다는 일을 배우고 있은 것입니다.

어느 날 밤이었습니다.

억수로 퍼붓는 비가 차양 하나를 의지한 한데 부엌으로 마구 들이치는 것을 피하여 간신히 늦은 저녁을 치우고 나니까 전등이 그나마 꺼져버렸습니다.

나는 호롱에 불을 켜서 궤짝 위에 놓고서 멍하니 어두운 한구석을 바라보고 있었습니다. 현미는 한곁에 자고 있었습니다.

비가 이처럼 그치지 않는다면 우장도 없이 나간 남편은 돌아오지를 못하리란 생각을 하였습니다. 그는 친구에게 갔다가 그냥 자고 오는 수도 허다분하였고 의학부의 합숙에서도 끼어 자는 일이 많았기에 나는 별로 마음을 쓰지 않는 것이었습니다만 그날은 나간 지가 사흘째나 되었으니까 비만 아니더라면 들어왔으리라는 생각이었습니다. 더구나 현미가 감기가 든 것을 보고 나갔으니까 그러리라 싶었습니다.

나가던 날 아침에 또 그만 가벼운 말다툼을 한 일이 뉘우쳐졌습니다. 하지만 그런 말다툼은 유가 아니리만큼 심각한 싸움도 하여온 우리였습니다.

갑자기 대문을 요란하게 두들기는 소리가 났습니다.

쫓기듯이 숨 가쁜 불길한 기세가 우선 사람을 놀라게 하는 그런 소리였습니다. 나는 뛰어 나가서 빗장을 벗겼습니다.

거기 우산도 없이 철떡 붙은 머리칼에서 빗방울을 뚝뚝 떨구면서 서 있는 것은 뜻밖에도 삼청동 순정이의 남편 H였습니다.

그는 어째선지 뒤틀리는 웃음을 띠면서

"순정이가 여기 오지 않았지요?"

하고 빗소리 때문만도 아닌, 알아듣기 힘든 투로 물었습니다.

"아니요."

하고 나는 대답하였으나 한 번도 와본 일이 없는 우리 집을 그가 용하게
도 찾았다는 생각을 하였습니다.

"저어, 김 선생두 안 계시나요?"

그는 또 그렇게 물었는데 나에게서 눈을 떼면서 어지러운 사람 모양
으로 몇 발짝 비쓸비쓸 하였습니다.

"네. 들오지 않았어요."

H의 출현이 너무도 돌연하고 흠뻑 젖은 양이 이상했기 때문에 나는
어떨떨하여 추녀에서 쏟아지는 빗물이 그대로 그의 어깨에 내려치는 것
을 보고도 들어서라는 말도 하지 않았습니다.

순정이가 어떻게 되었는가 싶었습니다. 그는 열흘가량 전에 이 H의
사람됨이 평범하여서 못 견디겠다고 저주한 듯 늘어놓고 돌아간 후에는
한 번도 오지 않아 만날 기회가 없었던 것입니다.

"순정이가…… 저어……."

"예?"

"김 선생두 사흘 전부터 안 들어오시죠?"

H는 이번에는 똑똑하게 말하였습니다.

무슨 일인가 싶어 나는 눈을 크게 떴습니다.

"순정이가 집을 나갔습니다. 댁의 주인이 데리고 갔답니다."

H는 밤알같이 되불거진 입가의 근육을 꿈틀꿈틀하더니 별안간 와락
하고 눈물을 쏟았습니다. 어둠 속에서 그의 눈알이 미끄덩한 굴처럼 빛
났습니다.

"아."

하는 작은 소리가 나도 모르게 내 목 안에서 새어 나왔습니다.

내 가슴속에서 여러 가지 물체가 일시에 부닥뜨리는 소리가 났습니다.

무슨 일인지가 벌어진 것입니다.

순정이와 남편 사이에 무슨 운명적인 사건이 일어난 것입니다.

그것은 도저히 믿을 수 없는 일 같기도 하면서 또 당연히 정하여져 있던 일처럼 다가든 재난이었습니다.

H는 버려진 개같이 초연히 골목 밖으로 사라져갔습니다. 나는 비를 주루룩 맞고 서 있었습니다. 기나긴 시간이 어둠 속을 흘렀습니다.

나는 방에 들어왔으나 아무 생각도 제대로 간추릴 수가 없어서 한자리에 앉은 채로 멍하니 날을 밝혔습니다.

다음 날 그 하루의 처참하던 일각일각을 나는 마음속에 되풀이하기도 괴롭습니다.

순정이의 집안 식구, 남편의 친구, 그리고 또 누군지가 내 곁을 들락날락하면서 나에게 내 운명의 윤곽을 전해주었습니다.

내 남편은 순정이와 함께 어딘가 먼 곳으로 떠난다는 것이었습니다. 그들의 연애는 숙명적인 것이어서 이 이상 허위에 찬 생활을 계속할 수는 없다고 한다는 것이었습니다.

물론 그 들락거리는 사람들이 내 귀에 불어넣어 준 말들은 구체적인 사실, 구체적인 그들의 행동이었고 또 그 사람들은 가소롭게도 모두들 그 '불의의 사랑'을 막아볼 양으로 쫓아다니는 것이었습니다. 나는 돌부처처럼 입을 봉하고 앉아 있었습니다. 일찍이 상상해본 일도 없는 고뇌의 도가니에 어느새 빠지고 있었습니다만 그중에라도 이번 일이 무슨 오랜 밀회의 결과가 아니고 순정이의 돌발적인 격정으로 인한 것인 듯한 말눈치에 일말의 고소를 느끼는 것이었습니다.

밤이 되니까 남편이 들어와서 단둘이 대면하였습니다.

그는 자기는 이제 곧 되돌아 나간다는 의미에서 모자와 무엇인지 손에 쥐었던 것을 툇마루에 놓고 코트도 입은 채로 내 앞에 앉았습니다.

그는 이렇게 말하였습니다.

"말은 들었을 테지만 미안하게 되었소. 그렇지만 어쩔 수 없는 노릇이오. '진실'이 모든 것을 지배해야 할 거니까."

"……."

"용서하오, 현미는 잘 길러주기 바라오."

"……."

"이제까지 당신한테는 짐만 되어왔소. 장차라도 나라는 인간은 당신에겐 짐밖에 되지 않을 거요. 그런 생각도 해봤소."

밖에서 뿌리는 가랑비 소리가 그 한 올 한 올이 구별되도록 차근차근 가슴속으로 스며들었습니다. 가슴속에 그 빗발을 그려보고 있으려니까 내 몸이 말라 시들어지고 그것이 하얗게 표백되어서 백골 위에로 빗발이 쏟아지는 광경이 보였습니다.

나는 끝내 할 말이 없었고 현미의 손을 한 번 만져본 남편은 일어서서 끼걱거리는 미닫이를 밀쳤습니다.

짓밟혀서 버려진 그 장소에서 그냥 또 밥을 짓고 빨래를 하며 목숨을 지탱하러 움직여야 한다는 것은 인간고人間苦 가운데서도 가장 큰 괴롬의 하나가 아닌가 싶습니다. 내가 만약 그 문간방을 버리고 어디로든 횟닥 떠나갈 수 있었더라면 견디기에 더러 수월했을지 모릅니다. 그러나 나는 아무 데로도 갈 곳이 없었습니다. 돈도 한 푼도 없었습니다.

그 집에서 현미와 단둘이 산 그 이십 일 동안이 내 일생의 가장 비참한 한 토막이었음을 의심치 않습니다. 나는 마치 신발 밑에 밟혀서 흙투성이가 된 날벌레 모양으로 혼자 허우적거렸습니다. 내가 자살하지 않고 지탱한 것은 현미 때문이지 결코 아버지를 모방한 신앙 때문은 아니었습니다. 나는 아무것도 먹지 않고 이틀이고 사흘이고 누워 있었습니다. 안집이 민망스럽지 않았던들 현미가 아무리 울어대더라도 그냥 내버려 두었을 것입니다.

그렇게 하여 날짜가 흘러갔습니다.

순정이가 자기 집에 들어앉아 있다는 소문이 들렸습니다. 엄중한 감시가 붙어 있다는 것이었습니다. 무슨 소리인지 영문을 알 수 없었지만 알고 싶지도 않았습니다. 모든 것은 끝났다는 생각뿐이었습니다.

그런데 끝이 난 것이 아니었습니다.

어느 날 남편이 돌아왔습니다. 그는 해골같이 여위고 새파랗게 질린 낯빛을 하고 있었습니다. 손은 알코올중독자 모양으로 부들부들 떨고 있었습니다. 병이 재발한 것이었습니다. 아무 이야기도 꺼내기 전에 그는 각혈부터 하였습니다. 다음 날 새벽에는 나는 그를 입원시키러 가지 않으면 안 되었습니다.

빈사의 환자는 나를 쳐다보고 눈물을 흘렸습니다. 그의 윗옷 안주머니에는 연필로 갈겨쓴 이런 쪽지가 들어 있었습니다.

"너무도 괴롭습니다, 너무도 무서운 일을 저지르려고 하였던 모양이에요. 저는 단념하겠습니다.

명덕이를 위해주세요. 명덕이와 제 남편과…… 이 순하디순한 사람들을 저는 차마 배반할 수가 없어요. 꿈이었다고 잊으시고…….

순정"

그리고 남편이 나에게 선언을 함으로써 내 곁을 영원히 사라져가던 바로 그다음 날 날짜가 적혀 있었습니다.

남편의 입가에는 어느 때나 조소嘲笑가 사라지지 않고 떠돌았습니다.

자기 자신에 대한 비웃음, 순정이에 대한 경멸……

나는 운명이 나에게 너무 잔인하다는 생각을 안 할 수 없었으나 병자를 그냥 내버려 두지도 못했습니다. 그리고 내 마음은 싸늘하게 돌아앉은 것이 사실이었지만 그래도 그를 예전부터 한 집안 사람처럼 알아온 관념이 남남끼리라고 홱 돌아설 수도 없게 하였습니다. 나는 울며 겨자 먹기로 그를 간호했습니다. 이것이 나의 남편이었다고 생각할 적에 나는 손이 부들부들 떨리도록 피가 머리로 올라왔지만 그를 하얼빈에서 나오지 못한 그 집의 아들로 생각하고 우리 두 집안에서의 그의 위치를 뒤쳐보면 나는 내 감정을 제지하고 그를 보살펴줄 수도 있을 듯하였습니다. 인인애隣人愛에 대하여 열심한 회화를 교환하던 남편과 순정이었다는 회상이 나를 서글픈 자조自嘲에로 이끌기는 하였습니다만…….

물질적인 고통과 정신적인 비감함에 그러나 끝내 버티어내어 그가 퇴원하는 것을 보았을 때에 나는 기뻐해야 한다고 마음속에 혼자 말하였습니다.

나는 그러한 노고에 대하여 남편이 감사해하고 감격하기까지 하는 것을 볼 때에 몹시 괴로웠습니다. 내가 놓인 입장의 허무함을 그때처럼 뼈아프게 느낀 일은 없었습니다.

이삼 개월 후에 그는 직장을 얻고 나는 '준'을 분만하였습니다.

3

모든 사람의 생활을 송두리째 흔들어놓은 6·25 동란은 우리들에 있어서도 최후의 시금석試金石의 역할을 하였습니다.

어느 정도 좌경左傾의 사상을 가졌던 남편은 그 소극적인 성품 때문인지 별안간 활개를 치거나 하는 일은 없었습니다만 그래도 차츰차츰 그들에게 가담하기 시작하더니 마침내는 주위의 정세에 완전히 휩쓸리어 대학 내에서도 간부급의 취급을 받게 되었습니다. 때때로 상을 찌푸리고 우울해하는 적도 있었고 건강을 빙자하여 드러누워 있기도 하였습니다만 그것은 인텔리로서의 내부적인 허약한 저항에 지나지 않았고 결국 그는 활동을 한 것이었습니다.

그렇게 여하튼 새로운 생활을 시작한 그에게서 나는 어쩐지 또 순정이의 그림자를 느끼곤 하는 것이었습니다. 순정이라는 이름은 우리에게는 금구禁句였고 또 그가 얼마나 순정이를 저주하고 경멸하고 있는지도 알고 있었으나 그러나 순정이의 입김은 다시금 주위에 느껴지는 것이었습니다.

순정이는 그 남편인 H가 피신을 한 후에 주택을 개방하여 여맹 사무소로 제공하였고 자기도 간부가 되어 열성을 다하고 있다 하였습니다. 눈 선 사상이, 눈 선 풍속이, 순정이를 들뜨게 만들어서 그는 전후 분별도 없이 그 속에 뛰어들었으리라는 일은 너무나도 있을 법한 노릇이었습니다. 또 그가 결혼 제도를 타도하라고 외치고 자기가 그 쇠사슬에 묶이어 있었다고 부르짖기에도 십상 알맞은 찬스였을 것입니다.

까만 몽당치마에 흰 적삼을 입고 맨발에 고무신을 끈 순정이가 남편이 일하고 있을 대학 구내로 들어가는 뒷모양을 본 일이 있었습니다. 무엇인지가 폭발을 하기에는 꼭 알맞은 세상이기도 하였습니다.

그리고 어느 날 저녁때 드디어 파국이 왔습니다.

근방 일대가 맹렬히 폭격을 받는 중이라서 우리는 방 속에 웅크리고 있다가 사이렌 소리에 겨우 대청으로 나왔습니다. 주인네가 떠나고 만 안집 대청에 앉아서 나는 멀거니 어둠 어린 마당을 응시하였습니다. 마당에는 어둠보다 더 짙은 죽음의 그림자가 아직도 엉기엉기 서리어 있는 듯하였습니다. 날카로운 사이렌 소리가 다시 천지를 진동하였습니다.

그때 대문짝이 요란하게 흔들려졌습니다. 숨 가쁜 기세가 사람의 마음을 대뜸 불길하게 만드는 그런 소리였습니다.

나는 뛰어나가서 문을 벗기려고는 하지 않았습니다.

남편이 나가서 열었습니다.

그것은 순정이였습니다. 무슨 까닭인지 앞머리를 몽땅 잘라 이마 위에 드리우고 있었으나 수세미같이 흩어진 머리 매무새였습니다. 어린애를 업고 양손에 끌고 한 그는 반사적으로 문설주 그늘에 몸을 가리면서 내 남편에게 말을 하는 것이었습니다.

"떠나야 해요! 벌써 저기까지, 서울역 앞까지 쳐들어왔대요. 아현동 쪽으루두 신당동 쪽으루두 오구 있대요. 얼핏* 떠나요. 혼자는 못 가겠어요. 이번에 헤어지면 다시는 못 만나요."

비행기의 폭음이 말소리를 덮었습니다. 어데선지 폭탄이 터졌습니다. 무어라고 대답을 하였는지

"명덕이를…… 애들을 같이…… 나는 저 앞에……."
하는 순정이의 음성이 날라 들어왔습니다.

남편은 들어와서 내 앞에 서면서

"가는 데까지 가봐야겠는데……. 당신은 준을 업구, 현민 내가 건사하지. 어서 차부를 해요."

이상하게 빳빳해진 얼굴로 말을 하는데 숨어 섰던 순정이가 무어라고 입을 벌리면서 안으로 들어서는 것이 보였습니다.

나는 준과 현미를 양 옆에 꼭 끼고 대청에 가 우뚝 서서 남편에게 소리를 질렀습니다.

"가세요! 가버리세요! 내 앞에서 빨리 없어지세요!"

우르륵 쾅! 하는 폭탄 소리에 집도 쓰러질 듯이 흔들리는 가운데 내 목소리는 귀신의 울음같이 내 자신에게도 듣기가 흉했습니다.

| * '얼른'의 잘못된 표기로 보인다.

154

이렇게 하여 모든 것이 끝막었습니다. 남편과 나와의 관계도 순정이와 나와의 관계도 모조리 끝단이 난 것입니다. 연천連川 못 미쳐에서 폭격을 맞고 피투성이가 되어 쓰러진 남편의 시체를 내버리고 순정이는 되돌아서 서울로 왔다지만, 그래서 그의 남편인 H를 도로 찾았다지만 이제야말로 그는 나와는 관계가 없이 된 것입니다.

시커먼 연막煙幕처럼 뿜어내는 그의 정욕의 그늘 속에서 나의 모든 것이 죽고 멸망해갔지만 아직도 내 손에는 미래未來를 의미하는 것이 남아 있습니다.

현미와 준!

나는 이들을 길러서 참다운 인간을 만들고 싶습니다. 나는 날 줄 모르고 노래할 줄 모르나 남을 해치지 않고 살아야 한다고는 알고 있습니다. 그 까닭에 나는 그들을 고생 가운데 던져 내놓고 먼 길을 떠나려고 하는 것입니다.

내가 돌아올 때까지 그들은 무사히 자라날 수 있겠습니까? 만약에 사고가 있어 그들이 몸 성히 기다리고 있지를 못한다면 나는 그때에는 어떻게 해야 합니까?

나는 신神이 있어주어야 한다고 생각지 않을 수 없습니다. 나는 억지를 쓰며 강제로라도 그것을 만듭니다. 이렇게 신을 만들고 있는 나를 나는 가엾다고 느껴서는 안 됩니다. 신은 반드시 있어야 합니다.

—《전망》, 1955. 9. 3.

어떤 해체 解體

그 조그만 거리에 시정이는 언제까지나 마음이 붙여지질 않았다.

그 동리는 정결하고 조용하고 아름답기까지도 하였지만 시정이에게는 그냥 서먹하기만 한 것이었다.

약방이니 잡화상 병원 같은 조촐한 집들이 주룩 늘어선 그 동리의 큰거리를 지나고 나면 그는 언제나 그 집들이 자기에게는 등을 보이고 돌아앉아 있는 듯한 착각을 일으켰다. 사람들에 대해서도 마찬가지였다. 그럭저럭 인사말이나 주고받게 된 이웃 아낙들이 순전한 사투리로 날씨 이야기를 하든가 아이를 칭찬해주는 데 대해서 예사롭게 말을 건네고 나서도 시정이는 도무지 무슨 말을 한 것처럼은 느끼지 않았다. 소리를 내어 제법 커다랗게 웃고 있을 때에라도 그의 마음은 조금도 웃고 있지 않았다.

몸과 맘이 어째선지 분리되어 있었다. 어느 때부터인지 그렇게 되어있었다. 그리고 그러한 상태인 채 움직거리며 살고 있다는 일은 생각해본 일도 없으리만치 고되고 권태로운 노릇이었다.

×　　　×

　그 부근에 처음 도착하던 날의 그 기이하고도 막막하던 첫인상을 시정이는 무슨 색다른 경험처럼 잊지 않고 있었다.

　지글지글 타는 광란한 듯한 태양이 머리 위에 열기를 뿜어 내리고 있었다. 그 희고도 붉은 불의 덩어리는 해라는 한 개의 물체가 아니라 몇 개로나 분열됐다 다시 합쳤다 하면서 온 하늘은 빙빙 도는 괴상한 군성群星처럼 의식되는 것이었다. 시정이의 동공瞳孔에서는 무지개색 볕발이 쏟아져 산란했다. 그는 어지러웠다.

　시퍼렇게 무성한 논들의 벼 포기가 이것도 지글지글 타는 듯한 녹색을 백열한 태양에 조전하고 있었다. 기름을 끼얹은 듯 지글지글 타오르는 초록색은 조금도 시원해 보이는 게 아니었다. 새하얀 자동차 길이 무한히 늘어날 수 있는 고무벨트같이 지루하고 막막하게 앞길에 뻗어 있었다.

　인가도 없었다.

　무슨 소리가 들리는 것도 아니었다. 흰 길과 불타는 초록색과 끓는 듯한 하늘이 있을 뿐이었다.

　버스가 떠나가 버린 뒤에, 무슨 잘못같이 이런 풍경 속에 남겨진 시정이는 뼛속으로 스며드는 고독함을 느꼈다.

　어린 애를 등에 업고 큰 아이의 손목을 쥐고 또 한 손으로는 커다란 보퉁이를 든, 그런 자세대로 멍청하니 서 있기만 하는 것이었다.

　이런 곳에 현구가 있을 까닭이 없다는 생각이 가슴을 꽉하니 눌러대었다.

　손을 잡힌 아이도, 등에 업힌 아이도, 인형처럼 옴짝을 하지 않았다.

　그것이 불안하여진 것같이 시정이는 걷기를 시작하였다. 흰 길 저쪽 끝에 산재한 콘세트* 같은 것이 보이고 마을다운 윤곽이 어른거렸다.

　두 정거장이나 더 앞을 가서 내렸어야 옳았다는 것이었다. 한 시간 가까이나 걸어야 한다는 것이었다.

아이는 아무 말도 하지 않고 헐떡이며 따라왔다.

패배감敗北感 같은, 쓰디쓴 감정이 담진膽汁처럼 가슴속에 우러나왔다.

무거운 보퉁이가 팔에 걸려 늘어졌다.

비좁은 버스에 뒤흔들려 오는 동안 웬 한 촌노인과 욕지거리를 하며 싸워댄 일이 그냥 머리에 있었다.

그들은 타박타박 걸어 나갔다.

시정이는 불그레한 블라우스에 흰 슬랙스를 입고 있었다. 아이는 장터에서 산 시골뜨기 같은 원피스에 보리짚을 엮은 백 하나만 어울리지 않는 것을 들고 있었다.

보기 싫은 부조화不調和에 대한 자의식이, 지금 되어서 자꾸 시스러움**을 돋우어주었다. 그 낡은 드라이브 웨이로는 흙투성이의 지프차나 트럭들이 가끔 요란스럽게 스치고 지나갔다. 조선의 남단 여기에도 현구는 있지 않으리라는 생각이 피로한 두 볼에 불나비처럼 팔랑거렸다.

무너져가는 토담 밑을 도랑물이 흐르고 있었다. 외따로 떨어져 들썩하니 높이 올라앉은 양철집은 방향마저 비스듬하니 불안정하여서 한쪽 모서리에 일각대문이 달려 있었다.

시정이는 짐과 아이를 다 놓아버리고 안주머니에서 쪽지를 꺼내어 맞추어보았다. 현구의 글씨 현구가 그려 보낸 약도.

이, 바로 섰으면서 실그러진*** 것 같은 인상을 주는 집이 그것임에 틀

림없었다. 병처럼 설레기를 잘하는 시정이의 심장은 크게 뛰놀았다.

피난행에서 어긋난 남편을 찾아다니고 있다는, 한마디로 말하자면 그런 사정이었지만 거리감 이상으로 더 촉박한 무엇을 시정이는 가슴에 갖고 있었다. 더 운명적인 것에 대한 공포, 그 설렘 가운데에는 물론 생사의 불안이 무겁게 자리 잡고 있는 것이기는 하였다. 도처에서 전투가 벌어지고 있었고 오산까지 내밀렸던 것이 바로 조금 전의 일이었다. 그의 생명을 두려워하지 않을 수 없었다. 허나 그렇게 순수하기 때문에 강렬한 이유 때문만은 아니었다.

시정이는 이곳저곳 아이들과 보퉁이를 끌고 다니는 동안, 몇 번인가 현구를 보았다는 사람과 만난 일이 있었다. 그리고 무슨 까닭인지 한 군데 오래 머물러 있은 흔적이 없는 현구는 또 뼈아프게 시정이를 찾으려고 서두른 기맥도 없어 보이는 것이었다.

낯가리는 아이처럼 본디 생소한 사람과는 말을 못 하는 성미니까…… 하고 돌이켜 생각도 해보았지만, 그렇게 믿어버리기에는 시정이는 그사이 너무도 고생을 하고 있었다.

그리고 또.

어떤, 적기는 하지만 불유쾌한 소문 때문에 시정이는 현구에게 골을 내고 그 변명을 완전히 듣지 못한 채 헤어지고 말았다는 곡절이 있었다.

그 얼굴을 한번 본 것도 아니고 무슨 확실한 증거가 있는 것도 아닌 소녀 때문에 시정이는 괴로움을 맛보아야만 했다. 등골에 칼날이 대여진 듯이 위기에 찬 피난행 가운데서도 그 기분은 잊혀지는 것이 아니었다.

'세 번이나 같은 소녀와 거리를 걸었다니, 그것은 뜻도 없는 일일 수는 없다…….'

시정이는 그렇게 생각하는 것이었다.

그러나 대구에서 시정이는 드디어 현구의 편지를 받았다. 편지가 아니라 인편으로 막연히 띄워 보낸 쪽지의 하나가 우연히 손에 떨어진 것이었다.

현구도 자기를 찾지 않은 것은 아니었다.

시정이는 흠뻑 눈물을 흘렸다. 그리고 부랴사랴 대구를 떴다.

하지만 쪽지는 언제 씌어진 것인지 알 수 없었다. 그가 아직도 그곳에 있을지는 의문이었다.

그 집에서 나온 아낙네는

"야아 박현구 씨 말인교. 운전수 양반 말이지요? 야아, 이 집이 기구마."

하고 우선 반가운 소리를 들려주었다. 누루퉁퉁히 부은 것 같은 얼굴을 한 중년의 아낙이었다.

"그분이 알라들 양반인교? 야아!"

하고 신기한 듯이 벙글벙글 웃으며 건넌방을 가리켰다.

"이 방이 기울시다만서도 지금 안 계신걸요."

"네, 그럼 어디를……."

"제주도라 카등가 난 자상히 모를시다. 주인이 오만 알지요. 우짜기나 간에 드가시이소."

아낙은 보기보다는 친절한 사람인지 우물에서 찬물을 길어주면서 그렇게 권하는 것이었다.

시정이는 그 방이 현구 것이라 하는데 우선 감사한 마음이 북받쳐 올라서 어쩔 줄 모르면서 방으로 올라갔다.

누각처럼 덜썩 높은 방이었다. 안으로 깊숙이 잇닿은 몹시도 기름한 칸살인데 창이 하나도 없고 대청으로 나가는 미닫이마저 밖으로 봉해져 있는 때문에, 그 방 안은 허연 관棺 속처럼 숨 답답한 것이었다.

그래도 시정이는 그립고 반가웠다. 벽에 눈 익은 퍼런 와이샤쓰가 걸려 있었고 역시 낯익은 큼직한 현구의 백이 한켠에 놓여 있는 때문이었다.

그는 그것들을 만지고 쓸고 하였다. 벌써 현구를 만난 것처럼 마음이 뛰놀았다. 고르고 새하이얀 이를 드러내고 웃는 얼굴이 방금 눈앞에 떠오르는 것 같았다.

건장하고도 모양 있게 생긴 머리니 목덜미니 어깨니 손이니…….

모양이 좋을 뿐 아니라 무언지 여자의 마음을 살풋이 움켜잡는 독특한 분위기를 가진 그의 동작들이 벌써 피부에 감각되는 것이었다.

뚜렷한 자각은 갖고 있지 않았지만 바로 그 성적性的인 매력 때문에 시정이는 현구와 결혼한 것이었다.

그는 부친의 회사의 운전수였다. 공과대학을 일 년 다니다 만 학력밖에 없었다.

그러나 시정이는 그가 좋았다. 이 아름다운 청년은, 교양이거니 하는 덧부치기* 대신에 선량한 성질과 매력 있는 동작을 갖고 있다 싶었다. 무엇을 제쳐놓더라도 그를 독점하고 싶었다. 엔지니어다웁게 말이 없는 옆얼굴이 황홀하기까지 하였던 것이다.

시정이는 여자대학을 중퇴하고 현구와 결혼을 해버렸다. 두뇌로 판단할 겨를도 없을 만치 자기의 감각에 의지할 수 있은 일을, 시정이는 청춘의 승리처럼도 치부하고 있는 것이었다.

집과는 인연이 끊어지고 말았으나 물론 후회는 하지 않았다.

아이를 둘이나 난 지금에 와서도 그는 처녀 시절과 별로 내용이 다르지 않은 동경을 현구에게 가지고 있었다.

현구는 남편이기 전에 아직까지도 애인이었다.

| * '군더더기'라는 뜻이다.

'아담'과 같은 의미의 애인이었다.

그 마을에서 하염없는 기다림의 생활이 시작되었다. 생활이라 하기에는 너무도 활발치 못한, 다만 시정이의 가슴속에만 삶이 맴돌고 있는, 그런 생활이었다.

육체를 위해서는 셋이 연명할 수 있는 최소한의 노력이 쓰여질 뿐이었다. 말하자면 그는 억지와 같이 밥을 짓고 빨래를 하고 잠을 자고 하는 것이었다. 중에도 아이의 말 상대가 되어주기를 몹시 지겨워했다. 마치 기계와 같이 말을 하고, 그러면서 아이가 심심해할까 봐 애를 쓰기는 하는 것이었다.

현구는 그들이 닿기 한 달이나 전에 자동차 공장에서 증발되어 제주도를 향해 떠났다는 것이었다.

훈련은 여섯 달이라고도 하고 석 달이라고도 하고 어쩌면 그보다 길거라고도 하여 종잡을 길이 없었으나 그쪽에 가는 대로 기별을 할 것이니, 시정이들이 오거든 여기서 기다리도록 전해달라고 방의 보증금은 찾지 않고 떠났다는 것이었다.

제주도. 아마도 특수한 기술병으로서의 훈련을 받는 것이리라 시정이는 짐작하였다.

격전이 계속되고 있는 최중이었고, 현구는 적령자였으니까, 그것은 당연한 일이기도 하였지만, 시정이는 역시 서운한 마음을 누를 수가 없었다.

한 달만 자기가 앞서 대였거나 출발이 그만치 늦었거나 하였던들 훨씬 견디기 쉬웠을 것 아닌가 하고 자꾸 그런 생각이 떠오르는 것이었다.

그를 한 번 보고 한 번 더 그 둘의 사랑을 다짐하고 그리고 헤어진 것이라면 훨씬 더 태연할 수 있을 것만 같았다.

"어째 그렇게두 못 만났일고요. 그 양반두 내두룩 찾으러 다니시는가 장 몇 일씩 나갔다 들오시구 하던걸요."

주인집 아낙네는 그런 소리를 하였다. 듣기에 따라서는 어느 편으로 라도 해석할 수 있는 말이었지만 시정이는 좋은 편으로 받아두었다.

그는 왜 그런지 그 누르퉁퉁한 여자와 현구의 이야기를 하기가 싫었 기 때문에 남편이 여기 처음 온 것이 언제였느냐고 물은 밖에는 별로 말 을 끄집어내려 하지 않았다. 그 아낙의 언제고 히죽히죽 웃으며 말을 하 는 버릇 때문에 과민해진 신경이 불안을 느끼는 탓인지도 몰랐다.

지금은 현구가 이곳에서 자기를 기다리며 있었다는 일밖에는 생각하 고 싶지 않았다.

현구가 있었다는 공장을 찾으려고 부산 시내로 들어가 본 일도 있었 지만 이내 그 일은 단념하고 말았다.

편지를 기다리는 일.

혹시는 꿈같이 돌아와 줄지도 모르는 모습을 기다리며 사는 일.

그것이 시정이가 지금 살아 있는 '까닭'이었다.

동이 틀 무렵이면 어슴푸레 잠이 깨어나기도 전에, 시정이의 슬픔이 먼저 눈을 떴다.

외로움이라고만도 구슬픔이라고만도 할 수 없는 쓰라리고 애달픈 느 낌이 봄비처럼 잠자는 가슴에 스며들었다. 그러면 그는 엎드려서 가슴을 방바닥에 대고 누르면서 귀를 기울여 기다리는 것이었다.

멀리서부터 차츰차츰 다가오며 가슴에 와 부딪는 소리가 있다.

저벅저벅 발맞추어 행군하는 소리. 그리고 군가.

부근에 군대가 집결하고 있는 탓으로 아침저녁 대하는 군가요 행진 이었다. 그러나 첫새벽 동이 틀 무렵에 이렇게 가까운 거리를 지나가는 군가 소리는 그의 마음을 저릿하게 해놓는 것이었다.

누가 지은 노래인지 시정이는 몰랐지만 한없이 슬프고 아름답다 느껴졌다. 그는 베개에 뺨을 묻고 마음껏 눈물을 흘리곤 하였다.

노래 소리가 멀어지고 생활하기 위하여 사람들이 깨어나기 시작하면 정녕 시정이가 싫어하는 시간이 다가왔다.

밥을 지어 먹지 말고 굶은 채로 살 수 있었으면 얼마나 좋을까 하고 그는 하루 아침 몇 번씩 생각하는 것이었다.

아침상을 치우고 나면 시정이는 쫓기듯이 방문에 자물쇠를 채우고 바깥으로 나가야 했다.

동쪽으로 단 한 군데 트여 있는 미닫이에 여름 햇살이 쫙하니 퍼져들기 시작하면 오 분 이내로 그 관같이 기름한 방 안에는 바늘 끝만 한 그늘도 없이 뙤약볕에 차버리기 때문이었다. 안절부절을 못할 밝음이요 열기였다.

시정이는 아이들을 몰고 동구 밖 학교 마당으로 가곤 하였다. 방학 때인가 힝하니 비어 있는 운동장 한구석에서 한 장의 종이처럼 단순해 보이는, 그러나 끝없이 무겁고 음울한 하루해가 지루하게 시작되는 것이었다.

그늘 밑에서는 흰 길을 달리는 군용 차량이니, 군대의 행진이 거의 끊일 새 없이 바라다보였다.

그러면 시정이는 바로 몇 달 전까지도 실지로 포화砲火 밑에서 살아왔다는 생각을 하였다. 얼마 떨어지지 않은 지역에서 전투는 현재도 치열해가기만 하고 있는 것이었다. 지금 이렇게 권태에 싸여서 앉아 있다는 일은 그 전쟁의 실감과 이상하게 어긋나면서 고립孤立과 낙오감落伍感을 안겨주는 것이었다.

'나는 아마 바보가 되었다…….'

대열은 오늘 날도 오는 날도 끝없이 지나갔다.

그것은 더럽힌 옷을 입은 피로한 군사들인 때도 있었고 새파란 작업복의 훈련병들인 경우도 있었다. 더러는 흰 병의病衣의 무리가 느릿느릿 걸어서 가기도 하였다. 몸서리나는 전쟁의 입김을 시정이는 이렇게 풀밭에 앉아서 멀거니 바라보고 있는 것이었다.

'내가 인제 무얼 할 수 있을까?'

그는 꿈속에서와 같이 그런 생각을 더듬어보기도 한다.

'아무 일도. 사랑하는 일밖엔.'

그리고 그 사랑한다는 일조차도 이제 와서는 괴로울 따름인 무더운 감동과 혼돈 속의 몸부림치는 의식일 뿐이었다.

윤곽도 없는 소녀의 모습이 모든 것을 휘저어 흙탕물처럼 해놓은 것이었다.

시정이는 어느새 또 고여 오른 쓰디쓴 군침을 삼켜버리고 미끄럼틀에 매어달린 두 아이에게로 시선을 던졌다.

머리가 어느 때고 같은 모양으로 지긋이 아팠다.

너무 지루한 때문이었다.

모든 것이 모호한 때문이었다.

그러면서 목마르듯 그가 그리운 때문이었다.

매미 소리가 요란하였다.

찌는 듯한 더위는 어느 때 끝이 날 것 같지도 않았다.

시정이는 이 낯선 마을에서 점점 땅 위에 생활하는 사람 같지가 않고 공중에 떠 있는 무슨 망령亡靈처럼 자기를 느끼게 되어가는 것이었다.

흰 길 저쪽 끝에 지프차나 트럭이 나타나는 것을 보면 시정이는 그것이 동구 앞에 서고 운전대에서 현구가 내려서지나 않을까 하는 기대를 가지고, 그것들을 지켜보는 버릇이 생겼다.

처음에는 유희처럼 그런 생각을 농락하였었다. 날이 갈수록 마치 그것은 현실성과 가능성을 가진 일인 듯이 시정이의 두 눈에 열기를 띠게 하여가는 것이었다. 언제고 현구가 자기에게 돌아올 때에는 그렇게 해서 나타날 것이라고, 마지막에는 정말 기별을 받고 마주* 나오기라도 한 듯이 열심히 기다려보는 것이었다.

그렇게 해서 그가 돌아오는 날이면 그것이 가령 백주노상이건 간에 현구는 가슴이 으스러지도록 포옹해줄 것이라 싶은 것이었다. 그러고는 아이를 한 팔에 하나씩 안아 올리고 별로 말도 없이 걷기 시작할 것이라 싶은 것이었다. 말이 없어 늘 더 부드러워 보이는 그의 동작이었다.

그런가 하면 다음 찰나에는 그렇게 말이 없는 현구의 마음속을 영영 알 길이 없다는 생각을 하였다.

'그는 남일까? 결국은 남일까?'

이 마음 붙지 않는 마을 낯선 사람들과 꼭 마찬가지로, 현구도 남일는지 모른다는 뉘우침을, 시정이는 되씹어 보고 되씹어 보고 하였다. 그러면 이 마을, 사람들, 현구가 모조리 그의 마음속에서 화석化石하는 것이었다.

그리고 이렇게 덜컥 마음이 커다랗게 동요하는 서슬마다 인형이 오그라져가듯 그의 몸속에서도 무엇인지 매듭이 타져 나가는 기척이 하는 것이었다.

어느 날 저녁때 시정이는 이상한 방문객을 맞이하였다. 앵두색 나일론 원피스를 입은 예쁘장하나 무식해 보이는 소녀였다. 까므레하고 토실토실한 팔목에 군인들이 사용하는 납으로 만든 체인을 감고 있었다. 화독속같이 후끈 다는** 방 안에 마주 앉아서 소녀는 피리처럼 높은 음성으로 그것이 버릇인지 말꼬리를 길게 끌어가면서 이야기를 하는 것이었다.

시정이는 그냥 이상하다는 얼굴로 그를 바라다보고 있었다.

---

* '마중'의 오기로 보인다.
** 원본에는 '다는'으로 되어 있는데 '단'으로 추정된다.

그런 소녀의 그런 출현을 예기하지 못했대서가 아니라, 영락없이 가슴을 철썩 내려앉게 한 그런 인물의 실존實存이 새삼스레 신기하게 여겨졌던 것이다.

"그니까 지가 속은 심이죠. 독신인 줄만 안 거지 머예요."

그는 마당에도 대청에도 사람이 있다는 것을 조금도 꺼리지 않는 눈치로 또랑또랑하게 남의 일같이 지껄여대는 것이었다. 현구에게 속았다는 것이었다.

"접때서야 집의 오빠가 내 마음을 아시구 뒷조사를 해보지 않았겠어요? 왜 며칠 전에 일등상사 권이칠이란 사람이 왔었죠? 그이가 바루 저의 두째 오빠세요."

그는 눈을 동그랗게 뜨고 시정이를 치어다보며 말을 하였다. 시정이는 어처구니가 없었지만, 그냥 고개를 옆으로 저어 보였다.

누루퉁퉁한 안집 여자가 그 일등상사라는 사람하고 자기들의 얘기를 했으리라는 상상이 시정이를 못 견디게 불쾌하게 하였다.

"그래 어차피 이렇게 처자가 있는 사람인 바에야 무엇 하러 지가 그이를 기대리겠어요. 내 짐이나 찾어갖구 갈려구 왔지요."

환하게 들이비치는 기성복 원피스에 모조진주 목걸이를 세 겹이나 두른 소녀는 무릎으로 일어나서 커다란 현구의 백께로 다가갔다. 탄탄하게 엮어 있는 바오래기*에 손을 댄다.

"그건……. 그 속에 뭐가 있어요?"

시정이는 저도 모르게 말을 더듬었다. 얼굴이 빨갛게 되어 있었다.

"슈미즈서껀 나일론 양말서껀……. 글쎄 피난 올 때 수원서 지가 이

---

* '바오라기'의 잘못된 발음으로 보인다. 여기서 '바'는 삼이나 칡 따위로 세 가닥을 지어 굵다랗게 드린 줄을, '오라기'는 실, 헝겊, 종이, 새끼 따위의 길고 가느다란 조각을 뜻한다.

속에다 집어넣는데 입때 찾아가지 않았지 뭐예요."

그러면서 짐을 풀어헤치는 것이었다.

짐 속에서는 그러나 양말이니 슈미즈 같은 것은 나오지 않았다. 나온 것은 현구의 내의니 셔츠 같은 것들뿐이었다. 소녀는 참 이상도 하다는 듯이 몇 번이나 짐 속을 뒤적거리다가는 고개를 기울이며 시정이를 쳐다보는 것이었다.

마침내 그는 그냥 돌아가겠노라고 몹시 불만한 낯빛으로 자리를 일어섰다.

시정이는 우는 아이를 뿌리쳐버리고 대문 밖으로 따라 나와서 겨우 이렇게 물을 수가 있었다.

"저어 그래 미스…… 누구라고 했지요? 권? 미스 권은 그래 그이하구 약속을 했어요? 결혼한다구?"

"무어…… 딱이 약속을 한 건 아니죠."

"그럼 저어 그이는 제주도 가기 전엔 미스 권하구 같이 있었단 말인가요?"

"아—뇨. 저의 집은 송도에 있는 걸요."

"……."

"……."

"미, 미스 권은 서울서 왔어요?"

시정이는 마침내 말을 더듬기 시작하고 이마에 부쩍 땀이 내돋는 것을 뉘우쳤다. 소녀는 어리석게 빛나는 눈을 들고

"서울이 아니죠, 수원서 왔죠, 그래서 짐을 부탁했다니깐요."

시정이는 드디어 뭐가 뭔지 알 수 없어졌다. 남편과의 관계가 실지로 어느 정도인지 알 수도 없는 채 그는 이 무지한 소녀에게 속으로 발칵 화를 내고 말았다.

'네까짓 거!'

그는 멀어져 가는 뒷모양에 대고 침이라도 뱉고 싶은 것이었다. 분노는 그대로 남편에게로 뻗어나갔다.

'좋은 짝이 될 뻔한 걸 그랬군요.'

현구를 저급하다고 경멸해보기는 처음이었다.

대문가에는 누루퉁퉁한 여자가 우는 아이를 안고 나와 서 있었다.

"그 처자處女 야들 양반 계실 때두 한 번인가 두 번인가 왔던 걸요, 벨랑 오래 들앉아 있지도 않고 가더이만……."

시정이는 아이를 안고 다락같이 높은 방으로 올라갔다.

시정이의 미간에는 세縱로 두 줄 깊은 주름살이 생기었다.

그랬어도 그의 매일은 아무것도 달라지지 않았다.

달라질 수가 없는지도 몰랐다.

밤에 자리에 누웠을 때에, 전신이 땅속으로 잦아드는 것을 막아내려는 듯이 베개 깃을 움켜쥐고 있는 것쯤이 달라졌다면 달라진 일이었다.

패물을 하나둘 처분하려고 시정이가 오랜만에 부산에 들어갔다 나오던 날 일이었다.

그것은 현구로부터 온 것은 아니었다.

육군중령 모라고 뒤에 쓰이고 여러 가지 도장이 겉봉에 찍혀 있는 서한이었다.

두터운 흰 종이에 정중한 사연이 현구의 죽음을 알리고 있었다.

"……… 이동 도중 선박 내의 사고로 말미암아……."

사망한 날짜와 통지를 낸 날짜가 오십 일이나 전의 것이었다.

×   ×

날이 새었을 때 시정이는 아이들에게 식사를 시키고, 그리고 그들을 걸려가지고 학교 마당으로 갔다.

빛과 열이 범람하고 여전히 몸 둘 자리가 없는 하늘 밑이었다.

그는 현구가 죽은 날짜를 마음속에서 계산해보고 있었다.

자기가 이곳에 도착하기보다도 더 그 전에 현구는 벌써 이 세상 사람이 아니었다는 사실은 끝없이 기이한 느낌이 아닐 수 없었다.

이곳에서 일어난 그 일체가 그러니까 사랑도 슬픔도 의혹까지도 존재하지 않는 것을 대상으로 했었다는 아연한 느낌은 무어라고도 할 수 없을 만치 고독한 것이었다. 고독하고 그리고 기이한 것이었다.

흰 길 위에는 오늘도 군대가 지나가고 있었다. 머리 위에는 매미 소리가 기름을 끓이듯 자자하였다.

미끄럼틀에 매어달린 무심한 어린 것들을 시정이는 허한 눈초리로 바라다본다.

그의 마음은 부자연하게도 잔잔함을 유지하고 있었다. 그 나일론을 입은 소녀를 볼 때와 같은 격렬한 설렘은 일어나지 않았다. 그는 눈물을 흘리고 있지도 않았다.

'같은 맛의 쇼크를 두 번 세 번 받는 법은 없는가 보다……'

무슨 소용에 닿는 것인지 그는 풀 위에 앉아가지고 그런 혼잣말을 자꾸만 되풀이하고 있었다.

하지만 그렇게 하고 있는 동안에 시정이의 정신精神을 이루고 있는 매듭이 하나하나 완전히 풀려서 그는 분해分解되어가고 있는 것이었다.

다 낡은 인형의 팔다리가 떨어지듯 그의 맘이 부서져가고 있는 것이었다.

—《현대문학》, 1956. 1. 9.

바바리코트

널따란 아스팔트 길이 약방 앞에서 구부러지는 가름길 어구에서 질주해 오던 스리쿼터가 덜커덩하고 마치 솟구쳐 오를 듯한 급브레이크로 정거하였다.

서로 어깨며 옆구리들을 호되게 부딪쳐서 웃음소리를 울리며,

"이것 봐 운전 기술 그럴듯한데!"

"어찌 차분하게 잘 달리는지 졸음이 솔솔 올 지경이야!"

타고 있던 소프라노들이 운전대에 대고 소리를 지르니까,

"습관일 뿐이지. 그렇게 안 하면 지껄이느라고 자기 내릴 장소도 모르고 있을걸."

하고 한켠에 끼어 앉아 있던 푸른 눈동자의 서전이 둥그스름한 눈을 더욱 둥글게 하면서 사람 좋은 말투로 참견을 한다.

"맞았어. 너희들은 워낙 친절해."

"아무렴, 그들은 친절하구 말구. 덕택에 나는 접때 코가 부러질 뻔한걸……"

왁자지껄하고 떠들어대는 동료들을 남겨놓고 숙히는 바이올렛 빛 원

171

피스 자락을 나부끼면서 가볍게 아스팔트 위로 뛰어내렸다.

"바이 바이."

"낼 또 봐 스으지이(숙히)!"

우르릉하고 떠나는 자동차에 손을 들어 보이고 숙히는 몸을 돌려 걷기 시작하였다. 초가을의 실바람이 짙은 코티* 향내를 사방에 흣날렸다.

약방을 끼고 오른 언덕바지 고갯길을 숙히는 또닥또닥 올라가기 시작하였다.

이른 아침부터 칠팔 시간을 내리 꼬박이 타이프 앞에 앉아 보내야 하는 상당히 고된 일자리를 가진 숙히였으나 저녁때마다 이 강파른 고갯길을 올라가면서 별반 피로한 줄도 모른다. 고갯길은 너무나 강팔라 그랬던지 어느 때나 지극히 한적하였다.

숙히는 콧노래를 부르며 걸어갔다.

달콤한 콧노래가 제법 근사하게 미국 재즈 싱어를 흉내 낼 수 있는 것이 스스로 만족스러워 몇 번이나 같은 멜로디를 되풀이하는 것이었다.

위로부터 내려오던 중학생 둘이 물끄러미 숙히의 얼굴을 바라보았다. 저희끼리 눈짓을 하고는 아래위를 훑어보고 빙긋거린다.

그들을 지나버리고 숙히는 숙히대로 혼자 가만히 미소하였다.

쳐다보고 싶은 사람은 쳐다보면 좋은 것이다. 비웃고 싶은 사람은 비웃으면 되었고 부러운 사람은 부러워하면 그만인 것이었다. 그 어느 것도 자기와는 관계가 있는 일이 아니라고 새삼스러운 뉘우침을 가져보는 일은 가끔 이렇게 이유 없이 숙히를 즐겁게 해주는 것이었다.

풀섶에서 벌레 소리가 새어 나왔다.

누구넨가의 뒷담을 이룬 감나무 그늘이 매일처럼 조금씩 헤식어가더

| * 화장품의 한 종류.

172

니 어느덧 공기가 잠을 깬 듯 해맑아져 있는 계절이었다. 이 길을 다시 오르내리게 되고부터도 벌써 두 달이 넘었다는 생각을 하였다.

언덕 꼭대기에는 산등성이를 타고 서너 줄 궤딱지* 같은 집들이 밀집하여 있다. 그 변두리 켠으로 종이쪽처럼 얄따란 양기와를 이은 일각대문 집이 숙히가 향해 가는 장소인 것이었다.

기름이 둥둥 뜨고 크고 작은 선박 나뭇조각들이 검불처럼 흩어진 지저분한 바다가 그런대로 발밑에 보인다는 밖에는 별 신통할 것도 없는 아랫방 한 칸이 숙히를 기다리고 있었다. 군색한 한 칸 방이었지마는 숙히는 그것으로 만족하였다.

그 방 안에서 숙히는 저 혼자 제힘으로 벌어들인 화장품이니 양복이니 또 사치스러운 속옷들이니를 만져보고 헤아려보고 하여가면서 넉넉히 즐거운 시간을 보낼 수 있는 때문이었다. 심심하면 그는 '로우·백크' 회사의 카탈로그를 뒤적거렸다. 그 눈을 빼앗는 아름다운 물건들은 그것을 보기에 열중해 있을 때엔, 정말 밤 가는 줄도 모르게 하는 것이었다. 가다가다 숙히는 그 하나같이 웃기를 잘하는 동료들의 밝고 달콤한 말소리들을 상기하였다. 어떤 동무와 어떤 GI와의 진묘한 로맨스가 생각나거나 또는 자기 자신의 곁을 스치고 지나간 그런 유의 경험이 머리에 떠오르면 그는 별안간 혼자 소리를 내어 웃기도 하였다. 라디오를 듣다가 잠이 들었다. 그렇게 오늘 하루가 유쾌하게 지나가면 되는 것이었다.

내일 모레 또 그보다 더 먼 장래……를 숙히는 꿈에도 생각할 필요가 없었다. 물이 흐르듯 시간이 흐르듯 그저 흘러가는 것이 편안하였다.

×   ×

노란 구두 끝으로 스텝이라도 밟듯 가볍게 일각대문 안에 들어선 숙

| * '궤딱지'의 경기, 황해 방언이다.

히는 그러나 노래를 뚝 그치면서 그 자리에 서버렸다.

뜻밖에도 자기를 기다리고 앉아 있는 사람을 본 것이었다.

그 사나이는 작은 트렁크를 옆에 놓고 곤색 더블*이 제법 어울리는 기름한 얼굴을 수그린 채 툇마루에 걸터앉아 있다가 숙히를 보더니 원망과 노여움이 그득 찬 눈을 하고 입가에 이지러진 듯한 미소를 띠웠다.

숙히는 가슴이 철썩 내려앉으면서 전신이 돌같이 굳어졌던 것이었으나 그가 미소하는 것을 보고는 조금 마음이 놓인 듯이,

"아유 놀라라. 어떻게 기별두 없이 올라오세요?"
하며 새삼스레 놀랐다는 얼굴을 지어 보였다. 그러고는 허리를 흔드는 걸음걸이로 좁은 마당을 질러 그의 앞으로 다가섰다.

트렁크 곁에다 백을 내려놓고 두 팔을 들어 모자의 핀을 빼려고 몸을 이리저리 움직거렸다. 향내가 흩어지고 불룩한 앞가슴이 고혹적인 선을 과시하였다. 그사이에도 숙히는 곁눈으로 남편을 살펴보고 있는 것이었다.

'또 무슨 소동이 일어나려고 하나? 새삼스레……'

한동안 떨어져 있은 탓인지 무슨 일이고 온통 침침하게 만들어버리기만 하는 동호의 성미가 좀 짐스럽게 뉘우쳐졌다. 반갑지 않은 것은 아니었지만 반드시 또 자기를 지치도록 휘저어놓을 것이라 싶어서 겁이 나기도 하는 것이었다.

동호는 숙히의 자태에 흘깃흘깃 짧은 시선을 던지면서,

"오지 그럼……"
하고 중얼거렸다. 그러고는,

"기별을 하려니 이 집에 그냥 있는지 어떤지 알 수 있어야지……"

| * 남성용 재킷의 한 종류이다.

174

하며 구구스럽게 변명을 하였다.

숙히는 조금씩 도로 태연해지면서,

"어쨌든 들어가세요, 나 손 좀 씻구."

하며 핸드백에서 키를 꺼냈다. 동호가 나타났다고 아무 일도 변해질 수
는 없어 하고 그는 마음에 다짐을 하는 것이었다.

"자 키요. 번호는 바른쪽으루 투우 투우 씩스 왼편으루 나인 원 쓰리
이 바른편으루 원 쎄븐……. 그전대루지 뭐."

그는 주인 여자가 도마질을 하고 있는 부엌 앞을 돌아서 깎아지른 듯
한 벼랑을 내려다보는 뒤꼍으로 갔다.

그 험한 벼랑에 좀 내민 바위 하나를 의지 삼아서 나무판대기를 건네
이고 거적을 드리운 변소가 있었다.

벼랑의 이쪽에도 저쪽 편에도 몇 개나 그런 것이 매어달려 있다.

나일론과 튤*을 속속들이 휘감은 숙히였지만 동리 사람과 마찬가지
로 거침없이 그곳을 사용하는 것이다.

흰 레이스 손수건에 손의 물기를 닦으면서 그는 그냥 한참이나 뒤꼍
에 서 있었다.

바닷바람이 불어 올렸다. 탁한 남빛의, 언제나와 같이 지저분한 바다
가 무엇인지 정체를 알 수 없는 혼탁한 음향 속에 무겁게 드러누워 있는
것이었다.

숙히는 자기의 삶 그것도 지금 이 어수선한 풍경과 비슷하게 걷잡을
수 없고도 우울한 무엇을 내부에 가지고 있다고 느꼈다. 동호를 대하기
직전까지의 그 단순하고 명쾌한 생활의식이 자기의 삶의 실태였는지 지
금의 이 무겁고 그늘진 느낌이 진정인지 숙히는 스스로 헤아릴 수 없었

| * 견, 면, 인조 섬유를 기계 편직하여 그물처럼 만든 피륙을 뜻한다.

다. 동호에 대한 감정이 어떤 것인지 그것조차도 뚜렷이는 알 수가 없는
것이었다.

'어쨌든 되어가는 대루…….'

숙히는 바다를 내려다보기를 그만두고 또닥또닥 하이힐을 울리며 앞
뜰로 돌아왔다.

"문 열렸어요?"

하고 동호의 어깨 너머로 고개를 내민다. 이이도 실은 가엾은 사람이라
는 생각을 한다.

동호는 매우 심각한 낯을 하고 열심히 만지작거리고 있던 자물쇠를
그때 빼어 들더니 잠자코 일어나 방문을 열었다.

두 사람의 구두를 양손에 쥐고서 숙히는 뒤따라 방으로 들어왔다. 신
문지를 편 위에 가지런히 내려놓고 예전 습관대로 무의식 중 방 안의 고
리쇠를 걸어버렸다.

그러나 동호는 숙히의 편은 쳐다보지도 않고 네모진 자세로 방바닥
에 앉더니 상을 찌푸리며 담배를 꺼내 무는 것이었다.

숙히는 방 한켠을 가로지른 장미색 휘장을 밀쳐버리고 옷을 갈아입
기 시작하였다. 흘깃흘깃 동호를 바라다본다.

입매가 저렇게 되기 시작하면 끝 가는 줄 모르고 침울해지는 그라 생
각하고 속으로 한숨이 나오는 것이었다. 다만 몇 달을 살았을망정 그래
도 명색이 아내인데 이렇게 자기만 따로 있으니 무리는 아니라는 생각은
별반 없고, 저럴 걸 무엇 하러 찾아왔을까 하고 시답잖은 마음이 고개를
드는 것이었다.

동호는 여전히 숙히에게서 시선을 피한 채,

"이 방두 여전하구먼."

하고 빈정대는 것인지 그냥 자기 자신을 억제하는 것인지 좀 분간키 어

려운 투로 말을 하였다.

숙히는 페티코트의 단추를 떼면서,

"라디오가 다른 것 아니에요? 아이롱*두 새루 샀구 시계두 새거구……."

하면서 조금 뾰루퉁하게 대꾸를 하였다.

실상 이런 것들을 모조리 새로 마련하노라고 숙히는 그동안 조금 힘이 들기는 하였던 것이다. 줄곧 그런 생각을 하는 것은 물론 아니었지만 전에 모아들였던 조금조금한 재산들이 온통 충청도 동호의 본가에 팽개쳐져 있다는 아쉬운 생각은 아주 없지는 않았다.

동호가 그것들을 전부 다 싸가지고 이리로 왔으면 하는 생각을 가끔은 하였다. 동호는 한참이나 잠자코 있더니,

"이리 좀 앉아요."

하고 자기의 맞은 켠을 손으로 가리켰다. 침울한 목소리로 명령하듯 말하고는 이끼가 낀 것처럼 캄캄한 얼굴로 쳐다보는 것이었다.

동호가 이런 표정을 지을 때이면 숙히는 덮어놓고 우울해지기부터 하였다. 어떤 또 질기고 끈적끈적한 문제가 나오려나 싶은 것이었다. 숙히는 잠자고 발끝에서 쑥하니 스타킹을 잡아 빼어 줄에다가 횟닥 걸어놓았다. 나머지 한쪽을 일부러처럼 조심조심 걸어 내리면서,

"잠깐 계세요. 근데 당신은 그쪽에서 빠져나기가 그렇게두 힘이 들어요?"

언제까지나 우유부단하게 그 시골에 발목 매이고 있으면서 무엇 때문에 큰소리를 하려는 것이냐고 은연히 예방을 하는 것이었다.

"아 그건 알구 있지 않우? 정미소두 벌써 내놓은 지 오랬구 집두 가

___
| * 다리미.

까이 처분될 듯하니 조금만 더 있음 다 해결될 게라구……."

동호는 밑을 내려다보면서 길게 늘어놓기 시작하였다.

숙히는 그가 가엾은 인간이라는 생각을 한 번 더 하였다.

그것들이 처분될 듯하다고 하는 것은 벌써 결혼 전부터 해오는 소리 인데 숙히가 보기에는 도무지 그렇게 될 가망은 없었고 그 가망이 없다 는 이유의 대부분이 동호의 끝없는 망설임과 어처구니없는 무능에 있다 고 진작부터 점을 찍고 있는 터이었다.

그런 기미도 모르고 동호는 장황히

"정미소만 팔리드래두 빚은 대강 청산될 게구 남는 건 집의 식구들 생활 문제인데……."

하고 고개를 기울이며 어느덧 의논조로 성산도 없는 계산에 골돌*하는 것이었다.

숙히는 숙히대로 충청도 산골까지 따라 들어가서 시어머니 된다는 노파에게 어림없이 들볶일 뻔한 일을 상기하고 있었다.

그까짓 쓰러져가는 시골집들 빚쟁이들에게라도 쓸어 맡겨버리고 이 리로 온다면 내가 넉넉히 둘의 생활은 대일 건데…… 하고 입술까지 나온 말을 참아버리고 흰 가운의 허리를 졸라매며 동호의 앞에 와서 앉았다.

동호는 또 한참 입을 다물고 있었다. 침묵이 견디기 어려울 만치 무 거워진 연후에

"그래 여기다 이러구 자리를 잡구는 영 돌아오지는 않을 판이요?"
했다.

'글쎄, 그럼 어떻게 해요.'

숙히는 속으로만 중얼거리고 그 얼굴을 쳐다보았다.

---

* '골똘'의 오기로 보임.

178

숙히가 충청도를 떠나오던 날, 알었어 그럼 인제 마지막이다, 하면서 냉랭하게 대문 밖도 내다보지 않던 동호의 태도에 쓰라린 눈물을 숱하게 흘렸다는 생각을 하고 있었다. 그런 사람은 이편에서도 잊고 말자는 심사를 가졌었고 또 그것이 생각보다 어렵지도 않았지만, 지금 남자가 이렇게 온통 원망스럽다고 나오는 것을 보니 노상 마음이 따뜻해지지 않는 것은 아니었다.

그러나 그것은 어디까지나 기분이요 시집이란 곳으로 도로 내려가 보려는 마음은 터럭만큼도 없었다. 동호가 대학생이요 한낱 '프렌드'였을 즈음에는 문제는 오로지 '기분'이었던 탓으로 그처럼 만사가 용이했지만…… 하고 숙히의 마음은 여유를 가지고 돌았다.

동호는 이편의 입을 쳐다보며 기다리다 못해 눈을 내려뜨면서,

"그동안 나는 결혼 수속을 하느라구 며칠 왔다 갔다 분주하였지."

"……."

"결국 내가 소용없는 짓을 한 모양이지? 내가 못난 놈이었던 모양이지?"

"……."

"그런데 대체 대답두 못 하겠단 말이요?"

숙히는 저도 모르게 흥 하고 코끝으로 웃고 말았다. 동호를 비웃으려 해서가 아니라 그가 무슨 큰 쟁기처럼 내세우는 '수속'이라는 말이 이 경우 무던히도 못나게 들렸기 때문이었다.

동호는 왈칵한 듯이,

"우스워? 응, 우스울 거다."

하며 어깨를 씨근거리고 다가앉았다.

"한 번 더 물어봅시다."

무슨 일을 일으킬 듯이 눈썹을 곤두세우며,

"못 내려갈 테야?"

숙히는 마냥 부드럽게 대답하였다.

"글쎄 어떻게 내려가우."

"왜 못 내려가."

엷은 가운 위로 숙히의 어깨를 움켜잡는다. 입고리가 비죽비죽 경련하고 있다. 숙히는 잡힌 곳이 아파서 골을 내면서 눈을 흘기고 보았다. 그렇게 마주 노려보면서 부부는 오랫동안 말다툼을 계속하였다.

기진맥진하도록 어쩔 수도 없는 일을 가지고 싸워댄다. 마침내 동호의 눈에서는 눈물이 굴러내려졌다. 그는 털썩하고 손바닥으로 방을 짚으면서,

"이것 봐, 사람이 이도 저도 다 마음대루 안 될 적에는 취할 수 있는 방법이 단 하나밖엔 없다."

흰자위가 유달리 많아진 것 같은 눈을 홉뜨면서 말을 계속하였다.

"우리 같이 죽구 말자구. 이것두 반대할 텐가?"

그 말투는 이상하게 위압적이면서도 무엇인지 어둡고 자학적自虐的인 정욕의 열기 같은 것을 내포하고 있었다. 숙히는 그 열기 같은 것에 사로잡혔다. 그는 속이 상해서 아까부터도 울고 있었다. 죽다니요? 하고 정상적인 반발을 할 기운은 이미 없었다. 무엇인지 덮어놓고 비참하고 불행하다는 생각이 들었다. 별수 없이 죽어야 할 것 같기도 하였다. 함께 죽는다 하더라도 동호가 자기보다 더 불쌍할 것 같기도 하였다.

뚜우…… 뚜우…… 하고 뱃고동 울리는 소리가 났다. 방 안은 어느덧 캄캄해져 있고 주인집 식구들이 저녁 먹는 소리가 들렸다.

'아아 우리는 인제 죽는구나.'

숙히는 어두운 바닷물을 마음속에 그려보았다. 뒤껼 벼랑 위에 서서 캄캄한 바다를 발밑에 내려다보는 일을 상상하였다. 풍경은 이미 어수선

한 이상으로 비장悲壯하였다. 뭐가 뭔지 알 수 없어진 사람 둘이 그 가녁*
에 넋을 잃고 서서 있었다. 그러자 숙히는 이제껏 희미하기만 하던 어떤
문제가 차차 명백해오는 것 같은 느낌을 가졌다. 그는

'아아. 나는 이이를 사랑해 사랑해.'

하고 중얼거리면서 엄습해오는 감미할 감동에 몸을 맡겼다.

× ×

베개로 앞가슴을 고이고 엎드린 채 동호는 팔을 뻗어 럭키 스트라이
크를 잡아당겼다. 불을 붙여 깊숙이 한 모금 빨았다 내뿜으며 만족한 표
정으로 머리맡의 손목시계를 집어 보았다. 그대로 담배를 물고 한가한
낯을 한다.

숙히가 눈을 뜨는 것을 보더니,

"아아니 지금이 몇 신 줄 알어."

하고 제법 농조로 노닥거리기까지 한다.

"지금이 몇 신지 몰라."

"오늘 출근 안 해두 되나?"

"안 해두 되는 건 아니지만……."

숙히도 응석하듯 하늘색 블랭킷을 턱밑까지 끌어올리며 대답하였다.

담배를 낀 동호의 손가락이 숙히의 코끝을 와서 건드렸다.

"아이 몰라요."

숙히는 뛰어 일어나는 길로 베개로 동호의 등을 엎쳐 눌렀다.

웃음소리……

녹작지근한 그들의 머릿속에 죽어야 한다는 엊저녁의 결론은 아무리
찾아보아야 되살아 올 것 같지 않았다. 그것은 간밤의 꿈속에서 눈 녹듯

* 가장자리.

이 사라져버렸는지 몰랐다. 어쩌면 그것은 다만 구실의 역할을 하기에만 필요하였었는지도 알 수 없었다. 죽음을 앞둔 자들에게는 대개의 무리가 허용되는 법이었고 동호의 성미는 어려운 게 많고 끈끈한 것이었으니까…….

조반상이 들어왔다. 점심을 겸했다는 생각에서인지 특별히 반찬이 마련되어 있다. 미역나물, 곤쟁이젓, 갈치국…… 너무도 맛이 없는 솜씨가 오히려 애교일는지 두 사람은 우스워하면서 통조림을 있는 대로 따놓았다.

상을 물리치고는 잡담.

또 잠.

라디오.

어느덧 다시 황혼이 다가오기 시작하고 있었다.

그들은 불가불 일어나 앉아 무엇을 묻는 듯한 얼굴을 마주 보았다.

만약 어저께 작정을 한 것처럼 죽어버리기를 그만둔다면—물론 죽지는 않을 것이 분명하였다—무슨 해결책이 있어야 할 것은 어제 이맘때와 마찬가지였다.

"응 숙히 시골로 갑시다, 거기가 인젠 그리 고생스러울 것은 없어, 우린 방이나 하나 얻어가지고 따루 살자구. 나 혼자 집으루 왔다 갔다 하면서 일을 보다가 적당한 시기를 봐서 이리 도루 나오자구."

동호는 이번에는 애원을 하기 시작하였다.

숙히는 그런 소리가 통 듣기가 싫었다. 동호가 다시 또 무능해 보일 뿐이었다. 무능하면서 끈적끈적 무슨 생각은 그리 깊이 하노라고 저럴까 싶었다.

숙히의 대답이 탐탁지 않으니까 동호는 애꿎은 담배만 태우고 또 태우고 하였다. 한숨을 쉬고는 연기를 내뿜고 연기를 내뿜고는 한숨을 쉬

고 하였다. 루비를 오린 것 같은 커트 글라스의 재떨이 위에 담배꽁초가
묏*더미같이 쌓아 올라갔다. 방 안에는 도저히 견딜 수 없는 울적함이 담
배 연기와 함께 꽉하니 들어찼다.

숙히는 내일 또 근무처를 빠진다면 그 자리를 잃게 되기 쉽다는 생각
을 하였다. 동호는 결국 둘의 생활을 다 범벅을 만들어놓을 참인가 보다
고 숙히는 그냥 머리가 띠잉한 것이었다. 물끄러미 시계바늘을 노려보고
있다가 문득 내킨 듯이,

"저어 우리 거리에라도 나가볼까요?"
하였다.

"영화라두 하나 들여다보구."

"영화?"

동호는 어리둥절하여서 번둥번둥 마주 본다.

"네. 바람 쐬러 나가요."

숙히는 이제 동호가 뭐라고 반대를 하건 간에 나가고 볼 의향이라는
듯이 벌써 콜드크림을 얼굴에 찍어 바르고 있었다.

거리에 나와 가지고도 동호는 그냥 석연치 않은 얼굴을 하고 있었다.
무슨 생각을 하노라고 그러는지 군대답을 연거푸 하기도 하였다. 그러나
레스토랑에서 식사를 하고 다방에 들어가 앉고 하는 사이에 조금씩 기분
이 풀려나가는 듯이 쇼윈도를 들여다보며 품평을 하기도 하는 것이었다.

그리고 그들이 함께 본 영화가 마침 대단히 선정적인 것이었던 탓으
로 그들의 그날 밤은 전날 못지않게 충분히 화려할 수 있은 것이었다.

×   ×

다음 날 새벽 동호는 별 이렇다 할 불평도 늘어놓지 않고 여하튼 일

_____

| * '묘'를 뜻한다.

단 또 내려가야겠다 하며 트렁크를 집어 들고 숙히의 곁을 떠났다.

숙히는 언덕 위에 서서 동호의 뒷모양을 내려다보고 있었다. 뽀얀 아침 안개가 미처 걷히지 않고 있는 강파른 고갯길을 동호는 멀어져 가고 있었다. 부쩍 싸늘해진 듯한 아침 공기에 그는 바바리코트를 꺼내 입고 있었다. 외국제 회색 바바리코트는 그의 몸에 썩 잘 어울린다고 하느니보다도 차라리 어떤 멋진 사람을 하나 새로 만들어놓은 것 같은 느낌이었다. 바바리코트를 입은 동호는 걸음걸이마저 썩 경쾌하게 걷는 것 같아 보였다.

숙히는 그 낯익은 내용을 감싸가지고 아주 다른 것같이 보이게 하고 있는 옷자락을 멍하니 내려다보고 있었다.

무엇 때문에 그가 그렇게도 비참한 형상을 하고 찾아왔다가 또 저렇게 명랑해지며 돌아갈 수 있는 건지 숙히는 모를 일이라 생각하였다. 그러면서 또 전혀 모를 것도 없다는 생각도 하였다.

그리고 또 어떤 것이 정말 자기의 것인지 무엇이 자기에게 가치 있는 것인지 그것은 여전히 명백하지 않지만 여하간 지금부터는 다시 그 단순하고 거침없는 물 같은 생활이 이어져 가는 것이라고, 숙히는 재빨리 세면도구를 챙겨들고 벼랑 위에로 올라가는 것이었다.

—《문학예술》, 1956. 3.

해결책

요즘 세상에 어처구니없이 기막힌 자리를 자기는 지키고 있는 것이라고 덕순이는 노상 생각하는 것이었다.

남편이 첩살이를 시작하면서 집에는 몇 달씩 얼씬을 안 하고 어쩌다 마주치는 날이 있더라도 이쪽이 하는 말에는 귓밥도 들썩 안 하는 그런 관계가 계속되어오는 것이었다. 그러한 덕순이도 남편 관오도, 나이를 따져보면 겨우 서른을 조금 넘었을까 말까 할 따름이니 요즘 세상에? 소리가 줄창 그녀의 뱃속에서 북덕거리는 것도 무리가 아니었다.

그것은 남이 부끄럽다거나 자존심이 꺾였다거나 하는 것과도 조금 다른 말하자면 덕순이 자신이 자신에게 면목 없는 그런 심정인 것이었다. 그 위에 허무맹랑함이 겹치곤 하였다.

그러면서도 덕순이는 지금 어쩔 수도 없다고 깨닫고 있었다.

그녀는 만삭에 가까운 배를 안고 있었다. 아이를 낳아서 기를 동안은 옴짝달싹을 못 하리라고 동물적으로 터득하고 있었다. 임신중절의 조치를 안 한 거나 마찬가지로, 배에서 나오는 살덩어리를 남의 손에 의해서 간편히 기를 수 있으리라는 생각도 그녀는 가져본 적이 없었다. 커다란 배를 부둥켜안고, 말 안 하는 금수처럼 우울한 눈초리를 지으면서 그녀는 그 운명에는 맹종할 자세를 갖추고 있었다.

다섯 살과 세 살 난 두 아이의 존재도 그래서 그녀에겐 절대적인 것이었다.

결국은 돌처럼 웅크리고 있는 밖엔 도리가 없는 것이면서도 그녀의 마음속엔 관오에 대한 증오라고도 애정이라고도 분간키 어려운 맹렬한 불길이 부단히 뿜어져 나오고 있었다. 그 증오라고도 애정이라고도 분간키 어려운 불길을 동력 삼아 그녀는 그런대로 살림을 해나가는 것인지 몰랐다. 요즘 세상에—하고 생각이 미치는 적마다 기운이 빠지는 것이었으나 관오를 향하는 마음의 크기만큼 남달리 억척스럽고 알뜰한 살림꾼이기도 하였다.

그리고 뱃속에 무엇이 꿈틀거리고 살아 있어, 그것은 또 곧 대단한 위험을 무릅쓰고 자기로부터 분리해 가려고 하고 있다는 거의 생물학적인 공포심은 그녀로 하여금 모든 목전의 사실을 제쳐놓고 신중하고 인내깊게 만들고 있는 것이었다.

무거운 몸매를 디룩거리면서 방 한구석에서 저켠 쪽으로 기어가듯 하는 그런 때엘랑은 그러나 돼지처럼 흉측하기만 하다는 생각도 머리에 떠오르지 않는 건 아니었다.

×   ×

첫눈에 벌써 양공주나 그런 종류의 여자가 틀림없다고 짐작이 갔지만 덕순이는 방을 빌려주마고 선선히 대답을 하여버렸다. 거간 영감과 그 색시 편에서 오히려 뜻밖이었다는 듯이 얼굴을 마주 본다.

꽤 말쑥한 집들이 들어앉은 동네인지라 여자도 그래서 이 방향으로 발을 돌렸던 것이 몇 군데서 거절을 당코 나니까 그만 시들해져 있던 판인 것 같았다.

덕순이는 맘속으로 양키나 잘못하면 껌둥이까지라도 이층을 드나들지 모를 일이라고 주저스럽지 않은 것은 아니지만

'그건 또 그때 어떻게 하드라도…….'

하고 덕순이는 그 멋쟁이 색시를 한집에 두어보고 싶어졌던 것이다. 함 속에 갇힌 듯이 손도 발도 내어볼 수 없는 자기의 처지에 비해 이 여자는 어떻게 속 시원한 길을 걷고 있는지 보고 싶었던 건지도 몰랐다. 호기심보다 더 간절한 무엇이 있었다.

여러 소리 묻지도 않고 덕순이는 작정을 했다.

"전 김미라라고 해요."

심부름 하는 계집애하고 단둘뿐이어서 시끄러울 염려는 전연 없다고 여자는 적이 자신 있게 부언하는 것이었다.

"그럼 이것 드리지요. 이사는 모레쯤…… 어쩜 내주일에 오게 될지 모르겠어요."

계약이고 영수증이고 할 것도 없이 여자는 마루 끝에 걸터앉아서, 무슨 신기한 노리개처럼 고운 손끝으로 백을 열고 돈 뭉치를 끄집어내 놓았다.

십오만 환이라고 하는 돈은 이편에서 본다면 상당히 큰 것이 아닐 수 없어, 그걸 받고 사글세를 놓을까 좀 더 달래고 전세를 줄까 하고 며칠씩 궁리를 해왔던 터이었다. 그러나 그 여자의 뻣쩍뻣쩍하는 커단 백 속에서 아무렇지도 않게 내놓이는 것을 보면 하잘것없는 푼돈이나처럼도 착각이 들어서 덕순이는 어느새 무슨 낯선 세계가 곁에 온 것처럼도 느껴지는 것이었다.

여자는 흰 베란다를 쳐다보다 화단 쪽을 살피다 하며 조금 앉아 있다가 만족한 낯빛으로 돌아가 버렸다.

화단에는 덕순이가 그 경황 속에서도 가꾸어준 '칸나' 몇 포기가 핏

빛같이 붉게 타오르고 있었다.

김미라가 정작 이사를 온 것은 그로부터 근 보름이나 지난 뒤의 한밤 중이었다. 스리쿼터에 침상이니 전축이니 몇 개나 되는 알루미늄 트렁크 니를 싣고 왔다. 작업복을 입은 군인 같은 남자가 이층에 날라 들여주는 것이었다.

덕순이는 시간이 너무 늦은 탓이었는지 약간 후회스러운 맘이 들어 서 대문 밖까지 나가보지는 않았다. 그 작업복의 남자가 미국 사람이 아 닌 것만 다행스러웠다.

김미라의 거침없는 말소리며 웃음소리는 덕순이의 마음에 거슬리는 것이었다. 무슨 짓을 하며 사는 여잔지는 모르지만 칸나 꽃처럼 싱싱하 게 살아 있고나 하고, 그 웃음소리를 들으면 가슴이 저려오기도 하였다. 하지만 그것은 바로 덕순이가 예기하고 있던 일이었고 하필 양공주다워 보이는 그 여자에게 방을 빌려준 이유이기도 했다.

다음 날 아침을 해치우고 나서 덕순이는 이층으로 올라가 보았다.

엷은 타월지의 흰 가운을 맨살에다 입고서 김미라는 열댓 살 난 계집 애와 마주 앉아 식사를 하고 있었다. 커피와 토스트 오렌지 따위가 보를 씌운 탁자 위에 놓여 있었다.

"어서 들어오세요. 이리 앉으시죠."

김미라는 반색을 하는 것이었다.

화장을 하지 않은 김미라의 얼굴은 요전 날보다 훨씬 앳되어 보여서 덕순이는 뜻밖이었다. 어쩌면 아주 소녀일 것 같기도 해서 적이 실망 비 슷한 감조차 들었다.

그러나 김미라의 그 세간들이며 하고 있는 모양은 아무래도 예사내 기는 아닐 것 같았다. 덕순이는 김미라가 넣어주는 찻잔을 받으면서

"색신 곱기두 한데 몇 살이나 되셨우? 어디 취직해 다니시우?"

하고 이렇게 구식으로 물어보았다.

여학교도 나왔고 시체 풍습을 모르는 바는 아니지만 미스 김이니 미라 씨니 하는 말은 덕순이의 입에서는 여간해 미끄러져 나오지를 않는 것이었다.

"저요? 스물세 살예요. 부대에 다녔었는데 인젠 그만두었어요."

김미라는 조금도 거침없이 밝은 낯빛으로 대답하였다. 그러고는

"아무데두 다니진 않아요. 그렇다구 놀구먹는 건 아니지만."

하고 생긋 웃어 보이는 것이었다.

이편이 받아넘기기에 따라서는 얼마라도 노골적인 이야기가 나올 듯하였지만 그 까닭에 오히려 덕순이 편에서 시선을 피하듯 하여버렸다.

"세간들두 이쁘기두 해라."

그런 소리를 하며 방 안을 둘러보았다. 김미라는 부지런한 성미인지 실내는 벌써 대충 정돈이 되어 있었다. 간단하고 밉지 않은 도구들을 널찍한 마루방과 다다미에다 적당하게 집어넣은 그것뿐으로 번거로울 아무 일도 없었는지 몰랐다. 지저분한 것에 신경질인 덕순이는 화장품 상자같이 깨끗한 방 모습에 우선 마음이 놓였다.

"아주머닌 애기 가지셨네요. 더우시겠어요."

김미라는 키도 부피도 자기의 곱이나 되어 보이는 덕순이를 바라보고 불우물이 패이는 웃음을 띠웠다. 자그마하고 귀여운 그 여자의 곁에 서니까 덕순이는 거므틱틱한 바윗돌처럼 무던히 못생겨 보이는 것이었다.

×　　　×

김미라는 며칠만큼씩 외박을 하고 돌아왔다.

이쁘게 차려입고 나갔다가는 다음 날 한밤중에 돌아오는 것이었다. 외국 사람이 신고 오는 것이라고 대중은 대였지만 워낙 늦곤 하니까 알 도리가 없었다. 나갈 때엔 혼자서 택시를 탔다.

작업복의 청년이 가끔 찾아왔다.

덕순이의 예기에 반하여서 김미라의 방에를 드나드는 사람은 그 늠름하게 생긴 청년뿐이었으나 그러나 그가 김미라와 특수한 관계에 있다고는 보이지 않는 것이었다.

그가 온 때면 김미라가 좋아하는 건 사실이었지만 방의 문들은 일부러처럼 열려져 있고 덕순이의 아이들까지 부지런히 몰고 올라가 노는 것이었다.

덕순이가 주의를 끌린 것은 김미라가 언제나 싱싱한 낯빛으로 즐거운 듯이 살고 있다는 일이었다.

앞에도 뒤에도 거리낌이 없이 무탈하고 쾌적하기만 한 인생이란 것이 있을 수 있을까?

철이 없어 아무것도 모른다고 하기에는 김미라의 태도에는 확신이 있었다.

어느 저녁 때 덕순이

"어디루 가우?"

하고 넌지시 물으니까

"놀러 가요. 춤추러…….'

어깨가 드러난 흰옷을 입은 김미라는

"가야 되는 일이니깐 가기도 하지만 전 본래부터 그런 게 퍽 재미있어요."

하고 여유 있게 대답하는 것이었다.

"아주머닌 애기 땜에 그렇기두 하시겠지만 매일 심심하지 않으세요?"

남편이 들어오지 않는 가정을 비판하고 있는 거라고 덕순이는 한풀 꺾였지만 그렇게 말하는 김미라의 태도는 건방지지도 않고 그렇다고 기분 상하게 동정적도 아니어서 호의가 느껴지는 것이었다.

김미라를 볼 때마다 덕순이의 머리에는 '양공주'라는 말이 저절로 떠올랐다.

김미라가 확실히 그것인지 아닌지는 단정할 수 없었으나 여하간 김미라는 양공주다웠다. 공주다웁게 어여쁘고 사치하고 그리고 편안해 보였다. 그리고 매춘부다웁게 무언지 정상치 않고 세우차 보였다.

그것은 아이를 낳고 남편을 섬기고 하는 자기의 그것과는 또 하나 판연히 다른 여인의 삶이었다. 그리고 현재 이 지경에 이른 자기의 방식만이 옳았다고는 입이 열이라도 할 수 없었다.

덕순이는 김미라의 생태에 관심이 가는 일변 무엇인지 곰곰이 생각해야 할 일이 머릿속에 그득 차 있는 것같이 느꼈다. 관오를 저만큼 떼어 놓고서 혼자 생각할 일이 있을 것 같았다.

아무리 어쩌려야 어쩔 수도 없다고 동물적으로 믿고 앉았던 일이 어쩌면 잘못이었을지도 몰랐다.

×　　×

비가 올 듯이 몹시 무더운 오후였다.

경애의 두 손목을 움켜잡고서 덕순이는 우두둑 소리가 나도록 힘을 주며 대야에 대고 씻어주고 있었다.

"이게 몇 차례째냐 응?"

옆에는 회초리가 놓여 있었다. 밖에 나가서 손발을 더럽혀 오는 때마다 덕순이는 짜증을 내고 아이들을 때리는 버릇이 있었다. 더러운 것을 참지 못했다.

그녀가 낯수건으로 아이의 손을 북북 문지르고 회초리를 집어 들려 하는 바로 그때에 푸대접을 감수하며 윗목에 앉아 있던 권이라는 사원社員이 입을 벌려서 말을 하였다.

권은 관오가 쥐꼬리만치 내놓은 생활비를 가져오기도 하고 양복이니 속옷이니 하는 것들을 명령대로 가지러 오기도 하여 가끔 이 집에를 드나드는 중늙은이인데 요즈음은 번번이 맨손을 들고 오는 것이었다.

권 노인으로 보면 관오가 내놓지 않는 돈을 어쩔 수도 없어 안부라도 전할 양으로 자진 들르곤 하는 것이었지만 덕순이 편에서는 화만 덤치곤 하니까 자연 험한 얼굴로 대하기 마련이었다.

"사장께선 요즈음 차를 한 대 사셨지요."

권 노인은 그렇게 말하고 나서 쩝쩝 입맛을 다시듯 하였다.

"윌리스 지프찬데 좋습니다요. 이백오십만 환이라나요."

덕순이의 낯빛이 사뭇 달라졌다.

'잘 논다. 이층까지 세를 놓아 먹게 해놓구선…….'

심장 밑에서 무엇이 맞대이듯 하는 것을 참다가

"자가용 넘버가 붙은 찬가요?"

세모꼴 눈이 되면서 권 노인을 떠보았다.

"그렇습지요, 네."

"회사 차가 한 대 있지 않았어요? 그건 누가 타구 다녀요. 처분했나요?"

목소리가 허급스럽게 높아지는 걸 누르지 못했다.

"아닙지요."

권 노인은 턱을 만지면서 덕순이의 얼굴을 건너다보았다. 난처하다는 표정이나 바로 그 얘기를 하려고 허두를 냈다는 얼굴이기도 했다.

"그건 사장께서 타구 다니시죠. 어쩌다 새것두 쓰시긴 하지만. 새 차는 무어 다른 분 명의로 사셨다던가요. 청운동에 차고를 잘 지셨더군요."

덕순이의 가슴이 부르르 떨렸다.

그 첩년, 저보다 열 살이나 손위인 개성 퇴기년에게 지프를 사 준 것이로구나! 덕순이는 허덕이면서 권 노인의 얼굴을 주시하고 있었다. 기실 그녀의 눈은 권 노인의 얼굴을 보고 있는 것이 아니었다. 관오의 핼쑥하고 냉랭한 두 뺨이, 이편이 무슨 말을 하여도 들은 척도 않고 앉은 열 따란 입술이, 그 가무잡잡하고 마른 퇴기의 얼굴과 겹치며 돌아가는 따름이었다.

어떻게 해서 경애가 빠져나가 버렸는지 어떻게 해서 권 노인이 인사를 하고 돌아갔는지 덕순이는 도무지 의식하지 않았다. 분통이 하늘같이 치밀어 있었다.

이층에서는 김미라의 노랫소리가 들려오고 있었다. 김미라는 어제 밤이 늦었으므로 이제야 겨우 잠을 깨난 모양이었다. 늘어지게 자고 나서 기분이 상쾌하여 흥얼거리면서 오렌지라도 까고 있을는지 몰랐다.

김미라 같으면 이런 경우에 어떻게 할까 하고 덕순이의 머리는 일순 사고력을 돌이켰다.

김미라 같으면 이런 원통함을 애당초 당치도 아니하리라. 이 무슨 터무니없는 구렁창에까지 자기는 오고야 말았는가.

김미라와 비교를 해본 일은 덕순이의 내부에 용기를 북돋아주었다. 차의 넘버를 입속으로 뇌이면서 덕순이는 어떤 결의를 한 것이었다.

관오를 만나서 이야기를 하자.

이것이 대체 어떻게 되어가는 일인지 그 편에서 마음 내켜 찾아오기만 기다리고 앉아 있을 것이 아니라 내가 가서 결말을 지어보아야겠다.

덕순이는 퇴근 시간을 대중대어 관오의 회사를 찾아가기로 했다.

비가 주룩주룩 내리고 있었다. 전차를 타고 바깥의 빗줄기를 내다보니 덕순이의 마음에서도 주룩주룩 눈물이 흘렀다. 전번 나들이 때보다 한결 더 무거워진 배가 주체스러웠다.*

| * 처리하기 어려울 만큼 짐스럽고 귀찮은 데가 있다.

193

덕순이는 조심조심 길목을 지키면서 숨어 있었다. 언젠가 이 근방을 지나갔다는 말만 듣고도 찾아와서 포악스레 손찌검을 하고 간 관오의 성미를 덕순이는 무서워하고 있었지만 오늘은 만나야만 한다 싶었다.

와놓고 보니 막상 어떻게 말을 꺼낼지 엄두가 안 섰지만 하여간 이 두 눈으로 그 어처구니없는 현실을 확실히 알아보기라도 하자. 덕순이의 마음은 차츰 갈피를 잃어 이제는 그 자동차를 한번 보기만 하면 좋겠다는 충동적인 열망으로 바뀌어가는 듯하였다.

덕순이는 회사 사람들이 하나씩 둘씩 돌아가는 것을 보았다. 도시락을 든 사동 아이마저 버스를 타려고 줄달음을 쳐 갔다.

비가 오는 날이라 날은 일찍 저물었다. 덕순이는 타고 온 전차가 그처럼 느리게 달린 까닭에 관오의 퇴근을 놓치고 말았다고 서글픔에 와락 눈물이 솟았다. 어쩌면 운수도 이다지 지지리 사납게만 타고 나서 관오고 자동차고 한번 보지도 못하란 말인가.

빗소리가 세차지고 진흙 방울이 마구 튀어 올랐다. 덕순이는 골목 안에 선 채 한 쪽씩 한 쪽씩 버선을 벗었다. 치마를 부쩍 올려 동이고 돌아가려고 한길로 나왔다. 무심히 얼굴을 들고 회사 켠을 보니까 진녹색 윌리스가 마악 한 대 이편으로 다가오고 있는 것이었다.

주홍빛 헤드라이트가 빗발 속에 새물거리고 흰 넘버판이 덕순이의 시선을 빨아 당겼다.

숫자를 읽으려고 덕순이의 두 눈은 화등처럼 크게 떠졌다.

헤엄치듯 한쪽 팔로 휘젓고 나가면서 숫자판에서 창문 쪽으로 창문에서 또다시 숫자판으로 미친 것같이 두리번거렸다.

차는 무심히 지나치고 말았다. 그 속에 탄 사람이 관오인 것 같아서, 그리고 그 차의 넘버가 바로 권 노인이 말한 그것 같아서 덕순이는 허둥지둥 바퀴자리를 밟고 달렸다.

×　　×

　그로부터 서너 시간 뒤 덕순이는 청운동 퇴기의 집 골목 앞에 길을 가로막듯 하며 서 있었다. 방심한 듯한 그녀의 머릿속엔 단 한 가지 일만이 빙빙 돌고 있었다. 그 차를 한번 보아야겠다! 누가 타고 오는지 보아야겠다!

　통금 시간이 가까웠는지 술꾼들이 지나갔다. 이윽고 이슬비 사이를 다가온 지프차는 몇 번 경적을 울리고 난 끝에 덕순이의 앞에 정거하였다.

　벌어질 대로 벌어진 덕순이의 동공에 맨 먼저 비친 것은 운전대 옆에 탄 하얀 노파였다.

　노파는 차에서 내려 덕순이 앞에 섰으나 싸늘하게 입을 다문 채 훑어볼 뿐이었다.

　뒤이어 꾀꼬리색으로 아래위를 휘감은 여자의 모양이 차 속에 엿보였고 그와 가지런히 앉은 것이 관오라고 알아차린 바로 그 순간 관오는 마치 무엇이 폭발을 하듯 차 밖으로 튀어 나오더니 쇠뭉치 같은 양주먹이 덕순이의 두 볼을 후려갈긴 것이었다.

　무엇을 이야기할 겨를도 없었다.

　흑, 흑, 비명을 지르면서 덕순이는 갈팡질팡 몸을 피해야 했다. 관오의 주먹은 집에서 그럴 때보다 더 사정없었고 급기야 머리채를 휘어잡아 땅에 엎어뜨리고는 발길질을 시작하는 것이었다.

　미움도 설움도 이미 존재하지 않았다. 뱃속의 것과 둘의 몫의 생명이 본능적으로 위험을 피하려고 버둥거리는 따름이었다.

　"여보! 아 여보시오!"

　길 가던 사람이 발을 멈추었다. 보다 못한 듯이 뜯어말렸으나 신이라도 오른 듯한 관오의 기운에 혀를 차고 그냥 지나가버렸다. 간단없이 불똥이 튀어나오는 덕순이의 눈길 속에 꾀꼬리색 옷자락이 감겨들곤 하였다.

마침내 새하이얀 노파가 입을 떼어서 미친 듯이 날뛰던 관오는 진정했다. 노파는 적이 점잔을 빼며 이렇게 말을 건넨 것이었다.

"아, 자네가 내 앞에서 이거 무슨 버릇인가. 썩 거두지 못하겠나?"

노파는 두 번째에는 제법 꽥하니 고함을 질렀다. 관오는 그제서야 손을 떼었다.

터져서 조각이 난 것처럼 따로따로 아프고 흔들리고 하는 머리통을 감싸 안고 덕순이는 거진 인사불성이 되어서 자기 집 골목 앞까지 돌아왔다.

타고 온 것은 그 첩의 물건인 윌리스 지프차였다.

데려다 준 사람은 그 첩의 어미인 하얀 늙은이였다.

늙은이는 차 속에서 짐짓 분별이 있는 듯이 이런 소리를 해들리는 것이었다.

"이거 보시우. 글쎄 뭣 하러 겔 왔다가 이 봉변이란 말이우. 내 딸이지만 난 잘났다구 하는 건 아니우. 아니지만서두 말야 그 애한테 반한 남정네들은 글쎄 매양 저 지경이니 낸들 어쩌겠우. 큰댁네들 쪽에서 양헬해야지."

"……."

"그리구요, 내 딸이 나이 마흔이구료. 앞날을 생각해서라두 오 사장하군 일찌감치 갈라서라구 매양 하느니, 그 소리라우."

"……."

"길지 않을 거유 길지 않을 거야, 그리 알구 다실랑은 이러구 찾아다니지 말란 말이오. 보아하니 홀몸도 아니구 한데 이게 글쎄 될 말이우."

그리고 또다시 자기도 자기 딸도 관오가 탐탁지 않다고 하는 것이었다.

골목 안에 내려놓이자 덕순이는 그 자리에 엎어지며 신음 소리를 내었다. 기어서라도 앞으로 가려고 애를 썼으나 무릎이 말을 듣질 않았다.

경애야 경애야 하고 목청을 쥐어짜며 앞으로 나간다는 것이 노박* 그 자리에 앉아 있기만 했다.

이층에 불이 켜이더니 잠옷 바람의 김미라가 종종걸음으로 달려 나와주었다.

× ×

덕순이가 울며 김미라에게 하소연을 하고 있던 다음 날 저녁때 덕순이가 은근히 예기하고 있던 일이 벌어졌다. 어제 그것으로 앙화가 풀리지 않은 관오가 새빨갛게 독기 오른 눈을 하고 몇 달 만에 집에를 온 것이었다.

"이년아, 이 집을 준다는데 팔아먹든지 시집을 가든지 맘대루 하라는데 왜 쫓아다니며 성화냐 성화가."

덕순이는 하고 싶은 말이 있었다. 경애는 어쩌구 영애는 어쩌구 또 뱃속의 든 것은 어쩌구서 그런 소리만 하면 되느냐.

그리고 또 그 밖에도 덕순이는 하고픈 말이 숱하게 있었다.

다만 그 말들이 입 밖에 낼 수 있도록 정리가 되어 있질 않은 것이었다. 그래서 그녀는 겨우 이렇게 한마디 하였다.

"오냐 그래 그년 모녀한테 그따위 대접이나 받구 다니면서 오냐 그래……."

"왜 이년아. 무슨 참견이냐."

찰각찰각 따귀를 붙인다. 크지도 못한 관오의 전신에서 얼음같이 찬바람이 쌩 돌았다.

그러나 오늘 밤의 싸움은 예외적으로 빨리 끝장을 보았다. 덕순이가

| * '늘', '항상'의 강원도 방언.

아픔을 못 이겨 악을 쓰고 영애가 울음보를 터뜨리자 김미라가 방문을 열고 들어왔던 것이다.

김미라는 서너 마디 말로 중재를 하였으나 관오가 더욱 기승해 날뛰니까 자기도 손을 들어 관오의 뺨을 짤깍 때린 것이다.

그러고는 턱을 내려꽂고 관오를 보았다.

기겁을 하게 놀란 것은 덕순이였다. 그 표독한 관오가 김미라를 악살*을 내리라고 등골이 오싹하였던 것이다.

그러나 뜻밖에도 관오는 그렇게 하지 않았다. 놀란 듯이 김미라를 볼 뿐이었다.

"제삼자가 개입할 일은 아니지만 임신 중인 부인을 이게 무슨 야만스러운 일이에요. 생명이 위태롭지 않겠어요."

김미라는 경멸에 찬 눈으로

"세 든 사람밖엔 안 되지만 이런 건 보고 못 참아요. 애기 가진 이를 어떻게 다루어야 한다는 것쯤 모르세요."

골을 낸 얼굴이 한층 고왔다.

"그만 흥분해서…… 그러나 말로 해서 알아듣는 인종이 못 됩니다."

관오는 어깨로 숨을 쉬며 다시 증오에 찬 눈을 하였다. 덕순이를 보는 눈이었다.

"신사가 아닙니다."

김미라는 경애와 영애를 데리고 이층으로 올라가버렸다.

젊고 아름다운 여인에게 핀잔을 받은 관오는 더 큰소리도 내지 못하고 현관으로 나가버렸다.

다음 날 김미라는 덕순이에게 합리적인 해결책을 강구하라고 제안하

| *박살.

였다.

이러고 있는 것은 손해일 따름이다. 현재로 보아서는 애기들 아버지는 그 나이 많고 못생겼다는 퇴기에게 더욱 마음이 있는 모양이니 아웅다웅 싸우며 이럴 것이 아니라 생활비나 듬뿍 내도록 법적 수단을 쓰는 것이 어떨까.

덕순이는 그것은 반드시 그렇게 해야 한다고 크게 고개를 끄덕거렸다.

그녀도 자기의 신세에 절망적인 단안을 내리고 있던 차였다. 요즘 세상에 도저히 이럴 수는 없는 것이 사실일 것이었다.

그 대신에 그렇게 되면 아주 남남끼리가 되는 것이니까 일체 그 사람 행동에 무관심해야 한다고 김미라는 말하였다. 그것은 별로 어렵지 않을 것이다. 세상에는 맨 사람이고, 있었던 일은 잊어버리면 그만이니까……

덕순이는 그 말을 듣고 한참 동안 잠자코 있더니 입을 벌리고 딴소리를 하였다.

"하기야 그까짓 돈 문제야 땅을 파먹군들 못 살라구. 다만 그 소행머리가 괘씸해 그러지……, 그저 그 연놈을 한 칼에 푹푹 찔러 죽이구 말았으면……."

그녀는 어제 그 여자 앞에서 동댕이쳐지던 원통함을 또 한 번 늘어놓고 그 연놈 죽이고 나죽으면 그만이라고 과격론을 내세웠다.

김미라는 그렇다면은 염산鹽酸을 쓰는 것이 제일이라고 하였다.

한 병 사 들고 가서 지켜 섰다가 그 여자 얼굴에다 내던지기만 하면 두 눈 뜨고 못 볼 추물이 될 것이니 여하간 남자는 물러설 것이라 하였다. 자기의 동무가 그렇게 하여서 잠시 감옥살이를 하고 나왔다고도 들려주었다. 농담 같지도 않게 말을 하는 데에 덕순이는 질려서 놀란 듯이 한참 또 잠자코 있었다.

199

이윽고 그녀는 지금까지와는 조금 다른 어조로 이렇게 김미라에게 묻고 있었다.

"근데 댁은 어떻게 그리 팔자두 좋으슈. 아니 시집을 잘 가서 잘 살구 있다는 그런 뜻이 아니라 어쩌면 그렇게 근심걱정이 없으시우. 그런 장사 하자면 좋은 일만 있지두 않을 텐데."

상대를 양공주라고 정해놓고 하는 말이었지만 실례가 되려니 생각도 못 하였다.

김미라도 무안해하지도 않고

"글쎄요. 무리를 하지 않는 탓이겠지요. 행복할려구 애쓰지 않구 삐뚤어진 걸 곧게 하려구 들지두 않구……."
하였다.

덕순이는 그 뜻을 알아듣지 못했다.

멍하니 입가를 쳐다보기만 한다.

"저어…… 나한테 가끔 놀러 오는 군인 있잖아요? 작업복을 입은……. 그 사람은 내가 약혼을 했던 사람이에요. 전쟁에 나간 뒤에 소식을 몰라서 죽은 줄로만 알았지요. 그런데 나는 굶어 죽기두 싫구 거지두 되기 싫으니깐 미국 병정하구 살기 시작했어요. 지금두 살구 있지만 그 먼저 앤 좀 더 어렸었지요. 약혼한 사람은 죽어버렸으니까 다른 한국 남자한테 시집갈 맘두 없더란 말이에요. 그랬는데 떡하니 그 사람이 살아서 찾아오질 않았겠어요. 어땠겠어요."

"에구 저런."

"그래두 나는 울거나 죽어버리지 않구 그냥 동무를 만들어버렸어요. 무리를 하지 않구……."

덕순이는 눈을 검벅검벅하였다. 결국 그에게는 이해 밖의 일이었던 것이다.

덕순이가 호미를 들고 꽃밭께로 나오는 것을 보고 마당에서 체조를 하고 있던 김미라는 말을 걸었다.

"인제 머리가 정리되셨어요?"

덕순이는 끄덕끄덕하여 보였다. 김미라는 양손에 들고 휘두르던 방 망이를 땅에 내려놓고 그녀의 곁으로 가까이 왔다.

'어떻게?'

하고 김미라의 시선은 묻고 있었다.

덕순이는 이마를 내려뜨리면서

"저어 이 애를 낳기까지 하여간 기다려봐야겠어. 만약 사내앨 것 같 으면―우리 그인 사내애가 없어서 한이었으니까 혹 맘을 돌릴지두 알 수 없구…… 어쨌든 낳아보아야겠어."

어려운 듯이 그러나 확고하게 하는 말이었다.

김미라는 잠자코 서 있었다.

이상한 해결책도 다 있다고 어리둥절하고 있는 것이다.

이것은 김미라의 이해 밖의 일이었다.

―《여성계》, 1956. 8. 2.

찬란한 은행나무

녹슬고 좁다란 청동 문을 밀치고, 정원 안에 한 발을 들여놓자마자, 나는 저 영감님이 내 말을 잘못 들었거니 하는 생각을 하였다.

울긋불긋 단풍 진 남산을 배경으로 깊숙한 Λ형의 진초록빛 지붕과 새하얀 벽을 가진 그 양옥은 저녁 햇살을 눈부시게 반사하며 아주 호화스러운 기풍으로 정원 안 깊숙이 있는 것이었다.

마당 안에는 장미니 코스모스가 만발한 채로 쓰러져 있고 낙엽이 발목까지 푹푹 쌓이는 땅에는 마음 놓고 우거진 잡초 사이사이 난초니 국화니 모란 따위가 함부로 짓밟혀서 오죽 고가高價하였으랴 싶은 폐원廢園의 아름다움을 지니고 있는 것이었다.

가까이 가면서 바라보니까 이층으로 되어 있는 처마 밑 높이까지 고운 다갈색으로 변한 넝쿨이 보기 좋게 기어올라서, 문이니 창틀을 이룬 상질上質의 고동색 목재와 제물에 어울려 있었고, 남쪽으로는 널따란 프렌치 스타일의 한장박이 유리문이 있는 것하며 집 지음새 전체가 아무래도 지나치게 사치한 것이었다.

내가 예산하고 복덕방 노인에게 말한 가격으로는 도저히 살 수 있는 물건 같지가 않았다. 영감님이 필시 귀가 좀 어두우려니…….

테라스 옆에 홀쭉하게 다듬어진 키 큰 은행나무 한 그루가 꼿꼿이 하늘을 향하여 서 있는 모양은 그중에서도 매우 매혹적이었다. 은행나무는 찬란한 황금색 잎을 달고 그 잎을 하나하나 떨며 하늘거리게 하고 있는 것이었다.

"이 집을 얼마에 내놓았다구요?"

나는 아쉬운 마음이 들어 그렇게 앞을 가는 노인에게 물었다. 복덕방 영감은 걸음을 멈추더니 구부러진 등을 힘들여 돌리면서,

"아 우선 보기나 합쇼. 참 좋습니다. 이런 집 쉽지 않습죠."

하였다. 하는 수 없이 그냥 따라 걸어갔다.

마당을 반 돌아 내가 들어온 청동문과는 반대편에 있는 현관 앞에 서자 영감님은 조끼 주머니를 뒤져 열쇠를 꺼내더니 오래 걸려서 덜걱거리면서 문을 열었다. 이처럼 깡그리 비어 있는 집을 복덕방이 관리를 하고 있는 것도 흔치 않은 일이었다.

현관 바로 안은 너덧 칸이나 되어 보이는 홀이었다.

프렌치 스타일의 유리문 너머로 경사지며 내려간 정원의 일부와 널따란 하늘이 현관에 선 채 마주 보였다.

바른편 옆으로 이층에 올라가는 계단이 있는데 거기에 핏빛처럼 붉은 양탄자가 깔려 있는 것은 그것이 죽은 듯이 고요한 빈집 속의 일이라 깜짝 놀라도록 눈을 자극했으나 그 밖에는 아무 도구도 남겨져 있지 않고, 역시 빈집다운 먼지 냄새와 휑한 공기가 지배하고 있을 따름이었다.

어째서랄 것도 없이 발소리를 죽이면서 쭉하니 둘러보았다.

계단 뒤쪽으로 서재로라도 꾸몄던 듯한 방이 하나, 왼쪽으로 방이 두엇과 부엌, 욕장 등이 있는데 모두가 기품 좋고 쓸모 있게 설계되어 있는 것이었다.

"빈 지는 얼마나 오래되는가요?"

복덕방 영감님은 노인답게 핏발이 선 눈으로 퍼뜩 나를 보더니 뭐라는지 말끝이 흐린 대답을 하였다.

기왕 보는 김이라 하고, 물 사정이 어떤가 하였더니 "아 그런 염렬랑은 하지두 맙쇼" 하며 노인은 펄펄 뛰듯, 복덕방 특유의 집 자랑을 늘어놓는 것이었다.

"이렇게 살기 좋게 꾸며논 집이 어디 또 있습니까. 이 집이 삼천만 환이라니, 어이 암말 말구 사시구 봅쇼."

기를 올리면서 고함을 친다.

삼천만 환이라면 내 예산과도 과히 어긋나지 않는 가격이었다. 이 집이 그렇게 쌀 수 있을까. 바로 믿어지지가 않았다. 그 점을 한 번 더 따져보고 나서 그러면 뭔가 아주 복잡한, 나중에는 집도 무엇도 귀찮아지리만치 골치 아픈 수속이니 문제 같은 것이 있는 게 아닌가 생각하였다. 영감님은 그렇지도 않다는 것이었다.

나는 그래도 미심쩍었으나 어쨌든 이층을 보여달라 하였다.

"사실 의향이 있어 그러십니까? 아니면 괜하니 배깥 양반이 보셔야 하느니 뭐니 허시구 말걸 그럽니까?"

복덕방 노인은 별안간 성미를 부리면서 두덜대기를 시작하였다. 나는 잠자코 그 얼굴을 바라보았다.

그러니까 노인은

"이리 오십쇼. 보나마나 훌륭합죠."

그렇게 제물에* 앞장을 서면서,

"보시구 맘에 계시걸랑 이 길루 계약을 치르두룩 하십쇼. 낼 모레 하

| * 저 혼자 스스로의 바람에.

시다간 떼우구 맙니다."

　무엇이 마음에 마땅찮은 것인지 붉은 양탄자를 밟고 조심조심 올라가면서도 연방 중얼대는 것이었다.

　한쪽 팔은 앞으로 뻗고 엉거주춤 허리를 구부린 노인의 자세는 그 즈음부터 어째 어색해지기 시작하였다. 그는 몇 번이나 뒤를 돌아다보면서,

　"발부릴 조심합쇼."

라느니

　"예 걸키실라."

하며 충고를 해주는 것이었으나 기실 그럴 만한 장애물이라고는 별로 없는 것이었다. 이층에는 방이 단 두 개밖에 없었다.

　동쪽과 서쪽으로 잇달아 걸음하게 두 방이 있는데 여기만은 다다미가 깔렸고 칸막이 미닫이는 문턱만 남기고는 떼 치워져서 툭 트인 채로였다. 구석진 쪽 다다미 한 장은 이가 빠진 것처럼 비어 있는데, 다다미가 비교적 새것인 데 비하여 전체가 어째선지 허수룩하고 거무죽죽하게 느껴지는 것이었다. 한편 벽에는 가운데 금이 가고 전면에 얼룩이 있는 거울이 하나 걸려 있었다. 테두리에 아무 장식도 없는, 원체는 아마 고급품이었던 듯한 이 물건이 그러나 방의 인상을 더 상케 하고 있는 것도 사실이었다.

　아무려나 이 두 방은 집의 다른 부분에 비하여 조금도 아름다워 보이지가 않았다. 만약에 창 가까이 찬란하게 빛나는 은행나무 꼭대기가 잡힐 듯이 가깝게 보이지 않고, 또 그 너머로 진홍빛 석양이 물 쏟아지듯 흘러들어와 온 방에 퍼져 있지 않았던들 이곳의 살풍경함은 하릴없는 헌간*의 그것이라는 생각이 들었다.

| * '헌 방'이라는 뜻으로 보인다.

하기는 그 불이 난 것 같은 불그레한 빛깔이 빈방에 하나 가득 들어
찬 느낌도 꽤 기이한 것이기는 하였지만, 그 위에 이 이층만은 사변 때에
파손되기라도 하였던지, 비교적 새로운 수리의 자국이 군데군데 눈에 뜨
이는 것이었다.

복덕방 노인은 "좋습죠. 좋습죠" 하고 입안으로 뇌이기를 그만두지
않으면서도 재촉하듯 복도에 선 채로 있었다.

이층이 적이 실망을 주었으므로 나는 앞뒤가 뭔지 동떨어진 듯한 뒤
숭숭한 기분을 정리하지 못한 채로 창문으로 정원을 내다보고 있었다.

석양은 그러는 사이 붉은빛을 거두고 어슴푸레한 어둠이 주위를 휘
덮기 시작하였다. 아름다운 은행나무도 이제는 빛나지 않고 거무죽죽한
유지* 빛으로 변하여갔다.

이때 나는 이가 빠진 것처럼 비어 있는 그 바로 옆의 다다미 위에, 가
랑잎이 떨어진 듯한 갈색 얼룩이 두엇 남겨져 있는 것에 주의가 이끌렸
다. 다다미가 새것인 데 대조되어서 그 갈색 얼룩은 이상하게 케케묵은
오랜 자죽처럼, 짙고 깊게 배어 있는 것이었다. 자세히 보니 다다미가 들
려 있는 널판자 위에도, 이편은 거의 전면에 걸쳐서 같은 빛깔이 흘러 있
었다.

어쩐지 심상치 않은 자국인 것 같은 느낌이 든 순간에, 나는 낭하에
선 복덕방 영감님의 세상에도 기묘한 주름살의 표정을 이해하였다. 겁에
질린 얼굴이란 언제 보나 이상한 것이지만 그것이 나이 많은 노인인 경
우에는 참으로 특이하다.

"할아버지, 이게 무슨 자국이에요."

나도 결코 좋은 기분이 든 것은 아니지만 웃으면서 그 위를 가리켜

| * 버터나 마가린, 오일 같은 노란색의 소스 원료를 말하는 듯 보인다.

206

보였다.

그랬더니 노인은 그만 와락 얼굴색이 변하면서,

"내, 내려오시우."

하며, 뒤도 안 돌아보고 내닫기 시작했다.

두껍고 새빨간 양탄자가 아무리 급히 밟고 지나가더라도 조그마한 소리로 반응도 내지 않는 것은 이런 경우 정녕 언짢은 일이었다.

잠깐 사이이기는 하나 나까지가 무엇인지 모를 것에 덜미를 눌린 듯이 흠뻑 진땀을 빼고 만 것은, 노인네가 직업의식을 내던질 만큼 진정으로 공포에 사로잡혀 있었기 때문이고, 또 뒤쫓아 오며 덮어씌우듯 급작스레 어둠이 짙어드는 마침 그런 시각에 처해 있는 탓이었다고, 그렇게 변명을 하여 둘까.

밖에 나오자 우습기도 하였지만 사실 큰숨이 후유하고 내쉬어졌다. 그래 꺼림칙한 눈으로 집을 훑어보면서도 입은 장하게,

"말씀해보세요, 이 집의 내력을……. 아무래도 알 것 아니에요? 그리구 난 미신 같은 거 지키지 않아요."

하고, 딱하니 노인을 마주 보았다.

결국 흉가라는 것이었다.

몇 번이나 사람이 죽었다.

그것도 자연사가 아니고 번번이 변사變死라는 것이었다.

사변 전부터 아니 일제 때부터 그런 소문이 있었다지만 그렇게 오랜 일이야 어찌 알겠는가. 다만 동란 전에는 한 명 살인을 당하였다. 강도가 들어 대학생 아들이 죽은 것이니 그저 재액이었다고도 하겠지만 사변 후에 집을 수리하고 든 새 주인이 또 죽어버렸다. 약을 먹고 자살한 것인데 그때에는 괴상한 소문이 많았다.

그러고는 요전번 주인인데 주인이 죽은 것이 아니라 주인이 누굴 죽

여야 할 입장에 서게 된 것이다. 곱살하게 생긴 작은 마누라(라고들 하였다)를 데리고 이사 온 지 얼마 되지도 않은 연에 그런 일이 생겼기 때문에 자상한 내용은 알 수 없으나 원인은 그 첩이라는 소문이었고, 이 집은 그래 그 곱살하게 생긴 여인이 헐값으로라도 팔아달라고 내놓은 것이라 하는 것이었다.

대략 이상과 같은 이야기를 복덕방 영감님은 지혜껏 견제를 가해가며 버스 길로 내려오는 도중에 피력한 것인데, 그것도 내가 집 흥정은 흥정이고 오늘 이리저리 안내해준 사례는 충분히 내마고 말하였기 때문이었다. 영감은 끝으로,

"아, 말이야 바루 시체 양반들이 어디 그런 것 무서한답디까. 우리 같은 옛날 늙은이두 미신 안 가리는데."

하고, 시위를 하였다.

가리고 안 가리고는 고사하고 그 번번이 횡사가 일어난다는 장소야말로 그 집 중에서도 바로 그 이층 한 모퉁이로 정해 있다는 말은 내게는 적이 인상적이었다.

법조계의 신진인 N씨가 오래간만에 집에 놀러 온 것은 바다 속같이 짙푸른 가을 하늘이 점점 더 드높이 맑아가기만 하는 어느 날 오후였다.

N씨는 나이 젊은 탓도 있어 토론을 좋아하고, 시작을 하면 끝없이 열중하는 버릇이 있었으나, 치밀한 머리와 연구적인 마음을 가지고 있었기에 언제나 환영을 받는 친지의 한 사람이었다.

이야기 끝에 그 집 말이 나오니까 그는,

"아아 그 산뜻한 파랑 지붕집 말이지요? 남산 중턱에 있는……."

하고, 뜻밖에도 잘 알고 있다는 얼굴을 지었다.

그래서 N씨는 그날 아무하고도 토론을 못 하고 만 대신에 그 집에 관

한—이라기보다 그 집의 마지막 주인이었던 살인범에 관한 이야기를 들려준 것이었다.

　오십 대의 범행이 살인에까지 이르는 일은 극히 드뭅니다만 하면서 N씨는 그의 담당 변호사로서의 좀 색다른 경험담을 피력하였다…….

　이준구 씨는 부대하고 당당한, 얼핏 보아 위장부*다운 풍모를 가진 신사인데 다만 이마나 미간 언저리에 약간 신경질적인 움직임이 엿보였다. 특히 두 눈을 쉴 새 없이 깜박이는 버릇이 있어 퍽 침착치 못한 인상을 주었는데 이것은 사건이 일어나기 얼마 전에, 어떤 약간 우스운 장면과 함께 N씨의 머리에 기억되어 있어, N씨는 변호인 면회실에서 그를 만나자 대번에 이 사람이었구나 하고 알아볼 수가 있었다.

　그것은 어떤 날 낮이었는데 을지로의 그릴에서 식사를 하고 나온 N씨는 바로 앞을 걸어가는 점잖은 신사가(건너편 테이블에서 식사를 하던 때에 몹시도 눈을 섬벅거려서 기이하게 보았던 그 신사가) 차도를 횡단하려고 좌우를 살피면서 멈춰선 옆에 가 서게 되었다. N씨도 저편으로 건너려고 생각한 것이다.

　그런데 어지럽게 눈앞을 교차하는 자동차의 분류가 잠깐 끊어지자 N씨는 물론 길을 건넜는데 그렇게 서두르며 조바심을 하는 듯해 보이던 뚱뚱한 신사는 그대로 우뚝 선 채 움직이지도 않는 것이었다.

　그러는 사이에 또 차들이 닥쳐와서 길이 막히고 한참 지난 연에 다시 그런 간격이 생겼는데 그는 이번에는 다른 통행인들과 함께 발을 내디딜 듯이 망설이더니 또 그만 주춤하고 서버린 것이다. 그리고 뭐라고도 할 수 없는 비참한 표정이 되면서 어쩔 줄을 모르듯이 길 양편을 살피는 것

---

　* '위장부偉丈夫'. 인품이나 외모가 몹시 뛰어난 남자를 가리키는 말.

이무었다. 사과를 베어먹으며 노점을 지키던 길 건너의 소년이 벙글거리며 웃기 시작하였다.

그러다가 겨우 희귀한 순간이—길의 이쪽에도 저쪽에도 차의 그림자가 전혀 보이지 않는 귀중한 순간이, 그 신사에게 허락되었다. 그는 두 주먹을 불끈 쥐고 코트 자락을 휘날리면서, 있는 힘을 다하여 찻길을 뛰어넘은 것이었다. 소년이 킬킬거리며 웃고 있었다. 그 신사는 빈틈없이 훌륭한 옷차림을 하고 있었기 때문에 버스 정류장에서 바라다보고 섰던 N씨에게 연민과 고소를 느끼게 하였다. 정말로 대단한 겁보였던 것이다.

하지만 다른 모든 면에 있어서 그가 결코 단순한 겁보가 아니었다는 증거로는 그의 실업계에 있어서의 성공을 말해야 할 것이다. 운수가 그를 도왔을 것도 물론이지만 그는 매우 용감한, 저돌이라고까지 보이는 모험도 때로는 감행하여 이류급은 되는 실업가 축에 끼어들게끔 된 것이었다.

게다가 꽤 명석한 두뇌를 가지고 있다는 말도 첨부해야만 할 것이다. 그는 학교에라고는 문전에도 가본 일이 없는 터이고, 사변 당시의 어떤 비상한 체험으로 하여 심기일전하기 전까지는 그저 온화한 잡화 소매상으로 지내온 경험밖에는 없었으니까.

차량을 특히 무서워하는 것은 그가 전란 통에 잃은 그의 가족—마누라와 네 명의 아들—이 모두 다 차량에 의한 죽음을 당하였기 때문이고, 그는 그 다섯 죽음을 두 눈으로 똑똑히 보아야만 했던 까닭에 본능처럼 그것을 싫어하게 되었을 뿐이었다. 그리고 보면 끊임없이 깜빡거리는 그 눈의 인상도 침착하지 않다는 그저 그런 것이 아니고 오히려 무엇인가를 너무 골똘히 생각하는 탓인 것같이도 보였다.

아들들과 마누라가 일시에 그의 주변에서 사라져버리자 그것들의 일이외의 아무런 생각도 가져본 일이 없는 잡화상 주인은 이제는 무엇을 해야 할지 알 수 없어졌다. 아무것도 알 수 없는 그대로 그는 포탄에 등을 떠밀리어 피난행을 계속하여 간 것이었다.

그런데 그것은 마침 퇴각하는 괴뢰군이 북상해 오는 길을 거슬러 내려가는 도정이었던 탓으로 그는 붙잡히어 (물론 이유도 없이) 죽음을 선고받았다. 선고를—아무도 그것을 일러준 사람은 없었으나 듣지 않아도 아는 일이었다. 백정에게 붙들린 개가 그것을 알듯이.

비슷한 경위로 잡혀 온 이십여 명이 한 줄의 노끈에 발목을 묶이어서 주렁주렁 강변에 끌려 나갔다. 그리고 일렬로 늘어서서 따발총의 난사를 받은 것이다. 저녁노을이 핏빛같이 붉은 하늘 밑에서였다. 끌리어서 걸으려고 애를 쓸 때에, 그 붉은 노을이 연기처럼 발목에도 감기는 듯하였다.

이십여 개의 시체는 웅덩이 속으로 굴러떨어졌다. 흙이 덮이고 돌과 모래 가마니가 잔뜩 걸리어졌다.

이준구 씨는 숨이 붙어 있었다.

그는 살아서 세상에 돌아나왔다. 육체의 고통의 그 극한이 무엇인지를 알고 돌아나왔다. 귀신이 무덤을 헤치고 나온 것이다.

그는 네 굽으로 기어서 인간 사회로 돌아왔다.

그리고 그는, 그 가족과 인간을 사랑한 온후한 잡화상 주인과는 어딘지 다른 인간이었다.

남산 중턱에 있는 집을 보러 갔을 적에 그 집을 꼭 사자고 이준구 씨를 졸라댄 것은 백희였다.

백희는 아직 이십 대의 가느스름한 흰 목과 작은 입모습이 청초해 보이는, 그러나 평판은 지독히 나쁜 전쟁미망인이었다.

이준구 씨에게는 여자가 필요했다.

그리고 그의 새로이 인식된 취미로는 이렇게 가련한 듯하면서도 요염한 계집이 맞았던 것이다.

"너무 큰걸. 무어 그리 큰 집이 필요하다구."

이준구 씨는 그렇게 말하였다.

그는 쭉 호텔에 방을 정하고 지내왔지만 별로 불편을 느끼지 않았다. 호텔에서 자고 나면 목적도 없이 돈 버는 일에 열중하였는데 누구이건 별 목적이 있어 사는 것이 아니라고 그는 생각하는 것이었다.

죽은 아들이거나 마누라의 생각을 이씨는 결코 하지 않았다. 아무의 생각도 하지 않았다. 그저 가장 그를 괴롭히는 횡단보도에서의 곤란을 극복해가면서 이리저리 뛰어다니는 일에 만족하고 있었다. 위안으로써 백희 또는 백희 같은 여인을 필요로 하였다.

집이 너무 크다는 말에 백희는 발딱 화를 냈다. 며칠을 두고 이씨를 골리고 싫어하게 굴었다. 온 서울 바닥의 집을 다 준대도 싫고 꼭 그 집을 사야만 한다고 트집을 부렸다.

이씨는 백희가 귀찮게만 구니까 흥미가 적어졌다. 그리고 백희가 그 집이 기막히게 싸다느니 아담하다느니 샀다가 팔아도 남는다느니 하고 보통 남의 집 아내가 말하는 듯한 투로 늘어놓는 것을 들으면 어쩐지 어색하고 편펴롭지가 않은 것이었다. 마침내 이씨는 짜증을 내어서 미간의 근육을 꿈틀꿈틀 움직이면서

"낼 서삼공업에서 받는 수표를 널 주마. 뭣에 쓰든 맘대루지만 집은 사 뭘 해, 호텔이 좋아 호텔이……."

하여버렸다.

백희는 그 수표에다 좀 더 보태어 자기 명의로 그 집을 산 것이다. 지난여름의 일이었다. 가격은 과연 엄청나게 싼 것이 틀림없었다.

덕택에 이준구 씨는 매일 도심에서 자동차로 돌아오지 않으면 안 되게 되었다. 그는 서울역 앞을 지나 동자동 국방부 앞 이렇게 번잡한 거리를 아슬아슬하게 달리는 동안 내내 두 눈을 꾹 감고 시트에 기대앉아 속으로 백희를 미워하면서 오는 것이었다.

심야가 다 되는 때도 있었고 해가 아직 높아 불쑥 들어오는 수도 있었다. 차가 문 앞까지 대이지를 않았기 때문에 이씨는 혈압을 걱정하며 한 걸음 한 걸음 심호흡과 함께 천천히 언덕을 걸어 올라오는 것이었다.

대문에다 초인종을 달아야만 한다고 서두른 것도 역시 백희였다. 정원 저편 쪽의 후문이라면 멀기도 하겠지만 대문에서야 부르면 식모 방에 바로 들리는데…… 하고 이씨는 대꾸하였으나 물론 아무래도 좋은 일이었다.

"식모 방을 옮길려구 그래요. 안방두 가깝구 지저분해서……."

백희는 목수를 데려다 마당 헛간 모퉁이에 조그맣게 판잣집을 세우고 방을 들이라고 하였다. 식모는 그쪽에서 지내는 때가 많았다.

백희는 그 밖에도 이곳저곳 집에다 손질을 해서 살림살이에 제법 재미를 붙이는 모양이었다.

이준구 씨는 무관심하였다. 그는 그 이층에도 이사 오던 날 한 번 백희에게 끌려 올라가 보았을 따름이었다.

며칠인가 툭탁거리고 나더니 백희는 그새 벌써 그런 일에 싫증이 났는지 멋들어지게 고친다고 떠들던 집수리도 그냥 내던지고 게으르게 낮잠을 자거나 나돌아 다니기만 하는 눈치였다.

이씨는 백희의 심리 상태에도 무관심하였다. 그는 매춘부의 집을 찾아오듯 머물고 나가면 그만인 것이었다.

산들바람이 일기 시작한 무렵이었다. 그날 이준구 씨는 해가 미처 넘어가기 전에 언덕길을 올라오고 있었다. 서쪽 하늘이 빨갛게 달아서 남산도 남산을 등지고 띄엄띄엄 서 있는 집들도 다 함께 붉은 안개 속에 잠긴 듯해 보였다. 땅을 딛는 이씨의 발목에도 분홍빛 연기 같은 것이 얼기설기 휘말리는 것 같았다. 애를 써도 애를 써도 앞으로 나가지지가 않고, 넓은 하늘에 대고 이마로 방아 찧고 있는 때와도 같은, 기묘한 안타까움이 일순 이씨를 엄습하였다.

초인종을 몇 번이나 누르고 나서 이씨는 소릿기 없는 길목에 오랫동안 우두커니 서 있었다. 언제나 식모를 내보내지 않고 백희가 손수 나와 문을 열어주는데 늘상 그렇게 기다리게 하는 것이었다.

마주 뜨이는 이층의 넓은 창문에는 장지문만이 양편에서 꼭 닫겨져 있는데 그 흰 창호지가 저편으로 들어오는 저녁노을을 받아 이것은 또 일종 다른 거무칙칙한 분홍으로 물감 칠이 되어 있는 것이었다.

그 빛깔을 바라다보고 있자니까 이준구 씨는 어째서인지 모르지만 기분이 나빠졌다. 한 줄의 노끈에 주렁주렁 발목들이 엮이어서 앞뒤로 당겨지던 이상한 보행步行을, 그 형상은 제외한 감각만의 기억으로 외우고 있었다는 증거인지도 몰랐다. 그때의 그는 앞에 무엇이 기다리고 있는지 너무나 잘 알고 있으면서도, 한 걸음이라도 앞으로 가려고 제대로 걸어지지 않는 초려만을 무엇보다 뚜렷이 느끼고 있었던 것이었…….

그가 이렇게 뒤숭숭하게 헝클어진 마음으로 괴이한 스크린을 쳐다보고 있을 때 한쪽 장지 구석 편에 까맣게 뚫려 있는 동전닢만 한 구멍 옆으로 엷은 그림자가 하나 소리도 없이 움직여 갔다 하였더니 다음 찰나 새까만 눈알이 착 붙어 이쪽을 내다보는 것이었다. 이준구 씨는 소름이 쫙 끼치도록 놀라버렸다. 그 허수룩한, 사람이 산 일이 있은 것 같지도 않던 이층 방에는, 어느 때나 아무도 있지 않아야 옳다는 법도 없으련만, 이준구 씨가 전신의 피가 억류하도록 놀란 것은 이치로 따진 결과는 아니었다.

옷매무새를 고치며 달려 나온 백희가 생긋거리며 문을 열었다. 뭐라고 지껄이는 것을 건성으로 들으면서 현관 안에 들어섰을 때에는 이준구 씨도 좀 마음이 진정되어 무엇을 잘못 보았겠지도 싶어졌으나 또 그 이층의 쥐 죽은 듯한 고요함이 도리어 갑자기 그를 흥분시켰다. 그는 안색이 변하면서 제지하려고 드는 백희를 떠밀치고, 빨간 양탄자를 깐 층계를 단숨에 뛰어 올라간 것이었다.

조금도 낯이 익지 않은 이층이라, 이씨는 자기도 모르게 복도 어구에서 주춤하고 멈춰버렸다. 백희가 밑에서 뭐라고 악을 쓰는 것이 들렸다. 무엇인지 미친 것 같은, 상식에서 어긋난 일을 하고 있다는 생각이, 이유도 없는 공포와 뒤섞이며 머리를 스쳐갔다.

이준구 씨는 비교적 조용하게 미닫이를 밀쳤다.

그 순간 이준구 씨가 방 한가운데에 이쪽을 보고 우뚝 서 있는, 동공이 찢기도록 눈을 크게 뜬 고수머리의 청년에게 맹수처럼 달려들어 틀어눕힌 것은, 사람을 보았을 적에 절정에 달한 이유 없는 공포와 극도의 경악驚愕 때문이었다고 그는 후에 진술하였다.

반드시 있으리라 직감한 무엇이 거기 바로 상상대로 있었기 때문에, 아니 어쩌면 아무것도 없다고 부정한 것이 천만뜻밖에 있었기 때문에…… 하고 이준구 씨는 그간의 설명은 잘하지 못하는 것이나 여하간 그런 경우에 몹시 놀랄 수 있다는 사실은 일반적으로 인정할 수 있을 것이다.

젊은이는 저항하였으나 풋병아리처럼 약한 힘이었다.

노을이 걷히고 먹물 같은 구름이 하늘가를 금 긋는 즈음에는 이층 한 모퉁이는 젊은이의 흘린 피로 흥건히 젖어가고 있었다……

"하지만 조서調書에도 있듯이 말이지요, 그 방에는 노란 헝겊을 씌운 커다란 새털 베개니 수건 같은 것도 있었다지 않습니까? 당신이 청년을 보았을 때 동시에 그런 방 안의 모양도 눈에 들어왔을 테니까 무엇을 직감하고 왈칵 격분하였다고 그렇게도 우리는 짐작할 수 있는데요?"

N씨는 그 미결수와 대해 앉았을 때 우선 그런 말을 물어보았다.

"그런 건 나중에 보았지요. 아니 보았을 거라고들 하시니 본 것 같은 생각도 든다는 정도지요."

미결감에 수용된 이준구 씨는 쇠진해 있었으나 침착하였다.

"그렇지만 평소의 여자의 소행을 보더라도 의심할 여지는 얼마든지 있지 않았겠습니까? 말하자면 초인종을 누른 후에 언제나 오래 기다리게 한 일이라든가 식모를 멀리 있게 하는 일이라든가……."

같은 취지의 말을 N씨가 아무리 역설하더라도 우울한 듯이 입을 다물거나 부정하거나 하여 신통스레 굴지 않기 때문에, 백희가 내세우는 대로, 그 청년은 단순한 지인知人이고 공과대학의 학생이니까 전깃줄을 보기 위해 이층에 올라갔던 것에 불과하며, 베개는 언젠가 자기가 낮잠을 자느라고 올려 간 것이라는 주장이 그냥 통하는 도리밖에 없는 것이었다.

그 여자에게 죄가 있건 없건 별 관심은 갖지 않으나 원체가 자기와는 아무 관계도 없는 여자라고 이씨는 주장하는 것이었다. 그 여자가 누구와 무슨 짓을 했건 자기의 아랑곳이 아니었다는 것이다. 또 자신의 신상에 관해서도 딱히 어떻게 되었으면 좋겠다는 생각은 없다 하였다.

N씨는 그럼 죽은 자에 대한 양심의 문제이냐고 물었더니 그렇지도 않다고 하였다. 물론 신앙을 갖고 있지는 않았다.

N씨는 관선변호인이기도 하였고 피고의 태도가 이런즉 더 어떻게 해야 할 것도 없었으나 역시 변호사인지라 어떻게 해서든지 이준구 씨를 극형에서만은 보호하고 싶어서(그리고 백희의 밀통 사실은 제삼자의 눈

에는 거의 명백하였으므로) 이모저모로 이준구 씨를 움직여보려고 애를 썼다.

이씨가 무엇을 생각하고 있는지는 끝내 알 수가 없었다. N씨는 법률 문제를 떠나서 이야기를 해보았다.

사람은 살아야 하는 것이다. 왜 사는지 모른다 할지라도 사는 것 그 자체를 목적으로 하고 사는 것이다. 죽음에 대해서는 우리는 삶에 대하여보다도 더욱 모르고 있지 않은가. 이준구 씨는 역시 아무 대꾸도 하지 않았다.

언젠가 단 한번 그는 그에게서 보기 힘든 인간미에 넘치는 표정과 말소리로 이렇게 말한 일이 있을 뿐이었다.

"난 단지 혼자 살아온 인간입니다. 혼자, 단 혼자……."

"별별 케이스를 다 대하게 됩니다만, 인간성의 또 하나 낯선 면에 부딪혔다는 느낌이 들더군요."

N씨는 담배를 집어 들며 대충 이야기를 맺었다.

"그 사람도 아마 땅 속에 생매장을 당한 몇 시간인가 며칠인가 사이에 철저히 깨달은 건지 모를 일입니다만, 절대적인 고독감—인제 뭐 고독이란 말 따위로는 표현할 수도 없는 개個의 원자핵적인 분리의 결과로, 인간은 차차 타인이 곁에 있다는 의식조차 상실해가고 있는 것 아닐까요? 아무와도 관계없는, 자기 혼자 만들고 혼자 부수는 세계, 그것밖에는 보려 하지도 않는……. 적어도 그 남자는 그 백희라는 여인에 대해서는 최후까지 지나치게 무관하더군요. 최근 집행이 되었습니다만……."

어느덧 해가 기울어서 방금 이야기에도 나올 듯한 가을의 낙조落潮가 작은 탁자 위의 과일 접시며 찻잔들을 물들였다. 마루 끝에는 잿가루를 뿌린 듯한 그늘이 기어들기 시작하였다.

흉가를 사고 가나?

현대의 철학과 미신과…….

이것은 어쨌든 다시없는 진기한 배합이 아닐 수 없었다. 진기한 그러나 우울한…….

처절慘絶하다고나 형용을 할 아름다운 낙조를 바라보면서 그 빛과 그늘 속에 아담한 건물을 그려보았다.

특히 그 찬란한 잎을 단 은행나무를…….

―《여성계》, 1956. 5.

해방촌 가는 길

　가랑비가 아직도 부슬거리고 있었다. 뒤꿈치가 세 인치나 되는 정신 나간 것처럼 새빨간 빛깔의 구두를 신고, 그 까맣게 높다란 비탈길을 올라야 한다는 것은 정말 우스꽝한 고역이 아닐 수 없었다. 기애는 뒤뚝거리면서 그 길을 올라가고 있었다.

　그악스러운 폭우가 서울에도 퍼부었던 모양이었다. 좁다란 언덕길은, 굴러내려 데글거리는 돌맹이들로 하여 어느 험한 골짜기와 비슷하였다. 맑은 물이 돌돌 흘러내리고 있다. 뾰족한 돌부리들은 짓궂은 악의를 가진 것처럼 한사코 기애의 발목을 재치려* 들거나 호되게 복숭아뼈를 때려치거나 하였다. 그런 때마다 눈에서 불이 튀어나도록 아팠다. 그렇게 눈에서 불이 튀어나도록 아픈 순간이 단속적으로 이어져 나가니까 아픔은 지긋한 어떤 다른 감각으로 변하여가는 것처럼도 느껴졌다. 그리고 그 지긋한 한 줄기의 감각은 곧 울상이 되려다 말곤 하는 기애의 마음속과 썩 잘 어울리는 것이었다.

| * '제치다'라는 뜻의 북한말.

마음속에 쌓인 갑갑하고 침침한 무엇 때문에 더 이상 견딜 수 없다는 듯이 기애는 고개 중턱에서부터 끝내 눈물을 굴러뜨리고 말았다. 그리고 우산도 쓰지 않은 뺨 위로 가랑비가 흐르는 차가운 감촉과 따뜻한 눈물의 이물異物다운 느낌에 조금 마음속이 후련해지는 것같이도 생각했다.

좁다란 골목이 뻗어 올라간 남산께로부터는 짙은 안개가 흘러내리고 있었다. 그것은 마치 구름 뭉치처럼 희뿌옇게 뭉게뭉게 퍼지면서 기애의 주위를 둘러싸는 것이었다. 그것은 어려서 잘 따라가곤 하던 깊은 산속의 어느 온천이나 약수터의 새벽과 흡사하였다. 기애는 걸음을 멈추고 두꺼운 베일을 쓴 남산의 검푸른 모습과 머리 위를 지나가는 구름들의 어둡고 산란한 움직임을 바라보았다. 비가 아직도 한참을 더 내려야 할 모양이었다.

대구의 하숙방을 나오면서부터 몇 차례를 젖었다 말랐다 한 레인코트는 또 흠뻑 물이 배어서 거의 검정색처럼 보이면서 기애의 가느단 허리께에서 잘룩 조여 매져 있었다. 이 레인코트를 다른 옷이랑 구두랑과 함께 불 속에 처넣어 버릴까 말까 하고 한참이나 망설였던 일을 기애는 지금 마음속에 되살려 보았다. 그때 마음을 돌려 먹었다기보다 초조와 자학自虐에 지쳐버린 결과로 그만 방바닥에 내동댕이쳤던 까닭에 그것은 그나마 오늘 기애의 몸에 걸쳐져 있는 것이었다. 이 정신 나간 것 같은 구두를 신고 드레스 바람으로 우중을 돌아다녔어야 하였다면 분명히 기애는 좀 더 비참한 기분을 맛보아야만 했을 것이다.

그러나 그렇게 사리를 따지고 보더라도 기애는 자기의 광태를 뉘우치거나 후회스러운 마음이 들지는 않았다. 기애의 마음속 밑바닥에는 아직도 줄기찬 분격이 가시지 않고 흐르고 있었다. 그 흐름의 반의반만치도 표현을 못 했다는 원통함 같은 것이 어린애가 발을 실컷 구르지 못한 듯이 뱃속에 남아 있다면 있는 것이었다.

'죽음만이—.'

하고, 기애는 그때도 지금도 생각나는 것이었다.

'아마도 그것만이 이 일의 결말로서 그리고 보복으로서도 가장 적당한 것일 테지……'

그러나 기애는 비참한 심경이기는 하였지만 그곳까지 굴러들어 가지는 않고 배겼다. 그것 이상의 더 합당한 귀결을 발견할 수는 없었음에도 불구하고 그것은 어쩐지 구시대적인 따라서 어느 정도 난센스한 일인 것 같이 여겨졌기 때문이었다.

그러나 여하간 기애는 죽음과도 못지않은 괴로움을 맛보았다고 생각하고 있었다.

굴욕감과 절체절망감에 압도되어서 거의 자기를 잃었던 수술과 입원의 기간. 특출난 수술도 아니었건만 기애의 경우는 유달리 불운함을 면치 못하였다. 수상쩍은 의사의 솜씨 탓이었는지 혹은 기애의 몸 그것에 원인이 있었던지, 수술은 위험 상태에 빠진 채 장시간을 끌었다. 그처럼 위급한 환자의 상태를 아마도 처음으로 당하는 눈치인 그 젊은 무면허 의사는 숨이 끊어질 듯한 기애의 고통의 호소에는 거의 일고의 주의도 베풀지를 않았다. 기애는 몇 시간을 내리 야수처럼 비명을 질렀을 뿐만 아니라 실상도 인간적인 모든 것을 그 몇 시간 동안 완전히 상실해버렸었다.

수술 후의 경과도 좋지는 않아서 기애는 보자기 하나를 들고 갑자기 얻어든 낯모르는 하숙집 방바닥에서 소리도 못 내고 뒹굴며 아파했다.

그러나 육체의 고통은 그 시간이 사라지면 잊혀질 수도 있는 물건이었다. 그리고 또 임신을 하고 그 중절의 수단을 취하였다는 정신적인 쇼크도 그의 괴로움의 전부는 아니었다. 기애는 죠오가 그처럼 깨끗하고 완전하게 자기 곁을 떠나버린 그것처럼은, 죠오의 일을 청산할 수 없었던 것이다. 죠오는 군인이며 명령에 따라서는 즉시로 귀국해야 할 사람이었다. 따라서 그에게는 아무 잘못이 없었으며, 그에게 명령을 내린 그의 국가에게도 아무런 잘못이 있을 수 없었다. 그리고 그 일을 죠오나 기애가 미리 계산에 넣지 않았다고 할 수 있을까?

그러나 그럼에도 불구하고 기애는 마음 밑바닥으로부터 치밀어 오르는 노여움을 어찌할 수가 없었다.

죠오는 결코 냉담한 사나이가 아니어서 그는 그 바닷빛 두 눈에 눈물을 그득 담고 괴로워하였지만 그러나 결국 그는 떠나갔고, 그리고 기애는 그의 정성의 전부인 달러로써 수술을 하고, 몰라보게 사나워진 성질을 가지고 혼자 남아난 것이었다. 그는 그 성미를 자기로도 주체할 수가 없어서 부대의 동료나 GI들과 닥치는 대로 싸움을 하고, 결국은 우두머리인 커어널*에게 타이프 종이를 찢어 던지고 그 자리에서 파면이 된 것이었다.

직장을 그만두고 나서도 기애는 두 달이나 대구에 머물러 있었다. 어두운, 산란한, 창문에 빗줄기가 흐르는 듯한 날과 날이 지나갔다. 기애는 이불을 뒤집어쓰고, 혹은 종일토록 엎드려서 울음과 노여움과 그리고 바람같이 가슴을 휩쓰는 허무감과 싸우고 있었다. 죠오는 기애의 심장을 너무나 깊이 깨물어버린 것이 분명하였다. 그리고 여기 대하여 기애가 전신으로 의식하는 감각은 '노여움'이었다.

어느 날 파리한 얼굴에 눈만 이상히 빛나는 기애는 그때까지 하지 않던 생각을 하였다. 어머니와 동생이 있는 서울 집으로 돌아갈까 하는 생각이었다. 그 일은 죠오와의 동서가 시작되면서부터 무의식중 자기에게 금해온 일이었다. 어머니 장씨는 필경 딸을 버렸고 가슴이 무너져 내릴

| * (육군, 해병대) colonel, 즉 대령을 뜻함.

것이었고, 그러한 어머니의 윤리관에 그대로 동조할 수는 없는 기애로도 또 그리 뻐젓하게* 나설 용기도 미처 없는 것이었다. 여하간 모친에게 그것은 너무 잔인한 결과일 것이고, 기애 편에도 일종의 본능적인 수치감이 있었다. 외국 군인과의 동서생활이 별 거리낄 일로 치부되지 않고 때로는 오히려 어떤 긍지조차 부여하고 있는, 거기는 또 그런 윤리가 지배하는 부대 안에서라도, 어떤 사소한 사건이 기애로 하여금 맹렬한 동요를 갖게 하지만 않았던들, 그는 낡고 완고한 종래식의 사고방식에서 그처럼 쉽게 뛰쳐나올 수는 없었을 것이었다. 어느 날 기애는 '제비'라는 한 마디의 단어에 주의를 이끌렸다.

'제비.'

'미스 제비.'

그렇게 불리고 있는 것이 바로 자기이고 그리고 그것은 취직 이래 하루같이 입고 다니는 자기의 곤색 옷에 연유하는 별명이라고 알았을 때 기애는 부끄러움으로 사지가 뻣뻣해지는 것을 느꼈다. 부지런히 빨아 다리는 흰 블라우스와 함께 내리 석 달은 입어온 기애의 진곤색 슈트는 부대 내에서 바야흐로 명물로 화해가고 있는 것이었다. 기애의 자존심은 분쇄되었다. '친구'를 만들지 않고, 그래서 초라하게 하고 있다는 것은 조금도 자랑이 될 수 없는 세계가 거기 있었다. 검소는 곧 무교양과 연결되었다. 그것은 견딜 수 없는 일이었다.

기애는 몸가짐을 달리 하였다. 죠오의 접근을 용서하였다. 그리고 당연하게도 그를 이용하였다. 기애는 아름다워지고 군인들은 그의 앞에 공손하였다.

그런데 그러다가 보니 죠오는 퍽이나 순진한 청년이었다. 내일이 있

| * 남의 축에 빠지지 아니할 정도로 번듯하다. '버젓하다'보다 센 느낌을 준다.

을 수 없는 것은 명백하였지만 이 금발에 바닷빛 눈을 가진 젊은 외국인은 현재로 보아 기애 자기보다 훨씬 순수한 것이 사실이었다. 현재로 보아? 그랬다. 그리고 내일이라는 것을 진실한 의미로 누가 알 수 있을까?

죠오보다 자기가 불순하다는 생각은 기애의 마음에 들지 않았다. 먼 날의 자기의 '거래'를 위하여 저울질한 애정을 내민다는 것이 기애는 차츰 싫어져왔다.

기애는 무모한 짓을 하였다.

그리고 그 대가의 하나로서, 언제나 어떤 종류의 비감함과 결부되어서만 생각되는 서울의 가족과의 결별이 있었다.

그러나 그날 기애는 수척한 머리를 들고 그 집으로 들어갈 생각을 한 것이었다. 늘 피하려고만 하고 있던 두 육친의 환상을 가슴속에 똑똑히 떠올려보았을 때 기애는 여태껏과는 맛이 다른 뜨거운 눈물을 두 볼 위에 흘렸다. 눈물은 슬펐지만 달콤하였고 푹신한 무엇이 그 속에는 있었다. 한밤중에 기애는 대구를 떠났다.

빗줄기가 차츰차츰 굵어져오는 것 같았다. 기애는 앞이마에 들어붙은 머리카락을 손끝으로 떼어서 젖히고는 그편 손에 트렁크를 옮겨 쥐었다. 그 어느 날 밤인가의 처사 때문에 그의 재산은 온 세상에 그 트렁크 하나로 줄어든 것이었다. 그 속의 것들도 정밀히 따진다면 과연 죠오와 관련이 없는 것뿐이었는지 모호한 일이기도 하였지만 이제는 그런 것을 따지기도 싫었다. 죠오는 간 것이 분명하였다. 그리고 자기는 이 년 전 이 골목을 뛰어 내려가면서 어떤 일이 있더라도 움켜쥐고 오려고 생각했던 아무것도 손에 쥐지 않은 채 돌아오고 있다고 뉘우쳤다. 공기처럼 바람처럼 무엇인가가 지나간 것이었다. 시간이 그저 흘러갔을 뿐이었다.

기애는 희뿌연 남산을 바라보고 이 년 전 그 중턱의 판잣집으로 이사를 오던 날 서글픈 감정을 서로 감추느라고 세 식구가 미묘한 고통을 겪은 일을 지금도 생생히 마음속에 되살려 올렸다. 초라한 판잣집은 정말 너무도 형편이 없었다. 그것을 보는 순간 가슴이 쩌릿하게 아파오도록 그것은 그냥 닭장이나 헛간과 다를 바 없었다. 자기의 안색을 살피는 장씨의 눈길이 기애는 아팠다. 그리고 그렇게 아파하는 기애의 마음은 또 반사적으로 장씨의 심장을 다치는 것이었다. 어색한 웃음소리나 공연히 높은 음성이 그럴 적마다 더욱 견디기 어려운 공기를 자아냈다. 국민학교의 육 년생인 욱이만이 비교적 무관심한 듯 드나들며 이삿짐을 나르고 있었다.

그러나 기애가 그 신문지로 초배를 한 방바닥에 앉아서 쉴 수 있는 것도 잠간 동안뿐이었다. 빚을 받으러 왔다는 여자가 웬 볼품사나운 사내들을 네댓이나 몰고 와서 이삿짐도 덜 푼 마당에서 야료를 부리기 시작한 것이었다.

집을 팔고도 감쪽같이 옮겨 앉는 마음보가 고약하다. 다만 얼마라도 수중에 남은 것이 있을 것이 아니냐. 사람의 형상을 하였으면 체면이 있어야지.

구경꾼이 늘어섰다. 사내들은 눈을 부릅떴다. 장씨는 손발을 가눌 수 없을 만치 극도로 흥분하고 있었다. 그러면서 그녀는 일언반구의 대꾸도 못 하는 것이었다. 성이 나면 날수록 말문이 꽉하니 막히는 것은 본래의 버릇이기는 하였지만, 여태껏은 그래도 학교에 보내느라 별로 이 따위 꼴을 보인 적이 없는 기애의 앞이라는 생각에, 장씨는 그만 그들의 욕설도 제대로 들리지가 않는 것이었다.

기애는 새파랗게 질려서 떨고 있었다. 이 동리로 발을 들여놓으면서부터 누르고 달래고 하던 수치감이 일시에 폭발을 하는 느낌이었다. 기애는 장씨를 밀어내고 앞으로 나섰다. 그는 그들에게 당장에 나가라고 명령하였다. 높은 음성도 아니었다. 그러나 아직 앳된 소녀의 새파란 서슬에 그들은 잠깐 멈칫하였다. 기애는 자기가 그것을 갚는다고 단언하고 날카로운 어조로 빨리 나가라고 되풀이하였다.

그들이 사라진 뒤를 이어서 기애는 이 고갯길을 힘껏 달려 내려갔다. 부글거리는 격정을 삭이느라 무거운 것도 무거운 줄 모르고 번쩍번쩍 짐을 들어 옮기고 있던 장씨의, 그 순간 휘둥그레진 커단 눈이, 오래도록 기애의 망막에 남아 있었다. 그리고 서글픈 듯이 귀를 잡아당기면서 판자문 앞에 서 있던 욱이의 모습도—.

그 집은 아직도 그 곳에 그 모양으로 있을 것인가. 어머니와 욱이는 다 무사할까. 거리가 조금씩 다가옴에 따라 그곳에 사는 사람들의 현실성은 기애의 맘속에서 반대로 차차 희박해져오는 것이 이상하였다. 잠깐 사이기는 하나 기애는 그곳에 아무 사람도 있지 않고 따라서 자기의 이러한 모습도 보이지 않고 말았으면 하는 욕망이 가슴에 고여 오르는 것을 느꼈다. 그러나 물론 그들은 거기 있을 것이었고 그 주소에 대고 기애는 꼬박이 송금을 하여 온 터이었다.

고갯길은 다하였다. 남산 허리를 돌며 뻗어온 널따란 길이 한참을 그대로 탄탄히 펼쳐져 나가고 있었다. 길 양옆에는 큼직한 집들이 여유 있게 들어앉고, 비에 젖은 정원의 초록이 눈에 새로웠다. 기애는 트렁크에 걸터앉아 조금 쉬었다. 그리고 일어서는데 곁에 철망 안에서 개가 사납게 짖어대기 시작하였다. 무엇이 그렇게 비위에 거슬렸던지 개는 미친 듯이 껑충대며 더 할 수 없이 포악하게 으르렁대었다. 보고 선 기애는 별안간 그 개에 못지않게 격렬한 감정이 자기를 휩쓸려고 하는 것을 느꼈다. 개가 힘껏 성미껏 악을 쓰고 있듯이 어딘가에 대고 가슴속을 폭발시키고픈 어리석은 욕망을 그는 억제할 수가 없었다. 기애는 돌멩이를 집어 들었다. 셰퍼드의 코를 향해 힘껏 내리쳤다. 그리고 폐부를 찌르는 듯한 짐승의 비명과 슬프고 비참한 긴 신음 소리 가운데 신경이 산산조각이 나는 것 같은 현기증을 느끼면서 비틀비틀 걸어 나갔다.

　편안치 못한 잠으로부터 기애는 깨어났다. 눈을 뜨니까 곧 잡지책을 뜯어 바른 천장과 벽의 괴상스러운 얼룩이 시야에 들었다. 얼룩은 잠들기 전에 쳐다볼 때보다도 훨씬 더 그 영역을 넓히고 있었다.
　누운 위치가 조금 바뀌어 있었다. 두어 칸 넓이 방의 삿자리가 깔린 한구석으로부터 가운데로 이불이 옮겨져 있었다. 애초에 누웠던 부근에는 세숫대야와 뚝배기가 대신 놓여 있었다. 세숫대야와 뚝배기 속으로는 또닥 딸랑하고 이상스레 동화적인 소리를 내면서 빗방울이 떨어져 내리고 있다. 윗목으로는 조금조금한 자루가 네댓 개 바리케이드처럼 포개 놓였다. 조금 입을 벌린 그 하나에서는 수수알이 흩어져 나와 있었다. 삼각형으로 깨어져 나간 손바닥만 한 거울. 반이 부러진 빨간 빗. 이 방에 그득 차 있는 것은 가난 그것뿐이라 느껴졌다. 기애는 눈을 감았다. 굴욕적인 정상이었다. 사람이 사람에게보다는 동물에 가깝도록 궁핍에 인종하여 살고 있다는 것은 기애에게는 부끄러운 일 이외의 아무것도 아니었다. 이사 올 때 누르고 달래이던 굴욕감은 여전히 그대로 굴욕감이었다. 그것 자체 죄악처럼 피해야만 하는 일이었다. 그리고 그것이 죄악과 비슷한 것이라면 그 죄는 바로 기애의 것이었다. 부친의 생존 시에 그들은 이런 생활을 하지 않았고, 장씨가 지주였을 때만 해도 그들은 체면을 유지하며 살았다. 지금은 기애의 책임인 것이었다.
　머리맡을 바람결같이 연달아 지나가는 것이 있어서 그는 본능적으로 몸을 움츠렸다. 눈을 뜨고 그것의 행방을 바라보았다. 그것은 커다랗고 시꺼먼 쥐들이었다. 두 마리의 쥐가 자루께에 가서 살살대고 오르내리는 것이었다.
　기애는 오싹하고 온몸에 소름이 끼쳐졌다. 황급히 일어나 앉으니까 그 서슬에 쥐들도 놀랐는지 기애의 다리를 스칠 듯이 뒹굴어 와 이부자리 가녘을 미끄러지며 달아났다. 생리적인 오감을 누르느라고 기애는 한참 동안 애를 써야만 했다. 이가 달달 마치도록 떨고 있었다.

이윽고 그는 세모난 거울을 집어 눈언저리가 꺼멓게 꺼진 얼굴을 들여다보고 일어서서 마당으로 나왔다. 멎는다는 것을 잊어버린 듯이 소리도 없는 가는 비가 아직도 한결같이 내리고 있었다. 국방색 몸뻬에 흰 당목 적삼을 입고 비를 맞으며 돌아앉아 무엇을 씻고 있는 장씨를 기애는 뒤에 서서 바라보았다. 진일을 하는 어머니의 모습을 보는 것이 기애는 제일 싫었다. 예전부터 그랬다. 그렇다고 도울 염을 하는 것도 아니었다. 지금도 다만 싫다고 느꼈다. 그는 상을 찌푸린 채 판자문을 밀치고 골목으로 나섰다.

이 년 전보다 말이 못 되게 쪼그라지고 새까매진 노모는 기애의 기색만 살피고 있다가 끝내 이렇게 한마디 문밖에다 던졌다.

"애야, 방에 들어가 누워 있으려무나. 곤할 텐데 응?"

응 소리는 사뭇 애원하듯 한다.

기애는 장씨가 자기의 더부룩한 머리 모양이며 너덜너덜 늘어진 플레어스커트며 어깨까지 헤벌어진 얼룩덜룩한 블라우스며를 남들에게 보이기 싫어하는 것을 알고 있었다.

그러나 대꾸도 하지 않았다. 기애는 장씨의 노쇠한 얼굴을 보고, 심약하게 자기의 낯빛만 엿보는 습관이 전보다 더 심해진 것을 보자 반대로 이상하게 배짱이 생겨난 것이었다.

'이 집에서 기운을 낼 사람은 나 혼자뿐이야.'

그런 결론이 주는 용기이기도 했다.

기애는 삼사 일만 더 휴양을 취하고는 얼른 일자리를 구해야겠다고 생각하는 터이었다. 장씨가 자기보다 더 비참한 것 같아 그 곁에 머리를 싸매고 누워 있기 싫었다.

　기애가 돌아오던 날 개울에서 방망이질을 하다 마주 일어선 장씨의 얼굴에는 확실히 당황한 빛깔이 짙었었다. 딸의 돌연한 귀가가 놀랍기도 하였겠지만 기애를 일별한 그 찰나에 모성의 본능이 무엇인가를 직감한 탓인지도 알 수 없었다. 단정하지 못한 기애의 차림새에 남의 눈을 꺼리고만 싶은 장씨의 기분은 무의식중 그런 데에까지 걸쳐져 있는 것이었다.

　장씨와 욱이의 생활은 기애가 조금 의외하였으리만치 극단히 군색한 것이었다. 기애는 자기의 송금도 있었고 조금은 나아졌으려니 믿고 있은 위에 장씨의 편지 같은 것으로 미루어서도 그런 느낌을 가졌었기 때문에 궁한 모양에 한층 더 마음이 어두웠다. 하룻밤을 자고 난 다음 날 아침 욱이가,

　"누나, 학교 갔다 올게."

하고 중학교 교모를 눌러 쓰고 나간 다음에 기애는 트렁크를 열고서 돈이 될 물건들을 끄집어냈다. 정가표가 붙어 있는 라이카*니 필름이니 녹음기의 테이프니 하는 것들이었다. 장씨는 눈이 둥글해지며 놀랐다. 놀라면서도 재빨리 그것들을 보자기에 싸서 옷궤짝 밑바닥에 집어넣었다. 그리고 나서 비로소 만족한 듯이 미소를 띠고 말문을 열더니,

　"저게 값이 얼마나 나갈까, 시세를 잃지 않구 잘 팔아야 할 건데."

하고, 수군대며 또 곧 근심스러운 얼굴이 되는 것이었다.

　장씨는 그것을 작게 꾸려서 치마폭에 감추듯이 해가지고 나가서는 돈과 바꾸어 들이곤 하였다. 하루에 몇 차례나 들고 나갔다 들어왔다. 거의 입을 열지도 않고 온 정신을 팔며 그 일을 하였다. 돈도 역시 치마폭에 감추어 가져오고 보자기를 풀 적에는 문고리를 몇 번이고 흘깃거려

───
　* 독일의 에른스트 라이츠에서 만든 고급 카메라의 상품명이다.

보았다.

그러한 장씨에게 기애는 무엇인지 비굴한 것을 느끼지 않을 수 없었다. 그것은 묘하게 돌아가는 일이었다. 장씨 자신 돈은 반갑고 귀하면서 돈이 되는 그 물건에는 무언지 떳떳치 못한 것을 뉘우치듯이 딸에 대하여도 기특하고 고마운 반면에는 낙담이 되고 꺼려하는 무엇이 없지 않았다. 장씨의 이런 기분은 또 그냥 기애에게 반영되고 그러니까 장씨에게 느끼는 무엇인지 비굴한 그 느낌은 곧 기애 스스로에게 느끼는 비굴감이기도 하였다.

그리고 장씨는 기애에게 더 근본적인 문제에 관한 의혹을 품고 있는 까닭에 시시각각 가슴속에 자문자답을 하고는 결국 '우리 아이가 그럴 리가 없지' 하고 일시나마 단정을 내림으로써 기분을 돌리곤 하는 것이니까, 기애로 보면 자기의 실태實態를 끊임없이 그리고 전면적으로 모욕당하고 있는 셈이었다.

그러기에 기애는 장씨의 감정에는 일체 개의치 않을 배짱을 세운 것이었다. 장씨와 함께 온갖 주위만 살피다가는 헛간 생활을 면할 길은 영영 없으리라 싶었다.

그래도 순간적으로 장씨에게 동정적인 기분이 되기도 하여 사흘째 되는 어제저녁에는 머리도 감아 빗어 동여매고 꺼내주는 치마저고리로 얌전하게 꾸며 보이기도 하였다. 등불 아래서 풋콩을 까면서 장씨는 졸지에 환해진 것 같은 얼굴에 안심한 빛을 감추려고도 않고 이런 소리를 하는 것이었다.

"네가 애써 벌어 보내는 게거니 하니 어디 쏠쏠히 써버릴 맘이 나더냐. 돈 들여 고치면 그야 이런 집이라두 좀 나아질 테지만 난 그저 눈 딱 감구 지냈다. 욱이더러두 중학교 들어서 다니는 것만 고마운 줄 알구 매사 참어라 참어라 했지. 누이는 인제 시집보내야 할 나인데 한 푼이라두 아껴 써야 하느니라구. 그렇지 않으냐. 다 점잖은 걸 객지에 놔두구 늘 걱정이었더니라."

장씨는 이제서야 그런 소리도 해들릴 심정이 되었다는 듯이 대견한 표정을 지어 보이는 것이었다. 건강도 안 좋아 그만두었노라는 설명만으로는 부족하였던 안타까움을 장씨는 어지간만하면 그만 내어던지고 시원해지고 싶었는지도 몰랐다. 그러나 기애는 탐탁잖은 얼굴로 잠자코 있는 수밖에 없었다. '결혼? 흥' 하고, 그러나 그 코웃음을 어디로 가져가야 할지는 알 수 없었다. 장씨는 또

"애, 근수가 제대했더구나, 접때 여길 오지 않았겠니. 아 예배당엘 갔다 오는데 웬 장정이 마주 서길래 깜짝 놀랬더니 그게 바루 근수더구나. 가엾더라. 무척 고생을 하는가 봐. 것두 그렇잖겠니. 왼 천하에 제 한몸이니. 쉬이 또 오마구 하더니만 오늘이라도 안 오려는지."

한참 수다스럽기까지 하던 그녀는 슬며시 무언가 마음에 걸리는 듯한 눈초리가 되었다.

"참 어머니, 누나 오기 바루 전날 근수 형님 왔었어요. 삼일예밴가 뭔가 보러 가신 뒤에요. 내가 그 소릴 안 했었네."

소반 위에다 노트를 펼쳐놓고 앉았던 욱이가 그렇게 이야기 속에 들어왔다.

"그래? 그래 속기학교엔 들어갔다더냐?"

"네, 들었대요. 그건 됐는데 낮의 일자리가 좀체 구해지지 않는가 봐요. 우울한가 부던데."

끝의 소리는 기애를 쳐다보며 건네었다. 기애는 못 들은 체하고 있었다.

"하긴, 팔이 부자유하니 아무래두 더 힘이 들 노릇이지, 똑똑한 총각이지만……."

"팔요? 팔이 어쨌어요?"

기애는 저도 모르게 소리를 질렀다.

"아냐 보매는 뭐 아무렇지두 않은데 힘줄을 다쳤다나 어쨌다나 팔굽을 잘 놀리지 못하더구나. 왼편인 것이 천행이긴 하더라만……."

기애는 제대하였다는 근수의, 좀 싱거운 듯이 입가로 웃는 샌님답던 얼굴을 그려보았다. 그는 기애의 아버지와 친숙하던 부호의 아들로서 기애의 집이 몰락한 이후로도 여전히 무엄하게* 드나들고 있었다. 무언지 조심스럽고 어렵게 여기기 시작한 것은 장씨뿐이었고, 여학생인 기애는 전락하는 환경에 반비례하듯 점점 더 그에 대해 오만한 자세를 취하였고 그러나 그것은 근수를 싫어서는 아니었었다. 욱이는 말할 것도 없이 친형이나처럼 그를 졸라서 여전히 온갖 데를 따라다니곤 하였다. 사변 때 근수는 기애네 집 다락에 숨어 있었다. 그리고 남성으로서 성숙해가던 그는 확실히 연정의 표시라 볼 수 있는 태도를 기애에게 보였었다. 그러나 그 사랑은 꽃을 피우지 못하였다. 근수의 가족은 근수만을 남기고 전멸하였고, 피난, 근수의 입대, 환도, 기애의 대구행, 하고 너무나 어지러운 변천 가운데서 서로의 얼굴조차 보지 못하는 세월이 흘렀다. 한번 장씨가 일선에서 온 편지를 전송轉送해주었으나 기애는 그것을 뜯지도 않은 채 난로 속에 집어넣어 버렸다. 크리스마스의 무렵이었다. 화려한 의상과 불빛과 흰 눈 그리고 죠오와 더불어 소음 속에서 보낸, 기애에게는 어지럽고 암담한 크리스마스였다. 지금 그 샌님이 다시 눈앞에 나타난들 나와 무슨 상관이 있으랴. 작은 일에는 신경이 안 미치던, 덤덤하기만 하던 그가 지금은 고생을 한다지만 그렇다고 자기가 동정을 할 계제도 못 되는 것은 뻔한 이치였다.

그런 일보다는 비나 이제 개어주었으면 싶었다. 주위가 온통 안개에

| * 삼가거나 어려워함이 없이 아주 무례하다.

두루 말려서 산등성이에 밀집해 산다는 감이 더한 것 같았다. 기애는 장씨의 고무신을 끌고, 문마다 뻐끔뻐끔 내다보는 까만 눈들을 곁으로 흘리면서 총총히 들어앉은 판잣집 옆을 지나쳤다. 찔걱찔걱 미끄러지는, 본래는 층계처럼 깎이었던 모양인 황토 샛길을 기어오르니까 뭉클하고 풀 향기가 몰려들었다. 꽃을 떨군 아카시아의 싱싱한 초록, 우거진 잡초. 다리와 치마를 폭삭 적시면서 함부로 쏘다녀보았다. 벌써 어스름 저녁때였다.

산록을 돌면서 곧장 뻗어온 넓은 길은 여기서는 실낱처럼 가늘어져 가지고 그대로 산허리를 감싸며 기어오르고 있었다. 해방촌의 주민들이 그 길을 따라 속속 돌아오고 있다. 그것은 멀리서 바라보면 일렬의 길고 가는 행렬이 서서히 앞으로 나가는 것 같았다. 기애는 그 길께로 다가가서 젖은 바위 위에 기대어 섰다. 안개 같은 보슬비를 기애가 비라고도 느끼지 않듯이 그들도 한결같이 우장을 갖고 있지 않았다. 그 대신처럼 반찬거리들을 들었다. 지푸라기에 엮어 든 생선 마리, 파, 배춧단. 여인네들 머리 위에는 또 으레 조그만 자루, 상자, 보자기. 놀라웁게 빠른 걸음새로 미끄럽고 좁은 산길을 획획 지나간다. 그러면서 동행끼리는 열을 올려 사업 이야기, 장사 이야기를 하는 것이었다. 파고드는 듯한 눈길, 여자고 남자고 힘찬 걸음걸이. 거친 호흡. 똑같은 표정이 어느 몸에나 있었다. 기애는 자기도 그 길로 들어서서 반대쪽으로 거슬러 내려갔다. 길 한편이 깎아지른 듯한 벼랑을 이루어, 까마득한 아래쪽에서 연기같이 안개가 피어오르고, 또 더욱 멀리 펼쳐져 가라앉으면서 시가지의 지붕들이 내려다보였다. 겨우 한사람 지나다니리만큼 산복山腹으로 다가붙으며 휘어진 그 길이 홱 꼬부라지며 잘숙* 끊기운 모서리는 아슬아슬하게 위험

| * 길이가 좀 짧은 듯한 모양을 뜻하는 순우리말.

233

하여서 기애는 늘어진 나뭇가지를 휘어잡고 간신히 옮겨 서는 것이었으나 책보를 낀 동네 아이들은 장난을 치며 예사로 뛰어넘는 것이었다.

문득 기애는 협곡 사이로 주의를 이끌렸다. 시냇물이 소리치며 굴러 내리는 까마득한 골짜기를 한 소년이 날쌔게 뛰어내리고 있는 것이었다. 바위에서 바위로 원숭이처럼, 아니 마치 용수철을 튀기듯 갈지자로 뛰더니 어느 바위 그늘로 숨어버렸다. 기애는 서서 보고 있었다. 바위 그늘 쪽에서는 물통을 진 사람들이 걸어 나왔다. 동이를 인 계집애도 나타났다. 그들은 조금 더 평탄한 길을 택하려 함인지 한참을 아래로 내려갔다가 삥 도는 오름길로 들어서는 것이었다. 식수 때문에 야단이라고 언젠가 장씨의 편지에 적혔던 일이 생각났다.

기애는 그냥 서 있었다. 용수철을 튀긴 듯이 민첩하던 소년이 궁금하여서였다.

이윽고 소년이 바위 그늘에서 나왔다. 양철통에 물을 담아 든 모양이다. 반즈봉하고 언더셔츠만을 입은 그 소년은 팔에 걸린 중량에도 그다지 제약을 받지 않는 듯 협곡을 똑바로 위로 올라왔다. 돌음길을 위하여 한참을 아래로 내려가지도 않고 곧장 협곡을 올라왔다. 기애는 혼자 미소하였다. 예기했던 대로였기 때문이었다. 좀 더 자세히 소년을 보았다.

그리고 그는 반갑게 소리를 질렀다.

"애 욱아! 너로구나."

상수리 숲께로 꺾어들려던 욱이는 응 누나로군, 하는 듯이 흰 이를 보이고 웃더니 기애가 서 있는 길 위에로 성큼 뛰어올랐다.

"저리루 가는 게 훨씬 가깝지만 옛다 누나하구 같이 가줬다."

한다.

"그래 애. 난 너처럼 원숭이가 아니니깐."

기애는 뒤에서 따라가면서 그렇게 지껄여댔다.

욱이와 이야기를 하고 있으면 어느 때고 마음이 밝아지는 것이었다. 욱이에게는 장씨 앞에서처럼 허세虛勢를 부릴 필요가 없었다. 지나치게 남의 눈을 의식하고 남의 맘을 이리저리 미루어보며 행동을 하는 장씨이기 때문에 반동적으로 이편은 허세를 부리게 되는데 욱이에게는 어느 모로 보나 과잉한 감정이라곤 없는 것 같았다. 그는 모든 일에 적당히 무관심하고 밝고 건강하였다. 수학에 썩 자신이 있어하는 그의 두뇌구조는 수학적으로 치우쳐 있는지도 알 수 없었다. 혹은 드물게 단순명쾌한, 축복받은 천질을 타고났을까, 하고 기애는 생각하기도 하는 것이었다.

"무겁겠구나. 좀 붙들어주었으면 좋겠는데."

"아니, 아니 무겁잖어."

"만날 물 긷기 힘들겠다. 정말 미안한걸."

흥 흥 하고 욱이는 코로 웃고,

"어제 체조 시간에 장애물 경줄 하는데 아 내가 일등을 했겠지. 나아 원."

하였다.

기애는 깔깔거리고 웃었다.

걸음걸이가 잽싼 사람들이 몇이나 옆을 빠져 앞서 갔다. 기애는 진정으로

"내가 얼른 또 취직을 해야겠는데."

하면서 어느새 빗발은 걷혔지만 보오얀 수증기로 더욱 축축해진 것 같은 산마루께를 바라다보았다.

"취직도 좋지만 누난 얼른 근수 형님하구 결혼이나 하는 게 좋을걸."

중학교 이 학년짜리가 건방진 소릴 한다.

"어머니랑 너랑 어떻게 살래?"

그런 소린 하지두 말아 하는 대신 기애는 놀리듯이 말을 하였다.

"으응 그야 당장 곤란하지만."

하고 돌아보고 웃더니,

"누나랑 근수 형님이랑 다 취직하면 그게 그거지 뭐. 근수 형님은 지금 집두 없거든."

엉뚱한 방향으로 이야기가 빗나갔다. 흥 흥하고 이번에는 기애가 코로 웃었다.

"나두 어쩜 야간 중학으로 옮기구 낮엔 일할까 생각하구 있어."

쪽 곧은 소년의 뒷다리가 번갈아 앞으로 내어딛는 것을 기애는 멍하니 내려다보면서 아무 소리도 하지 않았다. 집께에까지 와서 한꺼번에,

"불가능한 일이야."

혼자 소리처럼 여러 가지 대답을 해치웠다.

욱이는 기애의 눈 속을 흘깃 들여다보고 찔걱거리는 황토 막바지를 뻔찔나게 달려 내려갔다.

취직자리를 알아보려고 시내로 들어갔다 나온 기애는 손끝을 새빨갛게 매니큐어하고 화장도 옷차림도 눈에 띄게 하고 있었다. 근수의 앞이라서 그것에 신경이 쓰인다기보다도 초라한 판잣집 안에 그렇게 하고 앉아 있는 걸맞지 않음이 자기를 괴롭힌다고 기애는 생각했다. 근수의 눈을 감기고 옷을 갈아입을 수도 없지는 않았지만 그런 동작의 유희다움이 지금은 역겨웠다. 근수를 만나면 한 번은 맛보아야 한다고 미리 각오하고 있던 스스러움이나 상심의 뒷그림자 같은 것이, 오늘 실지로 그를 대하고 보니까 의외에도 격심한 동요를 자기에게 가져왔다는 그 사실에 기애는 초조한 역정까지를 느끼고 있었다. 그는 산에나 올라가 보자고 꽤 퉁명스러운 어투로 말하였다.

아카시아 숲 그늘의 가느단 길을 걸었다. 무성한 숲은 외계의 모든

것을 시야에서 가리고, 푸른 잎새와 돈잎처럼 땅 위에 떨어진 고요한 햇빛이 있을 뿐이었다. 새 소리가 들렸다. 거추장한 페티코트와 귀걸이는 그래도 얼핏 떼어놓고 나왔지만, 예나 지금이나 근수에게는 그런 일에 신경이 통 안 미치는 모양이었다. 여자의 옷차림 같은 것에는 여전히 무관심한 근수이지만, 그의 속에 더 중요하고 근본적인 것에 관하여서는 대단한 변혁이 있었다는 것을 기애는 그의 얼굴과 그의 몸에서 느끼고 있었다.

너그럽고 무던하고 낙천적인 구석이 싹하니 없어져버린 것 같았다. 그는 고뇌의 실체實體를 보았는지 몰랐다. 그는 사람이 그것에게 이기지는 못하는 것이라고 깨달아버렸는지 알 수 없었다. 그의 몸과 그의 얼굴 표정은 절망인 것 같았다. 기애의 마음을 움켜잡고 놓지 않는 것도 그것이었는지 알 수 없었다.

'이 사람에게는 내가 필요했나 본데 그런데 나는……'

근수의 왼팔은 말을 잘 듣지 않고, 그는 그것을 쳐들 적에나 쭉 뻗어야 할 적에는 나머지 손으로 받쳐야 하였지만 그래도 그의 균형 잡힌 몸집의 아름다움은 상하지 않고 있었다. 염색한 작업복 소매를 걷어붙이고 있었으나 길숨길숨한 사나이의 육체는 매력적이었다.

"대구서는 5공군에 근무했었다구?"

"응."

근무라는 용어가 기애 귀에 따라왔다.

"난 미군 기관은 싫어!"

앞을 본 채 근수는 꽤 세게 그 말을 잘라 하였다. 그것은 기애의 얘기라기보다는 자기 자신 미군 기관에 취직하기는 싫다는 뜻인 모양이었다. 어느 편이건 기애는 화가 나지도 않아 웃고 있었다.

"그렇지만 일자리를 구하기란 퍽 힘든걸."

컴컴한 목소리로 그는 그렇게 말하였다. 괴로움이 몸에 밴 듯이 그의 낮은 음성은 몹시 컴컴했다. 기애는 반발하는 것*을 느꼈다.

'미군 기관이 좀 쉽거들랑 거기 하면 어때요……'

그렇게 내쏘고 싶어졌다. 그러나 잠자코 있었다.

나무숲이 중단되며 동그란 잔디밭이 한쪽으로 나타났다. 오랜 비에 씻기운 신선한 연두색이 기운찬 햇살 아래 환하게 펼쳐 있었다.

잔디밭에서 근수는 문득 발을 멈추었다. 기애를 향해 서며, 자기의 마음속을 거기서 헤아리듯 기애의 얼굴을 물끄러미 건너다보는 것이었다. 그러다가 눈이 부신 듯이 깜박거리고 고개를 기웃하며 웃어버렸다. 좀 싱거운 듯이 입가로 웃는 옛 버릇이었다.

풀밭 가운데로 걸어 들어갔다. 근수는 또 멈추고 기애의 얼굴을 건너다보았다. 입가로 웃지 않고 눈빛도 아까와 같지 않았다. 그는 두 손으로 기애의 손목을 감싸 쥐었다.

"기애, 그동안 나를 잊었었겠지?"

부드럽고 따뜻한 음성이었다. 넓고 든든한, 기애 가운데의 여성이 저도 모르게 기대어버릴 듯한 근수의 음성이었다.

"기애, 기애가 알듯이 나는 여러 가지 것을 잃어버렸어. 생각도 전과는 달라져서 어떤 신념에 따라 한 노선을 간다는 일도 못 하고 있는 형편이야. 말하자면 비참한 지리멸렬이지. 그렇지만 내게도 단 하나 꼭 가지고 싶다고 생각해온 것이 있어. 기애, 알아줄 터이지. 내 곁을 떠나지 않겠다고 약속해줘. 기애, 날 격려해줘. 내게는 아직도 아마 용기가 있을 거야."

"……"

| * 기애 자신의 마음속에 반발감이 싹텄다는 뜻으로 보인다.

238

"기애! 기애!"

근수의 억센 한 팔이 기애의 등을 끌어당겨 자기의 가슴팍에 묻어버렸다. 목 언저리에 그의 입김이 뜨거웠다. 기애의 머리는 그의 말을 분석하고 있지 않았다. 그는 자기를 마비시킬 듯한 이상한 감각 속에서 숨 가쁘게 허덕이며 혼자 생각을 더듬고 있는 것이었다.

'이건 무얼까, 이건 무얼까.'

남자의 육체를 알고 있다고 생각하고 있었지만 여기에는 판이한 무엇이 있었다. 언젠가, 오랜 옛날에, 그렇다, 아마도 사변 그때에 다락 속에 숨은 근수에게서 받은 어떤 강렬한 느낌과 이것은 상통하는 것이었다. 그리고 그때는 온전히 깨닫지 못한 이 느낌은 인생의 진실과 어떤 절대적인 관련이 있는지 몰랐……. 기애의 머리는 빙글빙글 도는 것이었다. 무슨, 꿈에도 생각지 않은 오산이, 막대한 인생의 가치에 대한 오산이, 자기에게는 있었던 것이 아닌가?

'그렇지만 어차피 일은 죄다……'

기애는 몸을 비꼬아 근수의 가슴을 떠밀쳤다.

'기애, 나를 밀어 던지면 안 돼! 날 사랑해줘.'

목소리가 되지 않는 목소리로 속삭이며 근수는 자기의 얼굴로 기애의 그것을 덮었다.

꼭 무례한 짓을 당하고 화를 낸 사람처럼 기애는 어디다 분풀이를 해야 할지 모르는 표정이었다. 그리고 사실 기애는 화가 나 있기도 했다.

바보! 바보! 난 자격이 없어요, 하고 내 입으로 설명을 안 하면 못 알아보나. 바보, 바보. 그렇잖으면 날더러 내가 그 모양이었었대도 아마 괜찮을 거라는 기대를 가져보란 말인가. 바보. 등신!

집에 돌아왔으나 방에 들어가지도 않고 담장 앞 평상 위에 두 다리를 내던진 기애는 내내 외면을 한 채로였다. 실오라기 같은 무궁화나무 곁에 버티고 선 근수는 그런 기애의 옆얼굴을 깜빡도 하지 않고 뚫어지게 바라다보고 있었다.

나를 경멸하고 있는가? 아무것도 가지지 않은, 팔조차 이렇게 되어버린 나를. 흠, 그럴 테지, 그것이 당연한 노릇이다.

근수의 입가에 눈물보다 더 아픈 미소가 어리는 것을 기애는 보았다. 기애는 더 이상 견딜 수 없었다. 그의 초라함, 그의 설움이 가슴에 저릿저릿 애달파서 그 새까맣게 타고 수척한 얼굴을 가슴에 안고 실컷 울고 싶었다. 기애는 평상에서 벌떡 일어났다. 그러나 그는 고작 방으로 들어가서 양말이며 스커트를 난폭하게 벗어던질 따름이었다. 그리고 다른 옷들을 주워 걸쳤다. 그 모양은 마치 근수의 손에 닿았던 모든 것을 일시라도 빨리 몸에서 벗겨버리려고 하고 있는 것 같아 보였다.

무궁화나무께에서 근수는 옷자락이며 기애의 팔다리가 힐긋힐긋 나타나는 방문 쪽을 여전히 옴짝도 안 하고 응시하고 있었다. 그의 입가에는 이제 미소도 떠 있지 않았다. 그는 다만 기애의 모든 모습을 뇌리에 깊이 새길 필요라도 있다는 듯이 응시를 계속할 따름이었다.

그들의 서슬에 가슴이 무너지게 놀란 것은 장씨였다. 그녀는 찾아온 근수가 무한히 반가웠고, 산에랑 함께 나가는 것을 보고는 분주히 음식상을 마련하면서 이것들이 이제 오나, 욱이도 그만 돌아왔으면 하고 언제 없이 마음이 화안했던 것이었다. 장씨는 기애더러 제발 웃는 낯을 보여달라고 간청하고 싶었으나 그러지도 못하고 근수 편만 몇 번 살피다가 그것도 어려워 그만 부엌 속으로 들어가 버렸다.

"이 애가 왜 여태 안 오누."

장씨는 부뚜막 앞에 서서 공연히 큰 소리로 그렇게 두덜대듯 하였다.

마침내 근수는 좀 진정이 된 낯빛으로 방문 앞으로 걸어왔다. 그는 기애에게 하여간 화는 내지 말아달라고 상냥한 인사말이라도 남기고 싶었는지 알 수 없었다. 그러나 방 안을 들여다본 그는 아무 말도 하지 못했다. 욱이의 책상 위에 버릇 사납게 걸터앉은 기애는 담배 연기를 후욱 내뿜고 있는 것이었다. 담배를 끼고 저리본 턱을 고인 손가락 끝에 길고 빨간 손톱이 표독스러웠다.

근수는 말없이 돌아섰다.

외면을 한 기애의 두 뺨 위로 굵다란 눈물이 흐르고 있었으나 물론 근수에게 그것을 알 필요는 없었을 것이었다.

장씨는 기애와 이야기를 하는 일이 거의 없어졌다. 그녀에게는 딸의 일이 결국 알 수 없어진 것이었다. 무언지 서글프고 믿을 곳 없는 허전함만이 예전부터 변함없는 그의 차지였다. 운명에 따라 모든 것이 진행되느니라고 그녀는 진작부터 체념하고 있었다. 그리고 그녀 자신의 운명은 남과 같이 밝은 것일 수는 결코 없었고 그 운명에 불만을 품지 말아야 할 것이 하나님의 뜻이었다. 장씨는 더욱 부지런히 교회에 다녔다.

욱이는 슬픔이 깃들인 눈초리로 기애를 가만히 보고 있을 때가 없지 않았지만 말을 걸면 언제나 적당히 명랑한 목소리로 응수하는 것이었다. 어려움에 두루말리지 않는 사기그릇 같은 매끄러움이 그의 구원일지도 몰랐다.

단지 이만 오천 환의 일자리이기는 하나 기애는 취직을 하였다. 어째서인지도 모르는, 도가 넘친 진지함을 가지고 기애는 그 무역 회사 일을 열심히 보았다. 어느 날 욱이의 도시락을 쌌던 신문지 구석에서 기애는 조그만 기사를 발견하였다.

"청년이 염세자살. 넉 달 전에 제대한 육군 중위가—."

이런 제목이었다.

그의 체취도 그의 입김도 느껴볼 길 없는 무정하고 생경한 전갈이었지만 그것의 주인공은 근수가 틀림없었다.

기애는 기사를 찢어서 백 속에 넣었다.

조금 후에 그는 눈이 부시게 난한 차림으로 용산에 있는 미군장교 구락부 앞에 나타났다. 다짜고짜로 책임자를 찾아 자기에게 일거리를 달라고 부탁하였다.

노래도 하고 춤도 곧잘 추지요. 타이프는 물론 비서의 경험도 없지 않아요. 신체검사표를 내일 가져올까요?

술 취한 것처럼 대어드는 기애에게 능글능글한 미국인은 배를 흔들며 웃었다. 그 밤으로 취직이 되지는 물론 않았지만 기애는 그 장교와 스윙을 추었다. 그리고 마티니를 반병이나 마셨다. 굽이 세 인치나 되는 금빛 구두를 그는 신고 있었다.

"보아, 보아."

창턱에다 팔꿈치를 짚고 앉아 기애는 개를 불렀다. 까만 셰퍼드인 보아는 기애가 여태껏 본 개 중에서 으뜸 사나운 짐승이었다. 담 밖에서 부스럭 소리만 나도 공연히 날뛰면서 으릉대었다. 뜯어물듯이 날뛰는 그 사나운 소리에는 타협도 자비도 있을 수 없고 그저 무정한 맹렬함이 있을 뿐이었다. 기애는 그놈의 흉포한 모습을 보고 그 소리를 듣기를 좋아한다.

"당신은 언제든지 명령이 내리면 본국으로 후딱 날아가 버릴 테지만 나중 일을 두려워할 건 조금도 없어요."

하얀 데이지가 흩어져 핀 정원으로 내려서면서 기애는 뚱보 미국인 장교 구락부의 하리이에게 웃어 보이는 것이었다.

"보아가 날 지켜줄 테니깐요. 도적으로부터 못난 녀석들로부터 그리고 꼬부랑 할머니들 눈과 입으로부터…….”

뚱뚱보 하리이는 이런 소리를 들을 때면 짐짓 성실한 낯빛을 지으면서 오오 자기가 그럴 수 있으리라고 생각해서는 안 된다고 하는 것이었다. 기애는 손가락을 하나 세우고서 애당초 곧이듣지 않는다고 말하지만 그러한 그의 눈 속은 조금도 그늘져 있지 않았다. 앞가슴만을 조금 가린 싼·드레스* 두 다리를 쭉 펴고 보릿짚 샌들로 힘차게 땅을 딛고 섰는 그는, 투명한 남빛 유리 같은 여름 하늘 속에 자기의 투지鬪志를 바라보고 있는지도 알 수 없었다. 기애는 튼튼해지고 어여뻐져 있었다.

어머니 장씨가 검버섯이 새카맣게 돋은 얼굴로 기어오듯 맥없이 돌아오고 있는 것을 하리이와 함께 탄 차 속에서 보는 일도 있었다. 무슨 산엔가 기도한다고 올라가면 며칠씩 돌아오지 않는다는 장씨였다. 작은 책보를 옆구리에 낀, 그날도 기도하러 갔다 오는 걸음인지 몰랐다.

길을 가득 차지하는 자동차 때문에 한 옆으로 우두커니 비켜섰으나 눈은 먼 곳을 향하고 있었다.

하리이가 그렇게 주장한다고 해서 해방촌 가는 길목 집을 사게끔 버려둔 무신경의 탓으로 장씨가 그 앞의 큰길은 피하여 멀고 가파른 돌음길을 다니고 있다는 소식은 기애의 마음을 자극하였다.

그러나 기애는 웃었을 뿐이었다.

욱이는 간혹가다 들러주었다. 지나치게 촉각觸角을 움직이지 않고, 그저 반갑게 누이를 보고 간다는 그의 태도는 여전히 단순한 것이었다.

“어머니는 그게 좋아서 만날 가시는 걸 테니까 넌 별 걱정은 말려무나.”

| * 선드레스sun dress. 일광욕할 때 입는 드레스란 뜻으로, 대개 어깨나 등을 많이 노출시킨 것이 특징이다.

243

"응, 그다지 걱정은 안 해. 해도 소용이 없으니까. 그런데 말이야, 난 학교두 멀구 밤낮 어머니가 안 계셔서 점심두 못 싸가지구 가구, 그래서 기선이 할머니 집에 하숙이나 할까 생각하구 있는데……."

그런 소리를 하는 욱이는 그러고 보니 좀 여위고 혈색이 안 좋았다.

"기선이 할머니? 기선이는 지프차에 치여서 죽었다며?"

"응 버얼써 전에. 일 년두 넘었지. 기선이 할머니가 자꾸 와 있으라는데 어쩔까."

기애는 어머니만 오케이하거든 그러려무나 하였다. 기선네는 설마하니 판잣집에는 안 살 터이고 그것만으로도 욱이에게는 이로우리라 생각되었다.

"응, 어머니는 좋을 대루 하라구 그러셔. 지금 예배당 생각밖에는 없으시거든."

그렇게 말하고 욱이는 조금 웃었다.

"그럼 됐네."

"그런데……. 아마 한 육천 환 하숙비를 내야 할 거야. 안 받는다구 그럴 테지만."

"그럼 내야 하구말구. 내지 뭐."

"그런데……."

욱이는 판단을 지을 수 없다는 듯이 망설이는 눈초리로 기애를 쳐다보았다. 기애는 그의 맘속을 이해하였다. 그것은 옳은 일일까 하고 욱이의 머리가 궁리를 하고 있는 것이었다. 부모에게서 떳떳이 받아쓰는 학비도 아니요 말하자면 색다른 생활을 하는 누나가 주는 돈이었다. 학교에 드는 것은 어쩔 수 없다 치고 그 이상의 요구가 자기로서 옳은 일일까 그른 일일까. 이런 주저로움이 그러나 욱이의 경우에는 그저 의문으로 떠오르는 것이었다. 억압된 수치감이나 이지러진 자존심을 동반하지 않는 까닭에 진흙 구렁에 빠진 것 같은 부담을 쌍방에 주지 않는 것이었다.

기애는 조금 생각하고 나서 대답했다.

"하리이한테 의논해서 네 한 달 학비를 정하기루 하자. 저두 꼭 너만한 동생이 있다나. 자꾸 널 이리 데려오라구 그러길래 어림두 없다구 기숙사에 넣어야 한다구 그래 두었지."

기애의 이야기는 정말이었다.

그러나 정말이 아니라도 무방하였다. 욱이가 똑바로 자라나줄 것만이 여기서는 필요한 일이었다.

똑바로 자라나다오. 그것은 누나처럼, 근수처럼, 그리고 어머니처럼 되지 않는 일이다. 다른 무슨 방법을 발견하는 일이다. 너는 그것을 해낼 소질이 있을 듯해 보인다…….

보아와 잠간 장난을 치다가 돌아가는 욱이의 뒷모습을 보면서 기애는 이번에는 또 뚱딴지같은 생각을 하는 것이었다.

'하리이가 지금 당장 어디루 가버린댔자 나는 꿈적도 하지 않을걸. 백번 팽개쳐진댔자 꿈적도 하지 않을걸…….'

—《문학예술》, 1957. 8.

팬터마임

검은 외투의 깃을 세우고 옥리玉利는 이등 찻간으로 올라갔다.

북경인가 봉천인가를 시발역으로 하는 히까리는 방금 경성역에서 오른 승객까지를 합쳐서 꽤 혼잡을 이룬 채 벌써 덜컹거리고 달리기 시작하고 있었다.

옥리는 겨우 한 곳 비어 있는 좌석을 발견하고는 트렁크와 외투를 선반 위에 얹고 R여전의 제복을 보이면서 저기에 가 단정히 걸터앉았다.

그는 이 동기 방학 동안, 천하없어도 한 번은 내려왔다 가라고 반 강압적으로 서두는 외삼촌 내외의 초대(?)에 따라 T시로 가고 있는 도중이었다. 외삼촌 내외에 꾸미고 있는 일이란 필경 신통치도 대수롭지도 않은 일일 것이었다. 누구에게 선을 보이라느니, 누구를 선을 보라느니 하는 일일 것이라고 대략 짐작을 하고 있었다.

현재의 옥리의 머리로 보아 그것은 난센스라고나 할밖에 없는 노릇이었지만 여행은 좋아했고 또 며칠 동안 조카들을 맡기고 그들 내외가 어디를 다녀오고 싶다는 것이 표면의 이유이고 본즉 옥리는 못 이기는 체하고 승낙을 해버린 것이었다.

허나 가기로 작정을 하여 놓고 보니 정작 중요한 용무가 옥리는 T시에 있었던 것이다.

몇 달째 옥리의 관념 세계를 아주 딴것처럼 만들어버린 순규의 고향이 바로 T시였다. 그는 하숙방을 잠그고 각모를 쓰고, 빨랫감과 책이 든 트렁크를 들고서 바로 며칠 전 이 정거장을 떠나간 것이었다.

T시에 체류하면 필연적으로 순규를 만나게 될 것이었다. 그는 아마 매우 놀랄 것이다. 그리고 자기의 양친에게 옥리를 보이려고 할 것이었다. 그의 양친이란 어떤 인상의 사람들일까……

옥리는 '인생'과 마주 서기를 시작하고 있었다. 옥리에게 그것은 먼동이 트기 시작한 하늘과 비슷한 것이었다. 앞으로의 모든 사건, 모든 가능성, 모든 감격이, 지금은 다만 암시로서만 나타나 있었다. 감수성은 맑고 예리하게 닦이어서, 심상心像에 와 부딪는 모든 일에 깊은 새김을 주려고 채비하고 있었다.

기차는 쾌속도로 달려갔다.

옥리는 단조로운 차창의 풍경에도 지루한 줄 모르고 시선을 쏟았고, 또 약간 의식적으로 새침하면서 차내를 둘러보기도 하였다. 그것은 앞에 앉은 노파가 말동무에 궁했던지 옥리에게 무던히도 먹을 것을 권하고파 하고 말을 걸고파 하는 때문이었다. 옥리는 아무하고 이야기하지 않아도 공허하지 않았고 먹을 것을 입에다 대기도 싫었다. 다만 그는 '인생' 그것을 관찰하듯이 흥미 깊은 눈초리로 차 안의 사람들을 바라다보았다.

거기에는 많은 일본인이 함께 타고 있었다. 그중에도 만주로부터 내려오는 듯한 사람들은 큰 호텔의 레테르가 덕지덕지 붙은 호사스러운 여행구를 머리 위에 쌓아올리고 값진 옷을 입고서 떠들어대고들 있었다. 그런가 하면 또 지독하니 빼어물고 코언저리에 한 번 손수건을 가져가는 데도 일일이 돌아앉아 한 손으로 가리우고야 하는, 점잖고 숨 답답한 가족 일행도 있었다.

그들의 어린애는 초콜릿을 까먹으려고 해도 돌아앉아 자라처럼 목을 움츠렸다.

'훔쳐 온 물건도 아닐 테고……'

문득 옥리는 복도 건너편 저만큼 되는 곳에 시선이 이끌렸다. 옥리의 자리와 거의 대각선을 이룬 좌석께에 한 젊은 여인이 서 있었다.

분홍 빛깔의 옷을 입은 그 여자는 퍽이나 오랫동안 비스듬히 옆을 보이는 그 자세대로 서가지고 있었다. 무엇을 하는 것도 아니고 무엇을 딱히 보고 있는 것도 아닌 애매한 자세가 적이 의아심을 자아내려고 하는데 그 여인은 소리 없이 자리에 가 걸터앉고 말았다. 앉고 나면 그 자그마한 몸은 의자 등과 앞자리의 사람들로 가리어서 조금도 보이지도 않게 되었다. 옥리에게는 다만 그 곁에 앉은 검붉은 낯빛의 몹시 몸집이 큰 남자가 보일 뿐이었다.

'지루하면 일어서서 가는 수도 있겠지, 그야 어린애가 아니라도 말이지……'

옥리는 자기의 지나친 호기심을 약간 비웃지 않을 수 없었다. 그러나 십 분이 안 가서 무심코 그편을 바라본 옥리는 저절로 조그맣게 벌려진 입을 급히 손끝으로 가리지 않으면 안 되었다.

또 그 여자가 서가지고 있었다. 그리고 이번에는 단 일별로써 그녀의 정상치 못함을 지적할 수 있었다.

첫째 그 여자는 머리를 기다랗게 풀어서 늘어뜨리고 있었다. 컬을 해서 어깨에 물결치게 한 그런 머리가 아니고 파마도 하지 않은 확실히 틀어올렸던 머리칼이었다. 그리고 분홍색의 그녀의 옷은 무늬도 아름답고 질도 좋은 것인 듯하였으나 분명 그것은 밖에서 입는 옷은 아닌 성싶었다. 쥬방*인가 하는 속옷이 그것은 아니었을까? 여하간 그 넓은 허리띠

라고 인정되는 물건도 매어져 있지 않고, 남의 앞에 입고 나설 의복이 못
될 것만은 사실인 것 같았다. 차내는 물론 스팀의 열기로 훈훈하였고, 그
래서 웃옷을 벗은 사람도 없지는 않았으나 그러나 역시 이토록 무례한
복장을 한 이는 있을 수 없었다.

무엇을 하는 것도 아니고 무엇을 보는 것도 아닌 그 여인은 그냥 또
이십 분가량이나 그렇게 서 있다가 걸터앉았다. 옥리는 자기도 입원한
적이 있는 어떤 종합병원의 병실을 머리에 떠올렸다. 일녀들이 대강 지
금 그 여자와 비슷한 모양새로 침대에 앉았거나 복도를 거닐거나 하던
것 같았다. 저 여자는 만주의 어떤 정신병실에서 나온 것일까.

그 여자의 옆에 앉은 정력적인 사나이는 마주 앉은 두 영감과 이야기
에 열중하고 있었다. 두 영감은 조선에 사는 장사치들인지 만주의 경험
담인 듯한 이야기에 그럴 게라고 연신 입을 조아리고 있었다.

말소리도 생김새도 온통 부리부리한 사람들이었다.

저 검붉은 얼굴을 한 남자는 그 여자와 동행일까, 하고 옥리는 의심
을 품었다. 병자가 혼자 타지는 않았을 게고, 그러나 그 남자는 여자에게
도무지 아랑곳하지 않을뿐더러 우뚝 서서 있을 적에랑은 오히려 고개를
비꼬아서 외면을 한 채 이야기만 하는 것이었다.

그러나 옥리의 의문은 쉽사리 풀렸다. 다음 번에 여자가 일어섰을 때
그녀는 이번에는 복도 쪽으로 나오려고 하였고 그 남자는 다리를 뻗쳐
짐짝 위에 걸침으로 하여 통로를 막아버린 때문이었다. 그렇게 길을 막
으면서도 남자는 이야기를 중지하지 않았다. 여자를 아는 체하지 않는
것도 여전하였다.

그는 아마 그 동행을 부끄러이 여기고 있나 보다고 옥리는 그렇게 짐

| * 일본식 속옷을 뜻한다.

작하였다. 그러나 몇 번이고 되풀이해서 발을 들어 길을 막곤 하는 그 태도는 무언지 냉혹하게 보이지 않을 수 없었다. 그가 여자에게 전혀 말을 하지 않고 거들떠보려고도 하지 않으면서 정확하게 발을 올려놓곤 하는 양은……. 여자가 퍽이나 온순하고 가련해 보이는 생김새를 하고 있는 것도 옥리의 마음을 이끌었다.

하지만 물론 옥리는 남의 행동을 너무 열심히 지켜보고 있다는 일이 예의에 어긋난다는 생각을 잊지 않았다. 그래서 그는 일어나서 외투 주머니에서 소설책을 꺼내들고 그것을 읽기 시작하였다.

얼마나 시간이 흘렀을까, 옥리는 주위 가의 공기가 어쩐지 괴상하게 긴장되면서 바작바작 조여드는 듯한 숨 가쁨을 느껴서 고개를 쳐들었다.

둘레의 사람들은 똑같은 모양으로 침묵해 있었다. 고개를 돌리거나 손을 움직이거나 하는 사람도 없고 무슨 힘엔가 억눌리어서 순간에 화석한 사람들 모양 옴짝달싹도 안 하고들 있었다.

옥리의 눈은 물론 그 또다시 우뚝 서 있는 여자에게로 쏠렸다. 그리고 번개같이 날카로이 이 새로운 눈길을 붙잡고 번뜩인 그 여자의 시선과 부딪치자 등골에 찬물을 끼얹힌 듯이 오싹하면서 급히 시선을 피하고 말았다. 옥리는 그 주위의 모든 사람들과 마찬가지로 이유 모를 공포에 휩쓸려 온몸의 솜털을 일으키면서 숨을 죽인 것이었다.

그것은 생각해보면 알 수 없는 노릇이었다. 아무리 광녀狂女라 할지라도 그의 힘에는 한계가 있을 것이었다. 설사 폭행을 하려 든다 치더라도 여러 사람이 간단히 누를 수 있을 것이요, 또 설마 귀신이나 요귀를 불러낼 것도 아니었는데 그가 그렇게 서서 무언지 초인적超人的인 빛을 담은 날카로운 시선으로 응시하니까 그만 중추신경이 마비된 듯이 오금이 졸아붙는 것이다.

옥리는 몇 번이나 눈을 들고 그 여자 쪽을 보려 하였다.

그러나 그럴 때마다 그 여자는 거의 반사적으로 똑바로 이쪽을 쏘아보았다. 이성理性으로는 도저히 대항할 수 없는 어떤 처절한 빛으로 째어질 듯이 긴장된 표정을 하고서……

그래도 끝내 옥리의 호기심은 줄어지지 않았다. 그는 그 여자가, 형언하기 어려운 '공포'를 무기로 협박을 하고 있는 목표물이 바로 그녀의 앞에 앉은 두 영감이고, 나머지 사람들은 그저 그녀의 작업을 방해하지 않도록, 즉 벙글거리고 바라다본다거나 무슨 말을 지껄인다거나 하지 않도록 경계당하고 있을 뿐이라는 것을 알아챘다. 그래서 옥리는 몸을 조금 당겨서 그 여자와 시선이 맞닿지 않도록, 그러나 그편을 바라볼 수는 있도록 고쳐 앉았다.

과연 그 여자는 꼼짝 않고 선 채 앞에 앉은 두 영감의 이마께를 뚫어지라고 노려대었다. 극단의 처절함, 분노와 증오의 절정에서 방금 어떤 참극을 유발하려는 찰나인 것 같은 전율을 그 시선은 자아내었다. 두 늙은이는 마침 도시락을 펴들고 있던 판이었으나 가엾은 것은 그 표정들이었다. 입에 들어간 밥은 그냥 목에 메인 채로 있고 손끝은 떨려서 반찬을 집지도 못하였다. 그렇다고 젓가락을 내려놓지도 못하고, 무엇보다도 지금 이런 운명에 놓인 것이 유독 자기 혼자의 일인지 또는 옆 친구도 함께인지, 알자 해도 고개가 쳐들리지 않아서 그냥 눈알만 좌우로 굴려보는 것이나, 그것이 아무 도움도 될 수 없는 것은 물론이었다.

호기 있게 떠들던 광녀의 남편(아마 틀림없이)만이 객쩍은 듯이 그러나 여전히 외면을 하고 있었다.

십 분인가 십오 분으로 물론 이 일 막도 끝이 났으나 옥리가 오래도록 이 여자를 잊지 못한 것은 한 번 더 그 여자가 일어났을 때 참으로 인상 깊은 얼굴을 보여주었기 때문이었다.

그 여자는 남편의 두툼한 어깨를 내려다보고 있었다. 입가에는 미소를 머금고 다정한 눈으로 언제까지나 찬찬히 내려다보고 있는 것이었다. 그것은 정말 아름다운 표정이었다. 어느 영화의 어느 애정의 장면에서라도 그처럼 진실되고 그처럼 아름답게 뜨거운 사랑의 표정을 옥리는 본 일이 없는 것 같았다. 분홍빛 옷을 입은 그 여자는 그렇게 미소한 채 별안간 눈 속에 눈물을 가득 담았다. 쓰라린 듯이 경련하는 입은 여전히 미소하고 있고 그러나 눈물은 그칠 줄 모르고 뺨을 흘러내리는 것이었다.

'저 사람이 나빴구면, 확실히……'

옥리는 속으로 중얼거리고 남자의 얼굴을 건너다보았다. 그리고 한마디 더 덧붙였다.

'혼이 난 그 앞의 노인네들은 그만 너무 많이 그 사람과 지껄였고……'

"세상에 불쌍하기도 해라. 그렇잖아요?"

옥리와 마주 앉은 노파는 그런 소리를 했다. 옥리는 그 말에 동의했으나 그때 그는 훨씬 더 복잡한 상념에 사로잡혀 있었다.

옥리는 넓디넓은 비탈길을 올라가고 있었다. 그 길은 정말 어찌나 폭이 넓은지 그 때문에 올라가야 할 거리가 실지보다 훨씬 가까워 보이는 것이었다. 그리고 양옆의 인가나 채소밭들은 평지 그대로 뚝하니 떨어져 있기 때문에 그것은 마치 거대한 무대에 깎아 세운 도구같이 거침이 없어 광막하기도 한 것이었다.

거리가 받아 뵈는 지평선은 쉽사리 하늘과 엇대어 있었다. 손에 잡힐 듯이 가까운 하늘 □□□ 같은 구름이 흐르는 때도 있고 오늘처럼 납색한 가지로 무겁고 싸늘하게 침묵하는 일도 있었다.

어느 때나, 그러나 그 길을 걷자면 곧장 하늘로 걸어 올라가는 듯한 마음이 들었다.

'하늘로 올라가면 좋지. 외로움도 그리움도 없는 데로 가면 좋지.

옥리는 그렇게 뇌까리고 뜨거워지는 눈등을 손으로 누르는 것이었다.

그의 치마폭에는 하늘색 양복을 입은 계집아이가 겨우 걸음발을 떼면서 매어달려 있었다. 순규의 가족들인 것이었다. 학도병으로 끌려 나간 뒤에 소식이 없는 그의 가족이 옥리와 어린애인 것이었다.

'그는 돌아와 줄 테지. 왜냐하면…… 꼭 돌아온다고 내게 약속했으니까…….'

옥리는 입술을 잘근잘근 깨물어보는 것이나 울음을 참는 것은 퍽 괴로운 일이라는 경험을 되풀이할 따름이었다.

'그가 만약 돌아오지 않는다면…….'

옥리는 생김새며 옷이며 인형보다 얼마 크지도 않은 아이를 안아 올리며 필경은 해야 할 생각과 마주 서 본다.

'이냥 살아나가야 할 것이다. 그 이외의 사람을 사랑할 수는 없으니까……. 그 이외의 사람은 내게는 없는 거나 마찬가지니까…….'

그러나 이런 생각들 속에 새고 저물고 하는 날들의 뼈저림이 옥리의 가슴을 벌레먹고 있었다. 바람을 쏘이고 기운을 내자 하고 옥리는 자주 이 비탈을 오르는 것이나 무턱대고 괴로움을 피하려는 노력 대신 요즈음은 차츰 그것들 가슴속에 덮이는 일에 위로 같은 것을 느끼고 있었다.

더디게 더디게 시간이 흐르는 것을, 구름 속에서 아무런 기적도 일어나지 않는 것을, 보려고 옥리는 비탈길을 올랐다.

"자아 다 왔구나."

언덕 위에 서면 하늘은 좀 더 멀리 물러가고 발밑에 넓은 강이 가로 놓여 있었다.

납빛으로 어룽진 하늘 아래 올리브색 강물도 역시 춥고 스산하였다. 쌀쌀한 이른 봄 강바람이 맞은쪽 모래사장에서 건너왔다.

닻을 내린 어선들이 수십 척 앙상한 돛대를 보이며 서 있으나 옥리가 찾아오는 이런 저물녘에는 그 부근에는 사람이 보이는 일도 없었다.

　옥리는 잔디가 파릇파릇한 뚝 위를 걸어갔다. 어린애와 단둘이 걸어나갔다. 부모 형제와도 친구와도 사회와도 스스로 인연을 끊고 완전히 고립한 자기의 모습이 지금 초상화같이 또렷하다고 생각한다. 그가 찾고 있는 것은 어제도 오늘도 내일도 순규 하나뿐이었다. 옥리는 순규를 원하여서 신에게 빌고 기원하기를 그만두지 않고 있었다.

　'쓰러질 때까지……. 생명이 다하도록…….'

　강바람이 세차서 어린애가 혹 하고 느꼈으나 옥리는 자기를 누를 수가 없었기 때문에 그대로 앞으로 걸어 나갔다. 어선은 멀어지고 비탈길도 멀어졌다. 하늘은 여전히 음산하고 강물은 가슴이 저리도록 차가워 보였다. 문득 옥리는 발을 멈추었다.

　아이가 둘 강둑 위에 웅크리고 서 있었다. 아홉 살쯤 된 계집아이와 더 어린 사내애였다. 자주 인조견 치마를 입은 계집아이는 쌀쌀한 강바람에서 아우를 막으려는 듯이 그를 치마폭에 감싸 어깨를 폭하니 안고 있었다.

　옥리는 다가갔다. 그들은 얼싸안은 채 가늘게 떨고 있었다. 그들의 눈은 강 위의 일점을 주시하고 있었다. 푸르칙칙한 강물 한복판에는 작은 나룻배가 한 채 떠서 그림처럼 움직이지 않고 있었다.

　배 위에는 이상한 광경이 벌어져 있었다.

　붉고 푸른 옷을 걸친 어떤 여인이 꼭두각시처럼 뛰어 오르고 있었다. 한편에 앉은 흰 옷의 노파가 장단을 맞추고 있는 건지 팔을 연신 들었다 놓았다 하는 것이 보였다. 노파의 반대편 뱃머리에는 양복 같은 것을 입은 남자가 하나 어깨를 숙이고 앉아 있었다.

　옥리는 한동안 그 붉고 푸른 것을 두른, 마치 용수철이 달린 자동인형처럼 튀어 오르곤 하는 여인의 이상한 모습을 바라보았다.

여인은 이번에는 뱃전에 몸을 던지고 비탄에 잠기는 몸짓을 하였다. 그리고 별안간 물속으로 뛰어들 자세를 취하였다. 배는 크게 움직였다. 흰 노파는 그를 잡아 앉히고 더 크게 팔꿈치를 놀리기 시작하였다.

'무당인가 보다.'

그 방면의 지식이 전연 없는 옥리였으나 그렇게 미루어 생각할 수 있었다. 그는 아이들에게로 한 번 더 시선을 옮겼다.

눈물 자국이 말라붙은 사내아이는 입술 위에까지 코를 흘린 채 또 곧 울 것 같은 볼을 하고 있었다. 그래도 그 아이의 얼굴은 아직 현실적이었다. 큰 아이 편은 검은 두 눈이 그냥 넋을 잃고 강물 위로 쏠려 있는 것이었다.

날카로운 공감共感이 옥리의 가슴을 쥐어짰다. 그것은 거의 아픔 같은 또렷한 감각이었다.

이들은 온 세상에 단 하나뿐인, 꼭 필요한 사람을 잃은 것이다. 무엇으로도 대치할 수 없는, 그리고 절대로 있어야 할 그 사람을……

그들은 울고 하느님께 애원하고 그리고 절망의 참혹함을 맛보아야만 할 것이다. 그 아홉 살쯤 되는 계집아이는 이미 그것을 알았고 앞으로도 계속해서 알아야 할 것이다……

옥리는 끝내 그들에게 말을 걸지는 않고 말았다.

그는 발길을 돌렸으나, 누가 대신해줄 수도 없고 덜어줄 수조차 없는 유의 슬픔을 인간이 지녀야 한다는 것은 아무래도 너무 가혹한 일인 것 같았다.

푸르칙칙한 물 가운데서 무당은 다시 또 소리 없이 춤추기 시작하였다.

화장대 앞에서 겨우 일어선 옥리는 또 한 번 얼굴을 거울에다 들여대었다. 정성 들여 화장을 해야만 하는 나이에 이르러 있었다. 옷을 입어도 아무거나 맞는다곤 이젠 할 수 없었다.

조그만 천연석天然石의 귀걸이를 만지작거려 보고 나서 옥리는 외투를 꺼내려고 방 한쪽으로 갔다. 그러나 옆에서 빗질을 하던 남편이 손을 닦는 것을 보고는 그의 윗도리부터 벗겨서 들고 왔다.

화장대 옆에는 크리스마스트리가 반짝이고 있다. 순규는 전쟁에서 돌아와서 옥리 내외는 그사이 다섯이나 되는 아이들의 아버지와 어머니가 되어 있었다.

순규의 검은 윗도리를 들고 섰던 옥리는 문득 그 한쪽 주머니가 불룩하니 튀어 나와 있는 것을 보았다. 약간 무거운 것이 들어 있는 것 같기도 하였다.

옥리는 서슴지 않고 호주머니에다 손을 넣어서 그 물건을 집어내었다. 그것은 당연한 일이었다. 남편의 주머니를 자기의 그것과 구별해야 할 이유가 어디 있을까.

손에 쥐어진 것은 놀랍게도 빨간 꽃무늬가 있는 손수건이었다. 비단이고 그리고 향내가 풍겼다. 더욱이나 그 속에 싸여져 있는 것은, 부인용의 보석이 가득 박힌 하얀 시계였다.

'선물?'

하고, 옥리는 일순 궁리하였다.

그러나 금년의 프레젠트가 시계일 수는 없었고(새로 산 지가 한 달도 못 되니까) 그리고 무엇보다도 생각해보니 어제 이미 자기 몫은 받고 있는 것이었다.

'흐음, 이게 뭘까.'

하여간에 그것을 화장대 위에 놓았다.

순규는 거울 속에서 그것을 보더니 애매하게 비시식 웃으면서 돌아서서 옥리의 얼굴을 들여다보았다.

옥리가 입을 열려는 바로 그 찰나에 방문이 열리더니 아이들이 두셋 울렁줄렁 들어섰다. 빨갛고 파랗고 노랗고 흰, 모자니 장갑이니 외투니 하는 것들이 장난감 상자를 뒤엎어 놓은 듯이 눈에 번거롭다.

옥리는 입을 다문 채 손만 흔들어서 얼른 가서 차를 타고 있으라고 그들을 내몰았다. 아이들은 우루루 밀려 나갔다.

옥리는 순규께로 돌아섰다. 상대는 벙글벙글 웃고 있으나 함께 웃을 이유는 없으니까 옥리는 적이 냉정하게 따지기로 했다. 그런데 또 그때 마루를 쿵쿵거리고 큰애 둘이 이층에서 내려왔다.

서툴게 이들에게 또 벙어리 노릇을 할 수도 없어, 그는 아직도 한 팔에 걸치고 있던 윗도리를 의자에 내어던지고 눈을 흘긴 뒤에 손수건을 몰수하여 자기 백에 넣었다. 그리고 앞서서 밖으로 나왔다.

아이들과 약속한 K호텔의 회식은 별일 없이 끝났다. 순규는 아이들과 어울려 잘도 웃었고 옥리도 별수 없이 상냥하고 쾌활한 어머니의 역할을 다 하였다.

그들을 돌려보낸 뒤에 순규와 다시 둘이 차를 몰았다. M 장관의 파티에 얼굴을 내밀어야 하는 것이다.

옥리는 반짝이는 조그만 백 속에 만져지는 딴딴한 물건을 손끝으로 몇 번 눌러봤으나 그러나 말을 할 수는 없었다. 운전수의 귀는 안테나이다. 초특급의 성능을 가진 안테나이다.

옥리는 고작 뾰루퉁해 보일 수 있을 뿐이었다.

M 장관댁 홀에는 동서양을 합친 많은 사람들이 빽빽할 정도로 들어차 있었다. 그 모든 사람들은 미국 사람을 본떠서 마치 경쟁처럼들 지껄이고 있었다. 방 안이 왕왕 울리도록.

옥리는 그러나 시무룩해가지고 종려나무 그늘에 숨어 앉아 있었다.

거기 앉아서, 새빨간 조끼를 입은 오십 할머니니, 패물을 너무 많이 가슴에 매달아서 몸놀림도 부자유한 여자들이니를 구경하였다.

순규가 M 장관 내외와 또 다른 몇 사람과 이야기하고 섰는 모양도 보였다.

장관은 노인네이고 그러니까 부인도 할머니인데 둘이 다 약간 고릴라를 닮았다. 그중에도 용감하게 연두색 계통의 단장을 한 부인의 체구는 당당하고, 만면에 웃음을 담는 애교는 약간의 스릴까지 주는 정도이다. 저러한 용모는 그녀의 인생관에 미친 영향도 지대했으리라고, 옥리는 그 자유자재로 움직이는 근육을 바라보며 경멸을 느꼈다.

불쑥 그 부인은 순규 앞에다 손을 내밀었다.

"자. 내놔 봐요. 자, 자."

하는 동정이다.

순규는 뒤통수로 손을 가져가서 실수했다는 몸짓을 하였다. 장관이 순규의 어깨를 툭 치며 가슴을 들먹거리고 웃어대었다.

그는 손가락으로 순규의 가슴을 꾹꾹 찌르며 놀리더니 다른 객들에게, 팔목을 가리켰다 높은 데서 떨구는 시늉을 했다 하였다. 순규는 또 순규대로 물건을 떨구는 시늉을 했다 발로 짓밟는 몸짓을 했다 하였다.

왕왕거리는 한 덩어리의 잡음 속에서 그들은 훌륭한 팬터마임의 연기자들인 것이었다.

'아하, 또 그 소리…….'

하고, 옥리는 비로소 빙긋 웃었다.

순규의 소학교 동무에 천재적인 시계공이 하나 있다 하였다. 그는 소학교도 미처 마치지 못하고 말았으나 순규의 주장에 의하면 천재가 틀림없어, 발로 짓밟혀 산산조각이 난 시계를 말짱히 고쳐놓기까지 한다 하였다.

'그러니 저 부인의 시계가 낮지 않은 것은, 그게 아마 시계가 아니었던 모양이지.'

옥리는 이편으로 순규가 걸어오는 것을 보자 냉큼 일어나서 백을 열고 수건에 싼 것을 끄집어내었다.

그것을 주면서 웃어 보이고서,

"기운이 쪽 빠졌어요. 집에 갔음 좋겠어."

했다.

"왜, 머리가 아퍼? 그래두 실례가 되잖어, 조금만 더 있다……."

옥리는 걸어서 화장실로 들어갔다. 얼굴을 고치면서 그는 문득 오랫동안 잊었던 몇 개의 무언극無言劇을 회상하였다. 그리고 오늘 자기가 주연을 한 그것은 사실, 약간 저열함을 면치 못하였다는 생각도 하였다.

그러나 그것은 별수 없는 일이다. 꽃은 떨어지는 법이고 향기는 날아가기 마련이니까……. 생각난 듯이 옥리는 향수병을 꺼내서 옆구리에 뿌렸다.

'나가서 춤이나 추어야지…….'

밴드의 주악은 점점 높아갔다.

'그래야 첫째 장관님께 실례가 안 될 게고…….'

그는 눈가의 잔주름이 드러나지 않도록 조심스레 퍼프를 눌러나갔다.

—《자유문학》, 1958. 3.

구식 여자

흰 못(池)가에 정미貞美는 서 있었다.

눈부신 햇살이 얼음 위에 쏟아지고 날카로운 강철 조각들이 그것을 반사했다.

혁赫은 정미의 손 위에다 코트를 올려놓아 주고는 한달음에 그 곁에서 멀어져 갔다.

정미는 입꼬리에다 웃음을 담고 그 모습을 지켜보고 있었다.

빨간 털모자에 아래위 새까만 트레이닝셔츠를 입은 조그만 몸뚱이가 제법 큰 사람들 틈새에서 스피드를 내고 있다.

두 손을 뒤에 몰아 쥐고 거의 직각으로 허리를 구부린 폼이 아주 본격적이다.

정미가 정성들여 짜 입힌 운동복도 귀여웠으나 일곱 살이라는 어린 나이는 스케이팅을 하는 사람들 사이에도 드물었던 탓인지 여럿의 시선이 혁에게 던져지며 미소와 함께 정미에게도 쏠리는 것이었다.

몇 바퀴째인가 앞을 지나면서 혁은 손을 들고 웃어 보였다.

정미는 끄떡였다.

그리고 생각이 난 듯이 허리를 굽혀 혁의 신이며 케이스 같은 것을 주워 보자기에 싸 들었다.

그의 가슴에는 이상한 감동과 싸늘한 슬픔이 언제나 엉키면서 함께 살고 있었다. 남편과 이별한 그 이래로 하루도 다름없이 그의 가슴에는 그 두 가지가 엉키면서 살고 있는 것이었다.

그러나 오늘 이같이 밝은 하늘 아래 차고 흰 얼음과 마주 서 있으려 니까 그 슬픔과 감동은 벌거숭이가 된 것처럼 참혹하도록 그 윤곽을 드러내는 것이었다.

정미는 줄곧 미소를 띠우려 하고 있었다. 그것은 그의 지지 않으려고 하는 노력이었다.

감정의 설렘을 근본적으로는 부정하고 높은 곳에서 미소하고 있고 싶은 것이었다.

그러나 지금 정미의 웃음은 공허하게 얼어붙으려고만 하였다.

혁에게 스케이팅을 가르친 것은 스포츠를 사랑한 남편 철호였다.

위의 아이를 잃은 탓인지 더 어릴 적부터 사냥에고 낚시터에고 곧잘 끌고 다닌 외아들 혁에게 철호는 수영도 가르쳤고 스케이트도 시켰다.

작년 겨울에도 그러니까 정미는 이 새하얗게 얼어붙은 연못가에 와 서 이렇게 서 있는 때가 있었다. 빙판 위에서는 철호가 혁의 손을 잡고 가르치고 있었다. 혁은 자꾸만 나가동그라졌다.

가만히 서 있으면 춥기만 하니까 거기서 빌려 신고 들어오라고 철호 는 가끔 정미의 곁에 와서 그런 소리를 했다.

"그럴까."

한 시간 삼백 환이라는 스케이트를 빌려 신고 정미도 지쳐본 적이 있 었다. 발에 맞지 않는 남의 신이 싫었고 녹슬고 날도 안 선 그 물건은 정 말 젬병이었지마는 그래도 오랜만에 지치는 기분은 나쁘지 않아

"나두 새것 살래."

"정말?"

"그럼."

"그럼 그러지."

부부는 그런 소리를 하면서 구두를 둘러멘 아이를 새에 두고 캐러멜을 먹으면서 걸어간 것이었다.

그 철호와 정미는 여름이 오기 전에 이혼하고 말았다.

철호가 자기와 헤어질 수 능히 있었고 잊어버릴 수도 있었다는 사실을 정미는 당연한 일로서 받아들이려고 하고 있었다.

그것은 아무리 기가 막히더라도 인정을 해야 하는, 이를테면 기정사실이었고 또 자기 자신 철호를 진심으로 증오할 수 있었다는 놀라운 체험도 하고 있었다.

그러나 철호가 혁을 버릴 수 있었고 그를 잊을 수도 있었다는 일은 아무리 해도 긍정이 되지 않는 것이었다.

그 잠시도 떼어놓길 싫어하던 아이를 정미의 손에 맡겨버리고 혁과 아무런 관련이 없는 한 여자에게 달릴 수 있었다는 일이, 어느 때까지라도 납득이 되지 않는 기분이었다. 결국 그가 자기보다 혁을 덜 사랑하였다는 일이었는데 그것이 정미에게는 자꾸 이상한 것이었다.

그런 생각으로 혁을 바라보면 정미는 눈 속이 뜨거워졌다. 그리고 미소하려고 노력하는 것이었다.

빨간 털모자를 쓰고 흰 목도리를 멋지게 한 가닥 뒤로 재친 혁은 그러나 아무런 아쉬움도 느끼지는 않는 듯이 신나게 링크를 돌고 있었다.

'됐어 됐어. 엄마의 이것은 쓸데없는 감상感想이야……'

한창 속력을 내서 내달리고 있던 혁은 그때 서툴게 앞을 지르려던 어떤 어른과 뒤에서 따라온 학생 새에 끼어서 쾅하고 보기 좋게 부닥뜨리더니 저만큼 궁글면서 나가떨어졌다.

얼음판에서 넘어지기는 일쑤인지라 정미는 그냥 빵긋 웃고 보고만 있었다. 그런데 웬일인지 혁은 이번에는 두 다리를 뻗고 앉은 채로 일어나지를 않는 것이었다. 부딪혔던 학생이 한 바퀴를 돌고 와서 그 곁에 멈추면서 손을 내어밀었다. 그래도 혁은 선뜻 일어나지를 않았다.

정미는 손에 들었던 것을 내어던지고 얼음판으로 들어섰다.

눈이 돌아가도록 어지럽게 곁을 스치는 사람들의 사이로 정미는 연못을 질러갔다.

"왜, 어떡했지?"

"응, 엄마."

말뚝처럼 듬성듬성 이가 난 입속을 들어내 보이며, 웃었다.

"다쳤니?"

"아니, 쉬고 있는 거야. 앉은 김에."

"애두, 왜 해필 여기서 쉬니."

"여기 구석 아냐? 그리구 지치는 사람들이 제 편에서 비켜 가거든, 이것 봐 아냐?"

"애두……."

정미는 그를 내버려두고 돌아 나왔다.

양단 두루마기에 수달피 목도리를 쓴 자기 모양이 링크 위에서 무던히 우습게 비치리라고 그런 생각도 잠시 스쳤으나 양복이니 구두니 하는 것을 몸에 붙이기가 딱히 귀찮기부텀 한 요즘의 그였다.

먼처 서 있던 말뚝께로 돌아오니까 내던지고 간 혁의 오버를 주워 들고 있어준 사람이 있었다. 체격이 좋은 남자였다.

입가로 조금 웃은 그 얼굴을 마주 보자 정미는 잠간 어쩔 줄을 몰랐다.

그것은 정말 오랜만에 보는 사람이었다. 이처럼 가까이서 대하기는 근 십 년 만이나 되는 형규였다.

'이 사람에게 어떤 얼굴을 대체하면 좋을까!'

형규는 십여 년 전에 정미를 사랑한 사람이었다. 그는 정미로 하여 많이 괴로워했고, 그것이 그의 후일에까지 적지않이 작용한 사람이었다.

정미는 그러나 그를 괴롭힌 채 철호와 결혼을 하고 말았다.

철호가 뛰어난 수재였고 철호하고 이야기가 맞았기 때문이었다.

그리고 형규의 일을 정미는 되도록 속히 잊으려고 하였다.

그것은 그리 어려운 일도 아니었다.

정미는 쉽사리 그의 기억을 머리에서 털어내고 가끔 그의 비참한 소식이 들려올 때에는 잠깐 미안쩍게 여긴 것뿐이었다. 그리고 물론 그런 일조차도 차차 없어져버린 지 오랬다. 형규의 눈은 지금 보아도 여전히 온화한 빛을 담고 있었다. 좀 거무스레해진 듯한 턱과 입매에 장년기에 든 남자의 왕성한 생활력 같은 것이 서리어 있었고 몸도 전보다는 부대해진 듯하였으나 입가로 조금 웃은 그 얼굴은 지금도 여전한 형규였다.

감사합니다 하는 예사로운 말도 안녕하셨어요 하는 보통 인사도 정미는 역시 나오지 않아서

"어떻게 여기 오셨어요?"

하고 대뜸 그런 소리를 약간 계면쩍은 웃음과 함께 해보는밖에 없었다.

"네, 아이를 보러 왔습니다."

그는 잠깐 복잡해진 눈을 그대로 빙판으로 돌리면서 가운데께에서 연습을 하고 있는 소녀를 가리켰다.

몸에 꼭 붙는 흰 털바지 위로 빨간 비로드의 발레복 같은 것을 입은 계집아이가 피겨를 신고 배우고 있었다. 대학생 같은 청년이 두 손으로 그를 붙들어주고 있다.

계집아이는 역시 일곱 살이나 되었을까 머리를 땋아내려 이마 둘레

에 발레리나처럼 둘둘 감았다.

정미는 형규의 부인이 되는 사람을 잠간 상상해보았다. 그 여자는 썩 세련된 사람일 것 같은 감이었다.

"저것이 성규랍니다."

하고 형규는 일종의 감정이 실린 음성으로 그렇게 덧붙였다.

정미는 잠간 의아하였다. 그러나 곧 기억 속에 성규의 모습을 되살려 올렸다.

"아이 저렇게 어른이 다 됐으니……."

정미의 목소리에도 역시 어떤 감회가 저도 모르게 담겨졌다.

전에 정미가 보았을 때에 그는 혁보다 얼마 크지는 못한 장난꾸러기였다. 정미에게 몹시 부끄럼을 타서 말대꾸를 영 못하던 양이 눈앞에 선했다. 그러나 지금 거기서 얼음을 지치고 있는 청년이 같은 그 성규라고는 도무지 실감이 들지 않았다.

정미는 흘러간 세월의 길이를 거기에서도 재었다. 그리고 형규를 쳐다보고 하릴없이 웃어 보였다.

"둘째 애기였지요."

형규가 혁을 눈으로 쫓으며 그렇게 말하였다. 그렇다고 하며 정미는 형규가 그런 일을 다 알고 있다는 것이 새삼스러운 느낌이었다.

소문을 들었을 것이라 싶었다.

그리고 그 밖에도 자기의 일들을 그는 대강 알고 있을 듯한 감이었다.

자기의 여지없는 패배까지를 그가 모르지 않으리란 생각은 어째선지 정미에게 안도감을 주었다.

그들은 한동안 그렇게 나란히 서서 아이들을 보고 있었다.

기묘한 평화로움이 거기에는 있었다.

"춥지 않으세요? 불을 이리 가져오라구 그럴까요?"

형규가 나직하게 그렇게 말하였다.

정미는 일순 그의 두 눈을 바라다보며 가만히 고개를 옆으로 저었다.

예전에 형규는 꼭 이런 모양으로 진심으로 정미에게 충성하고자 하였고 그럴 때마다 정미는 고개를 옆으로 저어 보이곤 한 것이었다.

옛날을 방불케 하는 형규의 음성이 저도 모르게 정미에게 그런 방식으로 대답을 하게 했을까. 그를 사랑한다고 한번은 생각한 적도 있었다고 정미는 가슴이 따뜻해지는 것을 느끼며 회상하였다.

형규가 가지고 있는 따뜻함은 날카로운 재기才氣나 그런 것보다도 인생에 있어 오히려 귀하고 소중한 것 아닌가. 머리로는 언제라도 생각할 수 있는 그런 일에 그러나 별로 실감을 안 가져본 정미였다.

"엄마아 배고파 죽겠어. 뭐 먹으러 가아 응."

혁이 휙 날라오다가 멋지게 옆으로 멈춰서면서 그렇게 커다랗게 소리를 질렀다.

"그만해? 아이구 잘됐다. 나두 발이 시린데."

정미는 좀 수다스럽게 그렇게 혁에게 대꾸를 하였다. 그는 형규에게 춥지 않다고 말한 것을 잊어버린 것이 아니었다. 의식하고 그는 아까 그 순간에 둘 사이를 스치고 간 듯한 미묘한 어떤 것을 깨뜨려버리고 싶었던 것이다. 무엇인지 그는 부끄러웠다.

딸랑딸랑하고 수위守衛들이 나와서 종을 흔들었다. 문을 닫힐 시간인가 보았다.

사람들은 가로 밀려가서 신을 바꾸어 신기 시작하였다.

피겨를 신은 형규의 딸도 성규와 함께 이편으로 다가왔다.

"형님 지금 바쁘세요? 수미를 좀 데려다 주시면 좋겠는데요."

형규에게 그는 그렇게 말했다.

"그래라 그럼. 바쁘지 않다."

"네에. 한군데 약속이 있는 걸 깜빡 잊었어요."

수미라는 아이의 물건이 든 듯한 옥색 백을 거기다 내려놓고 자기는 힝하니 저편 기슭으로 건너가 버렸다.

그는 조금도 정미를 기억하지 못하는 것 같았다. 한번 얼굴을 쳐다보 았으나 눈썹도 까딱하지 않았다.

"컸어요."

정미는 계집아이의 백을 열어주면서 형규에게 그렇게 속삭였다.

"자, 이 선수들이 시장한 모양인데 무엇을 대접해야 하잖을까요?"

형규는 그렇게 말하였으나 조심스러운 말씨였다.

정미도 속으로

'난처하다.'

고 생각하였다.

혁이 배고프다고 떠들어댔으니까 형규로서는 그렇게 말해야 했겠지 만 받아들이기가 거북스러웠다.

형규는 자기의 처지를 알고 있을 테지만 자기는 그의 부인의 말을 들 어본 적도 없다. 수미라고 하는 예쁘게 가꾸어진 소녀를 보는 것도 지금 이 처음이었다.

눈이 쌍꺼풀지고 동글납작한 얼굴을 가진 소녀는 정미의 응시를 받 으니까 형규의 등 뒤에 숨으면서 웃었다.

혁도 그에게 벙긋대고 있었다.

"아저씨가 초대할 테니까 식사할까?"

형규는 이번에는 혁의 턱을 만지면서 그렇게 물었다.

"응."

하고 혁은 두말없이 승낙해버렸다.

아이들에게 점심을 먹이자는 건데 뭐, 하고 정미도 가볍게 생각하기로 했다.

그들은 함께 덕수궁을 나왔다.

국제 호텔 안의 식당에는 그러나 벌써 등불이 아늑하고 무어든지 한 가지로 간단하게 해치우고 싶은 정미의 생각과는 어긋나게 벌써 정찬 시간이 열리고 있었다.

넷이 둘러앉은 그들의 테이블은 마치 단란한 한 가족처럼 누구에게나 보이지 않을 수 없었다. 그리고 정미는 그것이 불편했다.

"머리를 참 이쁘게 따고 있구나."

자꾸 끊어지려는 회화를 그런 말로라도 이어야 하는 정미였으나 역시 그 말을 하여놓고는 빙긋 형규에게 웃어 보였다.

형규는 한참 잠자코 있더니 수미가 혁하고 지껄이기를 시작하니까

"이 애는 어머니가 없습니다. 낳아놓고 이내 죽어서 얼굴도 모릅니다." 하고 나직이 말하였다. 그러면서 형규는 일종 독특한 어쩌면 정미를 원망하고 있는 것같이 뵈는 얼굴을 하였다. 그 표정은 가라앉은 것이어서 그의 맘속에 오랫동안 간직되어 있는 어떤 감정이 밖으로 잠깐 나타났다는 느낌이었다.

정미는 눈을 내려뜨렸다.

"이 애는 할머니한테서 자라고 있습니다. 누이동생이 돌보아주지요."

"……."

"그러니까 정미 씨를 어디루라도 초대할 자격만은 나도 갖고 있습니다."

그리고 형규는 조금 웃었다. 쓰라린 것 같은 웃음이었다.

"실상은 여름 이래로 퍽 뵙고도 싶었습니다. 그저 자중하고 있었지요."

여름 이래로 하고 그는 잘라서 말을 하였다. 정미가 이혼한 후에라는 뜻이었다.

정미는 밑을 본 채 성급하게 두 눈을 깜빡깜빡하였다.

이 사람은 내게 프러포즈를 하려는 것일까. 십 년이 지난 오늘 또다시……

그는 눈을 뜨고 똑바로 형규를 정시하였다.

외투를 벗고 검은 옷이 단정한 그의 얼굴에는 내면생활에 지친 피로의 빛이 그 피부가 된 것 같은 비애감과 엉키며 감돌고 있는 것같이 보였다.

×   ×   ×

형규는 정말 구혼을 해왔다. 사회적인 지위도 있고 실력도 있는 남자답게 억세게 정미에게 육박하였다.

정미는 급작스레 마음을 정할 수 없는 채로 그와 만나는 수밖에 없었다.

그와 만나게 되는 수효는 가속도적으로 늘어가기만 했다.

만나서 함께 어디를 가든지 하면 그는 항상 마음속에 맴돌고 있는 싸늘한 슬픔과 이상한 감동 같은 것을 벗어날 수도 있을 것 같아졌다.

형규는 혁을 소홀히 여기거나 할 수 있는 성품은 애초에 아니었고 뾰죽하고 괴팍스러운 철호에게서와 같은 괴로움을 그로부터 받을 일도 상상할 수는 없었다.

정미는 혁의 눈치도 또 살폈다.

원체가 대범한 아이여서 그런지 정미와 단둘이의 생활이 쓸쓸하였던지 그는 형규를 대단히 좋아하는 눈치였다. 그런데서 자기의 결심을 주지시키는 무엇을 발견하는 수도 없었다.

그런데 정미는 어느 때까지나 미적미적하고만 있는 것이었다.

어째서 그래야 하는지 자기도 알 수 없었다.

스스로 몹시 안타깝기도 하였지만 재촉을 받아도 어쩌는 수가 없었다.

무엇이 부족하다고 끄집어낼 수도 없고 또 설사 끄집어낼 수 있다 치더라도 정미는 이제 삼십이 넘은 여인이었다. 이상에 불타는 철부지 시절과 마찬가지로 사물을 바라보지는 않았다.

형규에게 아직도 남아 있는 순수함이 정미의 마음에 정열을 불러일으키는 순간도 있었다. 그러나 그것도 어떤 일을 결행할 수 있는 요기에까지 그를 이끌고 가지는 못하였다.

정미는 괴로웠고 그래서 가끔 짜증을 내었다. 자기 자신이 못마땅하였다.

형규에게도 이렇게까지 완강한 정미의 태도는 좀 의외였던 모양이었다.

그는 오랫동안 참고 기다렸으나 마침내 최후통첩과 같은 것을 보내왔다.

하기는 그것도 형규가 화를 내거나 한 때문은 아니었다. 그는 어떤 직책을 가지고 외국으로 떠나야 할 날이 박두해오고 있었기 때문에 그로서도 규정을 대지 않아서는 어떻게 할 수도 없는 것이었다.

그날 저녁 정미는 정말 괴로워하면서 생각을 하였다.

따져볼 것도 없이 그것은 형규와의 마지막 찬스였다. 그리고 어쩌면 결혼의 마지막 찬스이기도 하였다.

예스라고 대답을 해버릴까.

그 옛날에처럼 형규가 또다시 자기의 거절로서 타격을 받으리라는 생각은 물론 정미는 하지 않았으나 그를 불쾌히 하는 일만이라도 하여간 피해야 할 것인가. 자기에게는 정신적인 많은 부채가 있으니까……

아니 그러나 이 일은 어디까지나 본위로 결정을 지어야 해……

그리고 자기의 마음을 정미는 종시 알 수가 없는 것이었다.

그는 지쳐서 어렴풋이 잠이 들었다. 잠이 들면서 나는 대체 어떻게 되는 것이 제일 즐거울까, 하는 그런 생각을 더듬기도 하였다.

정미는 꿈을 꾸었다.

철호가 아무 데로도 가지 않고 그냥 혁의 아버지였다.

그리고 정미는 온갖 말을 지껄이면서 아무 시름 없는 이 집의 주부였다.

철호가 있을 때면 줄창 펼쳐지던 아무렇지도 않은 그러한 장면에서 정미의 피로한 신경은 깨고 말았다.

한참 동안 정미는 어둠 속에 눈을 뜨고 멍한 채로 엎드려 있었다. 그 평안함과 즐거움을 잠시라도 더 아끼고 싶었는지 몰랐다.

그리고 차차 그는 현실로 돌아왔다. 그가 되고픈 것 앉고 싶은 자리는 그것이었다. 그 이미 영원히 상실된 그것이었다.

그것은 이제는 절대로 돌아올 수는 없는 상태였다. 따라서 그것은 생각해서는 안 되는 일이었다. 산 사람처럼 죽은 이를 사랑해서는 안 되듯이……

'그렇지만……'

하고 정미는 여태껏 스스로 엄금하여온 어떤 생각을 기어이 자기에게 허락하고 말았다.

'그가 돌아온다는 일은 정녕 있을 수 없는 일일까.'

눈을 크게 뜨고 입을 꼭 다물고 정미는 대답을 추려내었다.

한 올의 감상도 섞지는 말고 감정의 설렘으로 범벅을 만들지는 말고, 숫자를 계산하듯 정확한 판단을 내려야만 하는 것이다.

그리고 정미는 판단을 내렸다.

"노오!"

아침이 되었을 때 정미는 형규에 대한 명확한 대답을 준비해가지고 있었다. 형규를 거절하자고 생각한 일이었다.

무엇이 자기의 기쁨인지를 정미는 마침내 알아낸 것이었다. 그것은 이루어질 수 있는 것은 아니었지만, 다른 것으로 대치되는 것도 아니었다.

　정미는 한동안 정직하게 쓸쓸한 얼굴을 하고 있었다.

　그리고 이렇게 혼잣소리를 중얼대었다.

　'나는 딱하게도 구식 여자였나 보아, 딱하게도 아주 완고스러운……'

—《여성생활》, 1958. 4.

젊은 느티나무

1

그에게서는 언제나 비누 냄새가 난다.

아니, 그렇지는 않다. 언제나라고는 할 수 없다.

그가 학교에서 돌아와 욕실로 뛰어가서 물을 뒤집어쓰고 나오는 때면 비누 냄새가 난다. 나는 책상 앞에 돌아앉아서 꼼짝도 하지 않고 있더라도 그가 가까이 오는 것을—그의 표정이나 기분까지라도 넉넉히 미리 알아차릴 수 있다.

티셔츠로 갈아입은 그는 성큼성큼 내 방으로 걸어 들어와 아무렇게나 안락의자에 주저앉든가, 창가에 팔꿈치를 짚고 서면서 나에게 빙긋 웃어 보인다.

"무얼 해?"

대개 이런 소리를 던진다.

그런 때에 그에게서 비누 냄새가 난다. 그리고 나는 나에게 가장 슬프고 괴로운 시간이 다가온 것을 깨닫는다. 엷은 비누의 향료와 함께 가

273

습속으로 저릿한 것이 퍼져나간다……. 이런 말을 하고 싶었던 것이다.

"뭘 해?"

하고, 한마디를 던져놓고는 그는 으레 눈을 좀 더 커다랗게 뜨면서 내 얼굴을 건너다본다.

그 눈동자는 내 표정을 살피려는 것 같기도 하고 어쩌면 그보다도, 나에게 쾌활하게 웃고 떠들라고 권하고 있는 것 같기도 하다. 또 어쩌면 단순히 그 자신의 명랑한 기분을 나타내고 있는 것에 불과한지도 모른다.

어느 편일까?

나는 나의 슬픔과 괴롬과 있는 대로의 지혜를 일점에 응집시켜 이 순간 그의 눈 속을 응시하지 않을 수 없다.

나는 알고 싶은 것이다.

그의 눈 속에 과연 내가 무엇으로 비치는가?

하루해와, 하룻밤 사이, 바위를 씻는 파도 소리같이, 가슴에 와 부딪고 또 부딪고 하던 이 한 가지 상념에 나는 일순 전신을 불살라본다.

그러나 매일 되풀이하며 애를 쓰지만 나는 역시 알 수가 없다. 그의 눈의 의미를 헤아릴 수가 없다. 그래서 나의 괴롬과 슬픔은 좀 더 무거운 것으로 변하면서 가슴속으로 가라앉아 버리는 것이다.

그리고 다음 찰나에는 나는 그만 나의 자연스러운 위치—그의 누이동생이라는, 표면으로 보아 아무 스스럼도 불안정함도 없는 나의 위치로 돌아가 있지 않으면 안 될 것을 깨닫는다.

"인제 오우?"

나는 이렇게 묻는다.

그가 원한 듯이 아주 쾌활한 어투로, 이 경우에 어색하게 군다는 것이 얼마만한 추태인가를 나는 알고 있다.

내 목소리를 듣고는 그도 무언지 마음 놓였다는 듯이,

"응, 고단해 죽겠어. 뭐 먹을 거 좀 안 줄래?"

두 다리를 쭈욱 뻗고 기지개를 켜면서 대답을 한다.

"에에, 성화라니깐, 영작 숙제가 막 멋지게 씌어져 나가는 판인
데……."

나는 그렇게 투덜거려 보이면서 책상 앞에서 물러난다.

"어디 구경 좀 해. 여류작가가 될 가망이 있는가 없는가 보아줄게."

그는 손을 내밀며 몸까지 앞으로 썩하니 기울인다.

"어머나, 싫어!"

나는 노트를 다른 책들 밑에다 잘 감추어두고 아래층으로 내려가서
냉장고 문을 연다.

뽀오얗게 얼음이 내뿜은 코카콜라와 크래커, 치즈 따위를 쟁반에 집
어 얹으면서 내 가슴은 비밀스러운 즐거움으로 높다랗게 고동치기 시작
한다.

그는 왜 늘 내 방에 와서 먹을 것을 달라고 할까? 언제나 냉장고 앞을
그냥 지나버리고는 나에게 와서 달라고 조른다.

어떤 게으름뱅이라도 냉장고 문을 못 열 까닭은 없고, 또 누구를 시
키는 것이 좋겠다면 부엌 사람들께 한마디 하는 편이 나을 것이다.

군소리를 지껄대거나 오래 기다리게 하거나 그렇지 않더라도 줄곧
먹을 것을 엎지르거나 내려뜨리거나 하는 나를 움직이기보다는 쉬울 것
이 확실하다.

(어쩐 셈인지 나는 이런 따위 일이 참말 서툴다. 좀 얌전하고 재빠르
게 보이려고 하여도 도무지 그렇게 되질 않는다.)

쟁반을 들고 돌아와 보면 그는 창밖의 덩굴장미께로 시선을 던지고
옆얼굴을 보이며 앉아 있다.

무엇을 생각하는지, 내가 곁에 있을 때는 보이지 않는 조용히 가라앉

은 눈초리를 하고 있다. 까무레한 피부와 꽤 센 윤곽을 가진 그의 얼굴을 이런 각도에서 볼 때 나는 참 좋아진다. 나에게는 보이려 하지 않는, 혼자만의 표정도 무언지 가슴에 와 부딪는다.

그의 머리통은 아폴로의 그것처럼 모양이 좋다. 아주 조금 곱슬거리는 머리카락이 몇 올 앞이마에 드리워 있다.

"고수머리는 사납다던데."

언젠가 그렇게 말하였더니,

"아니, 그렇지 않아. 숙희, 정말 그렇지 않아."

하고, 그는 진심으로 변명을 하려 드는 것이었다. 나는 그저 농담을 하였을 뿐이었는데…….

오늘도 그는 그렇게 내 방에서 쉬고 나더니,

"정구 칠까?"

하며 자리에서 일어섰다.

"응."

"아니, 참 내일부터 중간시험이라구 하잖았던가?"

"괜찮아. 그까짓 거……."

사실 시험이고 무엇이고 없었다. 나는 옷 서랍을 덜컹거리며 흰 쇼트와 곤색 셔츠를 끄집어내었다.

"괜히 낙제하려구."

하면서도 그는 이내 라켓을 가지러 방을 나갔다.

햇볕은 따가웠으나 나뭇잎들의 싱싱한 초록 사이로 서늘한 바람이 지나가곤 한다. 우리는 뒷산 밑 담장께로 걸어갔다. 낡은 돌담의 좀 허수룩한 귀퉁이를 타고 넘어서 옆집 코트로 미끄러져 들어간다.

옆집이라고 하는 것은 구舊 왕가에 속한다는 토지의 일부인데 기실 집이라고는 까마득히 떨어져서 기와집이 두어 채 늘어서 있고 이쪽은

휘엉하니 비어 있는 공터였다. 그 낡은 기와집에 사는 사람들은 이 공터를 무슨 뜻에선지 매일 쓸고 닦고 하여서 장판처럼 깨끗이 거두어오고 있었다.

"아깝게시리……. 테니스 코트나 만들면 좋겠는데. 응, 그러면 어떨까?"

어느 날 돌담에 가 걸터앉아서 내려다보던 끝에 그런 제의를 했다.

처음에는 그는 움직이려 하지 않았으나 결국 건물께로 걸어가서 이야기를 해보았다.

이튿날 우리는 석회를 들고 가 금을 그었다. 또 며칠 후에는 네트를 치고 땅을 깎아 아주 정식으로 코트를 만들어버렸다.

그렇게까지 할 줄은 몰랐을 주인이 야단을 치면 걷어버리자고 주춤거리며 일을 했는데 호호백발의 할아버지인 그 집 주인은 호령을 하지 않을뿐더러 가끔 지팡이를 끌고 나와 플레이를 구경하는 것이었다.

이렇게 나이 많은 노인네의 표정은 언제나 나에게는 판정하기 어려운 것이지만 특히 이 할아버지의 경우는 그러하였다. 구태여 말한다면 웃고 있는 것 같기도 하고 신기해하고 있는 것 같기도 했지만 또 동시에 하늘 밖의 일을 생각하는 듯 아득해 보이기도 하였으니 기묘했다.

한두 번은 담을 넘는 나의 기술을 적이 바라보고 분명히 무슨 말을 할 듯이 하더니 그만 입을 봉하고 말았다. 말을 했자 들을 법하지도 않다고 짐작을 대었는지 알 수 없었다. 어쨌든 그곳은 아주 좋은 우리의 놀이터인 것이었다.

물리학 전공의 그는 상당히 공부에도 몰리고 있는 눈치였으나 운동을 싫어하는 샌님도 아니었다.

테니스를 나는 여기 오기 전에도 하고 있었지만 기술이 부쩍 는 것은 대부분 그의 덕분이다. 그가 내 시골 학교의 코치보다도 더 훌륭한 솜씨를 갖고 있음을 알았을 때의 나의 만족이란 이루 말할 수도 없는 것이었다.

머리가 둔한 사람이 나는 도저히 좋아질 수 없지만 또 운동을 전연 모른다는 사람도 매력적이라고 생각할 수 없다. 스포츠는 삶의 기쁨을 단적으로 맛보여 준다. 공을 따라 이리저리 뛰면서 들이마시는 공기의 감미함이란 아무것에도 비할 수 없다.

나는 오늘 도무지 컨디션이 좋지가 못하였다. 이렇게 엉망진창인 때면 엉망진창인 대로, 또 턱없이 좋으면 좋은 그대로 적당히 이끌고 나가 주는 그의 솜씨가 적이 믿음직해질 따름이었다.

"와아, 참 안 된다. 퇴보 일로인가 봐."

"괜찮아. 아주 더워지기 전에 지수랑 불러서 한번 시합을 할까?"

하늘이 리라빛*으로 물들 무렵 우리는 볼들을 주워들고 약수터께로 갔다.

바위틈으로 뿜어 나는 물은 이가 시리도록 차갑고 광물질적으로 쌉쓰름하다.

두 손으로 표주박을 만들어 떠내 가지고는 코를 틀어박고 마신다. 바위 위로 연두색 버들잎이 적이 우아하게 늘어지고, 빨간 꽃을 다닥다닥 붙인 이름 모를 나무도 한 그루 가지를 펼친 것으로 보아, 이런 마심새를 하라는 샘터는 아닌 모양 같지만 우리는 늘 그렇게 하여왔다.

"약수라니 많이 마셔. 약의 효험이나 좀 볼지 아나?"

"뭣 땜에?"

"뭣 땜에는. 정구 좀 잘 치게 되나 보려구 그러지."

이렇게 시끌덤벙 떠들던 샘가였다.

---

* '리라'(서양수수꽃다리)는 라일락의 불어명으로 흰색이나 붉은색도 있지만 여기에서는 연보랏빛을 뜻하는 것으로 보인다.

그런데 오늘 바위 언저리에는 조그만 표주박이 하나 놓여 있었다. 필시 그 할아버지가 갖다 놓아둔 것이 분명하였다.

"오늘부터 얌전히 마셔야 해."

"산신령님이 내려다보신다."

정말 한동안 음전하게 앉아서 쉬었다. 그리고 그는 허리를 굽혀 표주박으로 물을 떴다. 그는 그것을 내 입가에 대어주었다. 조용한, 낯선 표정을 하고 있었다. 나에게는 보이는 일이 없는, 자기 혼자만의 얼굴의 하나인 것 같았다.

나는 아주 조금만 마셨다. 그리고 얼굴을 들어 그를 바라다보고 있었다. 그는 나머지를 천천히 자기가 마셨다.

그리고 표주박을 있던 자리에 도로 놓았으나 아주 짧은 사이 어떤 강한 감정의 움직임이 그 얼굴을 휘덮은 것 같았다. 그는 내 쪽을 보지 않았다.

나는 돌연 형언하기 어려운 혼란 속에 빠져들어 갔으나 한 가지의 뚜렷한 감각을 놓쳐버리지는 않았다. 그것은 기쁨이었다.

나는 라켓을 둘러메고 담장께로 걸어갔다.

'오빠.'

그는 나에게는 그런 명칭을 가진 사람이었다.

'오빠.'

그것은 나에게 있어 무리와 부조리의 상징 같은 어휘이다.

그 무리와 부조리에 얽힌 존재가 나다.

나는 키보다 높은 담장 위에서 뛰어내렸다. 그리고 뒤도 안 돌아보고 정원 안을 걸어갔다.

운동화를 벗어 들고 맨발로 걷는다. 까실까실하면서도 부드러운 잔디의 촉감이 신이나 양말을 신고 디딜 생각은 나지 않게 한다.

"발바닥에 징을 박아줄까? 어디든지 구두 안 신고 다니게 말야."

그는 옆에 있는 때면 이런 소리를 한다.

"맨발로 풀 위를 걸으면 고향에 온 것 같아. 아니 내가 나 자신에게 돌아온 것 같은 그런 맘이 드는걸……."

나는 중얼중얼 그런 소리를 지껄이는 것이나 저녁 이맘때가 되면 별안간 거의 수습할 수 없을 만큼 감정이 엉클리곤 하므로 그 뒤로는 완고 덩어리 할멈처럼 입을 봉하고 아무런 대꾸도 하질 않는다.

시무룩해 가지고 테라스 앞에 오면—그 안 넓은 방에 깔린 자색 양탄자, 이곳저곳에 놓인 육중한 가구, 그 안에 깃들인 신비한 정적, 이런 것들을 넘겨다보면—그리고 주위에 만발한 작약, 라일락의 향기, 짙어진 풀내가 한데 엉켜 뭉쿳한 이 속에 와서 서면—나는 내 존재의 의미가 별안간 아프도록 뚜렷이 보랏빛 공기 속에 떠 있는 것을 보는 것이다.

내가 잠시 지녔던 유쾌함과 행복은 끝내 나의 것일 수는 없고, 그것은 그대로 실은 나의 슬픔과 괴로움이었다는 기묘한 도착倒錯을, 나는 어떻게도 처리할 길이 없다.

오누이…….

동생…….

이런 말은 내 맘속에 혐오와 공포를 자아낸다.

싫다.

확실히 내가 느껴온 기쁨과 즐거움은 이런 범주 내에서 허용될 수 있는 것이 아니었다.

날마다 경험하는 이 보랏빛 공기 속에서의 도착은 참 서글픈 감촉을 갖고 있었다. 나는 그의 곁에 더 오래 머무를 용기조차 없어진다.

검은 눈을 껌벅이면서 그는 또 농담이라도 할 것이다. 내게 더 웃고 더 쾌활해지라고 무언중에 명령할 것이다.

그가 내게 해줄 수 있는 일은 그것뿐이다.

오늘 나는 가슴속에 강렬한 기쁨을 안았던 까닭에 비참함도 더한층 큰 것만 같았다.

나는 그곳에 한동안 서 있었다. 그리고 볼을 불룩하니 해가지고 마루로 올라갔다.

번들거리는 마룻바닥에 부연 발자국이 남아난다. 그렇게 마루가 더럽혀지는 것이 어쩐지 약간 기분 좋다. 몸을 씻고는 옷을 갈아입으면서 창으로 힐끗 내다보았더니 그는 등나무 밑 걸상에 앉아 있었다.

무릎 위에 팔꿈을 짚고 월계 숲께로 시선을 던진 모양이 무언지 고독한 자세 같아 보였다. 그도 조금은 괴로운 것일까? 흠, 그러나 무슨 도리가 있담? 까닭 없이 그에 대해 잔인해지면서 나는 그렇게 혼잣말을 하였다.

나는 방에 불도 켜지 않고 밖에서 보이지 않을 구석에 가만히 앉아 내다보고 있었다. 주위가 훨씬 어두워진 연에 그는 벤치에서 일어났다. 그리고 사라지기 전에 한참 내 창문께를 보며 서 있었다.

나는 어느 때까지나 불을 켜지 않았다.

저녁을 먹으러 내려가지도 않았다.

그 대신에 그가 마시다 만 코크의 잔을 집어 들었다. 그리고 가만히 입술을 대었다. 아까 그가 내가 마신 표주박에 입술을 대었듯이……

2

'그'를 무어라고 부르면 마땅할까.

오빠라고 불러야 한다는 것이 나의 운명이다.

재작년 늦겨울 새하얀 눈과 얼음에 뒤덮여서 서울의 집들이 마치 얼음사탕처럼 반짝이던 날 무슈 리에게 손목을 끌리다시피 하며 이곳에 도착한 나에게 엄마는 그를 이렇게 소개했다.

"숙희의 오빠예요. 인사를 해. 이름은 현규라고 하고."

저 진보랏빛 양탄자 위에 서서 나는 그의 얼굴을 바라보았다.

"문리과 대학의 수재란다. 우리 숙희두 시골서는 꽤 재원이라고들 하지만 서울 왔으니까 좀 어리벙벙할 테지. 사이좋게 해줘요."

엄마의 목소리는 가벼웠으나 눈에는 두려움이 어려 있는 것 같았다. 엄마는 열심히 청년의 큰 눈을 주시하고 있었다.

V넥의 다갈색 스웨터를 입고 그보다 엷은 빛깔의 샤쓰 깃을 내 보인 그는, 짙은 눈썹과 미간 언저리에 약간 위압적인 느낌을 갖고 있었으나 큰 두 눈은 서늘해 보였고, 날카로움과 동시에 자신自信에서 오는 너그러움, 침착함 같은 것을 갖고 있는 듯해 보였다. 전체의 윤곽이 단정하면서도 억세고, 강렬한 성격의 사람일 것 같았다. 다만 턱과 목 언저리의 선이 부드럽고 델리킷하여 보였다.

'키도 어깨 폭도 표준형인 듯하고…… 흐응, 우선 수재 비슷해 보이기는 하는걸…….'

하고, 나는 마음속으로 채점을 하였다. 물론 겉보매만으로 사람을 평가할 만큼 나는 어리석은 계집애는 아니었지만.

내가 그의 눈을 쏘아보자, 그는 눈이 부신 사람 같은 표정을 하면서 입술 한쪽으로 조금 웃었다. 그것은 약간 겸연쩍은 것 같기도 하였지만, 혼자 고소하고 있는 것같이도 보였다. 자기를 재어보고 있는 내 맘속을 환히 들여다보는 때문일까? 그러자 나는 반대로 날카로운 관찰을 당하고 있는 듯한 긴장을 느꼈다.

그러나 그는 지극히 단순한 태도로,

"참 잘 왔어요. 집이 이렇게 너무 쓸쓸해서 아주 좋지 못했는데⋯⋯."
하고 한 손을 내밀어서 내 손을 잡았다.

나를 도무지 어린애로만 보았다는 증거일 게고 또 아마 엄마의 감정
을 존중한 결과였을 것이다.

아닌 게 아니라 엄마의 얼굴에는 일순 안도와 만족의 표정이 물결처
럼 퍼져갔다. 나는 이 청년이 엄마에게 어떤 존재인지를 짐작하였다. 말
하자면 그들 인공적(?)인 모자 관계에 있어서는 항상 세심한 배려가 상
호간에 베풀어져야 하는 것이다.

무슈 리는 매우 대범한 성질이어서 만사를 복잡하게 받아들이지는
않는 것 같았다. 그는 그저 미소를 띠고 우리를 바라다볼 뿐이고, 내가
고단할 게라는 소리를 몇 번이나 하였다.

어쨌든 그는 그로부터 나를 숙희라고, 쉽고도 간단하게 불러오고
있다.

"헤이, 숙!"

하기도 한다. 그리고 나에게 무조건 관대하였다. 지나칠 만큼. 그래
서 때로는 섭섭할 만큼.

그러므로 그가 이즈음 내 방에 와서 배가 고프다고 한다거나 손 같은
데에 약을 발라달라고 하게 된 것은 나에게는 대단히 귀중한 변화인 것
이다.

그것은 어쨌든 내 편에서는 그를 오빠라고는 도저히 부를 수 없었다.
처음에는 너무 생소하여서, 그리고 나중에는 또 다른 이유들로.

이것은 무슈 리를 아버지라고 부르기 어렵기보다는 몇 갑절이나 힘
든 일이었다. 나는 자기가 대단한 고집쟁이인지, 또는 부끄럼쟁이인지
분간할 수 없다. 나의 이런 곤란을 그도 엄마도 어느 정도 알고 있는 모
양으로 요즈음은 내가 그 말을 피하려고 이리저리 애를 쓰지 않고도 적

당한 대답을 할 수 있도록 저편에서 고려하여 말을 걸어준다. 이런 의미에서 사양 없이 나를 곤경에 몰아넣곤 하는 것은 무슈 리 한 사람뿐이다.

서울 와서 일 년 남짓 지내는 새에 나는 여러모로 조금씩 달라진 것 같다. 멋을 내는 방법도 배웠고 키가 커지고 살결도 희어졌다. 지난 사월에는 '미스 E여고'에 당선되어서 하루 동안 학교의 퀸 노릇을 하였다. 바스트가 약간 모자랄 거라고 나는 생각하고 있었는데 압도적으로 표가 많이 나와서 내가 오히려 놀랐다. 엄마는 좋아서 어쩔 줄 몰랐고 무슈 리는 기막히게 비싼 팔목시계를 사 주었다.

그는 별말을 하지 않았다. 농담조차 하지 않았다. 축하한다고 한 번 그것도 아주 거북살스러운 투로 말하고는 무언지 수줍은 것 같은 얼굴을 하고 있었다. 그런 것을 보니까 나는 썩 기분이 좋았다.

나는 성질도 조금 달라져온 것 같다. 동무도 많았고 노래도 잘 부르던 시골 시절보다 조용한 이곳에서 더 감정이 격렬해진 것 같다.

삶의 기쁨이란 말을 나는 이제 이해한다.

이 집의 공기는 안락하고 쾌적하고, 엄마와 무슈 리와의 관계로 하여 약간 로맨틱한 색채가 감돌고 있기도 하다. 서울의 중심에서 떨어진 S촌의 숲속의 환경도 내 마음에 들고, 무슈 리가 오래전부터 혼자 살아왔다는 담쟁이덩굴로 온통 뒤덮인 낡은 벽돌집도 기분에 맞는다.

그는 엄마에게 예절 바르고 친절하고, 무슈 리는 내가 건강하고 행복스러운 얼굴만 하고 있으면 어느 때고 지극히 만족해하고 있다. 그는 어느 사립대학의 경제학 교수인데 약간 뚱뚱하고 약간 호인다워 보인다. 불란서와 아무 관계도 없는 그를 무슈라고 속으로 부르고 있는 까닭은 어느 불란서 영화에서 본 한 불쌍한 아버지의 모습과 그가 닮아 있기 때문이다. 무슈 리는 불쌍하지 않다. 오히려 지금은 참 행복하다. 그러나 이렇게 호의 덩어리 같은 사람은 자칫하면―주위가 나쁘면―엉망으로 불행해질 것같이 보이는 것이다.

괴테의 베르테르 같은 청년의 비극에는 날카로운 아름다움이 있다. 그러나 우리 무슈 리 같은 타입의 슬픔에는 오직 비참만이 있을 듯하다……. '우리 엄마가 그의 곁에 와준 것은 얼마나 다행한 일이었을까!'

엄마는 줄곧 집에만 들어앉아 있으나 행복해 보였고 예부터 특징이던 부드러운 목소리가 한층 더 부드러워진 것 같다. 다만 엄마는 엄마의 행복에 대해서 한편으로 죄스러움 같은 것을 느끼고 있는 듯한 눈치로서, 그래서 바깥으로 나다니지도 않고 큰 소리로 웃는 일도 없는 것 같았다. 그러나 그는 늘 고운 옷을 입고 있었고 엷게 화장을 하고 있었다. 이 일도 내 마음에 흡족하였다.

그러나 이곳에는 뜻하지 않은 괴로움이 또한 있었다. 현규에 대한 감정은 언제나 내 맘을 무겁게 하고 있다. 너무나 고통스럽게 여겨질 때에는 여기 오지를 말았더라면 하고 혼자 중얼대는 일도 있다. 그러나 그 생각은 오래가지 않는다. 나는 만약 내 생애에서 한 번도 그를 만나는 일이 없이 죽고 말 경우라는 것을 생각해보면 가슴이 서늘해지기까지 한다. 아무 일도 이루어지지 않아도 좋았다. 나는 그를 만났다는 일만으로 세상의 어느 여자보다도 행복한 것이다. 그의 곁에서 호흡하고 있는 기쁨을 무엇으로 바꿀 수 있을까?

그러나 나는 여전히 슬프고 초조한 것도 사실이다. 정직히 말한다면 내 기분은 일 분마다 달라진다.

무슈 리가 요즘 외국을 여행 중인 것은 내게는 하나의 구원과도 같다.

아침마다 행복 그것 같은 얼굴로 인사를 하지 않아도 좋고 저녁마다 시간에 식당에 내려가지 않아도 좋기 때문이다.

"돌아오실 때까지 눈감아줘, 응 엄마, 시간 지키는 거 나 질색인 줄 알잖우? 먹고 싶은 때 먹고 안 먹고 싶은 때 안 먹고 그렇게, 응?"

무슈 리가 떠나는 즉시로 나는 엄마에게 이렇게 교섭을 하였다. 사실 현규의 얼굴을 보는 일이 두려운 때가 점점 찾아오는 것만 같다.

그는 대개 엄마와 함께 저녁을 드는 모양이었다.

3

예절 바른 그가 식당에서 엄마의 상대를 하고 있을 동안 나는 멍하니 창가에 앉아서 저물어가는 하늘을 바라다보고 있다.

군데군데 작은 집들이 몰려 있는 촌락과, 풀숲과 번득이는 연못 같은 것들이 있는 넓은 들판 너머에 무디게 빛나며 강이 흐르고 있다. 강은 날씨와 시간에 따라 플래티나*같이 반짝이기도 하고 안개처럼 온통 보얗게 흐려버리기도 한다. 하늘이 보랏빛으로부터 연한 잿빛으로 변하여가는 무렵이면 그 강도 부드러운 회색 구름과 한 덩이가 되었다.

나는 여러 가지 감정이 뒤범벅이 된 혼란 상태에서 자기를 건져내야 한다고 어두운 강물을 바라보며 늘 생각하는 것이었다. 마음 가는 대로 몸을 내맡길 수 없는 것이 나의 입장이고 또 그 마음 가는 일 자체에 대해서도 분열된 생각을 수습할 수가 없었다.

현규를 사랑한다는 일 가운데 죄의식은 없었다. 그런 것은 있을 수 없다. 그러나 엄마와 무슈 리를 그런 의미에서 배반하는 것은 곧 네 사람 전부의 파멸을 의미하는 것이었다. 파멸이라는 말의 캄캄하고 무서운 음향 앞에 나는 떨었다.

이곳에 오기 전에 나는 시골 외할아버지 집에 있었다. 삼사 년 전까

| * 백금.

지는 엄마와도 함께, 그리고 그 후로는 할머니, 할아버지와 단 셋이서. 일하는 사람들은 여럿 있었고 과수원을 지키는 개도 여러 마리, 그중에는 내가 특별히 귀여워한 진돗개 복동이도 있었지만 나는 언제나 못 견딜 만큼 적적하였다. 엄마가 서울로 떠난 후에는 마음이 막 쓰라린 것을 참아야 했지만 그 엄마가 같이 있었을 때에라도 나는 우리의 생활에서 마음 든든하다거나 정말로 유쾌하다거나 하는 느낌을 가져본 일은 없다.

젊고 아름다운 엄마가 언제나 조용히 집 안에서 세월을 보내고 있는 일은 내게 어떤 고통을 주었다. 그 무릎 위에는 늘 내게 지어 입힐 고운 헝겊 조각이나 털실 같은 것이 얹혀 있었지만, 그리고 그 입에서는 늘 나에 관한 이야기가 흘러나왔지만 나는 그것이 불만이고 불안하기조차 하였다.

그런 걸 만들어주지 않아도 좋으니 다른 애들 엄마처럼 집안 살림에 볶이어서 때로는 악도 쓰고 나더러 야단도 치고 어린애도 둘러업고 다니고—말하자면 그녀 자신의 생활을 하고 있으면 나도 흐뭇할 것 같았다.

할머니도 할아버지도 나에게와 마찬가지로 엄마에게도 그저 유하고 부드럽기만 하였다.

엄마의 그림자 같은 생활은 언제부터 시작되었는지 기억할 수 없다. 사변과 함께 우리가 시골 할아버지 댁으로 내려가던 때 그러니까 지금부터 십 년쯤 전에도 이미 그랬었고 또 그보다 전 서울서 국민학교에 입학하던 즈음에도 역시 그런 느낌이던 것을 잊지 않고 있다.

'아버지'에 관하여 나는 아무것도 모른다. '돌아가셨다'는 설명을 언젠가 들은 적이 있었으나 어쩐지 정말 같지 않다는 인상으로 남아 있었다. 사변 후에,

"너의 아버지는 돌아가셨다."

하고, 할머니가 일러주셨는데 이때의 말투에는 특별한 것이 깃들어 있어

서 그 후로는 그것이 진심이거니 여기고 있다. 아마 나의 엄마와 아버지는 내가 아주 어릴 때부터 별거하고 있었고 그러는 사이 그들은 다시 만나는 일도 없이 사별하고 만 모양이었다. 어쨌든 나는 내 부친에 관해서 아무런 지식도 관심도 감정도 갖고 있지 않다. '윤'이라는 내 성이 그로부터 물려받은 유일의 것이지만 흔한 성이라고 느낄 뿐이다.

무슈 리가 피난지에서 할아버지의 과수원을 찾아온 것은 어떤 경위를 거친 뒤였는지 나는 알 수 없다. 그날 나뭇가지에 걸터앉아서 사과를 베어먹고 있노라니까 좀 뚱뚱한 낯선 신사가 걸어왔다. 대문 앞에서 망설이듯이 멈추었다가 모자를 벗어 들고 걸어 들어왔다. 나무 밑을 지나갈 적에 사과씨를 떨구었더니 발을 멈추고 쳐다보았으나 웃지도 않고 그냥 가버렸다. 도무지 어수선하기만 하다는 얼굴이었다. 나중에 방 안에서 정식으로 인사를 하였는데 그때의 판단으로는 나무 위로부터 환영받은 일은 까맣게 기억하지 못하는 것 같았다.

그는 하룻밤 체류하지도 않고 되돌아갔다. 그리고 할아버지와 할머니에게는 대단히 중요한 의논 거리가 생긴 모양이었다. 밤에 가끔 사과밭 사이를 혼자 걷는 엄마를 보게 되었다.

무슈 리는 한 번 더 다녀갔다. 그리고 얼마 후에 엄마는 상경하였다.

"애초에 그렇게 혼인을 정했더면 애 고생을 안 시키는 걸……."

어느 날 옆방에서 할머니가 우시며 수군수군 그런 소리를 하시는 걸 듣고 놀랐다.

"그럼 우리 숙희는 안 태어났을 것 아뇨? 공연한 소릴……."

"그저 팔자소관이죠. 경애가 생각을 잘못 먹었다느니보다도……."

애어멈이라고 하지 않고 그렇게 엄마의 이름을 대는 것을 듣고 나는 엄마의 젊은 시절을 생각하며 미소 지었다.

그림자처럼 앉아서 내 블라우스 같은 것을 매만지는 엄마를 보는 서글픔은 이제 없어졌다. 엄마가 그럭저럭 행복해진 듯한 것은 기뻤으나 뼈저리게 쓸쓸한 것도 사실이었다. 나는 밤낮 커단 소리로 노래를 부르고 있었다. 산모퉁이 길을 학교에서 돌아오는 때에도, 사과나무의 흰 꽃 밑에서도, 또 빨간 봉선화가 핀 마당에서도,

"이애야, 그렇게 큰 소릴 내면 남들이 웃는다."

할머니는 가끔 진정으로 그런 소리를 하셨다. 재작년 늦은 겨울 무슈 리가 내려와서 나를 데려가겠다고 우겨댔을 때에 제일 놀란 사람은 나 자신이었다. 두 분 노인네도 더러 망설였다. 그러나 무슈 리의 끈기 있는 태도에 양보를 하는 수밖에 없는 눈치여서, 노인네들은 그만 풀이 없었다. 나는 무슈 리가 할머니 할아버지에게,

"무엇보다 엄마가 그걸 원하고 있으니까요. 말은 안 하지만 절실히 바라고 있는 걸 내가 아니까요."

하고, 열심히 이야기하는 것을 보다가 그만 싱그레 웃고 말았다. 나 보기에 할아버지 할머니는 이미 설복되어서, 무슈 리가 만약 그 연설을 잠시 끊기만 한다면 이내 대답을 할 것 같은데 그는 마치 그들이 결단코 나를 놓지는 않으리라고 굳이 믿는 사람처럼 애걸복걸을 하는 것이었다.

그가 말을 하면서 나를 힐끗 보았을 때 나는 조그맣게 끄떡여 보였다. 그랬더니 그는 말을 뚝 끊고 벙글 웃더니 손수건을 꺼내서 이마를 닦았다.

이래서 나는 서울 E여고로 전학을 하였다.

나는 생각한다.

무슈 리와 엄마는 부부이다. 내가 그를 아버지라고 부르기 어려운 것은 거의 그런 말을 발음해본 적이 없는 습관의 탓이 크다.

나는 그를 좋아할뿐더러 할아버지 같은 이로부터 느끼던 것의 몇 갑절이나 강한 보호 감정―부친다움 같은 것도 느끼고 있다.

그러나 나는 그의 혈족은 아니다.

현규와도 마찬가지다. 그와 나는 그런 의미에서는 순전한 타인이다. 스물두 살의 남성이고 열여덟 살의 계집아이라는 것이 진실의 전부이다. 왜 나는 이 일을 그대로 알아서는 안 되는가?

나는 그를 영원히 아무에게도 주기 싫다. 그리고 나 자신을 다른 누구에게 바치고 싶지도 않다. 그리고 우리를 비끄러매는 형식이 결코 '오누이'라는 것이어서는 안 될 것을 알고 있다.

나는 또 물론 그도 나와 마찬가지로 같은 일을 생각하고 있기를 바란다. 같은 일을—같은 즐거움일 수는 없으나 같은 이 괴로움을.

이 괴롭과 상관이 있을 듯한 어떤 조그만 기억, 어떤 조그만 표정, 어떤 조그만 암시도 내 뇌리에서 사라지는 일은 없다. 아아, 나는 행복해질 수는 없는 걸까? 행복이란 사람이 그것을 위하여 태어나는 그 일을 말함이 아닌가?

초저녁의 불투명한 검은 장막에 싸여 짙은 꽃향기가 흘러든다. 침대 위에 엎드려서 나는 마침내 느껴 울고 만다.

4

"숙희야, 나 이런 것 주웠는데……."

일요일 아침 아래층으로 내려가니까 소파에 앉아 있던 엄마가 손에 쥐었던 봉투 같은 것을 들어 보였다.

"뭔데?"

나는 가까이 갔다.

그리고 좀 겸연쩍어졌지만 하는 수 없이,

"어디서 주웠수, 이걸?"

하면서, 손을 내밀어 그것을 잡으려고 하였다.

"잠깐…… 거기 좀 앉아보아."

엄마는 짐짓 긴장한 낯빛을 감추려고 하면서 앞의 의자를 가리켰다.

나는 속으로 픽 하고 웃음이 나왔으나 잠자코 거기에 가 걸터앉았다.

지수는 K 장관의 아들이다. 언덕 아래 만리장성 같은 우스꽝한 담을 둘러친 저택에 살고 있다. 현규랑 함께 정구를 치는 동무이고 어느 의과대학의 학생인데 큼직큼직하고 단순하게 생겨 있었다. 지프차에다가 유치원으로부터 고등학교까지의 동생들을 그득 싣고 자기가 운전을 하여 학교에 가곤 한다.

나도 두어 번 그 차를 얻어 탄 일이 있다. 한 번은 현규와 함께였으니까 사양할 것도 없었고 다른 한 번은 시내에서 돌아오는 길목이라 굳이 싫다는 것도 이상할 것 같아서 탔다.

"작은 학생들이 오늘은 하나도 없군요."

"나 있는 데까지 시간 안에 오는 놈은 태워가지고 오고 그 밖엔 뿔뿔이 재주대로 돌아오깁니다. 기차나 마찬가지죠."

그러한 그가 걸맞지 않게 적이 섬세한 표현으로 러브 레터를 써 보냈다고 해서 나는 우습게 생각하는 것은 아니다. 그러나 엄마의 엄숙한 표정은 역시 약간 난센스가 아닐 수 없었다.

"글쎄, 이게 어디서 났을까?"

"등나무 밑 걸상에서."

"오오라, 참 게다 났었군."

"오오라 참이 아니야. 숙희는 만사에 좀 더 조심성이 있어야 해요. 운동을 하구 난 담에두 그게 뭐야? 라켓은 밤낮 오빠가 치워놓던데."

흐흥 하고 나는 웃었다.

"편지 보낸 사람에게 첫째 미안한 일 아니야?"

"참 그래. 엄마 말이 옳아."

그리고 나는 편지를 잡아채었다.

"귀중한 물건인가? 엄마 좀 읽어봄 안 되나?"

"읽어봐두 괜찮아. 안 되는 거라면 게다 놔둘까? 감추지."

나는 조금 성가셔졌다.

"그럼 안심이군. 사실은 벌써 읽어봤어."

"아이, 엄마두."

"그런데 엄마가 얘기하고 싶은 건 숙희가 자기 주위에 일어나는 일들을—이런 편지에 관한 거라든지 또 그 밖의 일들을, 혼자 처리하지 말고 그 요점만이라도 엄마한테 의논해주었으면 좋겠어. 그건 그렇게 해야만 하는 거야."

듣고 있는 사이에 나는 점점 우울해져서 잠시라도 속히 이 자리에서 떠나고 싶은 생각밖에는 없어졌다.

"엄마가 언제나 숙희 편에 서서 생각하리라는 건 알고 있겠지?"

"응."

나는 선대답을 해놓고 천천히 밖으로 걸어 나갔다.

'엄마의 아들을 사랑하고 있어요.'

이렇게 말한다면 엄마는 어떤 모양으로 내 편에 서줄까?

엄마 힘에는 미치지 않는 일이었다. 무슈 리의 힘에도 미치지 않는 일이었다.

나는 편지를 주머니에 구겨 넣고 아침 이슬로 무릎까지 폭삭 적시면서 경사진 풀밭을 걸어 내려갔다. 되도록 사람을 만나지 않을 방향으로—멀리 늪이 바라다보이는 쪽으로 천천히 걸음을 옮겨갔다. 아카시아의 숲이니 보리밭이니 잡목 곁을 지나갔다.

현규와의 사이는 요즘 어느 때보다도 비관적인 상태에 놓여 있는 것 같았다. 나는 그와 마주치기를 피하고 있었다. 웃고 농담을 하고 아무것도 아닌 체 헤어지는 고통이 참기 어려운 것이다. 그가 예사 얘기를 하여도 나는 공연히 화를 냈다. 그러면 그는 상대를 안 해주었다.

머리 위에서 새들이 우짖었다. 하늘은 깊은 바닷물 속같이 짙푸르고 나무 잎새들은 빛났다. 여름이 무르익어가고 있었다. 상수리 숲이 늪의 방향을 가려버렸으므로 나는 풀 위에 앉아 턱을 괴고 생각에 잠겼다.

세계적인 발레리나가 되어 보석처럼 번쩍이면서 무대 위에서 그를 노려보아 줄까? (한 번도 귀담아 들은 적은 없지만 내 발레 선생은 늘 나에게 야심을 가지라고 충동을 한다.) 그러면 그는 평범한 못생긴 와이프를 데리고 보러 왔다가 가슴이 아파질 터이지. 아주 짧은 동안 그것은 썩 좋은 생각인 듯 내 맘 속에 머물렀다. 그러고는 물거품처럼 사라져 없어졌다. 그러고는 이어 그에게 아무것도 바라지 말고 식모처럼 그저 봉사만 하는 일에 감사를 느끼자는 생각이 떠올랐다. 그러자 슬픈 마음이 들기도 전에 발등 위로 눈물이 한 방울 굴러떨어졌다.

나는 일어나서 돌아가려고 하였다. 그때 와삭거리고 풀 헤치는 소리가 등 뒤에서 나며 늘씬하게 생긴 세터가 한 마리 나타났다. 그 줄을 쥐고 지수가 걸어왔다. 건강한 체구에 연회색 스포츠 웨어가 잘 어울린다. 그의 뒤에서 열 살 전후의 사내애와 계집아이가 둘 장난을 치면서 달려나왔다. 지수는 나를 보고 좀 당황한 듯하였으나 이내 흰 이를 보이고 웃으면서 다가왔다.

"안녕하셨어요? 산봅니까?"

"네, 돌아가는 길이에요."

아이들은 우리를 새에 두고 떠들어대면서 잡기내기를 한다. 지수는 한 아이를 붙들어 세터를 맨 줄을 들려주고는 어서 앞으로들 가라고 손짓하였다.

우리는 잠자코 한동안 함께 걸었다. 아카시아의 숲새 길에서 그는 앞을 향한 채 불쑥,

"편지 보아주셨죠?"

하고, 겸연쩍은 듯한 소리를 내었다.

"네."

"회답은 안 주세요?"

나는,

"네. 어떻게 써야 할지 모르겠어요."

했다.

그는 성급하게 고개를 끄떡거렸다. 귀가 좀 빨개진 것 같았다.

"그러나 여하간 제 의사를 알아주시긴 했겠죠?"

나는 그렇다고 하였다. 그리고 이야기를 끝맺기 위해서 현규가 가까이 또 정구를 치자고 하더라는 말을 했다.

"네, 가죠."

그도 단번에 기운을 회복하며 대답하였다.

그는 휘파람을 불기 시작했다. 그의 휘파람을 들으며 집 가까이까지 왔다.

"오늘 대단히 기뻤습니다. 감사합니다."

그는 조금 슬픈 어조로 인사를 하였다. 그리고 내 어깨로 기어오르는 풀벌레를 떨구어주었다.

"안녕히 가세요. 그리구 연습 많이 하세요. 저희들 팀은 아주 세졌으니깐요."

그는 다른 일을 생각하고 있는 듯 입술을 문 채 끄떡끄떡하였다.

잡석을 접은 좁단 층계를 뛰어오르자, 나는 곧장 내 방으로 올라갔

다. 지수가 하듯이 휘파람을 불고 있었다. 어쨌건 기운을 잃어서는 안 된다는 생각이었다. 내 팔뚝이나 스커트에는 아직도 풀과 이슬의 냄새가 묻어 있는 듯했다. 나는 기운차게 반쯤 열린 도어를 밀치고 들어섰다.

뜻밖에도 거기에는 현규가 이쪽을 보며 서 있었다. 내가 없을 때에 그렇게 들어오는 일이 없는 그라 해서 놀란 것은 아니었다. 그는 몹시 화를 낸 얼굴을 하고 있었다. 너무도 맹렬한 기세에 나는 주춤한 채 어떻게 할지를 모르고 있었다.

"어딜 갔다 왔어?"

낮은 목소리에 힘을 주고 말한다.

"……."

"편지를 거기 둔 건 나 읽으라는 친절인가?"

그는 한 발 한 발 다가와서, 내 얼굴이 그 가슴에 닿을 만큼 가까이 섰다.

"……."

"어디 갔다 왔어?"

나는 입을 꼭 다물었다.

죽어도 말을 할까 보냐고 생각했다.

별안간 그의 팔이 쳐들리더니 내 뺨에서 찰깍 소리가 났다.

화끈하고 불이 일었다. 대번에 눈물이 빙글 돌았으나 그는 거들떠보지도 않고 방을 나가버렸다.

나는 멍청하니 창밖으로 시선을 던졌다.

연회색 셔츠를 입은 지수가 숲새 길을 걸어가고 있는 것이 보였다. 그리고 조금 전에 지수가 풀벌레를 털어주던 자리도 손에 잡힐 듯이 내려다보였다.

전류 같은 것이 내 몸속을 달렸다. 나는 깨달았다. 현규가 그처럼 자기를 잃은 까닭을. 부풀어 오르는 기쁨으로 내 가슴은 금방 터질 것 같았다. 나는 침대 위에 몸을 내던졌다. 그리고 새우처럼 팔다리를 꼬부려 붙였다. 소리 내며 흐르는 환희의 분류가 내 몸속에서 조금도 새어나가지 못하도록.

5

나는 어떻게 하면 좋을까?
밤에 우리는 어두운 숲속을 산보하였다.
어두운 숲속에서 우리는 손을 잡고 걸었다.
그리고 나는 그에게 안겨버렸다.
나는 어떻게 하면 좋을까?
어떻게 해야 할지 점점 더 알 수 없어진다.
여하간 나는 숲 속에 가는 일을 그만두어야 한다.
지금 확실히 말할 수 있는 일은 그것뿐이다.

학교에서 돌아오니까 엄마가 기다린다고 안방으로 가라고 했다. 요즈음 인사도 않고 나가고 들어오던 나는 우선 가슴이 철걱 내려앉았다.
"인제 오니? 그런데 얼굴이 파랗구나. 어디 나쁜 것 아닌가?"
엄마는 내 이마에 손을 얹어보았다.
"오빠는 밤늦어야 돌아오고 숙희도 이렇게 부르지 않음 보기 어렵고……"
엄마는 조금 웃었다. 아무것도 알지 못하는 웃음 같았다.
"……편지가 왔는데 어쩌면 엄마가 미국에 가야 할지 모르겠어. 그렇게 되면 일 년이나 아마 그쯤은 못 돌아올 것 같은데 숙희하고 오빠를 버리고 가기도 어렵고……. 그래 싫다고 몇 번이나 회답을 냈지만……."

엄마는 조금 외면을 하였다.

"어떨까? 오빠는 찬성을 해주었는데."

그러면서 내 눈 속을 들여다보았다.

"나도 좋아요."

우리는 그러면 어떻게 되는 걸까 하고 멍하니 생각하면서 나는 대답하였다.

"고맙다. 그럼 구체적으로 어떻게 할지는 내일이라도 의논하지. 큰댁 할머니더러 와 계셔 달랄까? 그래도 미덥잖긴 마찬가지고……."

큰댁의 꼬부랑 할머니는 사실 오나마나 마찬가지였다. 엄마가 없는 이 집에서 어떤 일이 일어나려고 하는 걸까? 현규와 단둘이 있어야 할 일을 생각하니 얼굴에서 핏기가 가시었다. 아무도 막아낼 수 없는 운명적인 사건이, 이미 숲속에 가지 않는 것쯤으로는 어찌할 수도 없는 벅찬 일이 생기고야 말 것이다.

잠을 잘 수 없었다. 내 온 신경은 가엾은 상처처럼 어디를 조금만 건드려도 피를 흘렸다.

며칠이 지나니까 나는 더 견딜 수 없어졌다. 할머니한테 갔다 온다고 우겨대어서 서울을 떠났다.

다시는 그곳에 돌아가지 않으리라고 결심하였다. 다시는 학교에 다니지도 않으리라고 마음먹었다. 내 삶은 일단 여기서 끝막았다고 그렇게 생각을 가져야만 이 모든 일이 수습될 것같이 여겨졌다. 그것은 칼로 살을 도려내는 듯한 아픔이었다. 그러나 다른 무슨 일을 내 머리로 생각해낼 수 있었을까?

날이면 날마다 나는 뒷산에 올라갔다. 한 시간 남짓한 거리에 여승들의 절이 있다. 나는 절이라는 곳이 몹시 싫었으나 거기를 좀 더 지나가면 맘에 드는 장소가 나타났다. 들장미의 덤불과 젊은 나무들의 초록이 바람을 바로 맞는 등성이었다.

바람을 받으면서 앉아 있곤 하였다. 젊은 느티나무의 그루 사이로 들장미의 엷은 훈향이 흩어지곤 하였다.

터퀴스 블루의 원피스 자락 위에 흰 꽃잎을 뜯어서 올려놓았다. 수없이 뜯어서 올려놓았다. 꽃잎은 찬란한 하늘 밑에서 이내 색이 바래고 초라하게 말려들었다.

그러고 있다가 시선을 들었다. 다음 찰나에 나는 나도 모르게 일어서 있었다.

현규였다. 그는 급한 비탈을 올라오고 있었다. 입을 일자로 다물고 언젠가처럼 화를 낸 것 같은 얼굴이었다. 아니 일자로 다문 입은 좀 슬퍼 보여서 화를 낸 것 같은 얼굴은 아니었다.

그가 이삼 미터의 거리까지 와서 멈추었을 때 나는 내 몸이 저절로 그 편으로 내달은 것 같은 착각을 느꼈다. 사실은 그와 반대로 젊은 느티나무 둥치를 붙든 것이었다.

"그래, 숙희, 그 나무를 놓지 말어. 놓지 말고 내 말을 들어."

그는 자기도 한두 걸음 뒤로 물러서면서 말하였다. 그 얼굴에는 무언지 참담한 것이 있었다.

"숙희는 돌아와서 학교에 가야 해. 무엇이고 다 잊고 공부를 해야 해. 나도 그렇게 할 작정이니까. 우리는 헤어져 있어야 해. 헤어져서 공부해야 해. 어머니가 떠나시려면 비용도 들 테니까 집은 남 빌려주자고 말씀드렸어. 내가 갈 곳도 생각해놓고. 숙희도 어머니 친구댁에 가 있으면 될 거야. 그렇게 헤어져 있어야 하지만, 숙희, 우리에겐 길이 없는 것은 아니야. 내 말을 알아들어 줄까?"

그는 두 발로 땅을 꾹 딛고 서서 말하였다. 나는 느티나무를 붙들고 가늘게 떨고 있었다.

"그때 숲속에서의 일은 우리에게는 어찌할 수도 없는 진실이었다. 우리는 이 일을 잊을 수도 없고 이제 이 일을 부정하고는 살아가지도 못할 게다. 우리는 만나기 위해서 헤어지는 것이야. 우리에겐 길이 없지 않아. 외국엘 가든지……"

그는 부르쥔 손등으로 얼굴을 닦았다.

"내 말을 알아줄까, 숙희?"

나는 눈물을 그득 담고 끄덕여 보였다. 내 삶은 끝나버린 것이 아니었다. 나는 그를 더 사랑하여도 되는 것이었다.

"이제는 집에 돌아오겠다고 약속해주겠지? 내일이건 모레건 되도록 속히……"

나는 또 끄덕여 보였다.

"고마워, 그럼."

그는 억지로처럼 조금 미소하였다.

그리고 빙글 몸을 돌려 산비탈을 달려 내려갔다.

바람이 마주 불었다.

나는 젊은 느티나무를 안고 웃고 있었다. 펑펑 울면서 온 하늘로 퍼져 가는 웃음을 웃고 있었다. 아아, 나는 그를 더 사랑하여도 되는 것이었다.

—《사상계》, 1960. 1.

양관洋館

　파르르 척 퍼르르 척척…… 하고 왕벌이 날개를 떠는 듯한 소리가 미
미하게 귓전을 울리자 유진有眞은 곧 잠이 깼다. 밤새껏 잠들지 않고 어둠
속에 눈을 뜨고 있었던 것이나 새벽녘에 떨어져 들어간 수면이라 해서
곤하고 깊은 것도 아니었다. 그녀는 베개 위에서 눈을 반쯤 뜨고 잿빛으
로 밝기 시작한 문살께를 바라보았다. 그리고 다시 두 눈을 감았으나 한
번 더 잠들 수 없다는 것은 알고 있었다. 파르르 척 파르르 척척…… 하
는 소리는 좀 더 대담하게 커졌고 이 시간이면 늘 들리는 비행기의 선회
음旋回音이 신음하듯 지붕 위를 넘어갔다.

　일어나지 않으면 안 되었다. 날이 샌 것이다. 그러나 무엇 때문에?

　유진은 상을 찌푸렸다. 아침이 오는 것이 그녀는 언제나 끔찍하였다.
백일하에 모든 것이―삼라만상이―그 있는 대로의 윤곽을 드러낸다는
사실은 거의 가공可恐할 일이었다.

　그러나 피할 수 없다는 것도 알고 있었다. 피해보려고 한 모든 수단
은 성공하지 못하였던 것이다.

　밥 한 술 달라고 외치는 아이의 길게 잡아빼는 외침이 비명처럼 또

노랫소리처럼 멀리 대문 밖을 지나갔다. 유진은 일어나 앉았다.

유선有善이 엊저녁 입은 채로 잔 노란 스웨터의 옆모양을 보이고 앉아 눈이 삐죽해서 카드를 뒤집고 있다. 까치 둥우리처럼 얽힌 머리칼과 한편 무릎을 세우고 쭈굴친 자세 위를 쌔앵한 외풍이 감돌고 있다.

털실이 거기만 닳아서 엷어진 팔꿈치가 갑자기 급히 움직이며 이불 위에서 트럼프를 뒤섞었다.

"또 안 떨어졌다……."

쉐쉐거리는 입속말로 무엇에 씌인 사람처럼 혼자 중얼대더니 파르르 착착 하고 카드를 쳤다.

"어때? 오늘은?"

유진은 건조한 눈초리를 다른 데로 돌리며 아무렇게나 한마디 던졌다. 그래도 말이 되어 나오고 보니까 그녀의 표정이나 기분하고는 달리 얼마간의 감정이 담겨진 듯 울리는 것이 묘하였다.

"좋지 않우. 그렇지만 이번 건 어제 운수였으니까. 맞았나 안 맞았나 보려고 떼어본 거지. 어제는 참 좋지가 못했다우. 이번 거가 진짜 오늘 건데……."

열심히 이편을 쳐다보며 대답하였으나 유진이 듣지 않고 있으므로 다시 카드 위로 고개를 떨구었다. 매일을 그것과 결부시킨다. 오늘은 다 떨어졌는데 그러고 보면 운수도 괜찮았다고 하고 오늘은 지독히 운이 사나웠는데 점에도 과연 나타났다고 하고, 점이 맞는다는 일 자체에 무슨 위안이 있는 것처럼 생각하고 있다.

'머저리…….'

유진은 그렇게 느낀다.

허나 유선의 생각에는 점에 그토록 명시되는 것은 그날 일어날 일이 미리 숙명적으로 정해져 있는 탓이므로, 모든 일은 마땅히 일어나야 할

대로 일어났다는 것이었다. 얼마나 안심스러운 일이랴.

유선의 점은 아직 끝장이 나지 않았으나

"밥을 지어야지."

좀 날카롭게 들리는 명령조로 유진은 말하였다. 일어나서 왔다 갔다 하며 밥을 끓여 마주 앉아 먹고 또 치우고 하는 일이 그녀에게는 거의 추한 일로 느껴지고 있었으므로—그 자연自然의 강요를 마치 모욕처럼 받아들이고 있었으므로, 이에 관련된 말 따위는 언제나 피하고 싶은 것이다. 유선이 어차피 그것을 지을 바에야 말을 시키지 말고 혼자 척척 해주었으면 싶었다. 그러나 어쩌면 그런 이유보다도 눈을 뜨자마자 사람이 곁에 있다는 사실이 싫어서 쫓으려고 그러는 건지도 몰랐다.

유진의 말이 떨어지자 유선은 이내 엉거주춤 허리를 들었다.

벌어진 문장 사이로 두껍게 얼어붙은 창유리가 보인다. 바람도 일기 시작했는지 이층의 덧문이 덜컹거렸다.

유선이 긴 복도를 걸어 부엌으로 사라졌다. 유진은 한동안 우두커니 더 앉아 있다가 영 건성인 느린 동작으로 일어나 이불을 개어 얹었다. 조금도 하고 싶은 일은 아니었으나 유선의 노동 위에 덧얹혀서 살 이론은 서지 않으므로 마지못해 꾸무럭꾸무럭 일을 하는 것이었다.

진초록빛 바탕에 꼬리를 편 공작을 수놓은 번쩍이는 이불은 그들의 모친이 큰딸과 사위를 위하여 마련한 것이었다. 유선이 덮고 자는 금색 중국 비단 역시 그녀가 유선의 혼례식을 축하하여 손수 꾸민 것이었다. 이런 것들을 마련하느라고, 또 내객이 많은 큰살림을 맡아 하느라고 바쁘게 돌아가던 모친의 단정하고 자그마한 모습을 유진은 잘 기억하고 있었다.

모친은 유진들 형제에다 마음을 쏟으며 살았었다. 형제가 병에 걸리거나 외부로부터 조그만 해라도 입을라치면 이내 눈물을 흘렸다.

그렇게 그녀는 행복하게 살았고 행복하게 죽어갔다.

유진은 그녀로부터 하여 받은 일들을 잊지는 않았다. 그러나 지금 자기가 살고 있는 이런 형태의 삶을 조금도 모르는 채 죽었다는 의미에서 그녀는 순전한 타인보다 더욱 타인인 것이었다. 유진이 그녀를 상기하는 것은 그녀가 자기들을 낳지 않았더라면 하는 가정을 해보는 때에 한해 있었다. 그렇지 않으면 자기들 둘 중의 하나만이라도 낳지 말았더라면 하고 상상하는 때문이었다.

수놓여진 공작의 꼬리는 그다지 번쩍여야 할 하등의 이유가 없었다. 와삭거리는 중국 비단 역시 그처럼 두꺼울 필요는 없었다. 그들의 모친이 그들을 기르면서 느낀 행복감 같은 것도 사실 이들에게 아무런 의미를 갖는 게 아니었다.

유선이 시퍼렇게 얼어서 덜덜 떨면서 방에 들어왔다.

온 집안에 음식내가 흘러들지 말라고 그랬는지 뚝 떨어진 북쪽에 가서 붙어 있는 부엌은 덩그러니 넓기만 한 데다가 불기라고 풍로 하나밖에는 없으므로 유선은 부엌에서 오는 때면 노상 얼어가지고 어깻죽지 속에 목을 파묻고 두 손을 맞잡으며 들어서는 것이었다. 헌 양복바지의 밑을 걷어 올리고, 양말은 뒤꿈치가 나간 남자 것을 포개어 신고 있다.

그녀의 죽은 남편의 물건인지 아니면 아버지가 신던 것을 헌 고리에서라도 꺼내 왔는지 알 수 없었다.

"언니, 이층의 저 문짝이 암만해두 떨어져 나갈 것 같은데 어떻게 허우?"

그 얼굴은 유진이 보아도 가엾어지리만큼 근심스러운 빛으로 가득 차 있다. 대답을 안 하고 있으니까 점점 더 긴장한 표정이 되어갔다.

바람은 제법 거세게 불어대었다. 이층의 덧문은 호되게 벽을 치며 깨어지는 소리를 내었다. 구름 조각들이 흩날리는지, 반짝 해가 들었다가는 또 곧 캄캄해지며 그럴 때마다 포도주색 비로드 문장은 변색을 하였다.

"저 소릴 좀 들어보우."

유진에게는 아무래도 좋은 일이었지만 덧문이 떨어져 내려, 언젠가처럼 다른 창유리가 깨어지거나 하는 날이면 유선이 한없이 들끓을 것이므로, 하는 수 없이 몸을 일으켰다.

방문을 열고 복도에 놓인 고무신을 신는다.

라디오와 문갑, 책상 같은 것이 놓이고 경대, 작은 옷 서랍까지 들여놓여서, 어쨌든 거처의 태세를 갖춘 그 방 하나를 제외하고는 모든 장소는 밖에서와 한가지로 흙신으로 딛는다.

아버지의 장례를 치르고 난 뒤 그래도 식모가 두엇 남아 있던 새는 날이면 날마다 털고 닦는 것이 그들의 일이니까 그렇게 할 것도 없었지만 작년에 유선이 돌아오고 하인들도 사라진 그 뒤로는 자연히 그렇게 되어버렸다.

부엌까지의 구부러지며 나간 긴 복도에는 냉기와 함께 코가 싸아한 먼지내가 들어차 있다. 모란꽃이 깔린 두꺼운 양탄자는 더럽혀져 이제는 거의 완전히 잿빛이었다. 스팀은 은칠이 벗겨져서 거무죽죽하였다.

그 위에 올라서서 숨을 죽이고 있다가 방에서 나오는 사람들을 왁하고 놀래주는 것이 어린 날의 유진의 장난거리였다. 거무죽죽하게 벗겨져서 한구석에 서 있는 스팀을 바라보면 그녀는 가끔 지난날들을, 소녀 시절의 자기의 감정 세계 같은 것을, 머릿속에 되살려보는 것이었다.

그것은 고운 안개에 싸인 물체처럼 무언가 희망과 약속, 진실에의 신뢰 같은 것을 내포하고 있었던 것 같았고, 꿈의 배태胚胎를 위한 온상이라는 느낌이었다. 그러나 지금 막상 그것의 실체를 잡아보려고 하면 안개속에는 아무것도 없었고, 그것은 그저 하나의 분위기, 독서나 부모와의 생활에서 오는 환경이 빚어내는 하나의 효과 이외에 아무것도 아니었다고 생각되는 것이었다.

그들은 모친이 생전에 쓰던 방, 객실, 하인들의 방 등의 앞을 지나 걸어 나갔다. 이런 방 중의 하나가 지금 있는 곳보다 아마 좀 더 아늑할지도 몰랐으나 옮기려는 생각도 하지 않았다.

유선은 그사이 방에서 몸이나 녹이지 않고 줄레줄레 뒤를 따라왔다. 둥그스름한 볼이 멍든 복숭아처럼 붉고 푸르다. 유진은 까실하니 하얗기만 하였다.

부엌 옆에 있는 식당은 밝고 넓다. 겹유리의 널찍한 창 너머로 후원의 나무들이 내다보였다.

앙상한 가지와 가지 사이에 빨간 열매를 단 넝쿨이 엉켜 있다. 돌보지 않아서 얼어 망가진 종려나무의 큰 분 곁을 지나 유진은 그릇장의 서랍을 잡아당겼다.

"망치가 어딜 갔어?"

먼지가 묻은 손을 스커트에 문지른다. 바람이 불어서 창유리가 요란스레 흔들거렸다. 장속의 사기그릇들은 먼지를 덮은 채 말을 안 하기로 결심한 사람 같은 무거운 표정을 하고 있었다.

"망치는 언니, 저기 있지 않을까? 그 속에서 본 것 같어, 물통 속에서……."

유선이 추워서 거의 울상이 되며 욕실 쪽을 가리켰다.

유진은 걸어가 문을 밀었다. 뿌우연 창유리가 몇 장이나 깨어져서 바람이 쏴아 하고 끼쳐졌다. 허연 사기의 탑 안에 막대기며 까치발 같은 것과 섞여 못통이 버려져 있었다. 망치는 따로 떨어져 샤워기 밑에 궁글고*

| * '뒹굴다'의 평안도 방언이다.

305

있었다.

"……"

유진은 망치가 거기 뒹굴고 있는 것을 보자 입술을 삐뚤이고 조금 웃었다. 하늘색 스웨터를 입은 수리공修理工이 처음 왔던 날 일을 상기한 것이다. 수리공은 탑 속에 책을 잊어버리고 갔다. 삼백 환짜리 문고본의 하이데거가 거기서 바람에 페이지를 넘기며 있었다.

"이런 걸 읽어요?"

하려다가 그만두었다. 이름도 안 물었다. 나중에 그는 그의 성명을 들려주었으나 유진에게는 지금에 이르기까지 그는 그저 하늘색 스웨터를 입은 수리공인 것이다. 그러나 그 젊은 남자는 이 집에 와서 유진의 위에 사건을 일으키고 간 유일의 인물이었다. 남편과 이혼한 후 유진에게는 아무 일도 새로운 쇼크일 수는 없었다. 아버지의 죽음도, 그 장의의 스산함도, 고독의 무서움도, 그녀를 움직일 힘이 없었다.

유선이 돌아와서 궁상스럽고 비참한 색채가 서로 반영하는 것을 의식해야 했으나 그것도 별일이 아니었다. 그리고 결국은 수리공의 일도 별일이 아닌 것이었다.

그녀는 천천히 몸을 굽혀 타일 위에서 망치를 집어 올렸다.

형제는 앞뒤로 서서 계단을 밟고 올라갔다. 그곳도 역시 춥고 어두웠으나 그것은 채광이 나쁜 탓은 아니었다. 두꺼운 문장이 창문마다 가려져서, 그것은 일 년이 넘도록 열려진 일도 먼지를 털린 일도 없는 것이다.

이거 아버지가 케이프타운에서 사오셨지, 그렇지 언니? 하고 유선이 한쪽 벽에 걸린 그림접시를 가리키며 말꼬리를 끌었으나 유진은 대답을 안 하고 곧장 난간 곁을 걸어갔다.

유진이 대답을 안 하여도 유선은 저 그림은 희랍 거다, 아버지는 여행을 참 좋아하셨다, 하고 혼자 지껄였다.

　부친이 쓰던 큰 서재 옆을 지날 적에 그녀는 살며시 손잡이를 돌리고 방 안으로 고개를 디밀었다. 그리고 그 옆의 자기의 소유물들이 정리되어 있는 방문을 열고 보았을 때에는 얼마간의 만족과, 기쁨으로조차 보여지는 빛을 그 눈 속에 담았다.

　유진은 똑바로 고개를 들고 광 앞으로 다가가서 안에 들어갔다.

　급경사진 지붕의 일부가 그대로 천장인 그 광은 댓칸 넓이가 족하였으나, 유진이 끌고 온 짐들을 어떤 것은 가마니를 끄르지도 않고 처재어 놓았으므로 발 들여놓을 자리도 만만찮았다.

　유선은 자기도 곁에 와서 으르르 떨며 보고 있다. 유진이 손을 대면 이런 것이나 간단한 기계의 고장 같은 것은 대번에 훌륭히 고쳐지곤 하였다. 그 부분이 재차 고장 나거나 하는 일은 별로 없었다. 이치를 생각해서 단단히 끝을 맺어놓기 때문이다. 유선이 하면 요란하기만 하고 결과는 손을 대기 전보다 더욱 나빠지기 일쑤였다.

　문이 바로 되자 유진은 곧 아래로 내려와 버렸으나 유선은 자기의 세간살이를 보러 추운 방에 들어가서 오래도록 나오지 않았다. 거기에는 텔레비전이며 라디오며 전축 등속이, 그녀가 남편과 함께 살던 방에서와 비슷한 모양새로 놓여 있었다.

　마른 걸레로 그녀는 그 소중한 물건들의 먼지를 훔쳐냈다. 따뜻할 때에는 노상 그곳에 틀어박혀 살았지만 추워진 후에도 종종 이렇게 청소를 하는 것이었다.

　청자의 단지며 자개함에까지 말짱 마른걸레질을 하고 나서 그녀는 늘 하듯 긴 의자에 가 걸터앉았다. 몸을 움직이며 일하고 있을 때면 그냥 저냥 지나치는 것이지만 이렇게 가만히 앉아 자기 자신을 바라다볼라치면 유선의 마음도 형보다 나을 것이 없는 것이었다. 그녀의 남편은 신경질이고 결핵환자이어서, 유선을 남달리 사랑하였다고도 볼 수 없었지만 그러나 그가 별안간 죽어서 없어지고 마니까 유선은 그야말로 어찌할 바를 모르게 돼버린 것이다.

사랑이 전부라느니 허무하다느니 하는 생각을 새삼스레 하게 된 것도 아니지만, 말하자면 자기의 감정이나 사고의 방향을 어드메로 가지고 가야 할지 막막하기만 한 것이었다. 재미난 일기의 감정이나 그렇지 않은 일을 분별할 기준이 마음속에서 없어져버린 것 같았다. 그래서 그녀는 잠자코, 넋이 빠진 눈을 하며 긴 의자 위에 앉아 있었다.

그러자 언제나와 같은 현상이 일어났다. 그녀의 가슴 밑바닥에 조그만 밀물같이 슬픔이 밀려들기 시작한 것이다. 애달픔이었다.

유선이 이처럼 '삶'의 바깥에서 발을 멈추고 그 알지 못할 것—삶—을 물끄러미, 섬찍한 듯이, 들여다보기 이전의 날들, 인식함이 없이 그저 '살아온' 날들에 대한 미련이, 슬픔을 밀고 오는 것이었다.

그녀는 남편의 걸음걸이며, 말투며, 신경질을 부리던 때의 표정까지 기억 속에 되살려 내었다. 그리고 가슴이 저릿하여지며 뜨뜻한 눈물을 흘렸다. 그녀는 흠뻑 울었다. 울고 있는 동안은 그 어디를 보아야 할지 모르는 불안 상태는 중단되는 것이었다.

정오를 알리는 사이렌 소리가 멀리서 울렸다. 유선은 급히 몸을 일으키고 층계를 내려갔다.

장기를 두러 갈 시간이었다.

장기를 그녀는 기원에 가서 둔다. 바둑을 가르치는 기원의 한편에서 장기도 두는 곳을 한군데 알고 있었다. 황 노인이라는 영감이 선생이었다.

배운다고 하지만 유선의 장기는 조금도 느는 게 아니었다. 날짜로 보면 일 년 반이나 전에 시작을 하였지만 당초에 몇 가지 수를 외운밖에는 이제나 그제나 그게 그 턱으로 겨우 두세 수 앞을 내다볼 수 있을 뿐이었다. 황 노인 쪽에서도 더 가르칠 염도 않고 그저 마주 앉아 있기만 하였다. 물론 재미나는 일이라고는 생각지도 않았다. 그래도 유선은 부지런히 다녔다. 요즘은 일주일 세 번의 그 시간을 거의 빼는 일이 없었다.

남편이 앓고 있던 무렵 심심하니까 장기판 앞에 아내를 앉히곤 하였다. 그쪽도 형편없는 풋장기였다. 그러나 그나마 가르쳐도 척척 따라오질 못한다고, 더럭더럭 화만 내게 하는 꼴이 되고 말았다. 유선은 무릎을 꿇고 앉아 열심히 그 역할을 감당해내려고 하였으나 긴장하면 할수록 실수를 하였다. 마침내 그녀는 자기들의 생활을 위하는 열성에서 기원에를 다니기 시작한 것이었다.

그 남편이 지금은 죽어서 없으니까 유선이 그곳에 가야 할 이유라곤 없었다. 서른이 다 되어가는 여자가 아무렇게나 양복떼기*를 걸쳐 입고 거기에를 드나드는 광경은 보기 좋은 것이라기보다는 무언가 그로테스크하기까지 하였다.

유선은 그래도 거기를 간다.

그곳에 가면 예전에 있던 물건들이 그대로 그 자리에 놓여 있고 사람들도 변함없이 살고들 있었다. 자기도 역시 아직 살고 있다는 느낌이 어렴풋이나마 들곤 하므로 가는 것이었다. 그런 것들과 마저 모조리 떨어져버린다면 불안을 이길 길이 없을 것 같았다.

세계는 눈에 보이는 외형에서나마 제발 변함이 없어야 하였다. 가끔은 입 밖에 내어서 지나간 일들을 말하는 것도, 발밑에 그래도 땅이 있다는 것을 확인해야 하겠기 까닭이었다.

유진은 달랐다. 무의미한 일은 일체 하지 않았다. 하지도 않고 생각

| * 양복을 낮잡아 이르는 말인 '양복떼기'를 뜻하는 것으로 보인다.

지도 않았다. 그리고 그녀에게 있어 '의미 있는 일'은 지나가버린 것이다. 그것의 내용은 망상妄想이었다고 그녀는 생각한다. 이제는 되살아날 수는 없는 것이었다.

머플러로 머리를 동이고 외투를 입고 나서 유선은 갸름한 작은 상자를 옷 서랍에서 꺼냈다.

"이걸 팔아 올까 언니?"

뚜껑을 열고 금숟갈이 두엇 든 것을 보인다.

"숟가락은 이게 마지막이야."

유진은 그렇게 하라고 대답하고 소매치기 당하지 말라고 덧붙였다. 유선은 끄덕이고 하이힐을 꺼내 신고 걸어 나갔다.

바람이 이제는 자는 것 같았다. 오후가 되며 기온도 많이 오른 모양이다. 마른 잔디에 햇볕이 담뿍 괴어 참새들이 내려와 장난을 치고 있었다.

유진은 마당을 슬슬 걸어보았다. 대문을 잠그느라고, 유선이 나간 뒤에 한참을 누웠다가 나왔더니 방으로 들어가기가 싫어진 것이다. 방에 있을 때엔 나오기가 싫었다.

단 한 마리 남아 있는 도베르만이 어슬렁거리며 뒤따라 다녔다. 회색의 몹시 덩치가 큰 놈이었으나 요새로 윤기가 없고 뿌시시하였다. 유진을 오랜만에 본다고 생각하였는지 몸을 비벼대며 쳐다본다. 유진은 쓰담아주지도 않았다.

담 밑까지 비스듬히 올라간 작은 동산의 마른 풀 위에 앉아 그녀는 자기가 살고 있는 집을 바라보았다. 거무죽죽한 벽돌의 묵직한 조화를 가진, 인간의 존엄성을 과시하려는 듯한 위엄을 갖춘 그 건물에는, 그러나 물에 빠진 생쥐처럼 몰골 없는 두 여자가 기거하고 있을 뿐이었다. 그녀들은 뚫어진 양말을 신고 흙 묻은 고무신으로 대리석 바닥이고 양탄자

위고 밟고 다닌다. 그에 입김을 불어가며 숯불을 피워서 쌀과 된장을 끓여 먹는다.

그녀들이 물질을 받아들일 기능을 상실한 때문인 것이다.

유진은 눈을 들고 부친의 서재께를 바라보았다.

침침한 헝겊 조각에 가리워 지금은 열리는 일도 없는 그 창문 안은 전에는 훈훈하고 조용하고 그리고 무언가 신비스럽기까지 한 장소였었다. 그 신비스러움은 삼면의 벽을 거의 메운 장서藏書들의 금빛 글자—인도주의적인 이상주의적인 또는 낭만적인, 세계의 두뇌의 산물들에 의하여 뿜어내지는 광채 때문에 그랬었는지 알 수 없었다. 혹은 그곳에 생활하며 끝까지 인생을 신뢰한 부친의 탓이었을지도 몰랐다. 유진에게 책을 읽히고 그리고 인간의 성실함이란 것을 믿도록 만든 것은 여하간 그 사람이었다.

반발과 어느 만큼의 증오를 눈에 담고 유진은 그곳을 응시하였다. 자기에게 그 같은 '교육'을 안 하였던들, 확실히 하나의 왜곡歪曲이 틀림없는—그것은 보편적인 것이 아니라는 의미에서—그런 신앙을 부어 넣어 주지 않았던들, 자기를 자연아自然兒 그대로 내버려두었던들, 어쩌면 이런 세계에서라도 살아나갈 힘이 남겨졌을지 모를 일 아닌가. 가엾은 유선에게 착한 사람이 되라고만 가르친 것은 부친의 '죄'가 아니었을까?

착한 사람이 되기보다, 남을 믿기보다, 스스로의 감성感性을 조절하는 기술이 먼저 필요하였었다. 혹은 그보다도 사람은 악하고 거짓말을 한다고 가르쳤어야 하지 않았을까.

유진은 입술을 깨물고 메마른 눈으로 하늘을 바라보았다.

유진의 남편이 유진을 기만한 그 방법은 너무나 탁월한 것이었다. 그는 또 하나의 결혼 생활을 유진과의 그것을 시작한 조금 후부터 갖고 있었고, 그곳에서는 어린아이도 자라나고 있었다. 아기를 갖지 못한 유진이 그것을 미안해할 때 남편은 성실한 태도로 무어라고 말하였을까?

아내를 열애熱愛한—분명히 그렇게 보인 그의 태도는, 대체 어떤 감정을 바탕으로 이루어진 것이었을까? 유진은 그와 헤어졌으나 그 일은 언제까지나 이해할 수가 없었다.

다만 어찌할 수도 없을 만큼 상처를 입고 있었다. 부친의 교육은 그 아픔을 되도록 깊이, 되도록 날카롭게 받아들이게 하는 데에만 기여한 것 같았다. 그의 선의善意는 오륙 년이라는 허위의 세월의 길이에 공헌을 한 셈이었다. 두려움 없는 철저한 거짓을 그 딸은 믿을 수 없도록 길러져 있었다.

유진은 경사진 풀밭을 미끄러져 내려 후원 쪽으로 걸어갔다.

연분홍빛을 한 대리석의 테이블이 두셋 있고 바비큐며 숲새에서 내민 수도꼭지 같은 것이 있었다. 실개울은 돌다리 밑에서 하얗게 얼어 있었다. 그러자 또다시 수리공의 얼굴이 머리에 떠올랐다. 지난여름 이 개울이 졸졸 흐르고 있었을 때 맨발을 잠그고 앉아 있던 일이 생각났다. 옆에서 수리공은 두 손으로 머리를 괴고 누워 휘파람을 불고 있었다. 개울물의 감촉이 상쾌하였었다.

그를 처음 오게 한 것은 유선이었다.

유선이 수도를 고친다고 다른 늙은 인부를 데려왔었다. 여러 군데를 파헤쳤으나 잘못된 곳을 알 수 없어서 조카를 불러온다면서 인부는 돌아갔다. 우물은 더럽히고 말라서 소용에 닿지 않고, 옆집이나 어디로 물 얻으러 가기는 죽기만 하다면서 유선은 열심히 그들을 기다렸다.

다 저녁때가 되어서 젊은 수리공이 왔다. 그리고 욕실과 그 부근의 파이프를 잠깐 만지더니 부엌의 수도 하나는 곧 물이 나오기 시작하였다.

유진은 내다보지도 않았으므로 얼굴도 모르고 말았으나 다음 날 혼자 있을 때 하늘색 스웨터를 입은 젊은 수리공은 또 이 집의 벨을 눌렀다. 책을 잊고 갔다는 것이었다. 유진은 성가신 것을 참고 욕실께로 데려다주었다. 수리공은 책을 호주머니에 밀어 넣더니 다른 포켓에서 드라이버와 펜치 같은 것을 끄집어내었다.

"어제 잠깐 보았는데 이 전깃줄들은 위험합니다. 아주 낡아빠졌어요. 자 보세요."

천장의 널빤지가 뻐그러진 새로 전선을 어떻게 건드리니까 빠작빠작하며 불꽃이 일었다.

"이거 정말 위험한 거예요."

유진의 얼굴을 바라보며 커다란 소리로 되풀이하였다. 목소리가 하도 커서 유진은 조금 웃었다.

"보아드리지요. 그런데 이 노후선들 벽 속에 든 걸 지금 전부 어쩔 수도 없고…… 어떠세요, 요즘 사용하시지 않는 부분은 우선 더러 끊어두시면? 쓰시는 데만은 안전히 해드리죠."

"학생이세요?"

줄을 끊었다 이었다 하는 것을 바라보다가 그런 소리를 했다.

"말하자면 그런 거죠."

유진은 지루하여져서 현관께로 나와 긴 걸상에 누웠다.

장밋빛으로 하늘이 저물어가고 있었다. 들쩍지근한 바람이 불어왔다. 집 안에 유선이도 없고 개마저 개장에 갇히어서 얼씬거리지 않는 이런 때에 유진은 그런대로 마음이 안정되는 것이었다. 하늘 아래다 상처를 드러내놓고 바람을 쐬는 기분이었다. 집 한켠에서 수리공이 일하고 있었으므로 여느 때 같지는 않았으나 그것도 차차 심상하여졌다.

시간이 흘렀다.

유진은 선잠이 들었는지 알 수 없었다. 눈을 떴을 때 맞은편 월계숲은 한결 어두웠고, 흐르는 꽃향기가 짙어진 것도 날이 저문 탓이었다.

두 손을 주머니에 넣고 자기를 내려다보고 선 수리공을 유진은 보았다. 그는 젊은 얼굴을, 건강한 육체를, 잘 다스려지지 않는 감정을 갖고 있었다. 달짝지근한 꽃향기와 실바람이, 엷은 실크의 구식 원피스를 입고 누운 자기의 자태가, 수리공을 어떻게 만들었는지 유진은 알 수 없었다. 그가 유진의 몸을 안으려고 했을 때 그녀는 손과 발을 움직거려 반항하였으나 그것은 그저 그 당돌한 진행 때문이었다. 그리고 유쾌하지도 않았다. 그녀는 기운이 모자람을 알자 더 반항하지도 않고 말았다.

참 이상한 분이라고, 잠시 후에 그 하늘색 스웨터를 입은 남자는 얼굴을 옆으로 돌린 채 잠잠하기만 한 유진을 물끄러미 바라보며 말하였다.

"나 같은 사람을 미워하지 않는 겁니까? 왜 화를 안 내세요?"

그편이 들이대고 따지는 것 같았다.

"내 얼굴을 쳐다보세요. 그리고 무어라고 말을 하세요. 욕이라도……"

그때의 그는 혼란과 수치와 성실에 찬 눈을 하고 있었다. 유진은 코웃음을 쳤다. 성실한 눈빛은 남편도 하고 있었다. 그것이 무엇이랴.

그 남자는 풀이 죽어 돌아갔으나 유진은 듣고만 있었다.

그녀는 자기의 맘속에 순간적인 기쁨 같은 것, 부드러운 감정의 움직임 같은 것이 생겨나는 것을 느끼기도 하였다. 그는 건장하고 아름다운 청년이었다. 그의 폭력을 유진은 허용했다. 그러나 그것뿐이었다. 그를 알 필요는 도무지 없었다.

청년은 육체 이외의 곳에서 연락을 가져보려는 노력을 드디어 포기하는 것 같아 보였다. 돈이니 하는 그런 것은 가지지 않았지만 자기도 가치 있는 인간이라고, 그런 주장을 그는 하고 싶던 모양이었다.

"청평에 갑니다. 댐 공사장에 일하러 가는 거예요. 돈을 벌어야 내년에 학교를 마칠 수 있으니까요. 겨울까지 있겠습니다. 제 일을 기억해주시겠어요?"

말하고픈 일이 산더미 같은데 못해서 울화가 치민다는 얼굴로 그는 그렇게 말하였다. 그는 자기가 한 일을 잘못이었다고 생각하거나 적어도 순서가 틀렸다고 느끼고 있는 모양 같았다.

"잊어버리지야 않겠지요."

유진이 그저 막연한 얼굴을 하였다.

"제 일을 생각해보아 주세요. 겨울에 올 테니까요. 참 별난 사람이다……."

그는 약간 노기를 띠우며 말하였다. 유진은 바비큐의 옆을 흐르는 실개울에서 발을 빼며

"안 오는 게 좋아요."

"왜 어째서 그래요?"

겨울이 되었어도 유진은 그의 일을 생각해내는 일은 별로 없었다. 물거품 같은 쾌락……. 그것은 참 이상할 정도로 뒤에 아무것도 남기질 않았다…….

그녀는 옆에 와서 얼굴을 내미는 개를 팔꿈치로 밀었다. 그리고 일어나서 마른 풀을 털어내리며 집 안으로 걸어 들어갔다.

유선이 병이 났다. 걷다가 발을 삐었다면서 하이힐 꼭지를 손에 쥐고 절름거리며 어느 날 저녁 돌아왔으나 밤중에 갑자기 열이 오른 것은 발목 때문은 아닐 것 같았다. 무릎이 쑤신다고 하였다. 그것은 벌겋게 부어오르고 유선은 몸을 꼬부리고 새하얗게 질리면서 아프다고 건드리지도 못하게 하였다.

유진은 의사를 부르러 갔다. 가까운 곳에는 병원이 없으므로 비탈길을 한참 걸어 큰길가의 병원 문을 두드렸다. 의사와 함께 돌아와 보니까 유선은 숨을 좀 돌리고 아랫목에 일어나 앉아 있었다. 어쩌다 격동이 몇

는 것 같더니 지금은 아무렇지도 않다고 하였다.

　의사는 진찰을 하며 여러 가지 질문을 퍼부었다. 유선은 겁먹은 눈을 하며 성급한 말씨로 대답하였다. 엉뚱한 소리를 지껄이든가 필요치 않은 말을 주워댈 때면 의사는 눈에 띌 정도로 미간을 찌푸렸다.

　유진의 가슴이 저렸다. 그러나 그 저린 마음은 유선에게 직접 쏠리지는 않고 웬일인지 공중에서 맴을 돌았다. 맴을 도는 연민의 정을 유진은 하릴없이 바라보았다. 그녀의 동생은 마치 자기도 모르게 새 큰 죄를 범하고 만 사람처럼 구차스러운 얼굴을 그 낯모르는 사람 앞에 하고 있었다. 병은 조금도 그녀의 책임이 아니었는데도.

　유선의 병은 관절염이라고 하였다. 상당히 악성의 질환인 듯하였다. 수시로 아파했다. 소리를 내어 울면서 아파했다.

　"입원을 시키는 편이 나을까요?"

　"물론 그렇게 하는 게 좋습니다. 전기 치료도 할 수 있고요."

　"전기 치료를 하면 아픈 게 덜합니까? 완쾌됩니까?"

　의사의 대답은 신통치가 않았다.

　"우선 며칠간 새로 나온 약을 시험해봅시다……."

　밤중에 유선이 울면 유진의 표정은 굳어졌다.

　그녀는 동생에게 아무 일도 해줄 수가 없다. 방석으로 괸 무릎에 찬물수건을 올려놓아 주어도 고통은 조금도 줄어지지 않았다. 등을 쓸어준다. 허리가 끊어질 듯하다니까 두 손으로 받쳐주어 본다. 그래도 마찬가지다. 유진은 진정제를 의사가 말한 양보다 많이 주는 외에는 아무 도움도 될 수는 없는 것이다.

　그날 아침 유진은 마치 혼수상태에 빠졌던 사람 같은 얼굴을 하고 있었다. 밤새도록 유선에게 자기가 사용하던 강한 수면제의 치사량을 주어버릴까 하는 생각을 하면서 새었기 때문이다.

유선이 그 고통을 참아내야 할 필요가 있을 것 같지 않았다. 행복이라는 걸 대체 생각할 수 있을까?

벨 소리가 길게 울렸다.

수리공이 온 것이다. 그는 영국 군인이 입는, 턱 밑까지 오는 카키빛 털옷을 입고 반코트의 깃을 세워 흰 입김을 토하며 서 있었다. 유진의 눈 속을 똑바로 쏘아본다. 몹시 추운 아침이었다.

동생이 앓고 있다고 유진은 조막만큼 작아 뵈는 하얀 얼굴로 말하였다. 돌아가 달라는 뜻이었다. 그러나 그는 그 일을 캐어물으면서 집 안으로 걸어 들어왔다. 위험한 전깃줄을 고쳐준다고 자진해서 온 때와 같은 모양으로.

유선은 그가 어떻게 왔는지도 잘 모르면서 웃음을 띠고 끄덕여 보였다. 바깥이 퍽 추울 게라는 소리까지 하였다. 그러고는 괴로워서 다시 상을 찌푸렸다. 수리공은 고장 난 기계를 검사하듯 유선의 모양을 이리저리 살피고서

"다른 의사를 데려와 보겠습니다. 아주 잘한다는 사람을 알고 있어요."

혼자 단정을 내리면서 방을 나갔다.

"돈은 내가 가지구 있으니까…… 여기도 있는지는 모르지만."

유진은 대문을 잠그려고 따라갔다.

더 좀 청소를 하고 정리를 하고 불도 더 많이 때고—생활을 하지 않으면 안 되는 거예요. 자기가 그런 걸 못하겠거든 식모라도 어디서 구해다가.

이따위 집은 내버리고 차라리 셋방엘 나가서라도 생활이라는 걸 시작해야 하는 거예요.

이런 소리를 하기 위해서 그는 복도 한가운데 섰다.

화를 낸 것 같은 센 말씨였다.

그리고 다시 뚜벅뚜벅 걸어갔다.

'무슨 상관일까.'

그러나 문득 유진은 유선이 자기와는 좀 달리 그런 걸 썩 잘할 수 있으리라는 생각을 하였다. 병만 낫는다면, 그리고 소달구지에 고삐를 쥐는 사람이 필요하듯이 누군가가 그녀의 고삐를 잡기만 한다면. 회초리를 울려 신호를 할라치면 그녀는 내닫기를 시작하는 것이다. 누군가가……. 아무라도 좋은 누군가가…….

그녀에게 수면제의 치사량은 주지 않기로 하였다. 그것은 자기를 위하여 보관해두어야 했다.

녹슬고 무거운 청동 대문이 바로 앞에 있었다.

청년은 몸을 돌려 마주 서며 무엇인가를 말하기 시작했다. 이 젊은 남자는 무엇에 대체 열을 올리고 있는 셈인가? 유진은 모르겠다는 얼굴로 물끄러미 그 입모습을 쳐다보았다.

—《자유문학》, 1961. 2.

황량한 날의 동화童話

1

명순은 누워서 수녀修女들의 합창을 듣고 있었다.

그것은 어느 오페라의 한 장면이어서 책상 위에 놓여 있는 조그만 라디오로부터 흘러나오고 있었다. 세계의 종말이 다가왔도다……. 소리는 무겁고 어둡고 운명적인 비애에 싸여 거의 신음하는 것처럼 들렸다.

허나, 이상스러운 단순함이 선율을 처리하여 그것은 어쨌거나 앞을 향하여 나가고 있는 인간의 무리를 연상케 하였다. 그들은 가고 있었다. 자꾸만 나가고 있었다. 세계의 끝이 거기 있는가? 거기에 천당이 열리는가?

수도원의 정경 속에 갑자기 이질적인 것이 튀어 들었다. 길게 떨리는 테너의 솔로였다. 그것은 현세적인 환비를 호소하는 너무나 육감적인 음성이었다.

명순은 라디오를 끄려고 손을 내밀었다.

그러자 째각하고 다이얼이 먼저 비틀어지며 아리아는 가느다란 여운을 남기고 중단되었다. 한수가 그렇게 한 것이다.

　명순은 반 일어난 자세대로, 책상 모서리에 걸쳐져 있는 한수의 손을 보았다. 길고 모양 좋게 생겨 있는 손이었다. 그는 깊은 잠에 빠진 사람처럼 방바닥에 얼굴을 대고 엎드려 있었다. 오래전부터 그렇게 하고 있는 것이다.

　그렇게 죽은 듯이 늘어져 있으면서 그래도 음악을 듣고 있었다고 명순은 생각했다. 책상 모서리에 걸렸던 한수의 팔이 시체의 그것처럼 털썩 떨어졌다.

　명순은 일어나 앉아 한수의 전신을 내려다보았다.

　코코아색 반소매 셔츠를 입은 어깨는 벌어지고 넓적한 등은 젊은 남성다운 선을 부각하고 있었다. 좁은 양복바지에 싸인 작은 엉덩이와 긴 다리도 모양은 좋았다.

　그러나 거기서는 기운이라는 것을 느낄 수 없었다. 짧은 소매에서 내어민 팔뚝은 갈색을 하고 있었으나 마른 나무의 표면을 생각게 하는 건조한 빛이었다. 있는 것은 형태뿐이었다. 명순은 알고 있었다.

　그녀는 눈을 크게 뜨고 앉아 있었다. 자기가 태어난 이 우주 속의 일점을 최초로 인식한 인간의 눈과 같이 그것은 매우 크게 벌어진 동공이었다.

　한수의 등이 꿈틀하고 움직였다. 그와 함께 명순의 눈 속에도 동요가 있고, 이번에는 조심스러운 빛을 담으며 그 꿈틀거린 부분에 고정되었다. 등이 그렇게 움직거린 의미를 헤아리기라도 하려는 듯 주의 깊은 태도였다.

　그러나 한수는 다시 움직이지 않았다.

　호흡을 따라 너부죽한 등판이 보일 듯 말 듯 오르내릴 뿐이었다.

　명순은 무릎을 안고 벽에 기대었다.

옹색한 맞은편의 바람벽 위에 미로의 복제가 붙어 있다.

여자의 동체同體에서 밤夜이 뿜겨져 나왔는가. 달과 별 같은 것이 빙 돌고 있다. 문어 대가리 같은 또 우주인 같아 뵈는 기분 상한 붉은 덩어리. 해와 바닷말……

수치와 회한과 혼란과, 모든 종류의 고뇌가 한꺼번에 폭발을 한 것 같은 색채와 모양이 거기 있었다.

그녀는 다시 수녀의 합창을 생각하였다. 검은 옷을 입고 들판을 그렇게 걸어가면 속이 후련해지는가?

모든 것을 버리고 가는 것이다. 들판 끝에는 무엇이 있을까. 과연 무언가가 있는 건가?

한수가 무어라고 웅얼거렸다. 입술이 방바닥에 너무 가까이 대어져 있어 언뜻 알아듣기 어려운 말소리였다. 명순은 되묻지도 않고 기다렸다.

"여보세요. 약 주세요. 안 계신가요?"

약간 짜증을 낸 것 같은 여자의 목소리가 이번에는 바깥쪽에서 울렸다. 아까 한수는 누가 왔으니 나가보라고 하였던 모양이다.

명순은 가게로 나갔다.

잿빛 하늘 밑을 무리 져 가는 여자들의 환상은 아직도 그녀의 눈앞에 있었다. 그러나 한수의 귀가 또 예민해졌다는 생각도 한편으로 하고 있었다. 오관이 모두 둔해졌으면서 귀만은 어느 시기 날카롭게 살아나곤 하는 것이었다.

"APC 오 원어치요."

"네."

"미제루다요. 수효가 적어도 괜찮으니까 미제를 줘요."

"……"

"들으라고 먹는 약인데. 그렇잖아요?"

"네."

명순은 스커트에서 열쇠를 내어 유리장을 열고 정제를 세었다.

"고맙습니다. 안녕히 가세요."

여자와 엇갈리며 파리장* 문을 밀치고 비대한 노녀老女가 들어섰다. 호르몬제를 사러 오는 노파였다. 노파가 질문을 할라치면 명순은 그렇게 강한 주사약을 자주 쓰지 않는 것이 좋으리라는 의견을 말할밖에 없으나 노파는 그런 설명을 듣기 싫어했고, 그래 요즘은 그저 화난 듯한 음성으로 불쑥 약명을 가리킬 뿐이었다.

명순은 약장 아래쪽 서랍을 열었다. 가게는 좁고 세모가 져 있어 돌아앉아 그런 동작을 하자면 편안찮았다. 그녀는 서랍에서 서너 권의 장부를 들어내고 그 밑에 숨겨둔 약상자를 꺼냈다. 수입 금지품이어서 감춰두어야 하는 것이었다.

비대한 부인은 호르몬 외의 영양제 두 가지와 플라스마를 샀다. 자식도 영감도 없고, 오직 자기 몸을 보하기 위하여 살아 있는 부인이었다.

"많이 파슈."

"안녕히 가세요."

방긋거리면서 순자가 와서 서 있었다.

"잘 있었니? 서방님두 안녕하시구. 테라마이신** 몇 알하구 찜질약을 줘. 큰 것이 또 헌데가 났지 뭐니. 그리고 알코파***를 두 봉. 애들은 반 봉지씩 먹인다지? 그러니까 두 애한테 노나 먹이고 하나는 애들 아버지 드리지. 세 봉지 살까? 모두들 먹는 김에 나두 해치우게. 근데 요샌 온 집안 식구가 식욕이 없어서…… 요리를 만들어도 헛수고지. 여름철일수

---

* 방충망.
** 항생제의 한 종류.
*** 구충제의 한 종류.

록 축이 안 가두룩 영양을 취해야만 하는 건데…….”

순자는 더도 없이 열심히 생활인이었고 너무나 여자였고 거기다가 매우 행복하다고 생각하고 있기까지 하였다. 명순은 참으며 듣고 있었다.

순자의 요설饒舌은 명순에게는 통틀어 그저 무의미했던 것이다.

겨우 순자가 가버리자 명순은 얼른 방으로 가보았다.

방바닥에 길게 누웠던 한수는 거기에 없었다. 날쌔게 몸을 놀려 또 무엇인가를 저질렀을지 몰랐다.

명순은 주방 문을 열고 선반 위, 찬장 앞, 마루 구석하고, 순차례로 눈길을 달렸다. 한수는 물건을 잘 떨구었다. 요즘으로 아주 바보가 된 것처럼 조그만 속임수도 감쪽같이 해내지를 못하는 것이었다. 탈지면이나 작은 주사기 앰풀의 껍데기 등을 명순이 눈에서 감춘다는 것이 전 신경을 집중하는 유일의 일이면서, 줄곧 실수하여 꼬리를 잡히는 것이었다.

주방에는 그러나 이번에는 아무것도 떨어져 있지 않았다. 명순은 방으로 돌아와 미로의 콤포지션 뒤에 손을 넣었다.

모르핀을 감출 장소 때문에 한수는 있는 지혜를 다 짜내었다. 그래서 명순은 경대 서랍에까지 쇠를 채워두는 것이다.

세면실에서 물소리가 나고 변소에 갔던 한수가 돌아왔다. 무언가 매우 명랑한 낯빛을 하고 있다. 요 며칠간 주사를 끊는다는 서약을 지키느라고 그는 몹시 침울하고 기운이 없었던 것이다.

“오늘 저녁은 거리에나 나가볼까? 당신 언젠가 영화 보았으면 했었지?”

그는 곧추세운 두 무릎에서 손목을 늘여 건들건들 흔들면서 말하였다. 발등에 부챗살 같은 가는 뼈가 드러나 보였다.

“복자 수자의 쇼가 아주 인기라던데.”

그런 소리를 한다. 명순은 움직이지 않는 눈동자를 그의 이마에 대었다.

'복자 수자와 그 일행의 쇼'인가 하는 흥행은 몇 달이나 전의 것이었다. 그 광고가 난 신문지를 무엇엔가 사용했던 기억이 있었다. 그랬다. 변소에 가는 좁은 복도의 벽이 떨어져 내린 곳을 그것으로 발라두었었다. 신문지는 지금도 그 자리에 붙어 있을 것이다. 앞을 지나칠 적마다 여자들의 사진과 광고문이 눈에 띄었다.

'오늘 저녁 그걸 보러 가잔다.'

한수는 그저 입에서 나오는 대로 지껄이고 있는 데에 불과하였다.

명순은 복도로 나갔다. 한수는 구석에 있는 고장 난 선풍기를 만지작거리기 시작했다. 가끔 그 손이 멈추어지고 불안스러운 눈이 명순의 사라진 쪽에 쏠려진다.

명순은 엷은 갈색의 앰풀 꼭지를 들고 돌아왔다.

한수 앞에 내던지고,

"또 시작을 했어."

비굴한 눈초리를 지으며 고개를 비꼬는 양을 지켜보았다. 선풍기가 덜덜거리고 돌기 시작하여 좁은 방 안의 더운 공기를 휘저어대었다.

"아니야!"

한수가 갑자기 지껄였다.

"공연한 지레짐작을 말어. 절대로 또 시작한 건 아니야. 내 몸을 뒤져 보아. 맹세하지!"

두 팔을 들어 보이며 어리석은 얼굴을 한다.

"내가 또 그 짓을 했다면…… 그렇다면 사람 아니게? 그렇다면 약을 또 숨겨 가졌을 것 아나?"

명순은 아무 말도 안 하였다. 한수가 대학에서 늘 최고 득점을 하던 우수한 학생이었다는 생각을 하고 있었다. 또 한수는 플루트를 불었었다……

선풍기가 멎었다. 소리도 죽었다. 바람 한 점 없는 날은 저물려 하고 있었다. 불붙는 듯한 하늘의 빛이 작은 창틀을 꽉 메우고 있었다.

2

금단증상禁斷症狀의 고비를 넘기고 나면 한수는 매우 잔인하여졌다.

심부름하는 계집아이를 회초리로 때렸다. 명순은 계집아이를 보내주었던 고모의 집에 사과하러 갔다.

"그거야 괜찮지만…… 네가 고생이겠다. 식모라고 붙어나질 않을 테니까."

명순은 채송화가 흩어져 핀 화단으로 가까이 갔다.

"색색가지로 섞여 펴서 참 이뻐요. 우리 집에 가져간 건 왜 피질 않을까."

"글쎄……"

고모는 잠깐 침묵하였다가,

"너 그런 모양으루…… 살 수 있겠니? 어떻게 여기쯤에서 결단을 내리면 어떻겠느냐?"

명순은 그저 조금 웃어 보였다.

흰 나비가 화판 위에서 나래를 접었다 폈다 하고 커단 모기가 날아갔다. 날개와 긴 다리가 금빛으로 반짝였다. 명순은 눈을 가늘게 뜨고 날아가는 벌레를 보고 있었다.

고모는 또 입을 열었다. 옥색 물을 들인 모시 치마를 입고 옥비녀를 찌른 그녀는 어울리지 않는 말을 입에 담았다.

"네가 그 사람을 사랑하고 있는 기분을 나도 짐작은 한다. 남녀 간의 사랑이란 이치루다 따질 게 아니니까 옆에서 이러구저러구 할 수는 없다만……."

명순은 놀란 듯이 그녀를 쳐다보았다.

"사랑요? 사랑하고 있지 않아요."

"그럼 무엇 때문에 그러구 있니?"

"무엇 때문인지…… 난 모르겠어요. 그렇지만 누구든지 다 그런 것 아녜요? 고모도 왜 살고 있는지 모르시는 거예요."

"얘는. 그건…… 그거야…… 나야 애들 기르고 너의 고모부도 도와 드리고……."

"그래서는요?"

"그래서라니…… 그러는 게 좋으니까…… 그러는 거지."

"좋아도 그러고 안 좋아도 그러는 거예요."

명순은 무표정하게 단언하였다. 그리고 또 채송화를 내려다보았다.

"겹이 돼서 이렇게 보기 좋아요."

"들어가자. 들어가 저녁이나 먹자. 너의 남편 그새 약이나 또 집어낼 는지 모르지만."

"집어내도 그만이에요. 옆에 있을 때엔 나도 쇠를 채우고 경계하지만 소용없는 일인 것은 알고 있어요. 소용도 없는 걸 왜 그러는지 나도 모르겠지만."

"제 일을 제가 모르면 누가 아니."

명순은 고모의 방에 들어갔다.

맛나는 음식을 조금 먹고 몸을 편히 하고 누워 있었다.

'돌아갈 때까지 조금만 편히 하구 있자.'

생각은 단순하였다. 한수로 인한 분노라든가 짜증 같은 것은 언제나 오래가지 않았다. 그것은 관용의 정신에서가 아니라 마땅한 감정으로 여겨지지 않기 때문이었다.

드리운 발밑으로 고모의 치맛자락이 오락가락하고 있다. 고모는 명순에게 얼마간 친절하고 얼마간 무심하였다. 정상적인 보통의 상태였다. 명순도 그녀를 좋아하지도 싫어하지도 않았다.

사람을 좋아하게 된다는 것은 쉽게 일어나는 일이 아니었다. 그러나 명순은 한때 몹시 그래 본 적이 있었다.

그녀와 한수는 약학 대학의 교실에서 만났다. 한수는 중도에서 학업을 포기하였기 때문에 약제사 면허증을 갖고 있는 것은 명순의 편이었다.

모르핀을 그가 시작한 것이 퇴학을 해버린 훨씬 뒤였는지 어떤지 명순은 지금도 알지 못했다. 둘의 사이가 친숙해진 것은 퇴학을 전후한 무렵이었다.

명순 편에서 꽤 적극적으로 접근하여 갔다고 할 수 있었다. 그녀는 고민에 싸인 사나이의 어두운 매력에 이끌려 갔던 것이다.

사랑이라는 것이 어떤 감정인지 명순은 지금 한마디로 규정지을 수 있다고 생각한다. 그것은 말하자면 섹스가 일으키는 트러블이고, 일종의 하찮은 시정詩情이었다. 모든 시詩가 그러하듯이 그것은 과장을 일삼고, 우상을 만들기에 곁눈도 안 판다. '완전한 인생'을 꿈꾸는 것이다.

한수는 명순의 마음을 끄는 거의 완전한 형태를 갖고 있었다. 그러한 생김새는 아주 대수로운 것으로 그때 명순에게는 생각되었다.

그것은 명순의 감정을 자극하였고, 그와 함께 있는 시간을 즐겁게 만들었다. 그는 일반적인 교양으로도 명순을 만족시킬 만하였으나 가장 매혹적이던 것은 실의失意의 구덩이에 빠져 있는 일이었다.

민감한 청년이 감정의 부당한 학대를 감수하고 있는 광경은 얼마나 가슴 저린 것이었을까.

그러한 학대는 한수의 끼끗함에는 비길 수도 없는 야비한 여자로부터 왔다.

자기의 가치를 액면대로 주장하지 않는 남자의 겸허함은 명순을 감상적이게 만들었다. 한수의 시정은 말하자면 특별히 정열적인 연소를 하고 있었던 것이다.

한수의 양친은 한수를 결혼시키고 나서 곧 별세하였다. 큰길 옆에 조그만 약방을 남겨주고 갔다. 그리고 한수는 아편 중독자였다.

"고모, 이젠 가겠어요."

명순은 고모의 집을 나와 어둑어둑한 거리를 걸어갔다. 바다 쪽에서 눅진한 바람이 불어왔다.

그녀는 버스를 기다리며 서 있었다.

맞은편 언덕 위에 거대한 플라타너스가 여러 그루 몰려 선 것이 눈에 뜨인다.

나무는 미풍을 따라 천천히 술렁였다. 잎새가 팔랑대고, 검고 굵은 줄기는 미미하게 그러나 뱀처럼 연하게 굼틀거리며 움직였다.

나무는 꼭 살아 있는 것 같았다. 무언가를 얘기하고 있는 것 같았다. 무언가 사람은 이해하지 못하는 이야기를 하며 있는 것 같았다.

그것을 바라다보는 명순은 저도 모르게 평화로운 얼굴을 지었다.

……오늘 밤도 또 잠을 잘 수 없을 것이다.

한수는 자기가 잠을 자지 못하니까 남이 자는 것을 시기하였다. 갖가지 술책을 써서 깨워 일으키고야 말았다. 딱…… 하고 날카롭게, 파리채로 방바닥을 내려치는 일, 어떤 때는 명순의 귓밥을 때려놓고 모른 체하고 있기도 하였다.

모른 체하고 있더라도 바늘같이 뾰족한 그의 눈매가 잔인한 노여움을 말해주었다.

"불을 끄면 파리가 안 붙지요."

그런 당연한 말을 그러나 명순은 하지 않았다. 방 안에 파리라고는 처음부터 있지도 않은 것이다.

그런 때 명순은 잠자코 앉아 있다. 그가 잠들기를 기다리는 것이다.

사람과 다른 생물이 세상에 있다는 일. 플라타너스를 보며 일어나는 그런 느낌 속에서 그녀는 평화로운 얼굴을 지을 수 있었는지 몰랐다. 잠 깐 동안.

3

노란 물이 한 줄기 천천히 인중을 따라 굴러 윗입술에 멈추었다. 비 공鼻孔에서는 그러나 또 노란 물이 나와 서서히 굴러내려 입술 위의 방울 을 크게 하였다.

팥알만큼. 콩알만큼. 또 좀 커졌다고 보는 순간 콧물은 주룩 흘러 일 직선으로 무릎에 떨어졌다. 그러자 한수는 팔꿈을 쳐들었다. 얼굴로 가 져가다 중도에서 집어치운다. 대신에 눈꺼풀을 반쯤 들고 거슴츠레한 동 자를 이편에 던졌다.

명순은 그의 앞에 다가앉았다.

"무엇이 보여? 응, 어떤 것들이 눈앞에 있어?"

"으."

한수는 도로 눈꺼풀을 내리고 모로 누워버렸다.

"알구 싶어. 뭐가 보이는지. 누가 있어? 여기 사람들하구 다른 사람 들이겠지?"

대꾸는 없었다.

"그럼 말해줘. 무슨 생각을 하고 있는가를."

둥실 구름을 탄 것 같은 감각 속에서 어떤 색다른 사색을 이들은 더듬고 있는 걸까. 명순은 궁금하고, 이 이상상황異狀狀況에 놓인 인간의 머릿속을 세밀히 살펴보고 싶다고 느낀다.

한수는 등을 꼬부리고 팔다리를 오그려 붙이며 눈을 감았다. 입이 맥없이 벌려 있고 침이 흘렀다.

그는 또 잠을 잔다. 깨면 거짓말을 늘어놓을 뿐이다. 아편 속에는 결국 아무것도 없는 듯하였다. 인간 이상의 것도 인간 이하의 것도, 아무것도 없다고 볼밖에는 없을 듯하였다.

숨소리가 편안하게 들린다. 그는 요즘은 몹쓸 표독을 부리지도 않았다.

한동안 내려다보다가 명순은 상을 찌푸렸다. 한수의 뒤범벅이 된 침과 코는 그 유달리 수려한 용모 위에 매우 추한 부조화를 이룩하고 있기 때문이었다. 환한 등불에 비친 너무 잔혹한 그림이었다.

그녀는 일어나서 다락 옆의 층층다리를 올라 지붕 위로 나갔다.

빨래를 널어 말리기 위해 마련된 네모나고 좁은 옥상이었다. 한길 쪽은 커다란 간판의 뒷면이 가려주고 있다.

나무 걸상에 앉아 명순은 먼 곳을 바라보았다.

항구의 등불들이 차갑고 영롱하게 빛나고 있다. 몇 개씩이나 옆으로 잇닿아져 나가며, 불규칙한 단층斷層을 이루고, 군데군데에 유난히 밝고 흰 빛이며 빨간 등이며 네모진 파란 일루미네이션 등을 섞어가지고 있다.

검은 하늘과 한 빛이 된 바닷자락은 보이지 않았으나 물 위에 떠 있어 불은 더 영롱해 보이는 것일 게다.

명순은 언제까지나 앉아 있었다.

아무 생각도 하지 않는 물건은 아름다웠다.

아무 의미도 없고 곱게 생겨 있는 물건에는 위안이 있었다.

별이 없는 하늘로 부드러운 진동음을 울리며 순찰기가 선회하고 있다. 날개 끝에서 진초록과 빨강의 구슬 같은 등불이 명멸하였다. 크리스마스의 납종이처럼 반짝이는 빛깔이다. 그 위로 어두운 하늘이 막막하게, 영원히 침묵을 지키며 펼쳐져 있었다.

걸상에 기대어서 명순은 잠깐 졸았다.

그리고 싸늘해진 야기夜氣에 둘러싸여 곧 눈을 떴다.

그녀는 날이 샐 때까지 그렇게 앉아 있었다.

어둠이 걷히기 시작하니까 등불들은 색이 바래고, 그리고 꺼졌다.

4

길 건너 시장에 가서 무와 파, 생선 같은 것을 사서 바구니에 넣어 들고 명순은 약방으로 돌아왔다.

한수는 유리장 앞 좁은 공간에 비스듬히 옆으로 서 있었다. 몸을 일직선으로 하여 십오 도쯤 앞으로 기울이고 있다. 무엇을 보고 있는지 무엇을 하고 있는지 도무지 알 수 없는 자세였다.

명순은 곁눈으로 바라보며 그 곁을 지나갔다.

그러자 한수는 별안간 입을 열었다.

"도둑을 맞았어."

꼿꼿이 한 몸을 앞으로 기울인 채 얼굴만 이편을 향하였다. 표정이 없어 오히려 섬뜩한 그런 얼굴이었다.

"잠깐 옆집에 갔었어. 당신이 잘못이야. 왜 그렇게 오래 시장에 있었 난 말야. 그새에 유리장을 깨뜨리고 약을 훔쳐냈지. 잠깐 옆집에 갔드랬어. 당신이 모두 쇠를 채워놨기 때문에 유리를, 저것 봐, 저렇게 깨뜨리고……."

그는 진열장 뒤에까지 걸어 들어가 깨어진 자리를 손으로 가리켰다.

"봐, 내 말이 거짓인가."

그의 오른편 주먹에는 옥도정기가 칠해져 있었다. 바닥에 떨어진 유리 조각은 말끔히 비로 쓸려 있었다.

명순은 화가 나서 장바구니를 방에다 내던졌다. 그리고 수영복을 꺼내 들고 밖으로 나왔다.

한수가 모르핀을 했다가, 죽을 고생을 하며 끊었다가 또 져서 다시 시작했다가 하는 되풀이가 그녀에겐 번거롭다. 그녀는 한수가 소위 성실한 남편이 되어, 팸플릿을 읽고 외국에 약을 주문해준다거나 일요일이면 함께 거리에 나간다거나 하게 되는 일을 그다지 좋다고는 생각하지 않게 되어 있었으므로 변동은 그저 뒤숭숭하기만 한 것이었다.

그녀는 바다로 갔다. 사람들이 많이 모인 모래사장을 피해 외딴 바닷가에서 버스를 내렸다.

울퉁불퉁하여 발바닥이 아픈 바위 그늘에서 옷을 바꾸고 물속으로 걸어 들어갔다.

차가운 물은 육감적이고, 넘실대는 압력은 징그럽지 않을 정도로 욕정적이기까지 했다. 명순은 바다에다 몸을 맡겼다.

한수는 중독 상태에 들어가면 한 달이고 반년이고 그 이상이고, 명순의 육체를 잊고 말았다. 그녀는 바닷물에서 오는 전신적인 압박에서 흘깃 남편의 애무를 감각하기도 하였다.

그러나 이윽고 모든 사념은 그녀의 머리에서 사라졌다. 그녀는 다만 운동의 쾌감을 느끼며 깊은 곳으로 헤엄쳐 나갔다. 수평선을 바라보며 멀리멀리까지 갔다. 온몸에 힘이 넘쳐흐르는 것을 느꼈다.

물의 차기가 두세 번 달라졌다. 그녀는 나가기를 멈추고 몸을 뒤쳐

등으로 둥실 떴다. 구름이 눈부시다. 갈매기가 날아간다.

인간이 인간임을 완전히 망각할 수 있는 순간이란 얼마나 좋은 것일까. 고독을 죄처럼, 무슨 잘못처럼 버젓잖이* 느끼지 않아도 되는 순간이란…….

그녀가 옷을 벗어논 물가로 돌아왔을 때 어떤 남자가 가까운 바위 위에 앉아 있는 것이 보였다. 보릿짚 모자 밑에서 줄기찬 시선을 명순에게 보내고 있다.

명순은 지나갔다. 그러자 젊은 남자는 따라 일어났다.

"명순이지, 역시 그랬었군. 그새 잘 있었어?"

명순은 사나이를 쳐다보고 퍼레진 입술로 웃어 보였다.

"난 누구라고."

그러고는 바위 그늘로 가 타월을 어깨에 걸쳤다.

"아까 버스에서 내릴 때부터 보고 있었어. 아무래도 명순이 같다고 생각했었지."

세연은 조금 더 가까운 바위로 옮아와 걸터앉았다.

"옷 벗는 것도 봤어."

"바보 같은 소리."

"한수는 잘 있어?"

이것은 좀 특이하게 들리는 어조였다. 그는—아니 그들 동창생은 아마 누구나 다—한수의 상태를 알고 있을 것이다. 명순은 수건으로 젖은 머리를 문질렀다.

"얼마 잘 있지도 않아."

"그래? 그거 야단이로군."

| * '버젓하게'의 잘못된 표현으로 보인다.

세연은 따뜻한 눈초리로 명순을 지켜보았다. 잠시 침묵이 흐르고 단조로운 파도 소리만 되풀이하였다.

"결혼했느냐는 인사쯤 있을 법도 한데?"

"그런 것 물어서 뭘 하려구."

"여전히 냉담한데?"

옛 클래스메이트는 쓴웃음을 지었다.

"외국에나 갈까 하구 있어. 여기 있어 보아야 별 재미두 없구……."

명순은 햇볕을 흡수하여 따가워진 바위에 가슴을 대고 엎드렸다.

"명순인 지금 행복할까? 정직히 말해서……."

명순은 머리만 조금 들고 간단히 고개를 저어 보였다.

"그렇지만 아직도 한수를 사랑하구 있군?"

갑자기 명순은 소리를 내고 웃었다.

세연은 잠자코 그녀를 바라보고 생각에 잠겼다.

이윽고 그는 바위에서 일어나며 말하였다.

"약방에 한번 놀러 가도 괜찮겠어?"

"앉을 데도 없는걸. 한수는 그 모양이고."

"그 병은…… 좋지 못해."

세연은 어두운 소리로 낮게 뇌었다.

"그 병은 아주 좋지 못해. 명순에게도."

"알고 있어."

명순은 끄덕였다.

"그렇지만 난 아무 일도 또 새로 시작하지는 않을 테야."

그리고 그녀는 약간 확신이 없는 얼굴이었으나 덧붙였다.

"다 알아버렸으니까."

이번에는 세연이 웃을 차례였다. 그리고 그는 푸르게 반짝이는 바다로 고개를 돌려 먼 시선을 지었다.

"물에 또 들어가나?"

"조금 있다가……."

"난 그럼 갈 테야. 안녕."

"안녕."

세연은 느릿느릿 사라졌다. 조금 슬픈 것 같아 보였다.

명순은 잠시 그의 뒷모습을 지키다가 돌의 따뜻한 부분으로 돌아누웠다.

저녁때 명순은 싱싱한 낯빛이 되어 드라이브웨이로 올라왔다. 시내를 향한 차가 달려오기를 기다리며 가볍게 걸어갔다.

한편에서 바다는 진줏빛 섞인 옥색으로 부드럽게 빛나고 있었다. 기운찬 바람이 그녀의 깡뚱한 옷자락과 머리칼을 날렸다.

'기운이 돌아왔다.'

'나는 언제나 즐겁지는 않지만 그러나 기운은 돌아왔다.'

걸으며 명순은 문득 어떤 공상을 하고, 미소 지었다.

공상은 때때로 조금은 즐거울 수 있었고, 그 대신 아무 의미도 없는 것이기는 하였다.

한수가 죽어버린다는 일.

한수가 죽어버리고 그의 옆에 노트가 펼쳐져 있다면…… 노트에는 흘림 글씨로 몇 자 적혀 있을 것이다.

'정신이 맑은 새에 결행하겠다. 당신을 사랑한 증거라고 알아준다면 다행이다…….'

사랑?

그것은 얼마간 우스운 말이기는 하였지만 나쁜 말은 아니었다. 동화를 읽고 난 어른처럼 그녀는 미소했다.

세연 같은 청년은 그런 것을 소중히 알고 언제까지나 밥 굶은 소년처럼 가엾은 눈을 하고 있는 것이다……

젖은 물웃을 무릎에 놓고 차에 흔들려 명순은 집에 돌아왔다.

약방의 유리문은 잠겨 있었다. 그녀는 뒷문으로 돌기 위하여 옆 건물과의 새의 좁고 습기 찬 틈으로 들어섰다.

부엌 문은 열려 있었다.

모든 것을 팽개쳐두고 한수는 나가버린 모양이었다.

정말 도둑이 들었을지 모르지만 명순은 그다지 개의치 않았다. 그녀가 살아가기 위해서는 그런 일들은 차라리 필요한 조목들일지 몰랐다.

방으로 올라갔다.

한수는 외출하지 않고 거기 누워 있었다.

베개도 없이 턱을 높이 쳐들고, 마치 턱으로 솟구쳐 오르려는 듯한 자세로 누워 있었다. 크게 벌어진 입은 바싹 말라 침도 안 흐르고, 석고같이 하얀 살갗을 하고 있었다. 그는 호흡을 안 하였다. 그는 죽어 있었다.

명순의 동공은 크게 벌어져갔다. 점점 더 크게 벌어져갔다. 자기가 태어난 이 우주 속의 일점을 다시 놓친 사람의 그것같이, 그것은 매우 크게 뜨인 눈이었다.

—《사상계》, 1962. 11.

빛과 그림자

릴리 폰스 같은 가수가 되는 것이 소원이었다. 어림도 없는 소리였다고만은 할 수 없다. 그녀의 음성은 이야기를 할 때는 비록 감기 걸린 사람같이 꽉 잠기고 쉬어, 처음 듣는 이는 이상히 여길 지경이었지만, 한번 리사이틀 홀의 무대에 서거나 교수실의 피아노 옆에서 가슴을 펴고 심호흡을 하고 나서 발성될 때는 틀림없는 콜로라투라 소프라노, 그것도 매우 아름다운 음질의 것이었기 때문이다.

그녀가 〈봄의 노래〉라든가, 〈어떤 개인 날〉 그 밖의 오페라의 아리아를 부를 때에는 본교의 학생, 교수는 말할 것이 없고, 음악당을 꽉 메운 청중—인접한 대학의 남자 대학생도 다수 포함한 만장의 청중은 정신을 잃고 몰입하고, 열광적인 박수갈채를 보내는 것이 상례였다.

'손미혜' 하면 그래서 화려한 이름이었다.

몸집은 그리 큰 편이 아니지만 납작하고 동글한 얼굴에 매력적인 쌍꺼풀눈을 갖고 있고, 모양을 내는 데 유난한 정열을 소비하여 어느 때고 콧잔등에 뽀오얗게 분칠이 되어 있는 그녀는 통틀어 귀여운 처녀였던 것이다.

"어때? 손미혜 같은 타입……."

"좋지. 하지만 약간 불량일지 몰라? 어쨌든 교제 범위는 넓을 거니까."

"그래. 우리 차례에 올 것 같지는 않아."

"밑져야 본전이지, 뭐라나 말이나 한번 걸어볼까?"

후후후후 하고 남자 학생들은 길에서 그녀와 스쳐 지나는 때면 시시덕거렸다.

"공부는 못한대."

"그럴 리가 있나?"

"예술가 아닌가. 기분이 안 나면 성적 따위 문제가 아니겠지."

두둔하는 사람도 많았지만 아닌 게 아니라 그녀의 성악 실기를 뺀 다른 학과목은 엉망이었다. 노상 낙제선상을 오르내렸지만 그러나 학교당국으로서는 빛나는 프리마돈나를 낙제시킬 수는 없다. 손미혜를 빼놓은 오페라 상연은 구상할 수도 없었으니 낙제점이 몇 개 나와도 걱정할 것은 없었다.

요새 세상보다 그 시절은 매사 인심이 후하였었는지도 모른다.

아무튼 그녀 손미혜는 그처럼 음대의 호프였는데 졸업을 하자 그만 싱겁게 결혼해버렸다.

릴리 폰스의 꿈을 깨끗이 포기해버린 것은 아니었다. 야심 내지 공상의 여지는 다분히 남겨두고 있었지만 결혼 또한 여성의 중대사라고 그녀는 믿고 있었던 것이다.

실은 결혼보다 연애가 더 급하다고 생각하였었다. 그녀가 수없이 노래한 아리아의 여주인공들은 모두 또한 사랑의 히로인들이 아니었던가. 불붙는 사랑, 비극적인 정열을 그녀는 동경해 마지않았다.

헌데 어떻게 일이 시시하게 돌아가서 그만 맞선을 보게끔 계제가 마련되었고, 상대방을 딱 잘라 거절할 기분은 마침 그때 미혜의 맘에 솟지가 않았던 것이다.

매끄름하게 생긴 남성이었다.

오뚝한 코와 얄팍한 입술과 검은 테 안경 속에서 때때로 독특한 윤기를 보이는 눈이 인텔리다운 감을 풍겼다.

국립대학의 공과대학 졸업이라는 간판 또한 압도적인 매력이 아닐 수가 없다.

미혜는 결심하였다. 그 남성을 사랑하기로.

약혼자라는 말은 애인이라는 어휘에 비해 좀 떨어지는 것 같기는 하지만 그러나 약혼자도 없는 여자에 비하면 다분히 로맨틱하다.

오석진이라는 그 남자는 말이 없는 형이었다. 무엇을 생각하는지 잘 알 수가 없다.

그래도 미혜는 무척 들떠서 약혼 시절을 보냈다. 그녀에게는 약혼이니 사랑이니 하는 것의 관념 내지 분위기가 중대하였고, 사람 됨됨이는 그다음쯤에 가는 문제였는지도 모른다.

4개월의 약혼 시절이 눈 깜짝할 사이에 지나가고 그들은 결혼하였다.

신접살림을 꾸민다.

그동안 미혜는 한 번도 노래를 부르지 않았다. 아니, 정식으로 공부를 하지 않았다는 뜻이다. 모든 아름다운 음률은 오직 그—안경을 쓰고 잠자코만 있는 남자 하나를 위해 나직이 달콤한 음성으로 불리어졌던 것이다.

오석진은 어느 건축회사에 취직해 다니고 있었는데 여전히 얼마 말이 없으므로 그가 사실 세상을 어떻게 느끼고 있는지 미혜는 때때로 궁금해지는 수도 있기는 하였다.

그런데—.

6·25의 사변이 그들을 남쪽 도시로 몰고 간 것은 물론 특기할 일이

못 된다.

누구 할 것 없이 당한 참변이었고, 일조에 모두가 거지떼처럼 되어버린 피난 생활이었으니.

그러나 손미혜의 남편 오석진이 그처럼 변모한 일은 적어도 미혜에게는 무척 놀라운 사실이 아닐 수 없었다.

국가와 민족에 관한 사상적인 이념의 문제가 아니었다. 그것은 오히려 그런 것으로부터 너무 먼 데서 출발하였다는 데에 가장 놀라운 면이 있었다.

모든 사람을 정신적 물질적으로 때려눕힌 사변은 그에게만은 이상하게 다른 모양으로 작용한 듯하였다. 그는 그 걷잡을 수 없는 생활의 붕괴에서 참된 자기를 홀연 발견한 듯 마치 고기가 물을 얻은 듯이 생기에 차서 날뛰기 시작한 것이다.

일찍 본 일도 없는 활발함을 가지고 움직여 돌아다니며, 쨍쨍하고 날카로운 목소리로 거의 쉬지도 않고 자기를, 자기주장을, 횡포할 만큼 내세우게끔 되었다.

그처럼 정력과 활기에 넘쳐서 그는 무엇을 하였는가?

그는 장터의 가마떼기에 고무신을 벌여놓고 팔기 시작한 것이었다.

미혜를 앉혀놓고 지키게 했다.

담요를 덮은 무릎 옆에는 돈을 받아 넣을 깡통과 손을 쬘 작은 풍로가 하나 놓여 있었다.

자기는 파카의 안을 코트 삼아 들쳐입고 그 앞을 서성대며

"자, 이 아주머니한테 십 환 거실러 내. 아니 어딜 딴눈을 팔고 있는 거야? 이 돈 집어넣구. 그리구 손님을 붙들어 좀. 입 닫구 앉았지 말구."

노다지 잔소리를 퍼붓는다. 그런가 하면

"뭐요? 얼마를 깎으라구요? 이 양반이 이게……. 여보슈, 아 왜 가세

요, 가긴. 어서 갖구 가요, 돈 내구."

발을 멈추는 사람은 하나도 놓치지 않으려 들었다.

어서 이 돈 집어넣으라고 미혜에게 호령을 하고는 조심스럽고 날카롭게 이편의 손놀림을 지켜본다.

처음 얼마 동안은 호구지책으로 어쩔 수 없는 일이려니 여겼다.

사실 굶어죽을 형편의 사람들이 우글부글하여서, 재빨리 장터의 가마때기 하나라도 확보할 수 있었던 것은 감사해야 할 노릇이었던 것이다.

그러나 돈이 좀 모인 것을 보고 미혜는 이제 이렇게까지 하지 않아도 좋으리라는 맘이 들어, 의견을 말하였다.

"돈이 꽤 불었어요. 이봐, 이렇게. 이젠 취직자리나 찾아봐요."

자기도 교원 일 같은 것쯤 얻을 수 있으리라는 생각이었다.

"뭐 어째? 장살 고만두어? 정신이 있는 거야, 없는 거야."

오석진은 미친 것처럼 화를 내었다. 물어뜯을 듯이 맹렬히 으르렁거렸다. 어찌나 사나운지 나중 생각해보아도 그 밤의 일은 소름이 끼쳤다.

다음 날 오석진은 돈을 있는 대로 긁어가지고 나가 고무신을 사들였다.

밉다고 저녁 할 때가 되어도 찬값을 내주지 않는다.

"신 사세요. 질기고 좋아요. 값이요? 값이야 뭐 다른 데보다 더 받진 않을 테니까."

안경 속에서 손님을 쫓는 눈초리가 꼭 무엇에 홀린 사람 같기만 하다.

미혜는 겨우 어렴풋이 깨닫기 시작했다.

그의 부모는 그에게 대학 공부를 잘못 시킨 것이다. 공과 따위를 택할 일이 아니었다.

그의 집착은 오직 물건을 사고파는 데에만 있었다. 일전을 남기기 위해 십 리 길이라도 걷는다.

천성의 장사꾼이었다.

주일날이 되었다.

미혜는 교회에 나가기 위하여 몸단장을 하였다.

난리 북새통에 그래도 간신히 끌고 온 나들이 슈트로 갈아입고, 어느 양공주가 PX에서 내온 베이지색 오버코트를 걸치니까 기분이 산뜻한 것이 살아난 것만 같다.

그녀는 자기가 늘 앉아 있곤 하는 시장터에서 오늘도 다름없이 북적대며 있는 사람들을 연민 어린 눈초리로 바라보면서 가벼운 걸음으로 그 옆을 지나갔다.

대각거리는* 하이힐 소리, 자기 몸에서 풍기는 화장품 냄새, 모두 마음을 상쾌하게 만들어준다. 하늘은 구름 한 점 없이 짙푸르게 개고 공기는 매울 정도로 차가워 기분이 좋다. 노동을 천시하는 것은 물론 아니다. 미혜는 그처럼 덜된 여자는 아니다. 그러나 먼지에 묻히며 일하는 일주일 가운데의 하루를 이렇게 말끔히 차리고 등을 꼿꼿이, 머리를 번쩍 들고, 교회로 걸어간다는 것은 참으로 산 보람을 느끼게 하는 일이었다.

예배당 안에는 많은 사람이 모여 있었다. 제 나름으로 깨끗이들 차리고 경건한 얼굴을 하고 있다.

예배당은 얼마 크지 않고, 그 지방 교인들과 피난민 신자가 뒤섞여, 설 자리까지 꽉 들어차 있었다.

미혜는 복된 마음으로 찬송을 부르고 성경을 읽고 그리고 기도와 설교에 귀를 기울였다.

더러 졸음이 오는 듯하고 그러나 어김없이 진지하고 평화로운 예배

의 분위기는 그녀의 감정에 익숙한 것이었고, 그래서 요즈음 오석진으로 하여 뭔가 불안했던 그녀의 마음은 쉽사리 원래의 상태로 돌아갈 수 있었다. 명랑하고 무엇에나 동경을 잘하는 그녀의 원래의 상태로⋯⋯.

헌데 생각지 않았던 일이 생겼다. 누가 그녀를 알아보았는지 몰랐다. 예배 도중에 권사님인 듯한 노부인이 사람들을 헤치고 조심조심 다가오더니 귓속말로

"독창을 한 곡 해주이소. 지금 저 순서가 끝나몬 금세⋯⋯ 일어나시이소. 이리 오이소."

마른 나뭇잎같이 버석거리지만 따뜻한 손으로 그녀의 팔목을 잡으며 말하였던 것이다.

'독창을⋯⋯.'

미혜는 강대상* 앞쪽에 비스듬히 가로놓인 오르간으로 시선을 주었다.

예배당의 구조에 비해 풍금은 크고 좋은 물건이었다. 소리도 매우 곱다.

"반주는 염려하지 마소. 음대를 나온 선생님이 아주 멋지게 시루어** 냅니더. 진짜 음악가라요."

오르간 앞에 아직 학생티를 덜 벗은 젊은 남자가 고개를 푹 숙이고 앉아 있었다. 미상불 잘 '시루어댈' 것 같아 보였다.

미혜는 기꺼이 노부인을 따라 앞으로 걸어 나갔다.

학교의 채플에서 솔로를 부르던 기억이 뇌리에 떠오른다.

한없이 높고 거룩한 것에의 찬양. 어딘가 아득히 먼 곳을 향하듯 얼굴을 좀 위로 젖히고 눈을 감고 미혜가 그 드높이 맑은 음성으로 찬가를 부를라치면 모든 사람은 경건한 감동으로 한 덩어리가 되곤 하던 것이었

* '강대상講臺床'은 교회에서 설교가 이루어지는 대를 뜻한다.
** '시루다'는 자전거 등의 페달을 밟아 나아가게 하다는 뜻의 경상도 방언이다.

다. 지금도 미혜는 그렇게 열심히, 무심할 만큼 정신을 집중하여, 신성한 존재에의 찬가를 불렀다. 장엄하게. 아름답게. 사람들은 숨을 죽이고 가슴으로 흘러드는 노랫소리에 그들의 모든 것을 내어맡긴다.

어쨌거나 '손미혜'였다. 다른 면은 몰라도 음악 속에 잠길 때 그녀는 남에게 힘을 줄 수 있었고 그들을 지배할 수도 있었다. 그것은 그녀 자신도 구석구석 의식하지 못하는 천분이었다.

그리고 그 일로 하여 가장 행복한 것은 미혜 자신이 아니었을까?

노래를 끝내고 상기한 얼굴로 청중을 둘러보았을 때 미혜는 또 한 번 그러한 순수한 기쁨을 맛보았다.

예배는 다시없이 복되게 끝을 맺었고 사람들은 헤어져 갔다.

그리고 미혜의 딱한 문제는 그 뒤에 도사리고 있었던 것이다.

오석진은 미혜의 외출이 뜻밖에 시간을 끌자 화가 치밀어서 눈치도 올곧잖게 예배당을 찾아갔다.

'그새 장살 얼마를 밑졌느냐 말야, 응? 고무신이 다섯 켤레면 오오는 이십오, 이백오십 환이다. 왜 다섯 켤레만 팔았을라구? 공일날 아침 몫엔 한두 시간 새에 몇십 켤레도 나갈라면 나가는데……'

정신없는 여편네라고 투덜댄다.

문간에서 터져나갈 듯한 사람들의 머리 너머로 안을 기웃거려 보았다.

대단한 노랫소리가 당내를 메우고 있었다. 가수는 미혜였다.

장미빛 슈트를 입고 두 손을 가슴에 모아 쥐고 먼 곳을 향하여 노래 부르고 있는 그녀의 모습은 마치 천사인 양 곱게 보이는 게 사실이었다.

"흠……"

오석진은 마음속에 신음하였다.

천사인 양 귀여운 여인이 자기의 아내라는 감회를 새로이 한 때문이 아니다.

저러고 넋 빠져 있노라고 고무신을 못 파는 동안에 옆에 새로 난 가게가 얼마나 번창을 할 것인가, 한 번 더 분이 치민 것이었다.

사람들이 흩어지기 시작하자 오석진은 턱으로 아내를 불러내었다.

"이봐, 정신 있는 거야 없는 거야, 엉?"

호통을 만났지만 미혜는 그리 송구스럽게 생각지는 않았다. 이 사람은 그 기분을 모른다고 오히려 동정이 갔다.

고무신을 스무 켤레 더 팔면 그런 복된 마음이 될 수 있을까.

"정말 아름다운 노래였습니다."

사람들이 한길로 나서면서 한 번씩 미혜의 손목을 잡아보곤 한다.

"참말로 우짜든 그래 고운 음성일꼬요, 잉."

"하나님께서 특별한 은총으로 세상에 없는 목소리를 주신 겁니다. 다음 주일에 또 불러주우."

노파 하나는 잼잼한 눈에 눈물을 담아가지고 부탁을 하였다.

"네 그렇게 하죠, 할머니."

오석진은 더는 참을 수 없어진 듯 그녀의 팔을 나꿔챘다.

"이봐, 똑똑히 들어. 일요일 아침나절부터 저녁때까지는 중요한 대목이야. 가게를 안 차려서 얼마가 손해났는지 알기나 해? 옆의 김가네가 얼씨구 좋다구 해먹고 앉았단 말야."

"그렇지만 주일날인 걸 뭐."

오석진은 더 계속하지 않았다. 긴 말을 해야 소용없고 오직 실천이 있을 뿐이라고 생각한 모양이었다.

다음 주일날부터 미혜는 교회 옆에 얼씬도 못하고 장터에 꼬박 앉아 있어야 했다.

저녁 저자를 보러 나온 여인들이

"아니, 어떻게 좀 나와서 찬송도 불러주지 않고……."

춥다고 회색 담요를 둘둘 감고 앉은 미혜를 적이 놀란 눈초리로 내려다보고 묻는 것이었다. 오석진의 매끄름하니 인텔리답게 생긴 얼굴이 그런 때 미혜에게는 어쩐지 부끄럽게 여겨졌다. 그녀는 모호한 느낌으로 웃어 보이고

"장 보러 나오셨어요?"

한다. 그러고는 눈길을 숙여, 포개어져서 청룡도의 등처럼 흰 고무신들의 더미를 만적만적하는 것이었다.

날이 갈수록 그녀는 꼴모양이 초라해져서 생쥐처럼 볼품이 없게 되었다.

머리에는 털목도리를 감고 국방색 버선 위에 군대의 털양말을 신고 끼고 앉은 풍로에서 종일 떨어지지 않는다.

그러고는 지나가는 사람들의 발끝만 내려다보았다.

"이거 얼마죠?"

하고 물으면 반색을 해서 살갗이 튼 볼을 빛내고

"그거 좋아요, 사세요. 값은……."

물건마다 좀씩 다른 그 가격들을 말짱 따로 외우기는 어려워서 그녀는 줄곧 석진에게 야단을 만났었지만 이제는 제법 능숙해졌고, 값을 깎으려고 한 상대에게 호락호락 넘어가지도 않았다.

"안 돼요. 그렇게 하면 밑진대요."

그래도 에누리를 하려 들면 그녀는 깔깔 웃기를 잘하였다.

"뭐가 우스워? 정신 나간 예펜네 모양……."

석진은 윽박지르지만 그래도 미혜는 우습다. 손님이 가버리면 다시 을씨년스러운 꼴모양으로 풍로에 들어붙었다.

교인들도 이제는 민망해졌는지 왜 주일날 나와주지 않느냐고 묻지도

않았다.

오석진은 활기와 의욕에 차서 고무신 자루를 둘러메고 오락가락하였다.

모양새고 뭐고 돌볼 겨를이 없다. 누가 뭐라고 해도 귓밥도 들썩하지 않는다. 더할 수 없이 꾸준하게 그는 그 '장사도'를 매진하였던 것이다.

'저 안경만 아니라면, 그리고 어딘지 학식이 들어 보이게 저렇게 인텔리스럽게 생기지만 않았더면……'

남의 눈에 차라리 심상히 보일 건데 하고 미혜는 여전히 그 점이 더러 민망스럽지만 하는 수 없다.

허나 오석진의 치밀한 두뇌와 학식은 실은 그처럼 무용지물이 아니었다. 그것은 십분 소용에 닿았다.

얼마가 지나지 않아 그는 옆에 새로 벌인—밑천이 넉넉하였던지 이편의 몇 갑절은 크게 시작하였던 김가네 가게를 사서 합치고, 다른 쪽에 인접한 메리야스상도 물건째 몽땅 접수를 하여 점포를 확장하기에 이른 것이다.

노점의 가마니떼기를 치우고 신장개업을 하였다. 바닥에 판때기를 깔고 천막을 두텁게 치고 객이 안에 들어와 물건을 고르게 하였으며 스토브를 놓아 후끈 덥게 만들었다.

그뿐이었다. 설비에 더 많은 투자를 하지는 않았다. 시설은 그만해두고 물건을 짜드라* 사들였다.

그것만으로 손님은 들이닥쳤다. 수건 한 장을 사고라도 같은 값에 불이나 쬐고 가자는 식으로 사람의 마음은 쏠리기 마련인가 보았다.

그리고 오석진은 그처럼 좁쌀을 씹어먹듯 인색하였지만 값은 일절도

| * '많이'의 경남 방언.

비싸게 받지 않았다.

"그놈이 이뻐서 덜 받는 줄 알어? 이게 바로 밑천이야. 지금 태세로는 정확한 값을 받는다는 그게 밑천이란 말야."

고용인을 두지 않기 위해서 새벽 어두워서부터 통금 시간까지 도매집을 몇 번이라도 내왕하였다. 미혜를 혹사하기란 이루 다 말할 수도 없고.

꾀꼬리는 드디어 노래를 잊었다.

고무신, 고무신, 그리고 메리야스 내의.

자나 깨나 그게 본전이 어느 만큼 치었고, "그렇게 들여야 남는 게 하나 없다"는 소리의 되풀이였다.

에누리하자는 사람을 보고 이제 웃지도 않는다.

어떤 계산법을 가졌는지 오석진은 미혜가 사소한 금액의 실수를 저질러도 단박 알아내었다.

불벼락이 떨어진다.

그런 실수를 하지 않기 위해 그녀는 숨이 턱에 닿아 두 눈에 쌍심지를 켜고 돌아갔다. 세수도 못 하는 날도 있었다.

그리고 봄이 왔을 때—.

낮에는 이부자리를 개켜 올려놓아 두는 향나무 옷 궤짝에 지폐가 가득 들어찼다.

한 뭉텅이 두 뭉텅이…….

석진이 그것을 헤어보라고 명령할 때 미혜는 제일 기뻐하였다.

"……예순아홉, 일흔. 일흔 뭉텅이면 여보 얼마예요?"

"그런 건 몰라도 돼. 어서 마저 세어."

"아흔여덟, 아흔아홉, 백. 백예요, 백!"

"자 어서 또 이걸 백장씩 잡아매고……."

"네."

그러나 미혜는 시혼詩魂이랄까 노래의 정신을 완전히 잃고 만 것은 아닌 모양 같았다. 어린애같이 즐거워지니까 그만 또 노래를 불렀다.

보석을 주렁주렁 엮은 듯한 아리따운 음성으로 황홀한 곡조를 뽑는다.

"뚜랄라 랄라 라……."

"이것이 미쳤나, 닥쳐!"

"뚜 랄라랄라 랄랐라아……."

오석진은 정말 화를 내었다.

미혜가 양손에 높이 치켜든 지폐 뭉치를 나꿔채어 자기가 셈을 마친다.

"이걸로 금을 사야 한다. 금을 사 모았다가 서울로 올라가자."

광복동 네거리에 따라나섰던 그녀는 양손가락이 무거워 축 처지도록 금가락지를 몇 개나 끼고 돌아왔다.

오석진은 골패 조각 모양 납작납작한 순금 덩이를 여럿 마련하면서 크게 선심을 써서 공전이 얼마 가지 않는 쌍가락지 따위로 미혜의 손가락도 호강을 시켜준 것이었다.

"나 이 빨간 구슬 샀으면……."

미혜는 처음 그런 소리를 하였다.

"루비가 이뻐, 금보다……."

"미친 수작. 그게 팔 때 제값 나가는 물건인 줄 알아?"

"어머나, 누가 팔려고 사나?"

호수같이 푸른빛의 사파이어도 무지개 같은 오팔도 결국 단념하고 미혜는 그 무거운 고랑 같은 반지들로 만족하는 수밖에 없었다.

오석진은 미혜의 손가락의 황금을 볼 때만은 눈에 웃음을 담았다.

그런 그의 옆에서 지내노라니까 이상히도 미혜에게도 그것이 다시없이 고귀한 물건으로 비쳐 보이기 시작했다. 학생 때 미혜는 가는 금사슬의 목걸이를 갖고 있었었다. 사슬은 가늘수록 예쁘다고 생각했었는데 지금은 그것이 동아줄만큼이나 굵어야만 보기가 좋다고 느끼게끔 되어버렸다.

'금은 아름다워.'

'찬란한 금빛은 세상에서 제일 예쁜 색깔이야.'

환도가 시작되자 오석진은 남 먼저 서울로 올라왔다.

깨어진 건물을 여기저기에다 샀다.

"그 반지 이리 빼내."

"아니 왜요?"

"내라면 내."

"이것까지 팔지 않음 어때요?"

미혜는 눈물을 흘리고 섭섭해하였다. 세상에서 제일 아름다운 것, 황금가락지…….

지니고 있는 일이 그리도 자랑스럽고 대견했었는데 매정하게 앗아가다니.

사들인 건물의 하나에다 석진은 점포를 차렸다. 라디오 가게이다.

중고, 재생품, 미군에서 흘러나오는 번쩍번쩍하는 신품. 창도 없는 시멘트 바닥에 늘어놓고서, 밤이면 리어카로 살림집까지 실어 날랐다.

"이것 봐. 이 RCA*는 열두 장 안으로는 내줘선 안 돼. 제너럴 중고는 아홉 장, 저 산호색 배터리는 열 장 반이다."

그는 고함을 쳐가며 미혜를 교육하였다. 미혜는 노트를 만들었다.

"산호 ××원. 상아빛 ××원. 철 같은 은색 ××원. 진주 같은 은색 ××원. 우리 학교 뒷숲 같은 초록색 ××원. 어젯밤 달빛의 옥색 ××

---

* 1986년 제너럴 일렉트릭에 인수된 미국의 전자업체 RCA는 전자 기업으로 미국 내에서 라디오와 텔레비전을 보급한 기업이다. 여기서는 오디오를 뜻함.

원."

오석진은 노트를 집어 들어 보고

"이게 뭐야, 대체."

백치가 아닌가 의심을 일으킨 모양이었다. 아무래도 좋았다. 미혜는 차츰 그 물건들을 사랑하고 그 생김새에 애착을 가지게 된 것이었다.

그녀는 거기에서 흘러나오는 속악한 잡소리 온갖 저급한 가락조차도 사랑하기에 이르렀다.

라디오방 아주머니는 이번에는 드디어 다이아 반지를 손가락에 포개어 끼게 되었다.

라디오보다 더 신기한 물건은 이 세상에는 없었다. 그리고 남편 오석진보다 더 훌륭한 남편은 이 세상에는 없었다.

창도 없는 빌딩은 메인 스트리트의 한복판에서 차츰 그 위용을 갖추어갔다. 점방은 이제는 대악기점이 되었다.

전축이 들어온다. 피아노와 오르간이 늘어선다. 그다음은 드디어 나오기 시작한 텔레비전 세트.

노래를 부르는 사람이나 시인이나를 그녀는 이제 경멸하게 되어 있었다. 구매력이라고는 없기 때문이다.

그리고 기계器械류가 상품으로서는 으뜸이었다. 그 빛깔, 그 디자인, 그 기능…….

해서 오석진의 사업이 더한층의 도약을 꾀하여 물건의 전부를 처분해 없애야 했을 때, 미혜는 또 한 번 울지 않으면 안 되었다.

그것들에의 애착이 컸던 것이다. 그것들은 고무신과는 달랐다.

그와 함께, 한손에는 세 개, 다른 한손에는 두 개 포개어 끼어졌던 다이아몬드 반지들도 그녀의 손가락을 떠나갔다.

보안의 문제로 하여 낮이고 밤이고 일순간도 손가락에서 빼놓여진 적이 없던 그 영롱한 광채들도.

그 자본을 가지고 오석진은―아니, 그만두자. 그가 얼마만큼 탐욕스럽게, 또 재간스럽게 그 돈을 움직거려 부풀려 국내 유수의 기업으로 키워내고 또 반석 같은 재벌의 위치를 구축하였는가를 시시콜콜히 더듬어 나가는 일은 이제 그만두기로 하자.

그것은 번거로운 작업이 될 것일 뿐만 아니라, 정부 금융기관 또 그 밖의 헤아릴 수도 없이 많은 부면과의 복잡기괴한 접촉과 재주넘기 같은 모험과 더불어 이룩되어온 결과의 축적인 만큼, 전 과정을 분석해 보이기는 도대체 불가능하겠기 때문이다.

어떤 어떤 짓을 하였는가를 정확히 아는 것은 실로 본인뿐이겠기 때문이다.

하여 그들의 현황이나 대충 기술하면―.

강을 내려다보이는 수천 평 성곽같이 솟은 대저택이 그들 부부와 네 자녀의 거주지였다.

풀, 정구장―그런 기본적이고 초보적인 시설은 말할 것이 없고 반지하의 계층에는 시내 어느 헬스클럽의 그것보다도 잘된 체육장이 마련되어 있고, 한 집안에서 먹고 자는 개인 교사만 여섯 명, 그 하나는 수영 교사이고 다른 하나는 막내 위한 무용 교사이고 또 영어 선생이고 수학 선생이고, 초등학교용이고 중고등학교용이고……

미혜만을 위한 비서가 남녀 두 명 있어 이들은 오페라나 발레의 티켓을 확보한다든가 의상실 미용실의 시간을 잡아놓는다든가 레스토랑의 테이블을 예약한다든가 또 손님 초대의 준비를 한다든가 등등의 역할을 하는 것이었다.

오석진은 얼마전부터 미혜의 씀씀이에 아무런 제약도 가하지 않게 되어 있었다. 지폐 더미에다 불이라도 싸지르기 전에는 여자 하나가 아무리 써제껴 보았댔자 그야말로 별로인가 보았다.

미혜 자신 진작에 그런 것을 느끼고 있었다.

에스컬레이터까지 달린 이 집이 처음 완성되었을 때 그녀도 약간 놀랐지만

"내가 돈을 퍼버리는가 해서 그래? 두고 봐, 이것도 투자라고."

오석진은 그렇게 유유하였고, 과연 십 년이 못 된 현재 그 대지 건물 값은 이십 배 이상으로 뛰어올라 있었다.

그의 계산법은 그렇게 일반의 기준과는 다른 것이었고, 그는 잘도 계산을 맞춰내었으니, 미혜 따위야 써도 써도 부스러기 돈밖에는 건드리는 게 아니어서 축이 나지도 않는 것이었다.

한때 그녀는 정열적인 수집가가 되어 침실 벽에 비밀 금고를 설치하고 미화와 보석을 사 모은 적이 있었다. 벼락부자의 초기적 현상이랄까.

석진은

"어리석은 짓하네."

하였으나 펄펄 뛰며 말리지는 않았다.

그리고 이윽고 미혜도 그것이 어리석은 짓이었음을 깨달았다. 재미가 없어진 것이다. 생각해보니 그럴 필요가 전혀 없었다.

돈이 가져오는 모든 것에 지쳐, 어느 날 그녀는 남편에게 물었다.

"여보, 돈을 버는 일이 당신은 자꾸자꾸 재미나기만 하우?"

"무슨 소리야?"

"몇십 년 동안이나 돈만 버니까 하는 얘기죠."

"왜 내가 돈만 벌어?"

석진은 이상한 웃음을 입가에서 흘렸다.

"그야 당신이 최고의 인사니까 다른 최고의 인사들과 어울리기도 하고 그렇기는 하겠지만……."

마음속의 느낌을 잘 설명할 수가 없어 미혜는 그 정도로 말끝을 흐렸다.

"심심할까 봐 걱정을 해주는 거야? 내 염려는 말라구."

몹시나 쌀쌀하게 울리는 말투였다고 미혜는 나중 생각하였다.

하루 저녁 그들의 그 성곽 같은 저택에서는 큰 파티가 열렸다. 미혜의 소위 '최고의 인사'들도 여럿 참석을 하고, 오일 관계의 외국의 대회사 사장 일행이 주빈인 모임이었다.

손님들은 정원에서, 강 건너편의 음산한 가을의 낙조를 감상하고, 이어 안으로 들어와 휘황한 불빛 아래 환락의 시간을 가졌다.

미혜는 회화와 웃음소리, 술잔과 좋은 냄새가 범람하는 속을 헤엄쳐 다니며 안주인 노릇을 하는 중에 낯선 소녀 한 명이 벽 앞의 의자에 앉아 있는 것을 보았다.

언제 누구하고 왔는지 알 수 없었다. 아무도 소개를 해주지도 않았던 것이다.

어쩐지 마음에 걸려서 미혜는 자주 그편에다 시선을 주었다.

여자아이는 곧은 머리를 길게 늘이고 사파이어빛 시폰의 옷을 입고 붉은색의 칵테일 잔을 앞에 놓고 구석 자리에서 움직이지 않았다. 어딘가 도사린 표정으로, 미혜와 시선이 부딪쳐도 까딱 않고 버틴다. 이런 장소에 익숙지가 못한 것 같기도 했다.

"저기 저 여자애가 누구였더라, 여보?"

미혜는 석진이 가까이 온 때 작은 소리로 물었다. 석진은 안경이 가는 금테로 바뀌었고 머리에 흰 것이 몇 올씩 섞였으나 체형은 거의 변치 않아 가늘고 꼿꼿한 채로 있었다.

미혜 쪽은 그사이 꽤 살이 쪘다.

"어디 누구 말이야?"

하고는 그는 부산하니 저편으로 가버렸다. 조금 이따가 미혜는 또 물었다.

"응, 노래하는 사람이라는구만."

"노래요?"

"이따가 몇 곡 부르게 하는 게 좋겠다고 해서……."

"그래요?"

"음대라나 대학원이라나를 갓 졸업했다는데 자질이 좋아 꽤 유망하다더군."

"그래요?"

석진은 이번에는 급히 달아나버리지 않고 아내와 나란히 서서 감상하듯 그 성악가 쪽을 바라보았다. 여자애는 고개를 꼬아 다른 데를 향한 얼굴을 좀체 바로 세우지 않았다.

"아아, 그랬었군."

미혜는 혼잣말을 하였다.

왜 자주 그쪽으로 시선이 갔었는지 이제 알 것 같았던 것이다.

'그랬었군. 성악을 하는 아가씨였군.'

'게다가……'

긴 머리카락으로 볼을 내려덮고 있어 언뜻 분명치 않았지만 그녀는 동글납작한 얼굴을 하고 있었고, 매력적인 쌍꺼풀눈을 갖고 있었고, 또 그리고 콧날이 유난히 희뿌얗게 보이는 화장을 하고 있었던 것이다.

'나 젊었을 때하고 좀 닮았어.'

호의가 가서, 미혜는 입가에 미소를 머금었다.

잠시 뒤 박수 소리 속에 그 젊은 여성은 피아노 옆에 섰고, 어디선가

까만 양복을 입은 반주자도 나타나서 악기 앞에 걸터앉았다.

여자애는 아름다운 소프라노로 노래 불렀다. 손님의 나라의 민요를 하나와 트라비아타 중에서 하나를 불렀다.

사람들은 기뻐하고 파티의 기분은 고조되었다. 허나 이것을 단순한 좌홍으로가 아니고 깊이 감격하며 받아들인 인물이 있었다. 미혜이다.

그녀는 전에 자기의 레퍼토리에도 들어 있던 바로 같은 노래들이 음질도 기교도 흡사한 육성으로 불려지고 있는 일에 감동하고, 원래의 저 자신과 재회하는 듯한 흥분마저 느꼈던 것이다.

'전에 나는 전적으로 저 세계에 속한 인간이었지.'

'저 사람의 처가 되었기 때문에 거기서 마구 끌리어 나온 거야…….'

그러나 원망이 아니고 오히려 어떤 만족을 느끼면서 그녀는 저만치에 서 있는 오석진을 바라보았다.

오석진은 황홀황홀한 낯을 하고 있었다. 사람이 온통 녹아 풀려 없어질 듯한 모양이라고나 형용을 할까. 그가 그토록 음악에 매료될 줄 안다는 것은 천만뜻밖이었다.

하도 감명이 깊어서인지 파티의 나머지 시간에서까지 동요하고 있는 것 같아 보였다. 중요한 손님이 다 떠나고 자신의 부하나 음악인 등을 보낼 단계에 이르러 그는 침착지 못하게 현관 밖까지 뛰쳐나가 이 차를 내라, 아니 저 차를 돌려라 하며 전에 없던 부산을 떨었던 것이다.

미혜는 그날 밤의 발견에 대해서 곰곰 생각을 더듬어보았다.

석진이 여유가 생겨 본성이 제자리에 돌아와 박히고 보니, 예술적인 것에 무감각한 인물이 결코 아니었다는 발견에 대해서 말이다.

'노래를 할 수 있었으면. 지금이라도 그럴 수 있다면 얼마나 즐거울까?'

'조금씩 다시 시작을 해봐?'

허나 그것은 너무도 터무니없는 계획이겠으므로 그녀는 웃고 집어치우고 말았다.

'없어진 거는 없어진 거야. 그렇잖고.'

자기가 실은 용이치 않은 사태 속에 빠져 있으며, 검은 수렁은 이미 목덜미에 닿아 있는 줄을 그녀가 명명백백히 깨달은 것은 그로부터 얼마도 지나지 않아서였다.

파티 이후인지 혹은 그 전부터인지—미혜는 악연한 나머지 조용조용히 사리를 가려낼 형편이 되질 못하였으나 앞뒤 사정으로 미루어 아마도 그 이전부터—석진은 그 음대인가 대학원인가를 나온 소프라노 가수와 범연한 사이가 아니라는 정보가 드디어 그녀의 앞에 놓여진 것이었다.

"아이고 원, 세상에 생난리래요, 난리."

소문을 갖고 온 여인은 신경이 둔한 위인이었던 고로 머리에 생각나는 대로 입에서 나오는 대로 지껄여대었다.

"이뻐서 못 견디신다는구면, 여기 사장님이, 그 처녀를."

"……."

"찾아오시는 때면 꼭 명곡을 부른대요, 그 처녀가. 음대를 다녀서 명곡을 썩 잘 부른다는구면."

"……."

"듣고 나시골랑은 잘한다고 잘한다고 안고 부비고 생……. 명곡을 좋아하시는가 부야, 여기 사장님은……."

"……."

"드나드는 가정부가 와서 늘어놓으니 알지 낸들 어떻게 그런 것까지 알겠수, 남의 침대 방 속 얘기꺼정이야 말요."

미혜가 어떻게 지옥의 고뇌 속에 빠져들어 몸부림을 쳤는가, 어떻게 죽기를 원하였는가에 관해서는 세세히 이야기하지 않기로 한다. 그런 예는 세상에 하 널려 있어서, 누구나 눈앞에 훤히 그려내볼 수 있는 노릇이겠기 때문이다.

다만 한 가지 다소 특이했다 할 점은 미혜가 방문을 겹겹이 닫아 잠그고 발성 연습을 시도한 적이 그간에 몇 번 있었다는 일이다.

그녀의 비참만 더하지 않기 위해 이 장면의 상술 또한 생략하겠거니와, 그것은 그녀 자신의 귀를 가지고도 다시 들어볼 용기는 도저히 나지 않는, 그런 종류의 음향이었다는 사실만 첨부를 하여 둔다.

부부의 사이는 정석대로 나가고 있었다. 말다툼·외박·냉전·이제는 공공연한 소박. 이런 모양으로 급경사를 굴러 내려가고 있었다.

파김치가 된 미혜는 그러나 필사적으로 궁리를 더듬었다.

'그 기집애는 나를 닮았다. 그이가 그것에게 그렇게도 쏠린다는 것은 그러니까 결국……'

하지만 이 아이디어는 얼마 그녀의 위로가 되어주지 않았다.

골똘히 이제는 구체적인 죽음의 방도까지를 생각하게 된 미혜에게, 다녀오마 소리도 하지 않고 석진은 파리로 여행을 떠났다.

그 여자애가 함께 비행기의 일등좌석에 올랐다고 했다.

정부가 허락을 하지 않는다는 것이어서 미혜는 한 번도 그를 따라 해외에 나가본 적이 없었다. 그 애는 마누라가 아니니까 데리고 나가나 데리고 들어오나 멋대로일 것이었다.

그들이 여행을 마치고 손을 맞잡고 돌아오는 때 또 무엇이 자기를 기다리고 있을는지, 미혜는 눈앞이 캄캄하여 실지로 아무것도 보이가 않아졌다.

〈나비부인〉의 〈어떤 개인 날〉의 그 청정히 높은, 슬프지만 희망이 있어 반짝이는, 그리고 젊어서 육감적인 선율이 아름답게 아름답게 허공으로 뻗어 올라가고 있었다.

귓전을 적시는 음률 속에 황홀히 잠겨 있는 것은 미혜 그녀였다. 자신의 목소리에 깊이 도취되어 있었다.

목소리는 얼마든지 높게 얼마든지 곱게 울려 퍼졌다. 그녀가 원하는 만큼 울려 퍼졌다. 하늘 위에 떠 있는 마음이었다.

저 아래 쪽에 오석진이 있는 모양 같았다.

그의 둘레에, 그와 더불어, 뭔지 불미한 거리도 있는 모양 같았다.

그러나 그녀는 개의치 않는다. 개의할 가치가 없는 사물들인 것이었다.

피아니시모의 부분을 그녀는 가급적 섬세하게 표현해야 한다고 생각하였다. 그것은 그녀 자신이라든가 또 어느 누구라든가의 마침 잘못 얽힌 상황의 아픔 같은 것의 표현이 아니고, 살아 있는 모든 것의 아픔과 의미가 연결되는 무엇이어야 한다고 그녀는 느끼고 있었다. 그런 모양으로 파악되는 때에만 아픔도 또 아름다운 형식으로 구성지어질 수 있는 것이라고 느끼고 있었다.

그녀의 열심한 의도에 따라 그 소절은 끝없이 가늘고 작게 또 끝없이 섬세하고 명확하게 불리어졌다.

힘차고 밝은 부분에서는 생물로서의 횡일감, 영롱한 고음에서는 여성만이 아는 감미로운 추구……

노래가 그처럼 완벽하게 불리어진다는 것은 기적이었다.

환희의 눈물이 그녀의 볼을 적셨다. 세상에 더 바랄 것이 있을까.

미혜는 꿈을 꾸고 있었다.

깨어나지 말았으면 복될 꿈을.

어쩌면 이편이, 아니 아마도 이편만이 '정말'일지도 모르는 꿈을.

—《문학사상》, 1979. 10.

감각적 여성 주체의 등장과
유미주의자의 글쓰기

_김은하

1. 강신재, '감정의 점묘화가'

　강신재는 1949년 단편 「얼굴」, 「정순이」를 김동리의 추천으로 《문예》지에 발표하며 데뷔한 이래 2001년에 영면하기까지 왕성하게 창작 활동을 했지만 본격적으로 연구되지 못했다. 이는 그녀가 1960년대 후반부터 대중성이 강한 작품을 발표했다는 점 탓이기도 하지만 무엇보다 초기작에 대한 평단의 몰이해에 그 원인이 있다. 강신재는 창작집 『희화』(1958)와 『여정』(1959)을 발간한 후, '비누 냄새의 작가', '감각어에 대한 날카로운 감수성', '감정의 점묘화가' 등의 작가로 평가받았는데, 이는 강신재 문학의 특징을 예리하게 포착한 것이지만, 탐미주의와 인상주의에 빠져 인간의 진실을 발견하기에는 역부족이라는 부정적 평가를 내리는 준거로 작용했다. "역사나 사회에 대한 포괄적인 파악이나 인간 존재의 근원적 의미에 대한 인식적 노력을 기대한다는 것은 아직 무리한 일"(염무웅, 「팬터마임의 미학」)이라는 식의 평가는 그녀의 작품을 사회문화적 현실과 괴리된 것으로 가정하고 주변화하는 역할도 했다. 김현은 강

363

신재를 "감정의 점묘화가"라 칭하면서 장편 『파도』(1963, 《현대문학》 연재)가 "다만 현상만이 있고 수직적인 초월, 도덕적인 초월이 거의 불가능한" 세계를 보여줌으로써 세계와의 불화를 견디며 파편화된 현실을 종합해 초월적 자기 주체를 구축해가는 인물의 드라마를 만들어내지 못하는 미성숙한 단계에 머문다고 지적한다.

그러나 강신재의 인물들은 미성숙하다기보다 성별, 선악, 미추의 군건한 경계 위에 자아를 구축하는 대신 이 경계를 넘나드는 유동적이고 모호하고 다성적인 주체로 보아야 한다. 강신재 소설은 '수직적인 초월, 도덕적인 초월'을 거부하는(여성에게 그것은 궁극적으로 불가능한 것일 수도 있다) 여성의 욕망을 담고 있는데, 이렇듯 윤리, 법, 규범, 이념 등 상징계 질서를 거스르는 방식으로 이성보다는 감각을 중시하는 글쓰기 방식이 사용되고 있다고 보인다. 이데올로기나 규범이 아니라 자신의 감각에 의존해 사물의 미추를 판단한다는 점에서 강신재의 소설적 페르소나들은 유미주의자들이다. 유미주의aestheticism란 말 그대로 '널리 아름다움에 대한 신앙' 혹은 '아름다움 그 자체를 목적으로 삼는 태도', 더 나아가 예술 작품 속에서라든가, 우리를 둘러싼 세계에서 볼 수 있는 모든 매력 있는 것들 속에서 주로 찾아볼 수 있는 아름다움에 대한 신앙을 의미하는 것으로서 나아가 "아름다움을 다른 가치들과 비교하다든가 심지어는 상치시킴으로써 아름다움의 중요성을 새로이 신봉하는 것까지"* 의미한다.

이러한 정의가 암시하듯이 강신재는 작중인물이 어떠하다고 설명하기보다 "그에게서는 비누 냄새가 난다"(「젊은 느티나무」)라고 말하는 작가이며 그녀의 여주인공은 비록 의붓오빠지만, 국경 밖에서라도 오빠와

| * R. V. Johnson 저, 이상옥 역, 『심미주의』, 서울대학교출판부, 1979, p.7.

의 사랑을 완성하려고 할 만큼 발칙하다. "감각은 물질적 대상과 몸이 자극과 감응의 관계로 만나는 것", 감성이나 감정은 감각과 느낌에 기초한 정서를 아울러 가리키기에 육체에 지배당하는 것으로 간주되고 이로써 미개한 인간의 자질로 규정된다. 그러나 짐멜에 따르면, "'시선'에 대한 믿음은 바로 자신의 사유 방식에 대한 믿음인 셈"이기 때문에 기실 감각적 판단은 근대적인 주체의 특징이다. 유미주의는 단순히 미적 가치를 중시하는 것만이 아니라, 미적 가치를 극단적으로 밀고나간다는 점, 즉 인간의 다른 어떤 가치와 비교하여 미적 가치가 절대적으로 우월할 뿐 아니라 다른 가치들과 서로 첨예하게 주장한다는 점에서 단순히 아름다운 것에 대한 본능적 추구와 구분된다.* 유미주의자는 아름다움을 신봉함으로써 현실 세계와 단절된 미의 낙원 속에 거주하며 세상과 담을 쌓은 이가 아니라, 아름다움을 통해 뭔가와 대결하는 혹은 주장하고 있다고 보아야 한다. 유미주의는 삶을 정열적으로 경험하려는 것인데, 이렇듯 삶에 대한 열정적 추구는 사물의 판단의 심급instance이 바로 자기, 즉 감각하는 자기에게 있다고 믿는 것이기에 사회적 규범을 넘어서는 욕망을 옹호하거나 주장하게 되며, 이는 체제를 위반하는 욕망으로 이어질 수 있다. 그렇기 때문에 유미주의자는 오만한 쾌락주의자의 형상이나 사회적 질서에 반하는 퇴폐적인 욕망의 소유자로 규정된다.

강신재의 오감에 의존한 글쓰기는 해방과 전후 격변의 역사 속에서 출현한 감각적이고 소비주의적인 문화와 도시문화의 발흥, 그리고 이에 대한 전후 한국 사회의 공포와 두려움이 여성-감각을 매개로 표출되는 시대적 상황과 관련해 해석되어야 한다. 해방 후 냉전체제의 부산물인 미국화와 취약한 자본주의적 산업화의 기반은 전쟁을 거쳐 1950년대까

* 김욱동, 「아름다움의 종교: 유미주의의 개념과 본질」, 《서강인문논총》 제5집, 서강대학교 인문과학연구소, 1996, pp. 178~183.

지 지속되었다. 특히 미군부대와 미국의 경제적 원조는 일반인들로 하여금 미국의 대중문화를 직접 접촉할 수 있는 계기를 제공했다. 그리고 이렇듯 해방과 전란 후 전쟁의 상처를 수습하고 사회적 통합을 이루는 가운데 사생활, 상품과 소비문화, 도시, 영화, 연애, 섹슈얼리티 등 근대적 감각이 불러일으키는 매혹과 두려움이 커진다. 특히 사회적 혼란에 대한 공포는 조화에 대한 강박관념으로 나타나는데, 이 과정에서 이방인, 괴물, 즉 타자로 표상되는 집단이 양공주, 미망인, 도시 여성 등 여성 하위 주체들이다. 강신재의 소설은 1950년대의 성의 정치, 즉 하위주체 여성의 몸이 전통과 서구, 식민과 탈식민의 정치와 첨예하게 맞물리는 지점을 포착하고 있다.

강신재는 1950년대라는 새로운 감각의 황홀경과 그러한 감각에 대한 매혹과 공포가 투사되는 상징적 장으로 여성 혹은 여성성을 포착하고, 유미주의자답게 섹슈얼리티나 관능, 사랑과 성욕에 관한 문제를 윤리의 측면이 아니라 미추의 문제로 접근한다. 앞서도 말했듯이 유미주의자는 감각에 의존해 사물의 미추를 판단하는데, 감각은 무질서하고 본능적이라는 점에서 저급하고 무질서한 것으로 여겨지지만, 억눌린 '이성'의 외부이기에 해방적 감수성이자 사회적 규범 혹은 '아버지의 법'을 초월하고 내파하는 전복적인 힘도 지닌다. 무엇보다 감각은 주류 문화에서 금지하는 욕망이나 기피한 대상에 대한 도착, 문화의 고도화 과정에서 억압된 것들이 회귀한 것이다. 감각은 타자가 낯설고 두려운 이방인, 혐오스러운 괴물, 기괴한 방문자로 표상되곤 하듯이 이성의 시대가 도래하면서 추방되어버렸다. 프로이트의 통찰을 빌리자면, 기괴함은 미지의 존재에 대한 두려움이 아니라, 기실 오랫동안 잘 알고 있던 익숙한 것들에 대한 섬뜩한 느낌이다. 즉, 괴물이 두려운 것은 그것이 주류 사회가 허용하지 않는 나의 욕망을 가시화하는 존재이기 때문이다. 따라서 괴물은 혐오스러우면서 동시에 매혹적인 존재이다. 강신재는 50년대 현실의 무의식을 구체적이고 사실적이기보다 허구적이고 미학적으로 포착한다. 한국 전쟁 이후 국가 재건의 움직임이 본격화되면서 여성 현실의 세부를 사실적으로 재현하기보다는 반역적이고도 판타스틱한 상상력을 미적으로 가공해 전시함으로써 남성 멜로드라마를 넘어선 50년대 여성문학의 입지를 구축해간다.

2. 아버지의 법-언어에 대한 회의와 감각의 발견

강신재는 등단 초기 「얼굴」을 포함해 「병아리」, 「눈이 나린 날」, 「안개」, 「양관」 등을 중심으로 국가 재건의 과정에서 중추적인 역할을 했던 근대적 중산층 가정의 허위를 일깨움으로써 여성의 소외 양상을 담아낸다. 이들 작품들은 해방과 전란 후 국가 재건의 과정에서 여성들을 동요시킨 해방에 대한 기대와 실망을 가부장제의 법에 대한 냉소로 표현해낸다. 1945년 9월 9일부터 1948년 8월 15일 단독정부가 수립되기까지, 미군정 점령의 최우선 목표는 '남한에 있어서 해체 위기에 직면한 자본주의 체제의 확립과 자본주의 국가의 건설'이었다. 이에 미군정은 '민주주의 질서의 확립'이라는 원칙하에 실제로 적용될 수 있는 구체적인 법령을 만들어나가면서, 정치, 경제, 사회, 문화 등 제반 분야에 걸친 자본주의적 재현을 도모하였다. 그 과정에서 남녀평등권의 실현 문제는 민주질서 확립의 주요한 척도로 여겨졌다. 부녀국의 설치와 공창제 폐지, 여성 참정권, 교육 정책 등이 마련됨으로써 여성의 삶의 조건에 커다란 변화를 초래하였다. 더불어 새 국가 건설의 분위기와 새로운 문화의 급속한 유입 등으로 새로운 여성상을 구축하기 위한 활동이 진행되었다. 이러한 과정에서 남녀 관계, 연애와 결혼에 대한 다시 쓰기가 시작된다. 자유연애가 전통적인 가족 구조 속에서 발생되는 축첩, 공사창제를 없앨 수 있으며, 자유연애결혼을 가정문제 해결의 기본 요소로 보았다.

이러한 저간의 시대적 사정은 데뷔작 「얼굴」(1949, 《문예》)에서 경옥 여사가 자신에게 구애해오는 화자에게 보낸 거절의 편지를 통해 암시된다.

> "그렇게 말씀드렸건만 또 보내셨지요? 최후로 저의 연애관이나 아시고 싶다고요? 진정 마지막이니 그럼 말씀드리지요. 저는—아니 저희들은 이렇게 생각해요. 우리가 살고 있는 이 세상을 조금이라도 더 아름답게 만들자. 우선 이것이 저희들이 생존하는 의의이지요. 저의 애인이고 지도자인 K씨는 이 고귀한 사명을 위하여 분투합니다.
>
> 저는 그 투사의 협력자이고 위안자이에요. 제가 있는 곳은 즉 그의 오아시스지요. 그리고 또 그이는 저라는 여성 속에서 모든 미와 덕을 발견하고 저를 통해서 인류를 사랑할 수 있다고까지 말씀하신답니다. 그러니까 저는 순결해야 하지요. 이 쓰레기통 같은 세상에서 학鶴과 같이 깨끗하고 백합같이 향기로워야지요. 저희는 곧 결혼합니다. 그리고 그이가 돌아가시는 날 저도 이 세상에 머무르지 않겠습니다……." (「얼굴」 p.22∼23)

얼핏 이 작품은 남편의 불륜으로 상처 입은 경옥 여사의 전락을 풍자하고 있는 듯 보인다. 그러나 기실 풍자 혹은 조롱의 대상은 경옥 여사가 아니라 "우리가 살고 있는 이 세상을 조금이라도 아름답게 만들자"던 그녀의 "애인이고 지도자인 K"가 부여한 "고귀한 사명"이자 가부장제의 이름으로 언명된 이상적 여성상이다. 고귀한 말씀은 경옥 여사의 남편 K씨의 장례식장에 그의 감추어둔 여학생 모양의 애인이 등장함으로써 풍자의 대상으로 전락하고 만다. 경옥 여사는 남편의 순장품이고자 했지만, 결혼의 비밀이 폭로된 순간, 매장되는 것은 사랑의 신화 혹은 가부장제의 권위이기에 이 장례는 가부장제의 장례식이 된다.

이렇듯 강신재의 초기 소설은 가부장제의 문자-진리-언어-말씀에 대한 환멸이 엿보인다. 가부장제는 그녀들이 언어를 갖는 것, 그것을 표현해내는 것을 허락하지 않거나 왜곡함으로써 언어를 빼앗기 때문이다. 「병아리」, 「눈이 나린 날」, 「안개」는 각각 화가, 성악가, 소설가인 여성을 주인공으로 내세워 이들의 창작 활동이 남편 혹은 가부장제에 의해 좌절, 훼손되는 양상을 보여준다. 특히 「병아리」와 「안개」는 각각 그림, 문학을 함께 전공하는 부부의 갈등을 문제 삼음으로써 의도적으로 성의 불평등 문제를 초점화한다. 남편은 아틀리에에서 그림을 그리고 열정에 넘치고 집에 와서 쉬지만, 관옥은 양육 노동에 짓눌려 그림을 그리는 데 몰입할 수 없으며(「병아리」), 성악을 전공하는 영숙은 전도가 양양한 청년인 남편과 달리 시가의 추운 방에 앉아 양말을 기우면서 무기력한 자신의 처지를 새삼 깨닫는다(「눈이 나린 날」).

이렇듯 가부장제로부터 언어를 박탈당했기 때문에 이들은 현실을 위조하거나 침묵 혹은 비명을 삼킨다. 자기표현이 좌절된 현실에서 비명, 침묵, 히스테리 등이 여성의 언어로 등장한다. 「병아리」의 관옥은 아이를 끌어안으며 행복한 미소를 짓지만, 서술자는 그 웃음의 의미는 관옥 자신도 알 수 없다고 함으로써 그것이 위장된 웃음임을 암시한다. 「눈이 나린 날」의 영숙 역시 친구들의 리사이틀 소식을 들으면 일을 하고 싶어 눈물을 흘리지만, 여자의 행복은 남자를 출세시키는 것이라는 남편의 말에 침묵할 뿐이다. 「안개」의 성혜는 소설을 써서 기쁘지만 그것 때문에 남편에게 시달림을 받을까 두렵다. 순응을 가장하는 여자들, 연기하는 여성. 그녀는 "싫어! 소설도, 공부도, 남편도, 사는 것도 다 싫어! 싫어!"라고 "울음 섞인 목소리로 마음속에 외"칠 뿐이다.

비명도 지르지 못한 채 몰락을 향해 가는 경우도 있다. 「양관」은 아버지의 율법 속에서 몰락해가는 여성 인물을 통해 아버지의 말씀-진리의 허위를 고발한다. 양관은 중산층 가정-아버지의 법에 대한 도발적인 상상력을 보여준다. 유진과 유선 자매는 "거무죽죽한 벽돌의 묵직한 조화를 가진, 인간의 존엄성을 과시하려는 듯한 위엄을 갖춘" 양관에서 "물에 빠진 생쥐처럼 몰골 없"이 차츰차츰 몰락해가고 있다. 남편의 외도 사실을 안 후 이혼한 유진은 세상과의 소통 욕망을 잃었으며, 과부인 유선은 세상과의 간절한 교신의 욕구에도 불구하고 관절염에 걸린 채 마치 유령처럼 거대한 아버지의 주택 속에 기거한다. 이들의 고립되고 수동적이며 죽음을 연상시키리만큼 무력한 삶은 가부장제 진리의 억압성을 전시한다. 특히, 가부장제 혹은 아버지의 법의 억압성과 허위가 '양관'으로 상징화된다. 한때 위엄 있고 아름다웠을 '양관'은 기실 그녀들의 보호처가 아니라 감금하고 있는 듯한 양상을 보이며, 이들은 이 집에 저항하듯이 "흙 묻은 고무신으로 대리석 바닥이고 양탄자 위고 밟고 다"니며 집의 몰락을 재촉하려 한다.

유진은 눈을 들고 부친의 서재께를 바라보았다.

침침한 헝겊 조각에 가리워 지금은 열리는 일도 없는 그 창문 안은 전에는 훈훈하고 조용하고 그리고 무언가 신비스럽기까지 한 장소였었다. 그 신비스러움은 삼면의 벽을 거의 메운 장서藏書들의 금빛 글자—인도주의적인 이상주의적인 또는 낭만적인, 세계의 두뇌의 산물들에 의하여 뿜어내지는 광채 때문에 그랬었는지 알 수 없었다. 혹은 그곳에 생활하며 끝까지 인생을 신뢰한 부친의 탓이었을지도 몰랐다. 유진에게 책을 읽히고 그리고 인간의 성실함이란 것을 믿도록 만든 것은 여하간 그 사람이었다.

반발과 어느 만큼의 증오를 눈에 담고 유진은 그곳을 응시하였다. 자기에게 그 같은 '교육'을 안 하였던들, 확실히 하나의 왜곡歪曲이 틀림없는—그것은 보편적인 것이 아니라는 의미에서—그런 신앙을 부어 넣어 주지 않았던들, 자기를 자연아自然兒 그대로 내버려두었던들, 어쩌면 이런 세계에서라도 살아나갈 힘이 남겨졌을지 모를 일 아닌가. 가엾은 유선에게 착한 사람이 되라고만 가르친 것은 부친의 '죄'가 아니었을까?

착한 사람이 되기보다, 남을 믿기보다, 스스로의 감성感性을 조절하는 기술이 먼저 필요하였었다. 혹은 그보다도 사람은 악하고 거짓말을 한다고 가르쳤어야 하지 않았을까. (「양관」, p.311)

이 소설은 법-말씀과 감정(감각)의 대립 구조를 구축함으로써 강신재 소설에서 감각(감정)의 발견이 무엇을 의미하는가를 암시한다. 유진은 딸들의 개체적 감각을 봉쇄한 아버지의 교육-말씀이 딸들의 삶을 훼손했다고 여긴다. 유진은 남편이 혼외정사를 해 자식까지 두었다는 것을 알고 남편과 이혼했는데, 그의 외도가 더욱 충격적인 것은 그의 유진에 대한 태도는 성실했으며, 분명히 아내를 열애하는 듯 보였기 때문이다. 그녀는 자신이 아버지의 말씀-고귀한 가부장제의 이념에 붙들린 탓에 배신의 상처만 안게 되었다고 여긴다. 여기서 "감정을 조절하는 기술"은 스스로의 판단력을 의미하는 것인데, 이는 강신재가 감정을 이성보다 우월한 판단의 능력으로 받아들이고 있음을 암시한다. 유진은 아버지의 집-양관에서 전기공의 겁탈을 받아들이는 것으로 스스로를 훼손한다. 전기공은 "이따위 집은 내버리고 차라리 셋방엘 나가서라도 생활이라는 걸 시작해야 하는 거예요."(p.317)라고 충고하지만, 유진은 "이 젊은 남자는 무엇에 대체 열을 올리고 있는 셈인가?"라며 그를 바라볼 뿐이다. 유진이 양관을 벗어나지 않으려는 것은 그것이 바로 아버지의 법에 저항하는 방법이 되기 때문이다. 이는 강신재 소설이 아버지의 언어-말씀-

진리를 회의하고 거부하고 있음을 의미한다.

강신재의 여성들은 자신의 감정 혹은 관능을 토로해낼 언어를 찾지 못하거나 그러한 권한을 부여받지 못했다. 데뷔작 「정순이」에서 정순이는 B에게 구애의 편지를 받은 후 사랑의 감정에 눈을 떴고, 쓰고 불살라 버리기를 반복하면서도 "회답을 쓰고 싶다는 뜨거운 욕망을 버리지 않"는다. 그러나 자신을 사모한 줄 알았던 B가 동생 정옥의 애인이 되었음을 알게 되면서 편지는 끝내 완성되지 못한다. 양보하고 희생하며 타인의 감정을 더 고려하도록 길러져온 구식 여자 정순이에게 욕망의 표현과 충족은 불허된다. 그녀는 자신이 아끼던 '담홍색 블라우스'를 동생에게 주어버린다. 그간 이는 "인고의 여성상을 표현해냈다"(김주연)고 해석되어왔다. 그러나 정순이가 여동생에게 빨간 블라우스를 건네는 행위는 겸손이나 양보가 아니라 환멸의 표현이며, 기실 그녀에게 싹튼 관능을 은폐하는 전략이기도 하다. 관능의 감각은 오롯이 살아 그녀의 욕망을 주장한다. 감각은 말씀과 규범의 그물을 찢고 여성의 욕망의 징후를 드러낸다. 강신재는 특유의 감각적인 문체로, 움튼 관능을 새빨간 '석류나무 열매'로 표상한다. 외롭게 매달린 석류 열매는 정순이의 은닉된 욕망을 암시하는 객관적 상관물, 언어로 표현될 수 없었던 정순이의 관능적 욕망의 표상이다. 이는 그녀들이 "나쁜 여자"가 될 잠재적 가능성을 보여준다. 이 작품이 강신재의 데뷔작이라는 것은 매우 암시적이다.

3. 자아의 치장술: 의복의 성 정치학과 소비하는 여성

강신재의 여성 인물들은 의복에 민감한 태도를 보여주거나 사치스러운 치장을 즐기는 멋쟁이들이다. 강신재 소설에서 의복은 배경이나 분위기에 버금가는 중요한 소설적 장치이다. 의상을 가리키는 어휘들은 부지기수로 등장한다. 또한 "숙히는 바이올렛 빛 원피스 자락을 나부끼면서 가볍게 아스팔트 위로 뛰어내렸다."(「바바리코트」)거나 "바이올렛 빛 슈트를 입은 민영이가 검은 장갑을 낀 손에 파란 눈동자의 갓난애를 안은 모습은 딴은 조금 우습기도 하였다."(「감상지대」)는 서술이 암시하듯이 등장인물들의 행동과 심리 혹은 환경은 늘 의복에 대한 묘사와 함께 전달된다. 강신재의 소설에서 의복이 이처럼 중요한 위상을 차지하는 까닭 혹은 맥락은 무엇인가?

해방 이후부터 1960년대 초 한국 사회에서 의복과 여성은 중요한 쟁점이었다는 점을 상기할 필요가 있다. 의복사치, 한복개량, 간소복 문제, 양장 등에 관한 담론은 뜨거운 화제였다. 김수진에 따르면 이 시기는 여성의 의복은 전통과 근대, 민족과 외래라는 정체성의 정치가 여성을 대상으로 경합하는 상징투쟁의 장이었다. 의복 담론은 식민지기와 달리 의복개량 또는 변화를 주도하는 주체로서 식민 당국이 아닌 탈식민 국가가 등장했으며, 그리고 새로운 국가 건설을 위한 동원의 담론으로서 논의되었다. 이러한 과정에서 양장을 걸친 '양공주'와 긴 치마저고리를 입은 '여염집' 여성들이 사치의 두 주인공으로 지목되었다. 당시 한복은 점차로 일상복이 아닌 의례복으로 전환해갔는데, 이는 한복의 전통미가 뛰어나지만 비실용적이라는 한계가 지목되었기 때문이다. 또한 1950년대 호황을 누렸던 양장 산업은 양장의 고급 옷으로서의 성격과 성적-육체적 타락과 방종이라는 사회적 낙인을 보여주는 지표였다. 사치비판론은 해방 직후 양공주, 유엔마담에 집중되었던 양풍, 양키 문화에 대한 비판보다도 더 오랫동안 지속되어 캠페인성 반대 운동을 불러일으켰고, 나아가 1961년 재건국민운동 시기에 이르기까지 엘리트 국가의 생활 개선 운동의 대상으로 지목되었다.

강신재의 소설은 여성의 의복을 둘러싼 당대의 성별의 문화정치학에 맞서 의복과 여성의 소비를 유동적인 주체성에 대한 근대적 자각의 미적 표현으로 조명한다. 「해방촌 가는 길」에서 미군 부대에 다니는 기애는 몰락한 지주 가문의 딸로 전통적이고 보수적인 집안에서 자라났음에도 불구하고 의복 때문에 미군 죠오의 애인이 되기로 마음먹는다. 취직이 된 이래 늘 입고 다닌 흰 블라우스와 진곤색 슈트 탓에 자신에게 붙여진 '제비'라는 별명에서 수치감을 느꼈기 때문이다. "검소는 곧 무교양"을 의미한다고 여긴 것이다. 이렇듯 의복을 교양의 유무를 가르는 척도로 삼고 있다는 것은 기애가 매우 현대적인 여성임을 보여준다. 왜냐하면 의복은 자아를 가공하는 기예를 발휘하는 근대성의 한 면모이기 때문이다. 물론 이 소설은 급격한 서구화와 문화변동에 따른 여성, 특히 하위계급 여성의 전락담으로서, 전쟁의 상처에 대한 기록이다. 전쟁과 전후 미군문화의 유입 속에서 기애를 사랑했던 근수는 가족과 재산을 잃고 몸마저 불구가 되어 결국 자살하고 만다. 그리고 기애는 죠오의 애인이 되고 임신을 하지만, 죠오가 본국으로 귀국명령을 받자 낙태를 하며 결국 '양공주'로 전락해간다. 즉 기애는 육체의 훼손을 경험하며 한국적 근대의 시간을 통과해간다. 그렇지만 기애는 민족주의 텍스트의 여성수난사 담화에서처럼 시대의 상처가 할퀴고 간 시대적 상징으로 정체화되지 않는다.

　　이를 증명하듯 형편없이 전락한 자기를 야유하면서도 "백번 팽개쳐진댔자 꿈적도 하지 않을걸……"이라고 예감 혹은 결심하리만큼 강인한 자아를 보여준다. 이는 근수나 기애의 어머니가 각각 추락한 자기와 현실을 받아들이기 두려워 자살하고, 병적으로 종교에 몰입하는 것과 다른 면모이다. 기애는 양공주가 된 딸에게 생계를 의탁하면서도 딸을 부끄러워하는 어머니의 이중성이나, 과거로 돌아갈 수 있다고 믿는 근수의 어리석음과 유약함을 엿볼 만큼 냉철하다. 기애의 이야기는 그녀가 의복으로 상징되는 자아의 근대적 치장술을 인식한 미적 주체임을 암시한다. 왜냐하면 기애의 자기방기는 상황에 내몰린 결과가 아니라 자의식적인 선택이었기 때문이다. 새 직장인 무역회사에 다니던 기애는 근수가 자살했다는 소식을 접하자 말할 수 없는 심리적 혼돈 속에서 미군 장교를 유혹하고 그와의 동거를 시작하기 때문이다. 이렇듯 양공주로의 전락은 자의식인 선택이며, 이러한 자기방기는 그녀가 기실 매우 굳건한 자기를 구축하고 있는 존재임을 암시한다.

이른바 타락한 여성들은 타인의 시선 앞에 치명적으로 상처입지 않으며, 오히려 그들을 야유하거나 '관용'하는 여유마저 보인다. 「바바리코트」의 숙히는 화려한 양장으로 치장한 자신을 향한 타인의 시선을 "쳐다보고 싶은 사람은 쳐다보면 좋은 것이다. 비웃고 싶은 사람은 비웃으면 되었고 부러운 사람은 부러워하면 그만인 것이었다"라고 맞받아친다. 그녀의 치장은 한편으로 이미지와 볼거리로 존재하는 근대 여성의 위상, 즉 늘 시선의 대상이 되는 여성의 조건을 암시한다. 그러나 볼거리가 된 여성이 종래의 시각이론에서와 같이 시각적 대상, 즉 여성의 무권력과 소외의 상징인 것은 아니다. 의복은 일종의 가면이고 유혹의 전략이기 때문에 보여지는 여성은 무력하고 수동적인 사물로 전락하는 게 아니라 보는 이를 통제하고 장악하기 때문이다. 숙히는 남편의 원망과 노여움의 시선을 마주하자 "허리를 흔드는 걸음걸이로 좁은 마당을 질러 그의 앞으로 다가"서 "향내가 흩어지고 불룩한 앞가슴이 고혹적인 선을 과시하"는 유혹의 전략을 발휘해 남편을 누그러뜨린다. "나일론과 튤을 속속들이 휘감은" 그녀의 아름답고 섹시한 육체는 일종의 여성적 권력의 도구이다. 그녀는 자신을 충청도 시골로 데려가려는 남편을 유혹해 결국 그가 시골의 본가를 나와 도시로 오겠다는 약속을 받아낸다. 의복은 유혹의 전략을 통해 여성적 권력을 실현하는 매개이다.

숙히가 서구식 의복 치장에 매혹된 것은 의복이 자아의 전환 혹은 변경을 가능하게 해주기 때문이다. "외국제 회색 바바리코트는 그의 몸에 썩 잘 어울린다고 하느니보다도 차라리 어떤 멋진 사람을 하나 새로 만들어놓은 것 같은 느낌이었다"는 숙히의 생각이 암시하듯이 의복의 매혹은 혈연, 가족, 신분, 전통적 규범 등이 구축한 재래의 고정된 정체성을 변경 가능한 것으로 인지케 한다. 이는 신분에 따라 의복의 형태나 색깔, 옷감의 종류가 제한되었던 관습-법적 체제의 폐지 등 의복의 민주화가 계급의 철폐, 인간의 평등이라는 근대적 이념의 실현이라는 것과 같은 맥락에서 이해할 필요가 있다. 특히 남성의 서구식 복장이 문명화의 상징인데 여성의 양장이 '양공주'의 표식이 됨에 따라 여성의 경우 서양식 복식으로의 전환이 상대적으로 더뎠다는 것은 성별의 문화정치학의 남성중심성을 엿보게 한다. 「해결책」에서 '양공주' 미라가 마치 자율성이 있는 해방된 여성으로 등장하는 것은 이러한 맥락 때문이다. 만삭의 임부지만 남편에게 학대당하는 덕순이는 미라가 "칸나 꽃처럼 싱싱하게 살아 있"다며 선망한다. 자율적이고 권력을 가진 '양공주'라는 상상력은 비록 작중인물의 시선이라 할지라도 성매매와 성매매 여성에 대한 터무니없는 환상이지만, 가부장제 하의 여성의 소외에 대한 비판적 인식의 소산이다.

강신재는 화려하고 고급한 의복에 대한 여성의 선망과 집착을 통해 권력에 대한 여성의 욕망을 보여준다. 강신재는 여성과 소비주의의 결합이 단순히 일정한 형식의 남성적 권위를 공고히 하는 게 아니라 오히려 그것을 뿌리째 흔들지도 모른다는 점을 암시한다. 숙히는 "저 혼자 제힘으로 벌어들인 화장품이니 양복이니 또 사치스러운 속옷들이니를 만져보고 헤아려보고 하여가면서 넉넉히 즐거운 시간을 보"내거나 외국 잡지의 카탈로그나 쇼윈도의 진열 상품에 마음을 빼앗긴다. 그녀는 라디오나 아이롱, 시계를 구매하는 것에서 말할 수 없는 자랑스러움을 느낀다. 상품은 주술처럼 그녀에게 힘을 가져다준다고 여겨진다. 「야회」는 두 명의 중산층 여성들이 ×구락부의 파티를 가기 위해 옷을 고르고 머리를 매만지며 치장하는 과정을 상세하게 보여준다. 파티에 간다는 말을 듣는 순간 이들은 "흥분한 어조"를 감추지 못하거나 얼굴은 "감출 수 없는 기쁨으로 발갛게 상기"된다. 다홍빛 모본단 치마, 분홍과 금은으로 자잔한 꽃을 뿌린 청남빛 양단 치마, 살구씨 모양으로 된 백금 테두리 안에 에메랄드가 박혀 있는 조그만 것, 손이 작게 보이는 검정 가죽장갑, 다이아 반지와 백금 시계, 짤따랗고 새까만 토파 코트 등 이들은 마치 에로틱한 열정으로 사치품에 열광한다.

이렇듯 사치의 유희는 전후 여성들의 소비주의 풍조와 고위층의 사치와 비리 등 사회적 부정성에 대한 비판을 담고 있다. 그러나 사치스러운 소비자인 그녀들은 전통적으로 여성적인 것으로 알려진 특성들, 즉 의존성, 수동성, 종교적인 경건함, 가정적 내면성, 성적 순결, 모성적 양육 등에 도전하고 그것을 전복시킨다. 전후가 전후의 황폐함을 보상받듯이 모성으로서의 여성 표상에 매달렸던 것을 떠올리자면, 강신재 소설의 사치스러운 여성의 상상력은 이전 시대의 가치와 전통을 휩쓸어버리는 양풍−소비−여성에 대한 사회적 두려움을 실증화함으로써 역설적으로 여성성 담론의 허위를 내파한다.

4. 연애의 퇴폐성과 '애브노멀'하고 '코케이브'한 여성들

언뜻 보기에 강신재의 여성들은 사랑에 목숨을 건다는 점에서 순정파인 양 보인다. 이들은 전쟁이나 사망, 상대의 배신으로 인해 사랑이 좌절

되면 광기의 상태에 이르거나, 사랑을 위해 남은 삶을 희생한다. 그러나 그녀들을 지고지순한 순정녀로 부르기는 어렵다. 사랑이 가정적 여성의 숭고한 도덕이거나 허여적인 여성성을 습득하는 젠더 규범이 아니라, 개체로서의 자기 혹은 규율화되지 않은 욕망의 표현으로 제시되기 때문이다. 1950년대가 연애를 에티켓화하고 이상화함으로써 전후파 여성들의 섹슈얼리티를 규율하는 방식으로 활용했던 것을 떠올릴 필요가 있다. 강신재는 섹슈얼리티나 관능, 사랑과 성욕에 관한 문제를 윤리의 측면에서 접근하지 않는다. 강신재 소설은 자아가 존재론적으로 리비도에 뿌리를 두고 있다는 확신 위에 구축된 미적 세계다. 강신재의, "남자의 체취에서 자릿한 황홀감을 느끼는 여인"들은, 도덕이나 정조에 얽매이기보다 이미 '감각적 쾌감'에 몰입하고 있는 육체적 주체. 연애와 그것이 일깨우는 관능적 감각으로 스스로를 여성으로 주체화한 근대적 개인들인 것이다. 강신재 소설의 연애는 감각의 해방 혹은 폭발로부터 시작된다. 후각, 시각, 미각, 촉각 등 감각이 강렬해지며 연애와 섹슈얼리티, 정사, 죽음 충동 등이 결합하며 퇴폐적이고도 병리적인 양상이 펼쳐진다(김춘식).

「어떤 해체」의 시정이는 "뚜렷한 자각은 갖고 있지 않았지만 바로 그 성적인 매력"에 끌려 "무엇을 제쳐놓고라도 그를 독점하고 싶"어 아버지 회사의 운전수인 현구와 결혼을 한다. "두뇌로 판단할 겨를도 없을 만치 자기의 감각에 의지할 수 있는 일을, 시정이는 청춘의 승리처럼도 치부하고 있"었다는 서술이 암시하듯이 "교양이거니 하는 덧부치기"들을 고려하는 대신 감각의 이끌림으로 결혼을 결정한다. 시정이를 고통스럽게 하는 것 역시 피난 중에 헤어진 남편의 안위보다도 그가 세 번이나 같은 소녀와 거리를 걸었다는 "불유쾌한 소문"이다. 이렇듯 강신재의 여성들은 정념에 사로잡혀 있다. 「C항 야화」는 혹독한 추위, 사나운 파도, 잿빛 하늘의 "몹시 춥고 쓸쓸한" 북녘 고장을 소설의 무대로 택해 정념이 자아내는 불가해한 고뇌를 광기의 이미지로 채색해 포착한다. 작중인물들은 모두 정념에 사로잡혀 있다. "고귀한 넓은 이마, 새침하게 오뚝한 코" "백합꽃같이 예쁜" 용모에 보육학교를 나온 애경은 남편인 태호가 염병을 앓다 죽자 속설을 믿고 그를 정지 바닥에 파묻고 부활을 기다리며, 고집사의 "머릿속이 이상하게 엉클리어 있는" 딸 혜숙은 알 수 없는 우수에 사로잡혀 바느질을 한다. 그녀가 눈물을 흘리며 짓는 색색이 고운 저고리는 억눌린 정념을 암시한다. 「동화」나 「절벽」은 헌신적 사랑 속에서 행복한 죽음을 꿈꾸는 퇴폐적 낭만주의의 극치를 보여준다.

이렇듯 강신재의 여성들은 사랑-정념이 주는 고통 때문에 여성으로 살 것인가 아닌가라는 갈등에 사로잡히기도 한다. 중편소설 「감상지대」는 각각 감정과 이성을 대변하는 두 자매의 서로 다른 인생을 통해 사랑-정념에 대한 여성의 고뇌를 보여준다. 감정을 상징하는 민희는 납치 미망인으로 결혼 전 사랑하던 인섭의 아이 준수를 맡아 기른다. 그녀는 "납치되어간 자기 남편" 대신 역시 납치된 혼전의 애인 인섭을 그리워하며 준수에게 헌신하기에 모성적이기보다 관능적인 여인이다. 반면 여동생 민영은 언니처럼 살지 않기 위해 미국 유학을 가 사회사업가가 되려한다. 사랑이나 결혼보다는 더 큰 사업에 헌신하려는 것인데, 이는 "건전하게 더 넓고 큰 것을 대상으로 하며 자기의 인생을 살고 싶기 때"문이다. 민희가 관능적이고 감상적이라면, 민영은 금욕적이고 이성적인 삶을 상징한다. 관능과 금욕, 결혼과 독신, 감성과 이성, 혼탁함과 정결함 등의 이분법이 대립한다. 그러나 영일이 구애하면서 민영의 금욕주의는 흔들린다. 강신재 소설에서 사랑은 사적이고 개인적인 내면과 정열이 표현되고, 가부장적 문화 규범 하에 구축된 모성적 여성성을 돌파하는 지점이다.

강신재의 여성들은 '애브노멀'하고 '코케이브'하다고 묘사된다. 이 단어는 대상이 주는 성적 관능의 기형성과 과잉성을 묘사하기 위해 강신재 소설에서 빈번히 등장한다. 한국전쟁기를 배경으로 한 작품에서 감성-감각이 기형적, 동물적으로 과잉된 여성 표상이 자주 발견된다. 「포말」, 「향연의 기록」, 「표 선생 수난기」, 「제단」, 「찬란한 은행나무」 등에서 자신의 사랑-욕망을 충족시키기 위해 타인과 사회를 위협하는 도착적인 여성들이 등장한다. 「제단」의 순정이는 아무런 동정이나 가책 없이 타인들에게 고통과 파멸을 안겨주며 도덕적 가치에는 전혀 관심을 갖지 않는다. 순정이는 친구 명덕이의 가정을 파괴하고 명덕이의 남편이자 자신의 불륜의 애인을 이기적인 욕망을 위해 죽음에 몰아넣는다. 「향연의 기록」의 언니 역시 아름다운 용모와 유희적 욕망으로 단정한 모범생인 약혼자 김정수를 결국 착란에 이르게 한다. 「표 선생 수난기」의 표 선생의 부인은 아들의 친구와 불륜을 저지름으로써 결과적으로 선량한 대학교수 표 선생을 죽음에 이르게 한다.

이들 작품들은 한국전쟁기를 배경으로 하고 있으며, 악녀들의 악행이 공산주의와의 모종의 관련성을 지닌 것으로 설정되어 있다. 「제단」의 순정이, 「표 선생 수난기」의 부인, 「포말」의 연옥이는 모두 공산당에 적극 가담하는데, 특히 「표 선생 수난기」의 화자인 식모는 표 선생 일가 이야기를 "6·25의 기록의 첫마디이기도 한 동시에, 동란이 가지고 있는 뜻의 한 상징"이라고 밝히고 있다. 이렇듯 부정적인 인물을 공산주의자로 등장시키는 수법은 작가가 반공주의로부터 자유롭지 않음을 암시한다. 그러나 여성의 성적 일탈에 따른 가계의 비극적 운명은 전후 여성의 섹슈얼리티가 극도로 감시 대상이 된다는 점 역시 암시한다. 전쟁과 전후의 사회적 무질서 혹은 부조화 상황을 여성의 성적 일탈로 은유하는 것.* 이는 무엇을 암시하는가? 푸코의 이론은 성욕을 근대문화와 대립시키지 않고 근대문화의 기본적 범주로 제시한다. 근대성은 성적 이질성의 창시, 담론적 범주의 증식을 통한 성도착의 고취와 동일시된다. 이러한 과정에서 일련의 주변적 성욕을 병리화하면서도 그것을 창조하는 등 사회적 정화를 꾀하기 위한 도구로 활용한다. 「향연의 기록」의 지나치게 아름답고 관능적인 언니는 마치 처벌인 양 이성적이고 단정한 약혼자 현구에게 살해당하고 만다.

이렇듯 여성의 성욕을 처벌하는 시대에 대한 두려움은 거세된 남성과 과잉 성욕화된 여성의 표상으로 제시된다. 「찬란한 은행나무」의 전쟁의 공포에 시달리는 이준구는 시체구덩이에서 살아 돌아온 이후 도로를 건너지 못할 만큼 겁쟁이가 되어버렸다. 모든 것이 붕괴된 것을 경험한 그는 호텔에서 머물며 집과 가족을 갖는 것을 거부한다. 그는 성욕을 해소하기 위해 소문이 좋지 않은 전쟁미망인 백희와 사귀는데, 노을이 환기하는 고통스러운 기억 탓에 "공포와 극도의 경악" 때문에 백희의 또 다른 애인을 이층 주택에서 살해하고 만다. 그의 변호사는 이준구가 살인을 저지른 것은 타락한 미망인 백희 때문이라며 이준구의 무죄를 주장하는데, 이는 전쟁의 상흔과 사회적 무질서를 여성의 일탈적인 섹슈얼리티로 환원하려는 시대적 분위기를 암시한다.

이렇듯 여성의 섹슈얼리티에 대한 공포를 담아내는 한편으로 그것은 핏빛 노을 속에서 타오르는 "찬란한 은행나무"의 매혹적인 이미지로 표상된다. 특히 세 명의 남자들이 죽어가는 프랑스식 이층집에 대해 여성 서술자는 매혹되어 있다. 「제단」과 「향연의 기록」은 공히 각각 성녀와 악녀를 표상하는 대조적인 인물이 등장하고, 성녀가 악녀를 관찰하고 서술하는 구도를 취하는데, 성녀들은 악녀들의 '점액질'의 동물성에 매혹된

* 권명아는 1950년대는 "전쟁 후유증을 사회와 국가가 처리하는 시기"로서 "그 처리 과정이라는 것이 전쟁 상태를 덮어버리는 과정인데, 그 덮어버리기는 한편 통합적인 정체성을 만드는 과정이었고 이 모순적인 과정에서 배제되는 집단들이 전쟁의 유족들, 전쟁의 상처를 안고 살아가는 상이군인뿐만이 아니라 전쟁미망인, 고아들, 그리고 매춘여성들이나 양공주들로 포장되어 있는 집단들"이라고 한 바 있다.

다. 「제단」의 순정이는 "남자와 여자가 있어 형성되는 이 세상에서, 여성에게 요구되는 불가결한 그 무엇을 순정이는 아마 남달리 풍부하게 갖고 있는 것이 사실이겠지요. 정욕이니 성적 매력이니 내지는 예술적인 감각이니 하는 것 말입니다."(p.132), "순정이의 몸속에는 한 마리의 동물이 살고 있다"(p.134)는 서술이 말해주듯이 순정이는 동물적인 감각을 짙게 풍기는 육욕적인 여성이다. 유부녀 순정은 결국 주인공 명덕의 남편과 불륜을 저질러 명덕의 가정을 파멸시킨다. 명덕에 따르면 기괴하며 촌스러운 용모에도 불구하고 순정이는 기묘한 매력을 뿜어내는 인물이다. 그런데 순정이 매혹시킨 것은 명덕이 남편만이 아니라 명덕 자신이다. 명덕은 본능적인 혐오감에도 불구하고 거부할 수 없는 힘을 느끼며 순정에게 이끌려 다닌다. 순정이에 대한 명덕의 이끌림과 혐오는 자신의 억압된 욕망에 대한 두려움의 다른 표현이다. 명덕이 목사인 아버지의 종교적 세계 속에서 자란 금욕주의적인 모성적인 인물이라는 점을 주목할 필요가 있다. 「향연의 기록」에서 단정하고 냉철한 여동생 역시 '애브노멀'한 언니에게서 '부조화'를 감지하지만, 언니의 아름다운 육체와 관능적인 연애 사건들을 예의주시함으로써 은닉된 욕망을 암시한다.

요부들은 여성이 지닌 두드러진 정서적 민감성과 도덕적 자질에 대한 믿음을 무너뜨리는 공격적인 캐릭터들이다. 이 작품들은 남성과 여성의 자연스러운 사랑이나 평등에 대한 어떠한 감상적인 신화도 거부하면서 에로티시즘과 권력, 열정과 지배 사이의 냉혹한 상호 관계를 확인한다. 다른 한편으로 그녀들은 무심결에 드러나는 육체의 증상을 통해 욕망과 심리적 갈등을 무의식적으로 표현하는 게 아니라 사회적·도덕적 규범에 대한 자발적인 거부를 의식적으로 수행한다. 그들은 억압된 소망을 비언어적 형식으로 일관성 없이 몸을 통해 드러내는 것이 아니라 일탈적인 성욕을 미학적인 행위를 통해 자의식적으로 표현한다. 결국 강신재의 글쓰기는 인식하고 욕망하는 도착적 여성 주체의 비전을 제시한다.

5. 맺음말을 대신하며

권명아에 따르면, 전후는 사회 통합에 대한 강박에 시달리는 시기이다. 이런 강박은 사회 경계의 문란함에 대한 공포이고 이러한 공포와 강박이 여성이나 서발턴subaltern에 대한 극렬한 공포로 드러난다. 전후에 실제적으로 엄청난 미국화가 이루어졌음에도 불구하고 한편으로는 그와 동시에 사회의 경계를 강력하게 재설정하고자 하는 시도들이 이루어진다. 이러한 상황 속에서 강신재는 육체의 감각과 섹슈얼리티를 중심으로 스스로의 감각적 체험에 가장 큰 신뢰를 품는 여성들을 등장시킨다. 언어는 아버지의 법률로 오염되어 있기 때문에 강신재는 로고스적 언어가 아니라 감각이 만들어낸 이미지에 붙들려 글을 쓴다.

흥미로운 사실은 단편 창작에 뛰어난 재능을 가진 강신재가 1960년대 중반부터 영면할 때까지 여러 일간지나 잡지에 연재를 담당하는 등 대중적 취향의 소설을 썼다는 것이다. 『신설』(1964~1965), 『유리의 덫』(1968~1969), 『레이디 서울』(1966~1967), 『사랑의 묘약』(1970), 『밤의 무지개』(1972), 『불타는 구름』(1978) 등 여러 편의 신문연재 소설은 불륜과 치정을 다룬 통속극의 형식을 띠고 있다. 이렇듯 대중소설 작가로 변신한 것은 강신재만이 아니다. 1950년대는 한국문학사에서 처음으로 여성문인들이 집단적으로 출현한 시기인데, 이들은 공통적으로(예외도 있지만) 출판 시장의 확대와 함께 연재소설 창작에 뛰어들고, 연애소설이나 선정적인 대중소설을 쓰는 양상을 보인다. 비평계는 이들 여성작가들을 매스컴 문학, 에로 문학 작가군으로 분류하면서 주변화한다. 여성-대중성-상업성-하위문화라는 도식이 성립되어간다. 이는 '여류작가'라는 차별적 지칭이 암시하듯이 남성 문단의 배제의 결과일 것이다. 그러나 여성들이 대중소설을 쓸 수밖에 없었던 내적 이유가 있지 않았을까, 하는 의문도 떠오른다. 강신재의 경우, 후기작으로 갈수록 요부가 등장하는 기괴하고 자극적인 연애소설 창작에 몰입한다. 이들 작품들은 문학성이 높지는 않지만, 대중문화의 하위문화적 전복성을 보여준다. 사회적으로 성공한 인사의 부르주아 가정의 혼외정사, 폭력이나 가정범죄, 가정 영역을 성적 일탈이나 폭력과 연관시킴으로써 가부장적 근대화에 대한 반감을 보여주고 있기 때문이다.

1924년 5월 8일 서울 동대문로 어성동(御成洞, 지금의 남대문 5가에 해당)에서 의
        사 강태순과 유치원 교사 이순완의 장녀로 출생하다.

1930년 아버지가 병원을 개업함에 따라 함경도 청진으로 이주해 유소년기의 대
        부분을 보내다. 이곳의 이국적인 환경 탓으로 강신재 문학에는 북구적인
        몽환적 분위기가 드리워져 있다. 초기작 「C항 야화」 등의 작품을 통해 청
        진의 분위기를 엿볼 수 있다. 작가의 회고에 의하면 청진에 살면서 작은
        서점의 어린 단골손님이었는데, 동화는 물론이고 소설책이나 신문 연재
        소설 등을 닥치는 대로 읽는 다소 조숙한 아이였던 듯 보인다.

1937년 부친의 별세로 서울로 다시 이주해 덕수학교에 편입하다. 부친이 별세하
        기 전 부부는 다소 불화를 겪었던 것으로 짐작된다. 강신재의 유년기를
        엿볼 수 있는 자전 단편 「상」, 「진줏빛 람프」, 소년소설 『바람의 선물』에
        는 불화를 겪는 부모 밑에서 불안한 의식에 시달리거나 아버지의 죽음으
        로 공포증에 시달리는 유년 화자가 등장한다.

1937년 경기고등여학교 입학하다. 교사가 책벌레라고 별명을 붙여줄 정도로 학
        과 공부보다 독서에 몰입하다.

1943년 이화여자전문대학교 가사과에 입학하다.

1944년 이화여전 2학년 중퇴와 함께 경성제대 법학과생 서임수(22세)와 당시로
        서 보기 드물게 연애결혼을 하다. 결혼을 이유로 학칙에 의거해 대학을
        중퇴하다.

1949년 김동리의 추천으로 《문예》지에 「얼굴」(9월), 「정순이」(11월)를 발표하며
        문단에 정식 데뷔하다. 문장은 미숙하지만 세련된 소설이라는 평가를 받
        다. 작가의 회고에 의하면 친구의 권유로 소설을 써보기로 결심하고 첫
        작품을 완성해 손소희 여사에게 전달했으나 우여곡절 끝에 손소희의 남
        편인 김동리가 추천자가 되었다. 기록에 의하면 7월에 《민성》에 「분노」가
        발표가 된 바 있으나 작가는 이 작품에 대해 인터뷰에서나 글을 통해서
        밝힌 적이 없다.
        장녀 서타옥이 출생하다.

1950년	「안개」 등 여러 편의 단편을 발표하다. 장남 서기영 출생. 이 시기의 주요 작품들에는 예술가이지만 살림과 육아에 짓눌리거나, 가부장적인 시대문화 속에서 개인성을 발휘하지 못하는 억눌린 여성의 심경이 담겨 있다.
1952년	「눈물」, 「상흔」, 「봄의 노래」 등을 발표하다. 이 작품들을 통해 전란으로 인한 혼란과 상처를 작가 특유의 애상적 이미지를 통해 이야기한다.
1955년	「포말」 등 여러 빼어난 단편을 발표하고 작가로서는 최초로 중편 「감상지대」를 《평화신문》에 연재하기 시작하다.
1956년	「바바리코트」 등 많은 단편을 발표하고, 희곡 「갈소리褐沼理」를 《문학예술》에 발표하다.
1958년	그간 발표한 단편 중 총 15편의 단편소설을 모아 첫 창작집 『회화』(계몽사)를 출간하다. 여성작가로서는 드물게 세련된 단편 미학을 선보인다는 긍정적 평가를 받다.
1959년	한국 여류문학가협회장에 선출되다. 또 작가가 만족스러운 작품이라고 꼽은 「절벽」으로 한국문인협회상을 수상하다. 그리고 그간 발표한 단편소설 13편을 묶어 제2창작집 『여정』(중앙문화사간)을 출간하다. 남편이 제4대 국회의원으로 철원에서 출마 당선되다. 훗날 남편은 국회의원, 서울 법대 교수, 신문사 부사장, 국민대 총장을 역임했다.
1960년	강신재의 대표작이 된 「젊은 느티나무」를 《사상계》에 발표하다. 당시 여성작가가 《사상계》에 작품을 싣는 경우는 그다지 흔하지 않았다. 대표적인 여성 교양잡지 《여원》에 연재해온 『청춘의 불문율』을 출간하다. 이 장편소설을 출간한 후 작품 활동이 뜸해지는데, 작가는 그 원인으로 4·19혁명이 준 충격을 들어 "이것은 변명이 아니고, 그것이 가져온 의미를 나는 실상 완전히 소화하지 못한 상태에 놓여 있으므로 무엇을 쓸 수가 없는 것이다"고 회고했다. 이 해에 「낙조전」으로 한국문협상을 수상하다.
1961년	장편 『원색의 회랑』, 『사랑의 가교』를 시작으로 단편소설보다 신문 연재소설 창작에 주력하다.
1962년	여성의 시각에서 전쟁을 그린 전후 대표작인 전작 장편 『임진강의 민들레』가 기획·간행되어 호평을 받다.
1963년	함경도 청진에서의 유년기 체험이 군데군데 묻어 있는 『파도』를 연재해 줄거리가 아니라 이미지 중심의 글쓰기 미학을 압축적으로 보여주다. 《여

원》에 『그대의 찬 손』을 연재하다.

1964년 배우자의 외도를 모티프로 중산층 부르주아 가정의 허위를 들춘 『신설新
雪』을 신문 연재하다. 여성지 《여상》에 소외된 중산층 주부의 불륜을 그린
『이 찬란한 슬픔을』을 인기리에 연재하다.

1966년 『레이디 서울』을 신문 연재하다. 이 해에 최초의 수필집 『사랑의 아픔과
진실』을 간행하는데, 여기에는 작가가 된 계기와 작가로서의 포부 등이
담겨 있다.

1967년 60년대를 대표하는 베스트셀러 『숲에는 그대 향기』를 발표하다. 4·19혁
명을 소재로 한 장편 『오늘과 내일』을 펜클럽 작가기금을 받고 간행함으
로써 4·19에 대해 쓰겠다는 오랜 계획을 실행하다.
『이 찬란한 슬픔을』로 여성작가에게 주어지는 대표적인 상인 제3회 여류
문학상을 수상하다.

1968년 단편을 두 편 발표하고 『유리의 덫』을 연재하다. 동화풍의 장편소설 『바
람의 선물』을 간행하다. 이 소설은 후에 소년소설이라는 이름이 붙어 단
행본으로 출간된다. 강신재의 소설들이 이 해에 다수 영화가 된다. 『이 찬
란한 슬픔을』, 「절벽」, 「젊은 느티나무」가 영화화되었는데, 작가 자신이
시나리오 작업에도 참여했던 것으로 보인다.
국제 펜클럽 한국본부 이사로 선임되다. 1968~1982년까지 문협 PEN이
사를 역임하다.

1969년 여성지에 『오늘은 선녀』를 연재하다.

1970년 각각 잡지와 신문에 『우연의 자리』, 『사랑의 묘약』을 연재하다. 창작집
『젊은 느티나무』, 『파도』를 간행하다.

1971년 여성지에 『별과 엉겅퀴』를 연재하다.

1972년 해방과 전란을 배경으로 한 『북위 38도선』을 문예지에, 『모험의 집』을 여
성지에, 『밤의 무지개』, 『마음은 집시』를 신문에 연재하다. 여류문학인회
간사장에 선임되다.

1973년 『거리에 비가 오듯』을 연재하다.

1974년 『서울의 지붕 밑』을 연재하고 제2수필집 『모래성』을 발표하다.
여성작가 최초로 『강신재 대표작 전집』을 간행하다.
한국문인협회 소설분과 위원, 여류문학인회 실행위원이 되다.

1976년	「상像-작가자선명작단편선」을 발표하고 창작집『황량한 날의 동화』(삼중당)를 간행하다.
1977년	창작집『그래도 할 말이』를 간행하다.
1978년	『불타는 구름 1, 2』,『우연의 자리』를 간행하다. 여류문학인회 부회장에 피임되다.
1979년	1975년의 인터뷰에서 역사 속 여성들에 대한 관심을 피력한 바처럼,『천추태후』를 시작으로 본격적으로 역사소설 집필에 몰두하다.『지옥현란』을 간행하다.
1981년	『포켓에서 사랑을』을 신문 연재하고『사도세자빈 1, 2, 3』을 간행하다.
1982년	한국여류문학인회 회장과 한국소설가협회 분과위원장으로 선출되다.
1983년	대한민국예술원 정회원이 되다.
1984년	중편「문정왕후 아수라」를 발표하고『사도세자빈 1, 2, 3』으로 중앙문화대상을 수상하다.
1985년	중편「간신의 처」를 발표하고 잡지에『신사임당』을 연재하다.
1987년	『소설 신사임당·문정왕후 아수라』를 간행하다. 소설가협회 대표위원회 위원장이 되다.
1988년	대한민국 예술원상을 받다.
1989년	중편집『간신의 처·문정왕후 아수라』를 간행하다. The Waves(Kegan Paul International)를 간행하다.
1990년	The Dandelion on the Im Jin River(동서문학사)를 간행하다.
1991년	『명성황후 민비 1, 2, 3』을 간행하다.
1992년	『혜경궁 홍씨 1, 2, 3, 4』를 간행하다. 소설가협회 대표위원회 위원장으로 피선되다.
1993년	대한민국 문화훈장 보관문화훈장을 수상하다.
1994년	『광해의 날들』을 간행하다.
1995년	1996년 문학의 해 조직위원회 자문위원이 되다.
1997년	제38회 3·1문화상(예술 부문)을 수상하다.
1998년	『대왕의 길 1, 2, 3, 4』를 간행하다.
2001년	『명성황후 1, 2, 3』을 간행하다. 5월 12일 숙환으로 타계하다.

■ 단편소설

1949년 「분노」,《민성》, 7월.

「얼굴」,《문예》, 9월.

「정순이」,《문예》, 11월.

1950년 「눈이 나린 날」,《문예》, 1월.

「성근네」,《신천지》, 1월.

「병아리」,《부인경향》, 6월.

「백조의 호수」,《여학생》, 3월.

「안개」,《문예》, 6월.

「백야」,《문예》, 6월.

「진나眞那의 결혼식」, 미상.

1951년 「C항 야화」,《협동》, 1월.

「관용」,《신사조》, 11월.

1952년 「눈물」,《문예》, 1월.

「봄의 노래」,《주간 국제》, 2월 3일.

「상혼」,《여성계》, 11월.

「로맨스」, 미상.

중편「백만인의 첩」, 미상.

1953년 「그 모녀」,《문예》, 1월.

「실처기」,《서울신문》, 8월.

「여정」,《현대공론》, 10월.

「동화凍花」,《문예》, 12월.

1954년 「부두」,《현대공론》, 10월.

「산기슭」,《신천지》, 3월.

「야회」,《신태양》, 11월.

1955년 「포말」,《현대문학》, 3월.

「지반」,《이화》, 3월.

「샌달」,《현대문학》, 8월.

「향연의 기록」,《여원》, 9월.

「제단」,《전망》, 11월.

1956년 「신을 만들다」,《전망》, 1월.

「어떤 해체」,《현대문학》, 3월.

「바바리코트」,《문학예술》, 3월.

「찬란한 은행나무」,《여성계》, 6월.

「해결책」,《여성계》, 9월.

「낙조전」,《현대문학》, 9월.

희곡「갈소리褐沼理」,《문학예술》, 9월.

1957년 「표 선생 수난기」,《여원》, 3월.

「파국」,《주부생활》, 7월.

「해방촌 가는 길」,《문학예술》, 8월.

「애인」,《신태양》, 11월.

1958년 「팬터마임」,《자유문학》, 2월.

「구식 여자」,《주부생활》, 4월.

1959년 「절벽」,《현대문학》, 5월.

「진줏빛 람프」,《주부생활》, 7월.

「옛날의 금잔디」,《자유문학》, 9월.

1960년 「젊은 느티나무」,《사상계》, 1월.

「착각 속에서」,《현대문학》, 12월.

1961년 「양관」,《자유문학》, 2월.

「질투가 심하면」, 미상.

1962년 「상」,《현대문학》, 4월.

「검은 골짜기의 풍선」,《현대문학》, 6월.

「황량한 날의 동화」,《사상계》, 11월.

1963년 「그들의 행진」,《세대》, 10월.

「재난」, 미상.

중편「먼 하늘가에」, 미상.

1964년 「TABU」,《문학가춘추》, 11월.

1965년	「이브 변신」,《현대문학》, 9월.
	「강물이 있는 풍경」,《사상계》, 12월.
1966년	「보석과 청부」,《한국문학》, 9월.
	「투기」,《문학》, 5월.
	「점액질」,《신동아》, 6월.
	「호사」,《한국문학》, 6월.
	「녹지대와 분홍의 애드벌룬」,《창작과비평》, 6월.
1967년	「야광충」,《중앙일보》, 5월 25일~6월 10일.
	「이 겨울」,《중앙일보》, 12월 8일~1968년 3월 7일.
1968년	「어느 여름밤」,《월간중앙》, 6월.
	「돌아서면 남」,《여류문학》, 11월.
1969년	「젊은이와 늙은이들」,《여류문학》, 5월.
1972년	「난리 그 뒤」,《현대문학》, 4월.
	「달오達五는 산으로」,《문학사상》, 10월.
1979년	「빛과 그림자」,《문학사상》, 10월.
1984년	「문정왕후 아수라」,《현대문학》, 4월.
1986년	「풍우」,《현대문학》, 12월.

■ 연재 중·장편(문예지, 잡지, 신문)

1955년	「감상지대」,《평화신문》, 12월~1956년 1월.
1960년	『청춘의 불문율』,《여원》, 연재 일자 미상.
1961년	『원색의 회랑』,《민국일보》, 2월 1일~8월 31일.
	『사랑의 가교』,《국제신보》, 11월 1일~1962년 6월 30일.
1963년	『그대의 찬 손』,《여원》, 1월~1964년 2월.
	『파도』,《현대문학》, 6월~1964년 2월.
1964년	『이 찬란한 슬픔을』,《여상》, 7월~1965년 11월.
	『신설』,《한국일보》, 9월 11일~1965년 7월 22일.
1966년	『레이디·서울』,《대한일보》, 10월 17일~1967년 8월 14일.
1967년	『숲에는 그대 향기』,《여상》, 연재 일자 미상.
1968년	『유리의 덫』,《조선일보》, 4월 27일~1969년 1월 24일.

1969년	『오늘은 선녀』, 《여원》, 6월~1970년 2월.
1970년	『우연의 자리』, 《여성중앙》, 1월~12월.
	『사랑의 묘약』, 《중앙일보》, 8월 21일~1971년 8월 20일.
1971년	『별과 엉겅퀴』, 《여성중앙》, 1월~12월.
1972년	『모험의 집』, 《주부생활》, 4월~1973년 1월.
	『거리에 비가 오듯』, 미상.
1972년	『북위 38도선』, 《현대문학》, 9월~1974년 1월.
1974년	『서울의 지붕밑』, 《중앙일보》, 연재 일자 미상.
1985년	『간신의 처』, 《소설문학》, 1월~3월.
1989년	『시해』, 《동서문학》, 1월~2월.

■ 단편 창작집 및 선집

1958년	『희화』, 계몽사.
1959년	『여정』, 중앙문화사.
1970년	『파도』, 대문출판사.
1972년	『젊은 느티나무』, 대문출판사.
1975년	『임진강의 민들레』, 삼중당문고.
1976년	『황량한 날의 동화』, 삼중당.
1987년	『신상임당 · 문정왕후 아수라』, 한벗.
1989년	『간신의 처 · 풍우』, 문학세계사.
1994년	『젊은 느티나무』, 소담출판사.
1995년	『파도/젊은 느티나무/간신의 처』, 신원문화사.
1996년	『젊은 느티나무』, 민음사.
2007년	『젊은 느티나무』, 문학과지성사.
2011년	『강신재 작품집』, 지만지.

■ 장편 단행본

1960년	『청춘의 불문율』, 여원사.
1962년	『임진강의 민들레』, 을유문화사.
1966년	『이 찬란한 슬픔을』, 신태양사.

1965년	『그대의 찬 손』, 신태양사.
1966년	『오늘과 내일』, 을유문화사.
1967년	『신설』, 대문출판사.
1969년	『숲에는 그대 향기』, 대문출판사.
1970년	『유리의 덫』, 삼성출판사.
1972년	『파도』, 대문출판사.
1975년	『레이디 서울』, 선일문화사(여원사 별책부록).
1976년	『서울의 지붕밑』, 문리사.
1977년	『그래도 할 말이』, 서음출판사.
1977년	『마음은 집시』, 태창문화사.
1977년	『밤의 무지개』, 청조사.
1978년	『천추태후』, 동화출판사.
1977년	『불타는 구름』 1·2, 지소림.
1978년	『우연의 자리』, 명서원.
1979년	『모험의 집』, 범조사.
1981년	『사도세자빈』 1·2·3, 행림출판사.
1986년	『사랑의 묘약』 1·2, 중앙일보사.
1987년	『신사임당·문정왕후 아수라』, 한벗.
1989년	『간신의 처』, 문학세계사.
1991년	『명성황후』 1·2·3, 세명서관.
1994년	『광해의 날들』, 창공사.

■ 전집
| 1974년 | 강신재대표작전집 8권, 삼익출판사. |

■ 소년소설
| 1968년 | 『바람의 선물』, 중앙서적출판사. |

■ 수필집 단행본
| 1966년 | 『사랑의 아픔과 진실』, 중앙문화사. |

1974년   『모래성』, 서문당.
1976년   『거리에서 내 마음에서』, 평민사.
1986년   『무엇이 사랑의 불을 지피는가』, 나무사.

|연구 목록|

■ 일반논문

강현구, 「강신재 전후소설의 양상: "여정"과 "임진강의 민들레"를 중심으로」, 《인문
　　　논총》14호, 호서대학교인문과학연구소, 1995. 12.

고　은, 「실내작가론: 강신재」, 《월간문학》, 월간문학사, 1969. 11.

곽승숙, 「강신재 초기 소설에 나타난 모성성 연구」, 《한성어문학》 제29집, 한성대학
　　　교 출판부, 2010. 8. 30.

─────, 「강신재 소설의 여성성 연구」, 《어문논집》 제64집, 민족어문학회, 2011.
　　　10. 30.

김교봉, 「6 · 25 전쟁의 소설적 형상에 관한 연구 1: 임진강의 민들레의 경우」, 《한
　　　국학론집》 제29집, 계명대학교 한국학연구원, 2002. 12.

김미현, 「강신재 소설에 나타난 서정성 연구」, 《문학사와 비평》 제4집, 새미, 1997. 3.

─────, 「강신재의 여성성장소설 연구」, 《국제어문》 제28집, 국제어문학회, 2003.
　　　9. 30.

김복순, 「1950년대 여성소설의 전쟁인식과 '기억의 정치학' : 강신재의 초기 단편을
　　　중심으로」, 《여성문학연구》 통권 10호, 한국여성문학학회, 2003. 12. 30.

─────, 「감각적 인식과 리얼리티의 문제: 강신재의 초기 단편을 중심으로」, 《현대
　　　문학의 연구》 제23집, 한국문학연구학회, 2004. 7. 30.

김영옥, 「강신재 소설에 나타난 서정적 서술기법: 「정순이」 · 「젊은 느티나무」 · 「임
　　　진강의 민들레」를 중심으로」, 《우리문학연구》 제15집, 우리문학회, 2002.
　　　12. 30.

김은하, 「유미주의자의 글쓰기와 여성 하위주체들의 욕망: 강신재의 초기 단편을
　　　중심으로」, 《여성문학연구》 통권 20호, 한국여성문학학회, 2008. 12. 30.

─────, 「중산층 가정소설과 불안의 상상력: 강신재의 장편 연재소설을 대상으로」,
　　　《대중서사연구》 제22호, 대중서사학회, 2009.

김정숙, 「일상성과 한국전쟁을 형상화하는 여성작가의 시선─강신재의 『청춘의 불
　　　문율』론」, 《비교한국학》 17, 국제비교한국학회, 2009.

김정화, 「강신재 소설에 나타난 기법고찰」, 《한국어문학연구》 48, 한국어문학연구

학회, 2007.

김주연, 「강신재론」, 『단편선집』(강신재 문학전집 1), 삼익출판사, 1974.

김 현, 「감정의 점묘화가」, 『파도 임진강의 민들레』(강신재대표작전집 2), 삼익출판사, 1974.

류동규, 「강신재 소설에 나타난 전후 여성의 자아정체성: 임진강의 민들레(1962), 파도(1963)를 중심으로」, 《국어교육연구》 제41집, 국어교육학회, 2007. 8. 31.

박정애, 「'규수작가'의 타협과 배반: 한무숙과 강신재의 50~60년대 작품을 중심으로」, 《어문학》 제93집, 2006. 9.

서재원, 「1950년대 강신재 소설의 여성 정체성 연구」, 《한국문학이론과 비평》 54, 한국문학이론과 비평학회, 2012.

서정자, 「이미지로 짠 태피스트리: 강신재의 글쓰기 방식」, 《한국어와 문화》 제3집, 숙명여자대학교 한국어문화연구소, 2008. 2. 28.

송경란, 「서술상황과 여성인물의 형상화: 강신재의 「얼굴」과 「정순이」」, 《원우논총》 16, 숙명여자대학교대학원총학생회, 1998. 12.

송인화, 「1960년대 여성소설과 '낭만적 사랑'의 의미: 강신재와 한무숙 소설을 중심으로」, 《여성문학연구》 통권 11호, 한국여성문학학회, 2004. 6. 30.

───, 「강신재 소설의 여성성과 윤리성의 문제」, 《한국문예비평연구》 제19집, 창조문학사, 2006. 4.

심진경, 「전쟁과 여성 섹슈얼리티」, 《현대소설연구》 제39호, 한국현대소설학회, 2008. 12. 30.

염무웅, 「팬터마임의 미학─강신재론」, 『한국대표문제작가전집』, 서음출판사, 1978.

원형갑, 「강신재와 삶의 원야: (강신재의 「파도」)」, 『교수아카데미총서』 8호, 일념, 1995.

이수미, 「강신재의 『회화』 고찰: 여성인물의 정체성을 중심으로」, 《국제언어문학》 제15호, 국제언어문학회, 2007. 6.

이유식, 「역사와 삶의 피동성: 「北緯 38도선」의 世界, 북위 38도」, 《현대문학》 9, 1974.

이주형, 「1960년 초 소설의 두 양상: 「젊은 느티나무」와 「현대의 야」의 세계」, 《한국현대문학연구》 제27집, 한국현대문학회, 2009. 4.

정규웅, 「내밀한 조화의 세계: 강신재 문학의 새로운 출구」, 《문학사상》 28, 문학사상사, 1975. 1.

정영자, 「강신재 소설연구: 공간과 분위기를 중심으로」, 《수련어문논집》 11, 수련어
　　문학회, 1984. 2.

조미숙, 「소외된 여성에 관한 문학적 글쓰기 연구: '위안부'로 상상된 여성의 문제
　　를 중심으로」, 《한국문예비평연구》 제19집, 창조문학사, 2006. 4.

최명숙, 「강신재 소설에 나타난 여성의식: 1950, 60년대 단편을 중심으로」, 《경원
　　어문논집》 제4·5합집, 경원대학교 국어국문학과, 2001. 3.

홍혜진, 「강신재 소설에 나타난 불안과 그 서사적 특성 연구」, 《문창어문논집》 제45
　　집, 문창어문학회, 2008. 12.

황송문, 「다시 읽어보는 전후문제작: 강신재 지음 임진강의 민들레」, 《북한》 152호,
　　북한연구소, 1984.

황정산, 「강신재 소설의 여성성과 근대적 윤리의 해체」, 《人文》 제44/45집, 대전대
　　학교인문과학연구소, 2008. 2.

■ 학위논문

감호경, 「강신재 소설의 주제 연구」, 경기대 교육대학원 석사 논문, 1998.

고재연, 「강신재 소설 연구: 초기 단편에 나타난 비극성을 중심으로」, 성균관대 대
　　학원 석사 논문, 2003.

곽승숙, 「강신재, 오정희, 최윤 소설에 나타난 여성성 연구」, 고려대학교 박사논문,
　　2012.

김정화, 「1950년대 강신재 소설에 나타난 여성성과 근대성의 관련 양상 고찰」, 선문
　　대학교 석사 논문, 2008.

노상곤, 「1950-60년대 여성작가 소설 연구: 강신재·한무숙을 중심으로」, 아주대
　　교육대학원 석사 논문, 2007.

박미선, 「강신재 소설 연구: 여성 인물의 현실 대응 양상을 중심으로」, 경희대 대학
　　원 석사 논문, 1996.

박숙경, 「강신재 소설 변모 양상 연구」, 신라대 석사 논문, 2007.

백순정, 「1950년대 강신재 소설에 나타난 여성인물 연구」, 안동대 석사 논문, 2009.

서경희, 「강신재 단편소설의 기법 연구」, 고려대 대학원 석사 논문, 1999.

이다영, 「1950년대 강신재 소설 연구」, 연세대 대학원 석사 논문, 1994.

이미옥, 「강신재의 『여정』에 나타난 여성 정체성 연구」, 경성대 교육대학원 석사 논문, 2008.

이미정, 「1950년대 여성작가 소설의 여성 담론 연구: 강신재 · 한말숙 · 박경리 소설을 중심으로」, 서강대 대학원 석사 논문, 2003.

이수미, 「강신재의 『회화』 고찰: 여성인물의 정체성을 중심으로」, 동국대 석사 논문, 2007.

임은혜, 「강신재 단편소설 연구」, 건국대 교육대학원 석사 논문, 2007.

최명숙, 「강신재 전후 단편소설 연구」, 경원대 대학원 석사 논문, 1999.

최미란, 「강신재의 초기 단편소설 연구: 『회화』, 『여정』을 중심으로」, 충남대 석사 논문, 2008.

최수온, 「강신재 소설의 여성 섹슈얼리티 연구」, 이화여대 석사 논문, 2006.

최지영, 「강신재 소설의 죽음의식 연구」, 이화여대 석사 논문, 2010.

홍혜진, 「강신재 소설에 나타난 불안과 그 서사적 특성 연구」, 부산대 석사 논문, 2008.

한국문학의재발견-작고문인선집

강신재 소설 선집

지은이 ∣ 강신재
엮은이 ∣ 김은하
기   획 ∣ 한국문화예술위원회
펴낸이 ∣ 양숙진

초판 1쇄 펴낸 날 ∣ 2013년 3월 27일

펴낸곳 ∣ ㈜**현대문학**
등록번호 ∣ 제1-452호
주소 ∣ 137-905 서울시 서초구 잠원동 41-10
전화 ∣ 2017-0280
팩스 ∣ 516-5433
홈페이지 www.hdmh.co.kr

ⓒ 2013, 현대문학

ISBN 978-89-7275-640-8 04810
ISBN 978-89-7275-513-5 (세트)